新
大明十六皇朝
二
風月無邊
許嘯天 著

大明十六皇朝

目錄

第三十一回　秋水芙蓉／1
第三十二回　換子奪嫡／13
第三十三回　大明盛世／25
第三十四回　于謙平獄／37
第三十五回　英宗登基／49
第三十六回　王振弄權／61
第三十七回　備選美女／73
第三十八回　紅粉殺機／85
第三十九回　土木堡之變／97

第四十回　北國之囚／109
第四十一回　外弛內張／121
第四十二回　太上皇／131
第四十三回　奪門復位／141
第四十四回　千古奇冤／153
第四十五回　風月無邊／163
第四十六回　偷天換日／175
第四十七回　成化韻事／187
第四十八回　孔雀寶鼇／199
第四十九回　第一美人／211
第五十回　後宮情挑／221

第五十一回　朝鮮公主／233
第五十二回　貴妃復后／245
第五十三回　黃牛峽／255
第五十四回　誅汪直／267
第五十五回　方外金丹／277
第五十六回　塞北風雲／289
第五十七回　情牽天涯／301
第五十八回　王子復仇／313
第五十九回　東西兩廠／325
第六十回　劉瑾殘毒／337

第三十一回　秋水芙蓉

那內侍海壽飛騎到了北京，當殿宣讀遺詔，皇太子高熾再拜受命；於是由大學士楊博等，即扶太子登了大寶，百官上殿叩賀，改是年永樂二十二年為洪熙元年，尊謚太宗為文皇帝，廟號太宗。封太宗王妃為恭獻賢妃，馬妃仁慈賢妃，追謚玉妃為昭獻貴妃；又冊立妻張氏為皇后，長子瞻基立為皇太子。又晉楊士奇、楊榮、楊博為內閣學士，夏原吉為尚書，金幼孜為文淵閣大學士；黃維為禮部侍郎兼華蓋殿大學士，張輔世襲英國公，加封太子太保，一面替太宗發喪，草詔佈告天下。楊士奇等將太宗遺體安置前錫禅裏面，上護著翠蓋，扶喪回京；那高熾既然繼統，便是後來的仁宗皇帝。

這時，仁宗聞得太宗喪車將到，忙遣太子瞻基先去迎接，當由楊士奇等及朝中文武百官，護著太宗遺骸，直進東華門，至仁智殿停住；仁宗親來祭奠，照皇帝禮盛殮了，擇吉安葬長陵。

再說這仁宗皇帝做太子的時候，太宗出征塞北，就委他監國，前後計算起來足有廿多年；所以對於官民的營私利弊，沒有一樣不知道的。又引用楊溥、楊士奇、楊榮等，時人號稱三楊；楊士奇名為西楊，溥名為南楊，榮名東楊，這三人的確有治國的才幹。又任金幼孜、黃淮、夏原吉等居要職，這幾人也是一時的人傑；這樣一來，自然時賢畢集，奸邪遠避了。

還有那太子瞻基，也是天姿聰穎，為人仁智英毅，在諸皇子當中，無人可和他抗衡；當太宗在日，瞻基方十一二歲，太宗批閱奏牘，瞻基侍立一邊，見有危害人民的奏疏，便把它指摘出來。太宗歡喜不過，竟遞一個奏摺給他，令照他的意見批答；瞻基居然下筆，所批的語句更洞中竅要。只有一樣疏忽，不曾把疏上的訛字圈出；太宗笑道：「你批奏牘，怎麼不留心文字？」

瞻基答道：「那是無心筆誤，只要大事不差，這些小錯誤，何必苛求他呢？」

太宗連連點頭道：「這才有人君之度。」又問瞻基道：「天降災眚，是祈禳？還是修德？」

瞻基應道：「為君的修德宜隨時留意，也隨時可以修德；若等見了災眚，修德已經晚了，還去祈禳它嗎？」

太宗大喜道：「好兒子！你準備做有道之君吧！」

太宗立儲，本欲冊立高煦，因燕邸出兵，高煦異常出力，太宗許他事成立為太子；後來太宗登基，見長子高熾也很英明，高煦卻勇而無謀。況廢長立次，金幼孜、張輔、楊士奇等又極力反對，太宗忽然想起了皇孫瞻基，說他將來必是個盛世天子；瞻基是高熾的兒子，太宗立儲，方決意定了高熾。

但高煦為太宗的次子，靖難的當兒，太宗親口允他做個儲君，高煦每出陣時，就拼命死戰，汗馬勞績很是不小；現在太宗忘了前言，事成後，高煦只封得一個漢王，他心裏怎能不怨恨呢？只因礙著太宗，不好過於胡為。到了仁宗繼立，又是內外大治，高煦雖滿心要反，倒也沒有機會可趁；

仁宗也知道高煦啣恨，終必作亂，大學士黃淮亦曾入奏仁宗，述說高煦的壞處，並請早加誅戮，以靖後患。

仁宗明知是好話，然終不忍傷手足的情分；又恐廷臣多說，便召黃淮至謹身殿，仁宗正言厲色地說道：「卿身為大臣，不教朕修政補過，反勸朕摧殘骨肉，起萁豆的嫌疑，算是什麼道理？且現只有朕弟兄三人，昔日文皇帝兄弟有二十四人，朕知其同室操戈，那文皇帝當時弟兄有這許多，不是要鬧得連江山也送掉了嗎？」黃淮聽了不便回奏，只好諾諾連聲地退了下來。

那時朝中的諸臣，聞得黃淮受了責斥，誰也不敢再提及高煦兩字，仁宗的手足情算是始終保住；不過，高煦自恃勇猛，謀亂的念頭卻一日不能去心，他常常向部下說，能將十萬大兵橫行天下，無人敢抗。其時，高煦曉得太子瞻基英武，便悄悄地命參贊王斌來見瞻基，瞻基知高煦因叔侄的關係，對王斌自然格外優容；王斌不時拿話打動瞻基，令他在內籌劃，高煦願為外援，裏應外合，保瞻基登極。

瞻基是何等的乖覺，聽了王斌的一番話，知道高煦有意煽惑自己，弄成父子猜忌，他就可於中取事；是以任那王斌怎樣地說得好，瞻基只是不睬。誰知那王斌便捏造流言，說太子有篡位的舉動，那話傳進仁宗的耳朵裏，也不能不略有疑心。過了幾天，忽然的下一道上諭，命太子瞻基去留守南京，不奉召喚，不准入朝；這種計劃，原是仁宗恐太子真有異志，特地調開他，以杜內變的意思。

那裏曉得太子瞻基才到南京，北京的仁宗皇帝已得了暴疾晏駕，內臣海壽又忙著奔往南京，飛詔

太子瞻基入都；瞻基拜讀了遺詔，大哭了一場，星夜趕到北京。將近良鄉，金幼孜、黃淮等一班大臣，捧著寶璽來迎，君臣相見又痛哭一會；瞻基便匆匆奔至燕京，由楊士奇等扶太子瞻基登位，這就是宣宗皇帝。追尊仁宗為昭皇帝，廟號仁宗，尊母張皇后為皇太后；仁宗自登基到崩逝，在位不過一年。

這時，改洪熙元年為宣德元年，冊立胡氏為皇后，孫氏為貴妃；把楊溥、楊榮、楊士奇等三楊同時重用，晉受內閣大學士，掌要政機務。金幼孜、黃淮為尚書兼大學士，任蹇義、葉春為大理寺少卿；那時真是天下承平，萬民同樂，盛世的景象果然和別朝不同。

宣宗又留意文雅，閒來便和大臣等吟詩作賦；大理寺卿葉春詩名最噪，宣宗的賦詩作歌，多半是葉春捉刀，記有一首「采蓮曲」道：

美人家住滄州道，翠盡紅妝似蓮好。舊歲花開與郎別，郎不歸兮花顏老。十里清香日過午，採蓮槳盪過南浦。採著莫並蓮子摘，蓮子絲牽妾心苦。花謝花開總是空，妾情一片水流中。從今拋卻傷心事，一任芙蓉揚晚風。秋日花兒嬌，牆外杜鵑紅，採蓮採蓮扁舟入蓮叢。

讀這首詞曲，就知道宣宗那時的快樂繁華，應了當日太宗的話，真個做他的太平天子了。

其時，漢王高煦聽得仁宗晏駕，宣宗繼統，便跳起來道：「孺子倒好幸運，這口氣，我是要出的！」當下就齊集了部下的兵士舉旗起事。

警報從樂安直達京師，宣宗看了歎道：「朕預知他有今日的。」

大學士楊士奇奏道：「高煦無禮，是推測皇上年輕，必不能出兵遠征，所以敢放膽橫行；今陛下如出其不意，御駕親征，高煦自然驚走了。」

宣宗很以為然，於是親統六師，命武陽侯薛祿為先鋒，少傅楊士奇、太保張輔、太傅楊榮，少師楊溥、尚書吳瀅、侍郎張成，悉隨駕出征；又命鄭王瞻竣、襄王瞻墡和定國公徐永昌、彭城伯張昶、廣信伯侯成、尚書黃淮、大學士金幼孜等留守京師，宣宗自和諸大臣領兵進圍樂安。

高煦見宣宗親到，不覺大驚，部下的兵士聽得皇帝御駕親征，早已沒了戰心，只各自收拾起行裝，準備出奔；高煦雖是勇猛，究竟孤掌難鳴，只得來宣宗軍前請降。一時，群臣多主張把高煦正法，獨楊士奇和楊榮極為爭執，說太宗只有三子，今昭皇帝已晏駕，所存的僅漢、趙兩王，豈可再加誅戮，自興骨肉的嫌怨？宣宗也不欲重究，但將高煦廢為庶人，械繫軍中，擇日班師回京。

不日到了京中，把高煦拘禁獄中；那高煦坐在天牢裏，卻極不安分，並向獄官硬索酒肉，到吃飽了酒時，便大喝大叫，一伸手一抬足，鐵鏈和囚枷紛紛地崩折下來。獄官怕弄出事來，忙稟聞巡監御史，拿頭號的鐵葉大枷，將高煦枷了起來；可是一經高煦的拉扯，那鐵葉枷又崩裂了，弄得獄官沒法，便據實上聞。

宣宗聽得，便命在西安門內建築起一座石室來，那石室的四圍，都用最大的石塊鋪成，式樣好似鳥

籠一般；石室落成，宣宗傳諭把高煦去囚在裏面，取名那石室叫作「逍遙城」。

這樣地將高煦囚了一年多，寧王上疏，請赦宥高煦；宣宗讀了奏牘，也起了骨肉之情，就親往逍遙城來瞧高煦，希他改過自新，仍復他的原爵。當宣宗到逍遙城來時，高煦正赤著一雙腳，披頭散髮地在那裏亂舞亂跳；宣宗令內監去喝阻他，高煦只當不曾聽見，宣宗便走至石室面前，還沒有說話，高煦忽然伸出一隻腳來，趁間一勾，正勾在宣宗的足肢上。

宣宗不防他暗算，因此傾跌在地；內侍和校尉慌忙過來扶持，宣宗大憤，吩咐甲士把殿前的銅鐘舁來。那口銅鐘還是元順帝時，因崇信喇嘛，建那喇嘛殿的當兒所鑄；上面攜著龍紋鳳篆，重約三四百斤。宣宗令開了那逍遙城，拿銅鐘去覆在高煦的身上；高煦本來很有勇力，竟把鐘在頭上頂了起來。

宣宗忿道：「他能夠將鐘頂起，朕卻叫他頂不動。」說著，喚過幾個內侍，搬了木柴來，一齊堆在銅鐘的四周，放起一把無情火；那柴頓時烈焰騰空，將一口銅鐘燒得同炭一般地紅。

高煦在鐘內起先還是叫喊著，後來也不喊了，大概被火燒死在鐘裏了；宣宗看柴燒完，著移去銅鐘，鐘內只剩得一堆烏焦巴弓的炭屑，想是高煦的屍體了。宣宗指著笑道：「你現在還能頂那銅鐘嗎？」當下命拾起高煦的遺骸，照漢王的禮節把他安葬，這且不在話下。

再說那宣宗的胡皇后，是錦衣衛胡榮的女兒，生得靜穆端莊，又極賢淑，平日間的舉動，卻不苟言笑；還有那位孫貴妃，是孫主簿的女兒，在三四歲的時候給匪人拐去，賣到張太后的母親手裏。太后的母親進宮，便帶了孫氏同去，張太后見她生得俊俏，留她在身邊做了宮侍；宣宗既立為東宮，照例須選妃子，即由張太后作主，正妃選了胡榮的女兒，將孫氏也選為從嬪。

那孫氏漸漸地長大起來，出落得秋水為神，芙蓉其面，加上一身雪也似的玉膚，愈見得嫵媚嬌豔；宮裏大大小小誰不愛她？孫氏的性情又是活潑，尤善伺人的喜怒，宣宗登基，就冊立孫氏做了貴妃。明代的立后，原用金寶金冊，貴妃是只有冊，卻沒有寶的；宣宗因寵愛著孫貴妃，給她定制著金寶，也賜與孫貴妃。凡是冊立的禮節，差不多和胡皇后並駕齊驅。

胡皇后的為人很是懦弱，任那孫貴妃怎樣地做出來，她好歹一個不做聲；孫貴妃見皇后可欺，自然越發放肆了，又放出她狐媚的手腕來，把個宣宗迷惑得死心塌地，心裏、眼裏竟完全沒有胡皇后了。那時，宣宗已年逾而立了，常說胡皇后患了暗病，不能生育，要想別納嬪妃，只是礙著孫貴妃，不便再另選妃子；總歸一句，惟有望孫貴妃生子的一條路了。

誰知天竟從了人願，孫貴妃的肚子居然一天大似一天；宣宗大喜，一面安慰她道：「妳自己要好好地保養，待生了太子時，朕便冊封妳做中宮。」孫貴妃口裏雖然謙讓著，心中卻就此存下了做皇后的念頭；於是私下和內宮張青、趙祿密籌奪后的計劃。

到了十月足滿，孫貴妃臨盆，竟生下一位太子來，內監忙報知宣宗；一時，宮中的內侍、宮女人等，都來替宣宗叩賀。及至三朝，宮中便大開筵宴，朝中的一班文武大臣也分班入賀，宣宗命在仁樂、豐登兩殿賜宴；這一場的慶賀筵宴，足鬧了半個多月。

光陰如箭，看看太子已經周歲了，宣宗親自抱持著去祭告宗廟，即賜名為祁鎮；孫貴妃既生了皇子，要宣宗踐那前言，立她為后。宣宗這時有子，把應許孫貴妃的話早已經忘了，孫貴妃卻刻不去心，不時拿閒話來譏諷宣宗。

宣宗記起了前事，一時倒覺為難了；因胡皇后是張太后親自指婚的，又不曾有失德的地方，若無故廢后，在情理上也說不過去。怎經得孫貴妃的絮聒，宣宗被她纏得無法，便悄悄地召楊士奇、楊榮、楊溥，蹇義等至無極殿裏。

宣宗滿面笑容地問道：「朕欲廢去胡皇后，卿等可有異議？」

楊士奇、楊榮齊聲答道：「今胡皇后並無失德，陛下豈可輕言廢立？」

宣宗正色道：「皇后身有奇疾，不能生育，怎說沒有過失？」

士奇頓首道：「這非是失德，也不足據為廢立的要旨。」

楊溥接口說道：「即使皇后患有奇疾，將怎樣地佈告天下？」

宣宗憤憤地道：「歷代帝王不曾有過廢后嗎？」

蹇義答道：「那是有的，昔宋仁宗廢郭后為仙妃，當時大臣如范仲淹等，也曾苦諫；宋仁宗雖毅然決行，後來到底是自悔的，但流傳到今，史冊譏評，都不以仁宗的廢后為然。臣願陛下宸衷獨斷，無信小人的讒言，將來成一代有德的聖君。」

宣宗聽了，不覺含慍道：「朕的主見，你們既不贊成，就暫時緩議吧！」於是，三楊和蹇義等便謝恩而退。

第二天，宣宗被孫貴妃催迫不過，又召三楊進宮議廢后的良策；宣宗說道：「廢后恐遭外議，可有兩全的方法嗎？」

三楊起初默默不答，宣宗卻再三地追問，三楊便互相推諉，到了楊溥，楊溥推給楊榮；楊榮無可再推，只得說道：「陛下如決意要行，只有請皇后托疾，病中上書辭讓中宮，就不致受廢立的譏笑了。」

宣宗忙拱手道：「謹受先生的賜教。」三楊這才辭出。

不到幾天，就聽得胡皇后稱疾，並上疏請讓后位；宣宗准了她的疏，下諭封胡皇后為慈欽大師，出居長清宮禮佛，一面冊立孫貴妃為皇后，滿朝文武又有一番慶賀。其中，只有大理寺卿蹇義不肯上表稱賀；宣宗倒沒有計較，那孫貴妃卻已知道，說蹇義瞧不起她，便把蹇義記恨在心。

宣宗自廢了胡皇后，雖從了孫貴妃的心願，那張太后卻非常地氣憤，說：「胡皇后是當年懿旨指名冊立，既未有失德，何以妄行廢立？」

宣宗於是拿胡皇后自願讓位的話，勉強來支吾張太后；太后怒道：「倘沒人去逼迫她，皇后斷不至自讓的，那還不是孫妃的鬼戲嗎？」

宣宗說道：「胡皇后是母后指婚，孫妃也是母后所立；誰賢誰不賢，母后必然是知道的了，何用再問別人呢？」說罷就起身出宮。

張太后給宣宗一言，不覺塞住了自己的嘴，回答不出話來；過後回想，心裏越想越氣，母子之間從

此便生了一種嫌怨。宣宗和張太后不睦，再加上那內侍宮人們的挑撥，兩下裏愈見疏離；況廢胡皇后的事，面子上是胡皇后讓位，外議終說是廢立的，對於宣宗不無譏評的地方。宣宗把這些話聽在耳朵裏，心中更加煩惱；於是在沒精打采的時候，便帶了內監微服出宮。

一天晚上，楊士奇的家裏忽然來了三個商人叩門求見；門上的僕人回說相爺已經睡了，那商人一定要見，門僕問他姓名，三個人又都不肯說，只是要見相爺。門僕怒道：「你們是那裏來的市儈，深夜到相府中來吵鬧；告訴了咱們相爺，立刻把你們送官，至少打上兩百板呢！」

那三個商人齊笑道：「正要你去告訴相爺，你去說給了相爺知道，看誰怕他；你快去喚楊士奇出來就是了。」

門僕見三個人無理，去摸著門閂開了側門，直打出來；三人中早有一個上前，奪了他手裏的門閂，一拳把他打倒在地。那門僕吃了痛苦，不禁大叫起救命來了；這時相府裏的僕人，聽得門上的人喊救命，便一窩蜂地趕出來，不問情由，擄臂便打。先前打門僕的那商人，見他們人來得多了，竟一點也不懼怕，只連說了兩聲：「好！好！」便奮起兩隻拳頭，似雨點般打來。

相府裏的十幾個家人，被那商人打得東倒西歪，鼻腫臉青；有幾個乖覺的，溜空走到裏面招呼同伴，不一會工夫，裏面早奔出三四十個健僕，各人手裏拿著一根木棍，發一聲喊，全力向那三個商人打來。那三個商人見他們用傢伙動手，那先打門僕的商人飛起一腳，踢倒了兩個，奪下兩根木棍來，一根遞給後面的一個商人；兩個人兩根木棍，好似雙龍攪海一般，把一班健僕直打得抱頭亂竄，都入相府中去了。

這裏兩個商人也趁勢追趕進去，僕役仍待把大門閉上，已是來不及了；慌忙逃進二門，才關得半邊，還有半扇卻被商人的棍子擋住。僕人們只得棄了二門，奔進第三重門，將門關得緊緊的；一面由三四個家丁爬到牆上，噹噹地敲起鑼來。

這時楊士奇還沒有安睡，一個人坐在書房裏看公文，忽聽得外面人聲嘈雜，待喚僕人去問時，任你喉嚨叫破也沒人答應；士奇正在詫異，猛然府中鑼聲大作，接著震天價響，士奇慌忙跑到外面，見那兩個商人打進來，士奇大驚，喝叫家人們住手。

第三十二回　換子奪嫡

楊士奇在書房裏聽得外面震天的一聲響，慌忙趕到前廳來看，卻是打倒了中門，一群的家人往四下裏亂奔，外面兩個人直打進來；士奇看見，忙喝令家人們住手，一面向那兩人招呼。接著兩人的背後，又走進一個人來，大笑著說道：「楊先生真好自在，咱們倒來驚擾你了！」

這時廳上燈燭輝明，士奇從燈光中看出說話那人的面貌，不覺大吃一驚；要待上前行禮，那人一把抱住士奇的右手笑道：「咱們自己人，用不著客套的。」

士奇會意，吩咐家人們把大門關起來，又令將門外聚集的閒人驅散了；因適才相府裏的僕人鳴鑼，附近的居民疑是盜警，所以紛紛地趕來。正要幫著動手，忽見士奇親自出來，把家人喝住，大家弄得莫名其妙；就是府中的僕人，也一個個面面相覷，只得勸散眾人，將中門收拾好了，各自走散。

士奇邀三人到了裏面，向說話的那個人叩頭請安；原來三人之中，兩個是伴駕武官，一名是張英，一叫呂成，還有一個，便是當今的宣宗皇帝！

當時，士奇頓首說道：「陛下是萬乘之尊，怎地深夜輕出？」

宣宗笑道：「太平時世，朕效法宋太祖訪趙普的故事，有甚要緊？」

士奇忙謝道：「陛下有太祖之聖，只是臣無趙普之才就是了。」說著，令家人排上酒宴；君臣四人談笑對飲，直吃到了三更，宣宗才帶醉回宮。一路上由張英、呂成扶持著，進了西苑門，走到浮香榭的前面，忽聽得有女子聲音在那裏哭泣；宣宗趁著酒興，命那張英、呂成退去，自己便輕輕地躡進浮香榭的東軒走去。

那哭聲越覺清楚，好似就在寶月閣裏；又聽著一個女子的說話，卻在那裏勸慰。那女子一面哭，口裏一面嗚嗚咽咽地說道：「她現在做了皇后，就這般地威風起來，只請問她那個皇后是怎樣得來的？倘沒這個假太子，怕也不見得這般容易。」

旁邊勸慰的女子，忙拿手掩住她的口，道：「妳不要這般的胡說，皇后的脾氣妳也是知道的，她倘若是生氣，不管是什麼人，連皇上也要讓她三分，何況是妳了。」

那女子忍住了淚，恨恨地說道：「我偏不怕她，看我性發時，將那件事替她在宮前宮後宣傳一下子，看她拿我怎樣？看她有甚臉兒做皇后？」那勸慰的女子聽了，只冷笑幾聲，逕自去了。

宣宗在外面聽得明白，從窗隙裏望進去，認得燈光下那啼哭的女子，是孫皇后（孫貴妃冊立）宮裏的宮侍小娥；宣宗因聽得「假太子」三個字，心中起了狐疑，想去盤問究竟，便咳嗽了一聲，放重著腳步走進寶月閣來，自有閣中的內監出來接駕。那小娥不及走避，也雜在眾人裏面跪接；宣宗令太監等一齊退出閣外，單攜了小娥的手，同進寶月閣的西廂。

那裏是兩楹偏舍，綠竹映窗，明月入簾，平時是宣宗午休的所在，地方非常的清幽；宣宗御題匾額，叫作「綠雲清芬」。那小娥隨著宣宗到了「綠雲清芬」裏，芳心又喜又驚；看宣宗坐下了，小娥重又行禮起身，很小心地侍立在一邊。

只見宣宗滿臉堆笑地問道：「妳方才和誰鬥氣？好好地說出來，決不罪妳。」

小娥吃了一驚，不由地懷著鬼胎，戰戰兢兢地答道：「婢子不曾和誰鬥氣。」

宣宗笑道：「妳不要隱瞞，還是老實說的為是！方才，妳不是在寶月閣啼哭的嗎？朕已親耳聽得了，不必狡賴了吧！」小娥聽說，一味地推諉。

宣宗盤她不出，頓時變下臉來，帶怒喝道：「妳若不肯老實講，朕便叫侍衛打死妳。」

小娥嚇得啼哭起來，道：「婢子受了皇后的責打，不過自己怨恨自己，不曾敢說誹謗的話。」

宣宗冷笑一聲，道：「妳說什麼做了皇后，假太子不假太子的，那又是怎麼一回事？」

小娥知道隔牆有耳，真個給宣宗聽得了，諒也瞞不到底；便索性直說道：「那可不干婢子的事，都是趙總管一個人幹的。」

於是，把孫貴妃當初怎樣謀奪中宮，怎樣和趙總管商議，孫貴妃怎樣地設計，後來生下了女兒，怎樣地令王太監把她運出去；趙總管又怎樣地抱了男孩進宮，怎樣地拿孩子放在木盤裏，從御溝中浮進來的。又說自己去撈起那個孩子，趁夜抱進孫貴妃宮裏，便是現在的太子；餘下的事，就都一概不知道了。

宣宗不聽猶可，聽了這一片話，不禁無名火起，直透頂門；面上卻裝著笑容，仍攜著小娥的手，走

出「綠水清芬」。經過寶月閣的西廂，宣宗四面望了望，見內監都躲在南軒下打盹；宣宗忽問小娥道：「妳啼哭時，勸妳的是誰？」

小娥道：「那也是孫娘娘宮中的侍女，香兒。」

宣宗說道：「她也知道這件事嗎？」

小娥答道：「香兒只幫著接一接木盤罷了。」

宣宗點頭微笑道：「妳的話不打謊吧？如其果然不差，將來必定重重地封賞妳。」小娥忙跪下謝恩。

宣宗一把拖住她的玉臂，仰望著天，說道：「今天的月色，怎麼昏黑得很？」

小娥也昂著脖子瞧看著，不提防宣宗飛起一腳，正踢在小娥的小肚子上；但聽得「哎呀」一聲，嫋嫋婷婷的一位姑娘兒，那經得起這一靴腳的，自然是香消玉殞了。

那南軒裏的太監，都被小娥的慘叫聲驚覺，便和那值日的侍衛，飛也似地趕到寶月閣裏，見皇上獨自站在西廂的空場上，慌得他們忙過來見駕；因要趕緊向前，不曾留心到地上，腳下給小娥的屍體一絆，為首的兩個太監先跌倒下去，後面的一群便好似疊骨牌般的，全給絆倒了。

宣宗眼看著他們，心裏忍不住地好笑；那一班太監和值日的侍衛深怕見責，七手八腳地爬起來請罪，也顧不得地上睡著的人了。宣宗並不動怒，只微笑著，指著小娥的屍首道：「那宮人想是急病，忽然地死了，你們趕緊把屍身移去了。」

太監侍衛們聽說，才敢回頭去看，見直挺挺地躺著一個宮女，大家才想著剛才的跌跤，原是給那宮女絆倒的；當下由為首的太監指揮著，把小娥的死屍舁著，往千秋鑒中自去盛殮了，四個值日的侍衛也仍退回南軒去了。

這裏，宣宗閒站了一會，慢慢地踱回原路，轉到清涼殿中，便令內侍傳進司禮監趙忠來；宣宗屏去了侍監，勃然大怒道：「朕如此信任你，你卻幹得好事！」

趙忠想回答時，宣宗又喝道：「孫貴妃的那事被發覺了，你可知道嗎？」

趙忠聽了，好像冷水澆頭；但到底是老奸巨滑，他心裏雖寒，神色卻依舊很鎮定地說道：「陛下所說的是什麼事?奴才一點也不明白。」

宣宗冷冷地道：「你自己做的事，難道會忘了嗎?」說著，去殿上抽下一口龍泉，親自來砍趙忠。嚇得趙忠面如土色，在階下不住地叩頭道：「這事是孫娘娘的主意，奴才不過代覓了一個孩子進宮；花去四十兩銀子，也是孫娘娘拿出來給與楊村農家的，現還有見證在那裏。」

宣宗見趙忠實供，那換太子的事是千真萬真了，不覺把牙恨得癢癢地道：「這都是你們幾個閹奴瞞著朕的事，還去圖賴它什麼。」於是喚過內監來，命錦衣衛把趙忠帶去；並捕了王永，一併繫在天牢裏，再行發落。

當宣宗責問趙忠時，早有內侍悄悄地去通知孫皇后；孫皇后聽說趙忠被譴，不知為著什麼事，心裏自然有些惴惴不安。一面私囑那個內侍，再去細細地探聽了，立刻來報知；那裏曉得內侍才走，宣宗已

進宮來了。這時，孫皇后已遷居在西苑的寶鳳樓中，樓凡大小五楹，建築的十分華麗；在胡皇后未廢時，宣宗常常同著孫皇后來遊西苑，孫后因愛那寶鳳樓的精緻，便和宣宗說了，即日就搬過來。

宣宗其時對於孫后正在寵愛的當兒，為了孫后住在寶鳳樓的緣故，御駕也時時臨幸；後來索性也駐蹕西苑，每天就在西苑的寶華殿上臨朝，待到退朝下來，便來和孫皇后並乘著鑾車同遊各處。孫皇后還把這個假太子擁抱在膝上，和他調笑；那假太子大概是有些福分的，所以倒也活潑的很能討人歡喜。

宣宗對著美后嬌子，覺得心滿意足，不免感想到太后身上，究屬性關母子，便把張太后也接到西苑，住在寧清宮；只苦了那賢淑的胡皇后，冷清清地被禁在深宮裏參佛。偏偏天理昭彰，孫后換子奪嫡的事，竟會洩漏出來。

當下，宣宗踱進了寶鳳樓，孫皇后領著宮侍香兒忙來接駕，宣宗不露聲色，把方才的事絕不提起；孫皇后見皇上顏色開霽，心先放了一半，便放出她平日狐媚的手段，竭力奉迎著宣宗。宣宗這次卻不比往時了，處處留神察看，只覺孫后的侍人色笑，處處是假的；又見她那種妖冶的形狀，和胡皇后的穩重自持，兩下裏相較起來，愈顯得佻蕩輕浮，正是同初寵孫后時，厭棄胡皇后一樣的景象了。

那宮侍香兒進上寶玉膏來，宣宗吃著，問：「太子怎樣了？」

孫后回說：「已和保姆睡去了。」

宣宗點點頭，笑著對孫后道：「朕今夜覺著高興，和卿去太液池賞月去。」

孫后笑道：「陛下記差了，今日是月晦，那裏來的明月呢？」

宣宗大笑道：「朕倒真個忘了，這樣，就在澄淵亭上吧！」孫后不敢違拗，即傳諭出去，令在澄淵亭上設宴；孫后一面重整鉛華，領了香兒，陪著宣宗到澄淵亭上來。

這個澄淵亭，四圍是水，只有一條石樑橫跨著，下面的河流由玉泉心引入，經過太液池環繞皇城，再轉入溝渠，慢慢地流入海中；在亭上遠遠地望去，堤岸上一帶綠柳成蔭，老槐盈盈，若在暑季到亭上來遊玩時，真是清風裊裊，胸襟為暢。

但一過了夏天，就不足玩了，那時恰交秋老冬初，金風陣陣，玉露清寒；那澄淵亭上因四面是水，比各處要差兩三個月天氣，宮裏的宮人、內監們，早去躲在抱膝軒中了，誰到這種地方來吸西北風。是以一至冬天，澄淵亭周圍半畝餘的地方，竟連鬼也沒有一個；連守亭的小監知道皇上不會來遊幸的了，也偷懶往暖熱的地方去了。

這天晚上，宣宗皇帝卻揀這樣清冷的地方去設宴，不是明明作梗嗎？但是那些太監宮人見皇上駕臨，不好不去侍候著。

孫后同了宣宗到得澄淵亭前，孫后才上石樑，已連連打了兩個寒噤；宣宗回顧笑道：「妳敢是怕冷嗎？快叫她們去取鵜鶘來禦夜寒。」

香兒應聲去了，這裏宮監們燃起銀燈，擺上酒饌，宣宗和孫后對坐了，一杯杯地豪飲起來；不一刻，香兒把鵜鶘取來了，但見華光燦爛，五色繽紛。原來這襲鵜鶘，是朝鮮皇后的遺物；朝鮮因要結好

明朝，便把這襲鷫氅作了進貢之物。

講到鷫氅的好處，無論大寒天，只要披在身上，任你走到冰窖雪谷中去，也不覺一點兒寒冷；氅的上下，完全是火鷫絨毛所織成，又溫軟又輕盈，裏面還襯著一層的火浣布，四襟鑲著鮫紗，倘在月光下瞧時，光彩射開來，簡直是要人睜不開眼睛呢。

據使臣說，照這樣的氅衣，全天下不過一件半。怎麼有半件呢？因織那衣服的人，中年忽地死了，一件已完了工，另一件則只織得一半；她一生中，唯織這兩件氅衣，別人是繼續不下去的。朝鮮國王聽知，出了三萬多銀子，把那一件半氅衣買來，整件地賜給皇后，剩下的半件，國王便拿來改作小衣；到了嚴冬，朝中文武大臣禦了皮衣還嫌冷，國王卻只穿件薄薄的夾衣，尚還覺得常常汗流滿頭。

朝鮮的氣候本來和別處不同些，然而，由此可知那鷫氅的寶貴了；這樣說來，鷫氅實是件無價之寶，織氅衣的後人不肖，三萬多兩銀子便賣了。

至於那朝鮮國王把這寶貝進貢明朝，也有一個緣故；因國王的皇后世稱朝鮮第一美人，不幸夭亡，國王十分傷感，一見了皇后的遺物便要哭得死去活來，於是由朝臣設法，將皇后的遺物潛自移去。那件氅衣也是皇后的遺物，又是件寶貝；其中有個大臣提議道：「皇后的遺物留著，徒給國王傷心，不如把氅衣充做與中國的貢物，也可以藉此結好明朝。」眾人聽了都十分贊成，當即派了使臣，星夜進貢明朝。

宣宗看了，也知道它是一件寶物；別的不必說它，只瞧那氅衣的光芒射人，就可斷定它不是件凡衣了。那時，宣宗愛孫貴妃不過，便把這件氅衣賜與她。

這天，宣宗和孫后在澄淵亭上開筵，怕孫后著涼，便吩咐那香兒去取來；其時，孫后三杯下肚，臉泛桃花，額上已香汗盈盈，也不覺著寒冷了，只把氅衣往旁邊一甩，一面仍和宣宗飲酒談笑。宣宗漸漸地有了醉意，酒入腹中心事上頭，竟屏去了內監宮人，令那宮侍香兒去抱了那太子來；孫后忙阻攔道：「夜寒侵人，太子年稚，恐受不起這冷氣，還是不去抱吧！」

宣宗帶醉，笑道：「朕要抱他來，看看相貌和朕怎樣？」

孫后聽了，頓覺刺著隱事，面色不禁有些改變；只得勉強說道：「那是陛下的龍種，自和陛下一般。」

宣宗冷笑道：「那怕未必呢！」

孫后見宣宗話說有異，正要拿言語來支吾；忽見宣宗霍地立起身來，道：「妳說沒有月色，那不是月光嗎？」說著，便走出澄淵亭外，孫后也跟了出來。宣宗趁她不備，提起來就是一腳，孫后一個翻身，噗通一聲，跌入河中去了；可憐！似孫后那樣的嬌弱身體，跌在水裏幾個翻身，已是一命嗚呼了。

待那香兒同了保姆來時，宣宗吩咐保姆仍把太子抱去；那香兒不見了孫后，正在詫異，宣宗猛然說道：「皇后在那裏等著妳，快去侍候。」香兒忙走出亭外，宣宗也照對付孫后的法子，將香兒一樣地踢下河去。

這時夜靜更深，又是很冷清的地方，孫后和香兒活生生地淹死在河中，竟一個人都不曾知道；宣宗見心事已了，便叫內侍上亭，收拾了杯盤之類，自己便帶醉去臨幸宮嬪去了。

第二天，宮中不見了孫后和宮侍香兒、小娥，內務總管姚正忙令宮中內侍們，向宮內外四處查看；不一會，千秋鑒的太監來報，宮侍小娥倒斃在寶月閣，驗得身受致命重傷，現已收殮。又有西苑的內監來報，道：「孫皇后和宮侍香兒，在澄淵亭前湖中浮著。」

姚正聽說，不覺大驚道：「宮中出了大亂子了！」於是七跌八撞地來奏知宣宗。

宣宗故意驚道：「哪有這等事！」當下命駕幸澄淵亭，親自去察勘了一遍。即傳諭用貴妃禮殮了孫后，賜葬金山，宮侍香兒送往千秋鑒收殮，一面吩咐姚正留心察訪兇手；這樣的一場大事，只輕輕地掩飾了過去。那姚正等見皇上淡淡的，對於孫后投河的事不加根究，大家自然也懈怠下來；後來孫后的這件事，始終成了疑案，這事暫且不提。

再說宣宗殺了孫后，又恨那總管趙忠、內監王永助著孫后作奸；便暗飭錦衣衛齎了鴆酒到天牢中，把趙忠和王永毒死在獄中。是年的十一月裏，是張太后五十萬壽；宣宗下諭，到萬壽的那天，群臣須一例錦衣入朝，並叩賀皇太后萬壽。

群臣得了諭旨，自然格外地踴躍，文的由太師楊溥為首，武的是英國公張輔為首，各掏私囊，去製些奇珍異玩，準備萬壽的那天進呈給皇太后賞玩；那時，宣宗正在盛世，各國及海外附屬的島國，也紛紛籌備進貢的物件。在張皇太后萬壽的三天之前，京中著名使館巨驛，都被一班使臣佔得滿坑滿谷；各國的貢車和各省文武官員貢獻壽儀的車兒絡繹道上，綿亙二百餘里。

到了張太后萬壽的正日，宣宗皇帝頭戴冕冠，衣衮龍袍，白圭朱舄，親赴太廟致祭列祖列宗；祭祀既畢，鑾駕儀衛直進東華門，一面命排起張太后的儀仗，龍旌、鳳幟、白旄、赤節、紅杖、青爐、金斧、銀鉞、立瓜、臥瓜、雉扇、曲蓋、黃傘、赤傘、方傘、紫蓋、骨朵、響節、團扇、錦幡、儀刀、金吾仗、金節、小雉扇、大雉扇、日月旌、六龍旗、北斗七星旗、五行旗、壽龍白虎旗、朱雀玄武旗、八封真武旗。御前衛士、錦前衛士、錦衣衛、校衛、侍衛、御林軍、禁軍，白纛、大鉞，銀旄、女侍宮娥、繡衣衛；金踏腳、金盂、金壺、金交椅、金水罐、金爐、金脂盒、金香盒、拂子、方扇、黃麾、戟、紗燈、弓弩、班劍、掌扇、方扇、天旌、地麾、錦幡、香柄、黃龍扇……。

一對對地在前過去，後面是皇太后的鳳輿；張太后戴著雙鳳翔龍冠，金繡龍鳳錦披，穿著大袖龍鳳真紅繡袍，金龍霞帔，髻上龍鳳飾，金玉珠寶釧鐲，翡翠大珮，紅羅長裙，望上去，真是威儀堂皇。張太后端坐在輦中，臉上微微帶著笑容；又把輦上的珠簾高捲，自乾清門起駕，往東西華門遊行了一周，由宣宗皇帝親自迎接太后的鳳輿，直上萬歲山，受文武百官的朝賀。

宣宗又替太后稱觴上壽，百官齊呼「萬歲！」、「皇太后萬壽無疆！」；這時國外島國的使臣以及各省進獻儀的官吏，紛紛呈獻貢物，什麼真珠寶玩，玉石金銀，器具雜物，食品酒醴，種種奇花異樣，爭勝鬥麗，說不盡的五光十色，叫人眼也看花了。

宣宗便奉著太后，登皇殿親檢壽儀，又傳諭文武大臣在華蓋殿賜宴；又命楊溥等接待外邦使臣，在

交泰殿賜宴。各省來京貢儀和祝壽的官吏，著在寧安殿、仁壽殿、懷仁殿、育德殿等四處賜宴；張太后在皇極殿上，目睹著許多奇珍異寶，只是嘻開著嘴，笑得合不攏來。

第三十三回　大明盛世

張太后萬壽，各外邦進獻珍玩，及各省、府、州、縣等所呈獻上壽禮物，一時也記它不盡；就是文人學士知道宣宗皇帝好風雅，便大家咬文嚼字地撰了許多的壽文壽序、詩詞歌賦，都來進獻。還有那些壽屏、壽幛、壽聯之類，也堆積如山，真可算得是琳琅滿目，美不勝收了；宣宗傳諭，凡獻詩詞的學士，不論優劣，一概賜壽絹一端。

那壽屏裏面，有一幅廣東某宦的女兒，用錦織成回文詩百首，不但是字字珠璣，繡織的工夫也非凡手；宣宗看了讚不絕口，立命賜黃金百兩，壽絹千匹。又有新會呂氏女，進獻絲繡彌勒佛圖一幅，像高可與人齊，卻繡得眉目生動，姿態活潑；宣宗歎為絕技，也賞給金銀等物。鄉里中傳說，都以呂氏得獲皇帝賞賜為榮耀；從此廣東工繡的名氣，也由這一遭上著名起來。

此外，各省州縣民女所獻的繡物可說車載斗量，只不過都是些平常的作品，宣宗皇帝也無心一一細瞧；但令內務府計點件數姓名，待檢齊了，便按著姓名賞賜，每人賜給黃絹一端，算是一種酬勞。

又有外邦貢獻進來的珍玩，其中有一樣寶貝，是一尊珍珠的壽星；長約四寸，朱履金冠，銀髯如雪，裝在檀木的小盒裏。另一隻小盒，置金禪杖一根，倘把禪杖取出來，放在壽星的手裏，那壽星便能

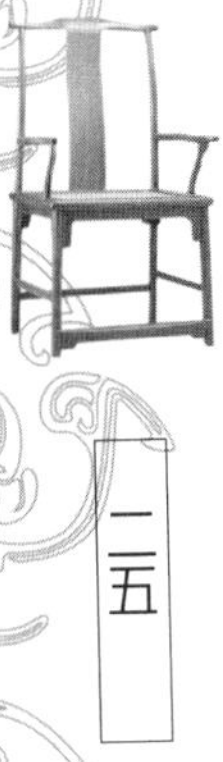

自由行走，前後七步，把杖取去，便不能走動；所以禪杖要另用小盒裝開，如置在一起，恐壽星拿了禪杖就要遁去了。

又有巴拉賽島國進貢來的一隻金獅子，高三寸、長四寸餘，金光燦爛，十分耀目；又有小金鑼一面、金鎚一個。那金鑼不過銅錢般大小，拿金鎚擊起來，聲音尖銳清越，金獅聽了鑼聲，便從金絲籠裏直跳出來，依著鑼聲的疾徐往來跳躍；鑼一停止，獅子也就不舞，仍走入金絲籠裏去了。

據使臣說，曾有小偷把那金獅竊去，卻沒有偷得金鑼；失主只拿金鑼敲起來，那金獅不論在幾千里外，立刻就順著鑼聲跳回來了。這兩樣寶物，是貢儀裏面最貴重的東西，都是價值連城。又有一樣，是鮫綃的帳兒；鮫綃是出在南海的，又稱為龍紗，拿它來做了帳子，在暑天掛起來，雖炎陽當空，也立覺滿室生涼。

其他各省的壽儀裏面，很有幾樣寶貴東西，如廣西省進獻的，是一只大箱櫥，櫥高三丈，大門三十六，小門七十二，抽屜凡二百四十只；自冠裳服履，直到櫛沐的雜物，一切婦女的用品，差不多都齊備的了。武昌進獻的，則是一頂珠冠，冠上一粒大珠；戴在頭上，坐在黑暗中，那珠能發出光芒來，十步之內竟如白晝一般。

還有各州縣的特產品，一樣樣地檢點著，要算四川的黃岑參、江西的香狸、塞外的雁菌、浙江的烏龍茶、安徽的雲霧茶、山東的阿膠、吉林的人參、湖州的細錦、青州的銀毫；這幾樣的土產，從前沒有進獻過，自張太后萬壽，人民進獻充作壽儀後，宣宗見這些土儀很不差，便下諭那裏的地方官，限定要每歲進呈若干。

因浙江的烏龍茶和徽州的雲霧茶，本就是很有名的；那烏龍茶當泡得來時，它的熱氣上騰，會現出一條龍形，雲霧茶的水氣上蒸，似雲霧般的隱隱不散。至茶葉的甘芳、氣息的芬馥，自不消說得了；又有山東的的阿膠，是用阿井的井水，把黑驢皮熬煎成膠質，也是一種滋補的佳品。

那阿井在山東的東阿縣，井水純厚，水色碧綠如玉；一經把黑驢皮煎熬成膠，膠的顏色就變作了琥珀色一樣了。這阿膠有一樣佳處，就是婦女經期到的時候，只要煎一碗吃下去，兩小時內便乾乾淨淨；皇宮裏面，嬪妃們都有預備著的，為的怕天癸來時，皇上忽然臨幸，勢不能抗違旨意，只好勉強應命，那時，便煎起阿膠來吃了，雖是身上不潔淨，卻也不會弄出病來了。

當下，宣宗皇帝奉著張太后親檢壽儀已畢，又同著太后駕起御舟，環遊三海，在萬歲山那裏停留片刻，又往太液池裏遊行一轉；遊興既闌，命太監們攏了御舟登岸，宣宗親奉太后回寧清宮。第二天，群臣又再進宮，替太后補壽；第三天，各國的使臣來辭行回國。第四天，各省、府，州、縣的官吏至乾清門謝恩辭行；這樣一天天地直鬧了一個多月，才算慢慢寧靜下去。

宣宗皇帝這時忽然想起胡皇后來，便和張太后說知，命內侍持節往迎；不到一刻，胡皇后來了，只見她黃冠法衣，儼然是個女道士的模樣。張太后看了，忍不住下淚，宣宗也覺感傷，胡皇后更哭得和淚人兒一般；於是張太后命胡皇后更了衣服，同著宣宗回萬安宮。次日宣宗下旨，仍令胡后復了后位，廢去孫后名號，收回寶冊；從此，宣宗和胡后依舊言歸於好了，這且不提。

再說那山西的大同府，是個很有名的都會，三公六卿也不知出了多少人；講到那個地方，山明水秀，六街三市熱鬧非常，楚館秦樓到處皆是。這個大同府，本是唐時出塞必經之路，使臣絡繹往來，都在那裏就館；趁閒走馬看花，及時行樂，必玩得一個心滿意足才起程回國。

當唐玄宗時，劉景然做著大同節度使，以塞外使臣往還，多在大同棲息，應設置樂坊、樂戶，既便異邦之臣，也顯得中國的繁華富麗；玄宗准奏了，在大同奉旨設立教坊，頓時笙歌徹夜，鶯燕相聚，江南金粉連袂而來，大有廿四橋無邊風月之概。是以相傳下來，宋元至於明代，這煙花風月一點也不改，且因此越盛了。

更有一種畫舫是在水面上的，那裏有個湖，叫作菱湖，又稱為嬰哥湖；也有幾十丈的水面，青山綠水，不亞於西子湖。宋朝的王安石曾蕩舟遊覽菱湖，還領著一班名士吟風弄月，一時倒也很多佳作；又因那湖水澄碧，便題名叫作晴碧。

那江上的風景很是清幽，這些畫舫就依山靠水地繫著纜；水上煙花很有幾個佳麗，王孫公子落魄銷魂的也是常有。江上的畫舫，都以姓氏做標幟，以作為區別；其中最有名的，要算王家舫和錢家舫，又有那杜家舫的，舫上幾個姑娘也還過得去。還有一艘成家舫的，舫既大，姑娘又多，而且個個是明眸皓齒、玉膚冰肌；那舫的主鴇姓成，人家都稱她作「成媽媽」的。

她在年輕時，曾做過皇宮裏的保姆，也認識了幾個王公大臣；據她自己說，還親乳過某位皇子，所以她借著這個名頭，在江上操著那神女生涯，很有些勢力。凡到她舫上去玩的，多半是官家子弟、公侯的後裔；若市賈常人，任你怎樣地花錢，她還是大刺刺地瞧不起人。俗語說道，勢力的鴇兒，真是不差的呢！

那時成家舫上，新來了一位姑娘，芳名鳳奴的，生得桃腮杏臉，容顏似玉，楊柳纖腰，臨風翩翩，真是淩波仙子一般；當時那些探花浪子，聞得鳳奴的盛名，都想吃天鵝肉，好似穿花蝴蝶，大家往來成家舫上紛紛不絕。

偏是那鳳奴的性情拘執，對於庸人俗客一例拒絕不見，必風雅的文人才肯接待；但一見面之後，有的因貌不揚，有的因話不投機，鳳奴便不管是什麼人，竟然下令逐客；可憐一班王孫紈袴，平日裏只恃著有錢，至於文字造詣，是從來不曾研究過的，因此大遭鳳奴的白眼。這樣一來，把鳳奴當作了禁臠看待；想嘗禁臠的人越多，越是嘗不到她，鳳奴的芳名也越噪了。

有一天，成家舫上忽然來了一個客人，穿著一身華服，年紀約五十光景；看他談吐雋雅，舉止不凡，成媽媽知道他不是個常人，自然殷勤招待。那客一開口，就指名要鳳奴出見，成媽媽曉得鳳奴的脾氣，怕她得罪貴客，便叫別個姑娘來侍候；那客人連連搖頭，成媽媽沒法，只得令鳳奴出來，還再三地囑咐，叫她切莫慢客。

誰知那鳳奴見了客人，竟如素識似的，大有一見傾心之概；成媽媽在一旁看了，暗暗稱奇，又因鳳奴能改了脾氣，不禁格外高興。那客人和鳳奴談談說說，又講了些詩文；兩人愈說愈覺投機，漸漸地兩心相印，結為風塵知己了。於是由鳳奴吩咐舫上，擺上筵席來，和那客人把盞高飲起來；酒闌席罷，鳳

奴居然留髡，掌著紅燭，和那客人雙雙入寢。

第二天，那客人便取了二千兩銀子，來交給那成媽媽，叫她預備下酒席；那客人便飛箋召客，一時應召而來的客人，都是本城的三司大吏，如布政司、巡糧道、僉事、參議、提刑按察使、都轉運使、同知、知府等，蹡蹡蹌蹌地擠滿了一船。因舫中設不下許多筵宴，便由成媽媽去和王家、杜家的舫上商量，借他們的舫中設席。

這一場請客酒，凡水陸上有名的姑娘，都被徵來侑酒，淺斟低唱，好不熱鬧；大家直吃到月上黃昏，眾官才來辭別主人，紛紛散去。成媽媽見那客人舉止豪邁，不知他是什麼路道，私下去問那官吏的僕役，只知那客人姓雲，也不曉得他的名兒；成媽媽料他必是京中王公貴人的公子，或是襲爵的公爺，所以越發奉承得起勁了。

那客人一連住了八九天，天天似這樣的請客，把個菱湖上鬧得烏煙瘴氣；大同的城內城外，誰不知道成家舫上來了一個闊客，包著鳳奴，天天高歌豪飲。本城的官員也個個鬧的頭昏顛倒，只是徵花吃酒，把公事反拋在一邊；那些百姓們閒著沒事的，每天到江邊來瞧熱鬧，瞧了回去，便將所見的事當作一樣新聞講。

後來巷議街談，四處傳遍；腦筋敏銳的人各自胡亂揣測，說那客人便是當今的皇帝。流言愈傳愈多了，尤其是那些紈袴子弟，因達不到鳳奴的目的，暗地裏，更妄造謠言；於是有的竟懷疑，那客人是個汪洋大盜，是劫著了皇家銀子，來結納官場的。

那時，巡撫山西的是于謙，浙江衢人，為政清廉，剛正不阿；大同的官吏天天在菱湖上選色徵歌，把那公務拋荒下來，不免人言藉藉。這消息傳在于公的耳朵裏，不覺大怒道：「身為治吏，不思整飭風化，反去效那紈袴的行為，不但有玷官方，耽誤政事，尤干國律；我如不知道便罷，況既事實俱聞，非設法把那些畫舫驅走不可。」

于公口裏雖這樣說，心中卻很為躊躇；因江上徵妓的官吏，有大同三司在內，和自己是同寅，職分也不相上下，怎好去禁止他們呢？經他籌思了好幾夜，一天晚上，于公令胥役備起一艘大船，親自到江邊來察看；果然見燈火輝煌，笙歌悅耳，許多官員團團坐著猜拳行令，興高采烈。

于公看了，半晌點頭歎息，忽然叫過一個胥吏，命他伸上手來，在他的掌心裏寫了幾句，吩咐胥吏如此如此；那胥吏奉了命令，跑到江邊來大叫，道：「巡撫于公有緊急公文在此，請大同全體司官接受！」

舫上的官吏聞得是于公的公事，不敢怠慢，齊齊地立起來瞧時，那胥吏只伸著手掌，給眾官瞧看；見上面寫著四句，道：「舫上笙歌陸上孤，烏紗紅粉兩相呼；為何打槳江南去，煮鶴焚琴是老夫。」眾官讀罷，個個面面相覷。大家知道于公是個無情的鐵面，他既出來干預，那可不是玩的；當下草草地終席，賓主弄得不歡而散。

舫上的那個客人和鳳奴談笑對飲，酒興正豪，忽見眾官倉惶走散，心裏十分詫異；正待來問時，按察使馬俊突然走到艙中，一把挽了那客人的手臂，回身便走。兩人出了畫舫，盤過旁邊的小舟，匆匆地

解了纜，往著城中進發。

那客人一時摸不著頭路，再三地問著馬俊；馬俊才說道：「咱們的事，被巡撫于謙出來干預了；我恐你逞強，吃了老于的虧，所以不和你說明，令你暫時離去那裏再說。」

那客人聽了，直跳起來道：「于謙敢是要驅走畫舫嗎？如此，我那鳳奴怎麼樣呢？」

馬俊笑道：「這且明天再看了，今夜，就宿在我的署中吧！」那客人見說，很是怏怏不樂。

不多一會兒，小舟攏岸，馬俊領著那客人上陸進城；到了按察公署，馬俊家丁打掃書齋，留那客人居住，一宿無話。

第二天清晨，那客人起身盥漱了，連點心也不吃，便要出城去瞧那畫舫；馬俊勸他不住，只得備了三匹騎馬，令兩個健僕陪他前去。那客人很是性急，一出城門，就馬上加鞭向菱湖疾馳，到了那裏看時，不由地吃了一驚；但見湖中寂靜，畫舫一隻也看不見了。

那客人慌了，逢著路人就打聽；才知道今天的五鼓，被巡撫于公派了六名馬弁，持著令旗，督迫著二十幾艘畫舫遷往江南去了。那客人和鳳奴兩情相投，正打得火熱的當兒，一朝生生地叫他離開，好似乳兒失了親娘，怎樣不難過呢？

這時，他聽了路人的話，呆呆地怔了半晌，說不出話來；還是那兩個僕人勸他進回城去，再行商議，那客人如夢方醒的口裏應著，兀是控住馬韁不走。想起昨夜還和鳳奴談笑，今天卻變成人面桃花，只剩下滔滔的碧水，依舊不住地流著；那客人坐在馬上，不禁悲從中來，竟伏鞍放聲大哭。兩個僕人看得又好笑又是可憐他；兩人一前一後，替他代控了轡繩，三四騎馬很掃興地回城。及至到了署中，那客人一見馬俊，就大哭道：「糟了！糟了！我的鳳奴也被那于賊趕走了。」馬俊聽說，也覺得于謙的手段太辣了；便勸那客人道：「事已這樣，哭也無益，不如星夜趕往江南，或者還能夠和鳳奴相見；除了這個法子，沒有別的路可走了。」那客人便止住了哭，即命雇起了小舟，全力往江南進行。

但只說一句江南，地方正多，什麼維揚、姑蘇，哪處不是煙花所在，那客人要從何處尋覓呢？可憐他東奔西走，鬧了三個多月，非但成家畫舫找不到，連成家同業的畫舫也沒有尋著半隻。那客人似有神經病似的，竟來見揚州知府羅裕昆，命他就境內飭役訪查；羅裕昆見他癡癡癲癲的，便命衙役趕他出去。

那客人卻大聲說道：「我便是棄國的建文帝，成家舫裏的鳳奴，是我所眷，你們快給我找來。」羅裕昆聽了大驚，忙把他接待進去，一面飛報入金陵。

其時，守金陵的都御史龍英，聞得這個消息，忙令羅知府陪著他同至金陵；那龍英是個新進的後輩，也認不得建文帝，看來，這件事是不易解決的了。於是由龍英上疏入奏，宣宗皇帝看了奏牘，雖知道建文帝並不曾燒死，但這個自稱建文的，也不識是真是假；弄得莫名究竟，便將奏章拿給楊溥看了。

楊溥奏道：「建文遜國已久，當太宗皇帝賓天後，他穿著僧裝入都，仁宗皇帝憐他無家可歸，敕建

寧國寺給他居住；不到半年，他便蓄了髮，私自出京，不知去向，現在卻又在那裏出事。雖不怕他做出什麼大事來，到底他做過四年的皇帝，像這樣地在外招搖，很覺駭人聽聞；陛下宜諭知龍英，將建文押解進京，先辨別他的真偽。如其果是建文，陛下不忍誅戮他時，可把他設法軟禁，以終其天年；免得他飄泊天涯，別生枝節。」宣宗皇帝見說，點頭稱善，隨即諭旨下去。

不日，龍英解著建文帝到來，當日覲見宣宗；建文帝但直立不跪，宣宗便令朝臣辨認，卻一個也認不得他。因為建文帝在二十多歲便出亡，只在仁宗登極時回京過一次；如今已是五十多歲了，朝中又都是新進，誰認得什麼建文帝？

宣宗忽然想起了內監吳亮，曾侍候過太宗皇帝，想他一定認識建文的，命內侍召吳亮上殿；吳亮竟也認不真切，搖頭說是不像建文帝。建文帝在一旁大喝，道：「你不是吳亮嗎？當年我在仁壽宮進膳，掉了一隻肉球在地，我說了聲可惜，你就去伏在地上，把肉球吞下肚去；還說替我增福，你難道忘了嗎？」

吳亮聽了，忍不住去擄建文帝的左臂，道：「倘是故主，左腕有一粒朱痣的。」說著，見腕上果有紅痣，吳亮忙跪下大哭起來。

宣宗見果真是建文帝，自己是他的侄輩，不便於難為他，當下和三楊計議，封建文帝為潛王；又下諭道：「皇叔允炆，著令在西苑寧壽軒居住，無故不得擅離。」建文帝這時才得了安身之地，那隨他出亡的汪秋雲早死，其他如牛景、金焦等一班臣子，聞說建文帝進京受封，他們也各自散去了；後來，建文帝直到七十多歲時病死，總算得著善終。

再說宣宗皇帝自殺了孫貴妃，復了胡皇后的中宮位置，眼前六宮嬪妃沒一個出色的，心裏非常的不懌；司禮太監譚福，窺透宣宗的心事，將侄女羅妹獻進宮來。那羅妹也有五六分姿色，宣宗便納為侍嬪；又過了幾天，晉羅妹為貴人。

一天，宣宗私行出宮，在西華門外，遇見一簇的官眷，正往寶慶寺進香；宣宗無意中隨著她們前進，忽見官眷裏面有個妙齡的少女，皓齒明眸，容貌很是嫵媚，雜在眾婦女中，好似群星捧月，愈顯得她的嬌豔出色了。宣宗呆呆跟著，不覺看得出神；直待那些婦女燒好了香，在寺裏隨喜了一轉，便走出大雄寶殿。

宣宗忘了所以，竟去走到婦女們一起，被三四個健僕把宣宗直推出寺外；一群婦女就在大殿上登轎，由家人擁著，飛也似地去了。宣宗回到宮中，命內侍去一打探，才曉得那女郎是錦衣衛王成的女兒蓮姑；宣宗便諭知王成，說要納他的女兒做妃子，王成不敢違忤，立時將蓮姑護送進宮，宣宗即冊封蓮姑為貴妃。

那王貴妃為人善於獻媚，又能吹彈歌唱，宣宗把她寵幸得什麼似的，天天在西苑裏賞鑒那王貴妃的輕歌妙舞，足足有五六天不理朝政；那時，惱動了蘭臺直諫的徐弼，他說君王縱情聲色，必然國亡無日，便捧著奏疏來西苑叩宮直諫。

第三十四回　于謙平獄

宣宗皇帝自納了王成的女兒蓮姑，即日冊封她為貴妃，聖眷非常地隆重，把以前所眷的嬪妃，都拋到腦後去了；那蓮貴妃果然生得蠻腰盛鬋，秀靨芳姿，宣宗越看越愛，連半步也捨不得離開她。蓮妃又善歌舞，綠楊庭院，檀板珠喉，自覺餘音繞樑；宣宗聽了，不由得心醉神迷，便令宮女們也學著歌唱。不多幾天，多已學會了，鶯聲嚦嚦地歌唱起來，分外見得賞心悅耳；把個宣宗皇帝樂得手舞足蹈，竟多日不去設朝，只一天到晚和愛妃在宮中飲酒取樂。

又因蓮妃嫌宮中氣悶，宣宗便命在西苑的南院，建起一座花房來；這座花房，共分大小屋宇四十幾楹，有樓十八，什麼煙霞樓、聽雨樓、琴樓、鳳樓、落虹樓、夕照樓、清曠樓、醉香樓、風月無邊樓、飛虹樓、醉仙樓、魚躍樓、芭芳樓、煙月清真樓、五照樓、望月樓、賞雪樓、九九消寒樓等。為閣凡八，如尋芳閣、稼雲閣、月閣、映水閣、藏春閣、水雲閣、飛絮閣、桃園閣等；又有蘭亭、芰荷亭、秀雲亭、觀魚亭、嵐鏡亭、碧雲精舍、香稻軒、涵秋墅、印月池、九曲池、天宇空明軒、映水榭、柳浪軒、釣魚磯、石亭、桃花塢、擁翠軒、玉春池等。

正中一座大樓，宣宗皇帝親題，叫做「蓮壺佳境」；下面一方小匾，題著「蓮房」兩個大字，就是

蓮妃居住的所在。對面是一帶的石堤，堤邊種著桃柳，西邊砌著假山，東邊鑿著魚池，題名叫做「柳林」；池的正面也是一座高樓，題名「翠微」，是宣宗和蓮妃遊宴的地方。

總計這許多樓閣亭台，有勝景二十四處，真建築得畫棟雕樑，堂皇富麗；那工程雖是浩大，完成得卻極其迅速，這些差使都是由內監汪超一手承辦，花去國帑至七百五十餘萬兩。

宣宗這時遊著勝景，對著美色，越發徘徊不忍去，大有樂不思蜀之概；那時，滿朝的臣工見宣宗沉緬酒色，荒廢朝政，大家均覺惶惶不安，便都來謁見太傅楊士奇、相國楊溥、楊榮，要求他們上疏入諫。楊士奇見說，就在相國府中開了一個會議；由三楊領銜，六卿署名，連夜上本，請宣宗臨朝。

誰知奏牘上去，好似石沉大海，一點影蹤都沒有；當下惱了都御史徐弼，氣憤憤地說道：「滿朝文武，一個個尸位素餐，貪生怕死；皇上這樣地酒色荒政，竟沒一個叩宮苦諫，坐視著國事日墮。將來有甚麼面目立在朝堂，也無顏見地下的先帝；我既身為臺官，怎可啞口不言？」於是親自草了奏疏，袖入西苑來見宣宗。

宮門的侍衛不肯放徐弼進去，徐弼大喝道：「我有國家大事面奏皇上，你敢耽誤我的工夫嗎？」

那侍衛被徐弼喝住，任徐弼直進西苑，到了擁翠軒前，又被內監攔住，照樣被徐弼叱退，逕向著「蓮壺佳境」處走來；到了樓下，早有兩個內侍阻擋道：「皇帝有旨，無論國戚大臣，非奉詔不得進內。」

徐御史曉得宮禁的規例，只得說道：「煩你代奏皇帝，說都御史徐弼有緊急大事面陳。」說著，一個內侍匆匆地進去了好半晌，出來問道：「徐御史可有奏疏？」

徐弼答道：「奏疏是有的，卻非面呈不可。」

那內侍聽說，又進去了好一會，才出來說道：「皇帝諭令徐御史暫退，有疏可進呈。」

徐弼見說，只有把袖中奏章送給內侍，卻在樓下叩頭大哭，道：「皇上荒棄朝政，臣下惶急；愚臣今日冒死進諫，不避斧鉞，如見不得聖容，願死在樓下的了。」說罷又哭。

那內侍捧著疏牘，進呈御覽，宣宗皇帝接了奏疏，聽得外面的哭聲，便問內侍，知道是徐弼；宣宗就拿奏疏展開來，只見上面寫道：

臣聞堯舜之君，不事宴樂；聖德之主，遠佞辟邪。昔儀狄獻佳釀，帝禹喻為亡國禍水；世民遊隋苑，魏公叱為墮政淫巢。周有褒氏之寵，紂因妲己之嬖；越進西子而吳國殄滅，唐愛楊氏而胡虜猖狂。夫酒色之害，帝王嗜之則亡國，臣民好之則破家。

漢武建柏梁，三月不朝，災象迭見；魏主修銅雀，六政未備，肘腋禍生。今吾皇上，仁德聰明，英毅圖治；伏祈宸衷獨斷，即日臨朝，以釋群臣惶惑之心，安朝野人民之念。臣愚昧無知，冒死陳辭，終粉身碎骨；但得國家安寧，雖支體亦所不惜。惶恐待命之至！

宣宗讀了徐弼的奏疏，往著地上一擲，道：「徐弼老賊，將朕比那魏王和唐明皇嗎？朕如不念他是開國功勳後裔，立時把他正法，以儆謗誹君上。」說著，令內侍擲還徐弼的奏牘，即刻驅逐出宮。

內侍奉諭，喚進兩名侍衛來，拖了徐弼往外便走，任你徐弼大哭大叫，誰也不去睬他；那侍衛把徐弼拖到西苑門外，自去覆旨，徐弼沒法，只得在門前叩頭大哭了一場，次日便掛冠回里去了。

楊溥等聞得徐弼被宣宗逐出，想苦諫是無益的，當由楊榮提議，還是去謁見張太后，或者能夠勸宣宗照常臨朝；於是三楊和黃淮、蹇義等，齊齊到寧清宮來見張太后，把宣宗皇帝新寵蓮妃、不理政事的話，老實奏陳了一番。

張太后聽了，大驚說：「皇上這般胡鬧，我如何會一點不知道的？」說罷，命楊士奇等去侍候在寶華殿上，撞起鐘來；不到一刻，百官紛紛齊集。

宣宗皇帝正在蓮房裏看歌舞；忽聽得景陽鐘叮噹，不覺詫異道：「誰在那裏上朝？」內侍正要出去探問時，恰巧張太后駕到，慌得蓮妃忙整襟來迎；張太后坐下，宣宗也來請安。張太后劈口就說道：「皇上這幾天，為什麼不設早朝？」

宣宗還不曾回答，張太后又道：「祖宗創業艱難，子孫應該好好地保守才是！我朱氏自開國到現在，不過五朝，不及百年，政事便敗壞到這樣；休說世代相傳，看來，這江山早晚是他人的了！」張太后說罷，忍不住流下淚來，嚇得宣宗不敢做聲。

這時，蓮妃呆呆侍立在一旁，張太后回頭喝道：「妳這無恥的賤婢，狐媚著皇帝，終日酒色歌舞，拋荒朝政，今日有什麼臉面兒見我？」罵得蓮妃噗地的跪在地上。

張太后吩咐宮侍看過家法來，宣宗見不是勢頭，便來求情道：「母后請息怒，這事都是兒的不好；只求恕了她的，兒就去視事去。」說著出了蓮房，令儀衛排駕，匆匆地往寶華殿而去。

這裏，張太后又把蓮妃訓斥一頓，並傳懿旨，削去蓮妃的封號降為宮嬪；一面著退出蓮房，命內侍封鎖起來，又收了蓮妃的寶冊，才自回寧清宮。

那宣宗到了寶華殿，楊士奇等三呼既畢，把外省的奏牘捧呈進來，堆在御案上，差不多已有尺把來高；宣宗勉強理了幾件，很有些不耐煩了，就令捲簾退朝。從此以後，宣宗便天天臨朝；那蓮妃雖降為侍嬪，因是太后的懿旨，不好違忤，只得慢慢地再圖起復。

一天，御史王鉉來替自己的兒子告著御狀，要求伸雪奇冤；宣宗看了他的冤狀，卻是王鉉的兒子王賓，去調戲同村卞醫生的女兒琴姑，卞醫生親眼瞧見了，拔了一把菜刀去殺王賓，王賓一時情急，奪了刀，反把卞醫生殺死。那時邑令捕了王賓，王賓卻不承認殺人，還說連調戲的事也沒有的；這件官司換過十幾個審事官，都訊不明白，王御史也力辯，說自己兒子是不會殺人的。

講到這樁案件的起因，是卞醫生的女兒翠姑，一天和鄰家的王寡婦，同站在門前閒看；恰巧王御史的兒子王賓走過，琴姑已十七歲了，正是情竇初開的時候，見了王賓那種風度翩翩的樣兒，不禁含情脈脈的，那一雙秋波只盈盈地瞧著王賓，王賓卻並沒留心，竟低著頭走過了。

王寡婦在旁邊，已瞧出了琴姑的心事；便順口扯謊道：「姑娘看適才走過的少年多麼俊俏，我卻認

得他的，是王御史家的公子，如今還沒有妻室；姑娘倘是看得中的，我便叫王公子到妳家來求婚，妳看怎樣？」琴姑聽了，正中心懷，面子上卻覺得害羞，只低著頭一言不發。

過了一會，王寡婦回去，琴姑只當她的話是真的，伸著脖子一天天地盼望，卻總不見王公子家的冰人來求婚；是以朝思夕想的，竟弄出了一場病來。王寡婦聽得琴姑有病，忙來探望時；琴姑在朦朧中見了王寡婦，脫口就問王公子的事怎樣了。

王寡婦見問，知道琴姑把假話當了真事，卻又不便說穿；只得拿話安慰她道：「我這幾日窮忙，不曾到王公子家裏去；再過幾天，我親自去說，保妳成功就是了。」琴姑還當她是真話，微微點頭稱謝。

那王寡婦回到家裏，便將這事對她的姘夫胡秀才講了，還說世上有這樣的癡心女兒，想王公子想出個相思病來了，說著大家笑了一陣；誰知那胡秀才平日本看上了琴姑，苦的沒有機會去做，他這時聽得王寡婦的話，竟悄悄地溜到到卞醫生家裏，去叩秀姑的房門。

秀姑問：「是哪個？」

胡秀才應道：「我是王家公子。」

琴姑說道：「既是王公子，為甚不遣冰人來，卻深夜到此做什麼？」

胡秀才打謊道：「我恐姑娘志意不堅，今天來和姑娘握臂訂盟的。」琴姑就扶病開了門。

胡秀才直跳進去，一把摟住琴姑，任意撫摩起來；琴姑慌了手腳，憤憤地說道：「王公子是知書識禮的人，為甚這般無理？」說時，病中站不住腳，一回身倒在地上。

胡秀才見她病體柔弱，諒不好用強，便隨手脫了琴姑腳上的一隻繡履，匆匆地走了出來；到王寡婦門前，叩門進去，一摸袖中的繡履，已不知落在什麼地方了。

王寡婦見胡秀才形色匆忙，再三地盤問他，胡秀才瞞不過，只得把冒名王公子，取了琴姑繡鞋的事略說了一遍；兩人燃著火出來尋覓，竟連些影蹤也沒有，胡秀才歎了口氣，這一夜被王寡婦嘮嘮叨叨地，直罵到五鼓還不曾住口。

第二天起來，聞得琴姑的父親卞醫生被人殺死在門前，兇手不知是誰；但屍體旁邊，凶刀之外，又棄著一隻繡履，卞醫生的妻子認得繡履是自己女兒的，弄得做聲不得。那四鄰八舍聽了這話，曉得卞醫生的被殺，定是為了他女兒的姦情；於是由鄰人前去報官，把琴姑捉將官裏去了。

王寡婦聞得這個消息，疑卞醫生是胡秀才殺的，又來細細地盤詰他；胡秀才說，脫她繡鞋是有的，人實在不曾殺，王寡婦回想，胡秀才也不像是個兇惡殺人的人，事過境遷，便漸漸地把這事忘了。

然而，殺卞醫生的究竟是誰呢？原來，胡秀才有個鄰人徐老五，是個著名的惡棍。他垂涎王寡婦的姿色，幾番和她勾搭，都被王寡婦拒絕，老五便記恨在心；他私下打聽得王寡婦同胡秀才結識，愈覺憤火中燒，想要趁他兩人幽會的當兒，打進門去，大鬧她一場。

有一天，徐老五正到王寡婦的門前來等候胡秀才，跑到門口，腳下似踏著一樣東西，忙拾起來瞧時，見是一隻繡鞋；又從窗縫中，聽得胡秀才講那冒著王公子去調戲琴姑的事，徐老五早已明明白白。

後來見胡秀才和王寡婦開門來尋繡鞋，老五拔腳便走，一口氣往著卞醫生家裏走來。

待到跳進牆去，徐老五因不識路徑，錯走到卞醫生的臥室裏，把卞醫生從夢中驚醒，連聲喊著有賊，一面執著一把菜刀趕將出來；後面卞醫生的妻子也幫著叫喊，徐老五慌了，奪下卞醫生手中的刀，一刀砍在他腦門裏，卞醫生便倒地氣絕。

徐老五見闖了大禍，趁勢逃走，急忙中把繡鞋掉在地上了；等到鄰人趕至，卞醫生已死，妻子哭得死去活來，女兒琴姑也帶病出來哭著，鄰人們便拾了那把凶刀和繡鞋，連夜進城去報官。邑令聽說出了命案，第二天出城來相驗；見卞醫生妻子說，繡鞋是她女兒琴姑的，邑令自然認為是姦殺案，立刻將琴姑帶至堂上。

琴姑卻直供出王公子調戲她，並脫去她一隻繡鞋；又說出去時，必被父親聽得，當他賊捉，所以把父親殺死。琴姑這樣地供著，拿當日和王寡婦說的話，恐連累她，竟一句也不提，只一口咬定了王公子；可憐！她那裏知道調戲她的是胡秀才，而不是真的王公子呢。

邑令拘捕王賓到堂，王賓弄得摸不著頭腦，只呼著冤枉罷了；邑令見王賓是邑史的兒子，不敢用刑拷問，親將他解到府裏，府又解到省中。其時山東的巡撫李家珍，接到這件案子，不管青紅皂白，便把王賓屈打成招，依著圖姦殺人定案；這樣一來，把個王御史急壞了，忙著去託人設法，四處走門路，要想把案子翻過來。

偏是那巡撫李家珍硬要做清官，任憑誰來求情說項，他一概拒絕著，說是照律判斷；王御史急得沒法，只得免了冠服，穿著罪衣罪裙去告御狀。宣宗皇帝批交刑部復審，刑部尚書呂毅，當即親提王賓和琴姑訊問；那琴姑見了王賓就是涕泣痛罵，把個王賓罵得無可分辯。

呂毅細看王賓，文弱得如小姐一般，諒他決不是殺人的兇犯；要待推翻原案，一時又捉不到正兇，況呂毅和王御史素來莫逆，似乎關著一層嫌疑在裏面，越發不好說話了。第二天，呂毅入奏，說案中不無疑點，須另派正直的大臣勘訊；宣宗皇帝聽了，忽然想起了山西巡撫于謙，聞他善於折獄，人民稱他作神明。這時正進京陛見，還沒有出京；於是宣宗皇帝下諭，令于謙去承審這件案子，限日訊明回奏。

于謙接到了諭旨，就假著刑部大堂，提訊人犯；第一個，先把王賓提上去，問他結識琴姑的起因。王賓供說，並不認識琴姑，只有一天在卞醫生門前走過，瞧見一個少女和中年婦人立著；自己匆匆經過，也不曾交談，卻不知怎樣的會攀到自己身上。

于謙聽說，便令王賓退去，又帶上琴姑來；于謙拍案怒道：「妳供認識王公子，王公子說，並沒有和妳交談過，當日他經過妳門前，旁邊站著的少年婦女又是誰？」琴姑見問，知道隱瞞不過，只得說出王寡婦來。

于謙便簽提王寡婦到案，故意說道：「卞氏供和王公子成姦，是妳從中牽引的，可有這事嗎？」

王寡婦忙呼冤，道：「這丫頭自己想人家的男子，我不過同她說幾句玩笑話，她卻當真，生起病來了；後來的事，實在並不知情啊。」

于謙見案已有頭緒，又提琴姑問道：「那天夜裏，王公子叩門進來，脫去妳的繡鞋，妳那時面貌可曾瞧清楚？」

琴姑回說：「只聽得他自稱王公子，至於面貌，在黑暗中並沒有看明白。」

于謙拍案道：「這先是一個大疑竇了。」

當下又提王寡婦問道：「妳和卞氏說笑後，可對第二個人講過了？」王寡婦說沒有，于謙喝叫夾起手指來，王寡婦熬痛不住，方供出曾和姘夫胡秀才說過。

於是，于謙又提那胡秀才到案，當堂喝到：「王氏供稱你去調戲卞氏，殺了卞醫生，可老實招來！」

胡秀才一聽，嚇得面如土色，料來抵賴不了，便把冒認王公子、脫了琴姑的繡鞋一一說了出來，但不承認殺了卞醫生；于謙見胡秀才溫文爾雅，想來也不見得殺人，便問他脫了繡鞋，是放在什麼地方？胡秀才回說，當時到王寡婦家叩門，以為還在袖裏，後來才知失落，忙去尋覓；大概是落在門前，必是被人拾去了，所以終找尋不著。

于謙聽了，知道殺人是另有其人，當下把王賓釋放；一面又提王寡婦問道：「妳除了結識胡秀才之外，尚有何人？」

王寡婦供稱，和胡秀才幼年相識，自丈夫死後，實不曾結識過別人；于謙笑道：「我看妳也決不是個貞節的人，難道連口頭勾搭的人也沒有嗎？」

王寡婦想了想，道：「只有村中的無賴顧九、徐老五、王七等，曾逗引過自己；當時都把他們拒絕了。」

于謙便叫把顧九、徐老五、王七等三人傳來，哄著他們道：「夜裏，夢神告訴我，兇犯不出你等三人；現將你們去囚在暗室裏，誰是兇手，神靈會到背上來寫朱文的。」說著，命擁三人到了暗室。過了一會，把顧九等三人牽出，于謙指著徐老五笑道：「這才是殺人的正兇呢！」

原來于謙令差役在暗室的壁上，滿塗著煤炭，那徐老五心虛，怕神靈真在他的背上寫字，所以狠命地拿背去靠在壁上，沾染了一背心的煙煤；王七和顧九卻因心頭無事，袒著背去面壁立著，因而背上不曾沾染什麼。于謙從這個上頭瞧出了真偽，便釋了顧九、王七，喝令把徐老五上起刑架來。

徐老五因忍不了疼痛，只得將當日拾著繡鞋後，想去調戲琴姑，誤入卞醫生的房裏；因被追得急了，才奪刀殺死了卞醫生的經過，從實講了一遍。

于謙道：「你怎會拾得繡鞋？怎樣起意想到調戲卞醫生的女兒？」徐老五又把挑逗王寡婦，被她拒絕，心裏懷恨，那天晚上想去捉姦，卻在地上拾到了繡鞋；又聽得胡秀才正和王寡婦講那冒了王公子調戲琴姑的事，平日素來知道琴姑的美麗，是以起意前去。

于謙錄了口供，把徐老五收了監，就提起筆來，書著判詞道：

胡生只緣兩小無猜，遂野鶩如家雞之戀。為因一言有漏，致得隴興望蜀之心。幸而聽病燕

之嬌啼，猶為玉惜，憐弱柳之憔悴，未似鶯狂。而釋么鳳於羅中，尚有文人之意，乃劫香盟襪底，寧非無賴之龍？蝴蝶過牆，隔窗有耳。蓮花卸瓣，墮地無蹤，假中之假以生，冤外之冤誰信？是宜稍寬笞撲，賜以額外之恩；姑降青衣，開彼自新之路。

徐老五魄奪自天，魂攝於地，浪乘槎木，直入廣寒之宮；徑泛漁舟，錯認桃源之路。遂使情火熄焰，慾海生波，刀橫直前，投鼠無他顧之意；寇窮安往，忿兔生反噬之心。風流道，乃生此惡魔；溫柔鄉，何有此鬼蜮，即斷首領，以快人心。

琴姑身雖未字，年已及笄；為因一線纏縈，致使群魔交至。葳蕤自守，幸白璧之無玷；縲絏苦爭，喜錦衾之可覆。嘉其入門之拒，猶潔白之情人。遂其擲果之心，亦風流之雅事。仰彼邑令，作爾冰人。冤哉王生，宜其家室。王嫠片言相戲，洩漏春光，雖未為兩性之情牽，姑與以三分之薄懲。此判。

第三十五回　英宗登基

于謙判了這件姦殺案，令琴姑嫁了王賓，徐老五斬決，胡秀才革去頭巾，王寡婦薄責了事；一面又將這件案子的前後情形，草成了奏牘入報宣宗。宣宗帝看了，便下旨嘉獎；當時朝野哄傳，都說于謙是宋代的龍圖再世，宣宗便將于謙內調，加為兵部侍郎。

光陰如箭，自宣宗殺了孫貴妃，是年賢妃吳氏，竟生下一個太子來；宣宗對於那個假太子，本來滿心不悅，因已冊立東宮，不好廢黜他。現在既有了親子，自然歡喜得不得了，就拿張冠李戴的法子，把假太子移出東宮，賜名祁鈺，封為郕王；賢妃所生的真太子，卻襲了東宮位置，仍名祁鎮。

這樣地長幼互換了一下，在宣宗是心滿意足；只是吃虧了那個假太子，阿哥反做了兄弟，不過算做了一年多的儲君交椅，這時便生生地讓給了人家。宣宗幹這件事很是秘密的，但朝裏的親信臣子終瞞不了許多，不免要傳揚出去；後來郕王長大了，聞得幼年的經過，知道自己也冊立過東宮，因此起了一種妄想，弄出兄弟篡位的事來，這且不提。

其時，尚書金幼孜和學士蹇義前後病死了，侍郎王淮也致任家居，朝中的大事都由三楊主持；宣德第十年，宣宗忽然聖躬不豫，召太師楊士奇等託付了大事，是夜宣宗駕崩，凡在位十年，壽三十八歲。

楊士奇等進行舉哀，一面奉太子祁鎮即位，以明年為正統元年，這就是英宗皇帝。

又追謚宣宗為章皇帝，廟號宣宗；尊張太后為太皇太后，胡皇后為皇太后，生母吳氏為賢太妃，改封弟祁鈺（前太子）為郕王。時英宗還只有七歲，太皇太后垂簾聽政；英國公張輔、楊士奇、楊榮等四大臣輔政。

上朝的時候，太皇太后南面坐，英宗侍立在東首，四大臣立在西邊下首；群臣奏事，太皇太后就殿上裁判，逢到了大事，便和四輔政大臣酌議，議畢才宣讀諭旨。英宗站在一邊，只是嘻嘻地笑著，有時去捋著張輔的鬍鬚道：「你這鬍倒很長，取下給我做馬鞭子玩吧！」慌得張輔忙拿袍袖掩住鬍子，往外便走；英宗直追到了宮外，被內監們勸住才算罷手。

那時，翰林學士鄭桓，被太皇太后命為太傅，在御書房授英宗讀書；皇帝的授經，不是和蒙師教童子般，放著書本和口授的。那御書房裏，須由太傅及授經的學士先到，隨後皇帝來了，太傅率著一班學士，對皇帝行過了君臣的禮節；然後皇帝行師生禮，向太傅長揖，太傅避位還禮。

有時，皇帝只向書房中的先帝遺像行禮，或對至聖先師行禮，就算是行師生禮了，太傅也要避位還禮的；行禮既畢，皇帝南面高坐，太傅東向坐，翰林院侍講和侍讀分左右立著。例如，今天講授的經典，太傅先翻開了書本，御書房的首領太監忙去御案把書展開；侍讀侍講的面前，也各放著一本經書。

太傅出題，應講是第幾章，由太監在御案上翻出第幾章來，端端正正地放在皇帝面前；當時，那旁邊立著的侍讀，便高聲把第幾章朗誦一遍，誦畢，侍講便將這段經義，從頭至尾約略地講過一遍，再由太傅拿經中的要義細細地詮解一番。

皇帝坐著靜聽，遇著不明瞭的地方，並不當場如村童似的詢難，只把硃筆在書上圈出，待到散講席時，由御書房的太監把書本遞給侍講，由侍講逐一解答，書在菊花箋或牡丹箋上；俟第二天開講時，再進呈御覽，那太傅侍候皇帝讀書，至多講到一章便散講席。

英宗讀書的當兒，除太傅鄭桓之外，楊溥、楊士奇、楊榮等，也須更番侍讀；一個月中，英國公張輔進御書房講授武略四次。這五人當中，算鄭桓規例最嚴，英宗也最是怕他；士奇和楊溥兩人，英宗還有三分畏懼，若是張輔、楊榮兩人，見了小皇帝十分優容，所以一點也沒有懼怕。

英宗常常和張輔鬧著玩，楊榮在講經時，英宗聽得不耐煩了，便把書本往著楊榮面上一擲，道：「你自己去讀了吧，我卻不喜歡聽這勞什子了！」楊榮沒法，只好把書本拾起來，看那英宗已是跳著出去了。

逢到了英宗高興時，拿紙做了鬼臉兒，塗上黑墨和朱紅；叫楊榮套在臉上，追著他，學劇中的跳加官。楊榮本來很是肥胖，平時走路已覺蹣跚不堪，再戴上一個假臉兒，烏紗紫袍襯上他那雙厚底朝靴，活像十王殿上的大判官，引得一班學士博士、侍讀侍講及太監等，都忍不住大笑起來了；英宗又令太監，拿曲柄華蓋在楊榮的背後張著，弄得御書房裏規儀盡失，笑聲不絕。

內侍忙去報知太皇太后，不一會，太皇太后駕到，見了楊榮那種形狀，也覺得有些好笑；那英宗瞧

見太皇太后，早溜出御書房去了。楊榮聽得太皇太后來了，慌得他沒處躲藏，伸手把頭上的鬼臉套亂扯，才去得一半，太皇太后已走進御書房中。

楊榮硬著頭皮來見駕，面上卻很為慚愧，那扯不去的半邊鬼臉，兀是在額上盪來盪去；那些侍讀侍講等，忍笑立在一邊。太皇太后徐徐地說道：「皇帝稚年無知，有得罪太傅的地方，望太傅包容一些兒。」

楊榮忙碰頭道：「老臣蒙先皇知遇，歷任三朝，敢不盡心任事！」

太皇太后道：「我也知太傅忠義，不過皇帝一味地童騃脾氣，似這般地混鬧著，實在太不成模樣了。」說著，令宮侍去取了紫金鞭來，遞給楊榮道：「皇帝有不好之處，太傅盡可以嚴責。」楊榮拜受了，把鞭去懸在御書房的正中；太皇太后又把侍候的太監責罵一頓，自回寧清宮去了。

英宗皇帝覷得太皇太后走了，又來書房裏鬧玩；那支紫金鞭兒只算是擺擺威的，誰敢真個責打皇帝呢？

英宗在書房裏玩得厭倦了，又跑到後宮去玩，那些十來歲的小宮女和小太監都是英宗的夥伴；一班宮女、太監本是鄉間來的，把鄉間小孩子的玩意兒一齊搬了出來，什麼捉迷藏、捉盲、打羅漢、翻金剛、跳八仙、跳龍、捕仙人之類，英宗有了這些夥伴，自然越發玩得高興了。

那時，小宮女中，有一個叫錢秀珠，一個叫馬雪珍；秀珠是錢塘人，年齡和英宗相彷彿，雪珍為淮揚人，已有十一歲了。這兩人都生得天真爛漫，又是桃腮粉臉；英宗最喜和雪珍、秀珠玩耍，三個人常在一起拍球鬥草，沒有一樣不玩到了。

英宗的兩個保姆、四個保護的內監、四個看護的宮人雖然隨在後面，英宗卻不願意他們來護持；有時英宗去爬在八角亭上，秀珠、雪珍在下面拍手笑著，還把帶兒拋上去嚇著他。驚得那保姆、太監面色如土，慌忙去把英宗抱下來；要待責罵雪珍和秀珠，英宗便來護著兩人，不許保姆多說話。

秀珠又教英宗燃放鞭炮玩耍，鄉間的玩童們，往往把小鞭炮燃著，拋在瓦甕裏，乒乒乓乓地很覺好聽；英宗令內監去辦了大鞭炮來，燃著擲在甕內，蓋上了木板，自己和秀珠、雪珍去立在木板上面，轟然一響，鞭炮把甕震開，三個人一齊從甕上直跌下來，慌得保護的太監忙過來扶持不迭。

再瞧英宗的額上，已跌起一個鵝卵塊了；那保護太監便去埋怨辦鞭炮的宮監，英宗卻一點也不覺痛，只對著秀珠、雪珍癡笑。那許多內監、宮人見了這頑皮的小皇帝，又不敢得罪，更不好不與他鬧玩，真是弄得人人害怕了。

然英宗也有時玩得困倦了，和雪珍、秀珠兩人去坐在草地上，講些無意識的話；秀珠比雪珍來得聰明，又捏造些童話故事出來，說給英宗聽，把個英宗聽得嘻開了嘴，瞪著兩隻小眼珠兒，目不轉睛地瞧著秀珠的臉兒。看她小嘴裏，一句句地吐出來，說到奇異或是好笑的地方，引得英宗直跳起來；有時竟笑得打跌了，順手摟住了雪珍，兩人並倒在草地上，嘻嘻地笑著。

後來秀珠的童話把英宗聽出了味兒來，竟不大頑皮了；一到散了講席，便拉著秀珠、雪珍兩人去講那童話故事，又強著雪珍也講給他聽。雪珍因自幼沒有姊妹的，不曾有什麼故事聽見過，英宗一味逼著

她講故事，雪珍搜索枯腸，總想不出什麼來；就是勉強講出一兩個故事來，也不及秀珠講的好聽，英宗是以越喜歡秀珠，便漸漸把雪珍冷落起來。

雪珍心裏著了慌，便私下和宮人們去商量；有幾個乖覺的宮人對雪珍說道：「西院裏的王公公，他肚子裏的故事很是不少；妳只去哀求著，他若肯教妳時，那就好了。」

雪珍見說，真個去向王太監懇求著，要他教些童話故事；便王公公長、王公公短地，叫得個王太監心軟起來，把雪珍的小臉兒輕輕地捧住，親了個嘴道：「妳要了這些故事，去講給誰聽？」雪珍便老實說了，是講給小皇帝聽的；王太監記在心裏，便隨口教了雪珍幾段故事，雪珍歡歡喜喜地去了。

第二天，雪珍又來王太監處請教，王太監即打迭起精神，把有趣味的兒童故事搬出來，講給雪珍聽；雪珍又去轉傳給英宗。

英宗本來是很穎慧的，他見往日雪珍不會講什麼故事的，如今，忽然口若懸河地滔滔不絕，比會講的秀珠更講得好聽，知道一定有人在背後教她；於是等雪珍講完了，英宗便問雪珍：「這些故事是誰教妳的？」

雪珍不知王太監的用意，老實把王太監說了出來，英宗立刻喚內監去傳王太監；不一會，王太監來了，英宗叫他講那童話，王太監便把最好聽的神怪故事說給英宗聽，又加上些笑話在裏面，仗著他的蓮花妙舌，真是說得天花亂墜，英宗聽得張口結舌，津津有味。

王太監講完了一段，英宗催著他再講一段，這樣，接一連二地講著，英宗聽得茶飯也無心了，只聽著王太監講故事；從此以後，秀珠、雪珍的童話，英宗也不要聽了，一天到晚要王太監講。

那王太監原是內侍王充的假子，本姓佟氏，自幼便是天閹；因此跟隨著王充，也就冒姓為王，小名阿振，進宮之後才改名為王振。這王振的為人，有小才又多機詐，善能侍人的聲笑，在宣宗時，王振不甚得寵，心中常常鬱鬱不樂；現在聞得英宗稚年好嬉，想弄些事出來，去博英宗的歡心，以便將來英宗親政時，自己便可藉此出頭。

但是要使小孩子喜歡，倒比成人的難弄，講到拿脅肩諂笑的手段，去施在孩子身上，完全是沒有用的；又不能用美色去獻媚，王振思來想去，總轉不出什麼念頭。正巧那天，小宮人雪珍要他來教童話，王振探了雪珍的口氣、知道英宗喜聽人講兒童故事；王振便心裏一打算，將最好聽的童話教給雪珍。他料定英宗必要盤究根底，那雪珍是個小女兒家，懂得什麼進出，當然把他舉出來，那時，還怕英宗不來求教於他嗎？

既有了這個機會，第一步門檻算已踏進的了，王振似這樣的想著，果一一如他的心願；而且，英宗聽了他所講的種種故事，覺得比秀珠所講的更好聽，竟和王振寸步不離，天天在一塊兒，比吃乳孩子見了保姆還要親熱。

王振見英宗這般愛聽童話，就找些神話來講給英宗聽，道：「從前孫悟空保他師父往西天取經，路過那子母河時，忽然來了一頭馬首龍身的怪物，將他師徒四人攔住去路；孫悟空看它的形狀，不像會吃

人的，便走上去叫它讓路。那怪物只是嗚嗚地叫著，也好像在那裏說著話；悟空聽不懂，便喚豬八戒、沙和尚去聽，兩人聽了半晌，更是莫名奇妙。

悟空沒法，只得請師父上去，聽聽也是不明白，急得悟空抓耳揉腮，不住地在雲端打轉；後來，被他想起了懂得鳥語的公冶長來，那公冶長有個親弟弟，叫作公冶短，卻懂得百獸的說話。公冶長住在前山，公冶短和他隔一個山頭，便住在後山；當下，孫悟空別了師傅，翻起筋斗雲，把公冶短硬拖了來，叫他去聽那怪獸說些甚麼話。

公冶短聽了一會，皺眉道：『這畜類是海外來的，言語軥軥磔格的，很覺難聽。』於是，又側耳聽了一刻，公冶短已聽懂了，回頭對孫悟空說道：『它就是太昊伏羲皇帝時，龍馬負圖的龍馬，現在龍王命它來通個消息給你；若要渡過這子母河，須把這河水一口氣吸乾，才放你西去，如果吸不乾，對不起，把你師傅留下了，去孝敬龍王吧！』

悟空見說，不由得心頭大怒，一面謝了公冶短，自己忙鑽到水裏，去東海找敖家兄弟算帳；誰知在半路上碰見了敖家的晁龍，便問大聖到那裏去？悟空氣憤地答道：『你家主人叫什麼龍馬來對我說，命我把子母河水吸乾，不然，就要吃我的師傅；所以，我這時要找老敖拼命去！』

晁龍忙道：『大聖莫錯怪了人，那子母河的龍王本來是妖怪，並不在四海龍王屬下的；不過，大聖要吸乾那河水，我倒有一個法子，只要去覓了弄海乾來，約略地一弄，海也要乾了，休說那小小的子母河了。』

悟空大喜道：『什麼叫弄海乾？』

晁龍道：『這東西也是樣寶貝，在不巔山下陽貨的家裏；陽貨見了孔子不得，心中老大的不高興，回去就煉成了弄海乾，要想把魯國的河流一古腦兒吸乾它。幸而他這寶貝煉就時，孔聖已死了五百多年，他報不到怨恨也只好罷了；現在大聖要去取他這樣寶貝，須白天等他睡著的時候去盜它，保你得手。』

孫悟空又謝了晁龍，真個到不巔山下，把那弄海乾盜來，隨往河中一晃；卻失手把那弄海乾掉在河裏，只聽得轟的一聲，不但子母河乾涸，竟把天下的四海也一併弄乾了。這樣一來，慌得四海龍王走投無路，忙著來向孫悟空求救。

悟空見闖了大禍，心裏也著慌道：『我只有弄海乾，卻沒有回復海水的本領；可是天下沒了水，許多百姓不是要乾死了嗎？』

孫悟空真有些著急起來，連連一個筋斗，翻到南海去拜求觀音菩薩；觀音菩薩聽說，知道幾萬萬的生命都要乾死了，那可不是玩的，趕緊叫善才僮兒捧著楊枝水瓶，拿瓶裏的水一齊去倒在海中。但見一陣的銀濤滾滾，海水已變成了原狀來；悟空見大事已了，保著師傅過了子母河，那龍王也不敢來阻攔，任他們師徒四個往西天去了。

然而，孫悟空走了，他把掉在海裏的弄海乾卻不曾撈起，那海水從此時時要乾涸了；經觀音菩薩大發慈悲，便天天叫善才僮兒來倒一瓶水在海裏。所以那海中的潮水時漲時落，落時就是海乾了；等到潮

水漲時，便是觀音令善才來倒楊枝水的時候。

楊枝水本來是碧波澄清的，因從瓶裏倒出來，由上沖下，把海底的泥土沖得往上泛起來；海水就一年到頭都是渾濁濁的了。」

英宗聽了王振這神奇古怪的話，真是聞所未聞，樂得他張著小嘴，一時再也合不攏來；待王振把這段故事講畢，便手舞足蹈地去告訴他母親吳太妃。

那吳太妃是丹徒人，生太子的那年，芳齡還只有十九歲；宣宗晏駕，吳太妃正屆花信年華，雖說兒子做了皇帝，吳太妃總覺得孤寂清冷，簟枕淒涼。到了萬分無聊時，就焚起了一爐好香，把那只青桐的古琴取下來，慢慢地調起宮商，叮叮咚咚地操著解悶；吳太妃的琴技，在明代可算得第一個高手，可惜她垂髫時進宮，不能在外一顯所長，一手的絕技竟至淹沒不彰。

當初宣宗帝納吳太妃時，也在後宮聽得琴聲嘹亮，才問起誰在那裏操琴，內監回稟是吳宮人；宣宗帝也嗜琴成癖，聽那吳太妃彈著亂聲十八拍，其中的一首叫作《秋夜》，彈得聲韻淒清，令人神往。那《秋夜》的琴詞道：

秋夜月明風細，碧雲淡淡天際；此時無限愁心，那是更莎蟲鳴徹。

北榻義皇夢醒，南山雨過雲停；一派洞庭秋色，滿窗月透疏陵櫺。

宣宗皇帝聽到這裏，忍不住喝一聲采，慌得吳太妃按住絲弦，忙出來接駕；宣宗帝細瞧那吳太妃，生得豐容盛鬋，眉目如畫，那妖媚姿態，不減舊時的孫貴妃。宣宗帝大喜，道：「那不是十步之內的芳草嗎？」是夜便召幸，第二天即冊立為賢妃，就是現在的吳太妃。

吳太妃自宣宗皇帝賓天，常常悲歎命薄，每當月白風清的時候，便取出青桐琴來，彈一曲流水高山；一闋既終，不禁又黯然零涕。又想到宣宗在日，徘徊花下，談笑對酌，又命宮人們穿著舞衣，翩翩地歌舞著侑酒；吳太妃又鼓琴相和，真是聲韻鏗鏘，宣宗帝撫掌叫絕。

如今青桐琴依舊，知音的人已杳，吳太妃想到這裏，不由的倚著琴痛哭；生別死離，本來是人世間最傷心的事，不論是什麼人，到了吳太妃的境地，誰能不淒楚欲絕呢！

一天，吳太妃正撫著桐琴，想起了物在人亡，便伏在琴桌上，嗚嗚咽咽地哭了起來；那旁邊的宮侍見吳太妃哭得悲傷，也幫著流淚，一面拿種種的話說來慰勸她，吳太妃那裏肯聽，反越哭得悲哀了。這時，忽見英宗皇帝笑嘻嘻地直奔進宮來；卻因走得太匆忙了，一個失足，跌了個倒栽蔥，在地上爬不起來了。

第三十六回　王振弄權

吳太妃正在啼哭，忽見英宗直跌入門來，慌得宮女們忙七手八腳地把英宗扶起，只見他身上那件黃龍袍已把一條襟兒扯碎了；吳太妃正要埋怨他幾句，英宗不待她開口，只對自己的衣服瞧了一眼，一面嘻嘻地笑著，又往外跳著走了。吳太妃不覺歎了一口氣，便吩咐護衛太監，叫他們要小心保護皇帝。

那英宗到吳太妃的宮裏來，本是想說些童話故事給她母親聽，那裏曉得走的太急促了，兩腳被門檻一絆，直跌了個倒栽蔥；英宗恐吳太妃見責，便起身一溜煙走出宮去，找著了王振，又去講那《山海經》去了。

英宗自有了王振，便將秀珠和雪珍漸漸地疏遠了；後來又覺得孤寂起來，就仍去找了秀珠和雪珍兩人，叫她們一起坐著，聽那王振講故事。到聽得厭倦時，便和雪珍、秀珠去踢一會兒球，踢一會兒毽子；玩得乏力了，又來坐著聽王振說書。

這樣地春去秋來，一年年地過去，英宗已有十四歲了；太皇太后自度年衰耳聵，不願聽政，當下召集三楊及英國公張輔等，囑他們善輔皇上，太皇太后就於那日起歸政英宗。英宋親政的第一天，便命王

振掌了司禮監，統轄內府的諸事；又稱王振為先生，朝見時並不呼名。

王振因英宗年幼可欺，趁間廣植勢力，逐漸地干預起政事來了；當明代開基時，太祖鑒於元朝的閹奪專政因致亡國，所以宮門口懸著聖旨牌，道：「宦官不准干預政事，違者立決！」又在祖訓裏也載著這一條訓諭。那英宗卻懂得什麼？王振那時威權日重，他見宮門口的聖旨牌懸著，很覺得觸目驚心；竟把它私下除去了，藏在御花園的夾牆中。

英宗這時雖然親政，那孩子脾氣卻一點也不改，空下來就和秀珠、雪珍去玩耍；王振等英宗遊戲正酣時，將外臣的奏牘故意進呈，英宗不耐煩道：「這些事都交給你去辦吧！」王振巴不得有這一句話，便很高興地捧著奏章出來，任意批答。

御史王衵見王振越弄越不像話了，連夜上章，痛陳宦官專政的利害；王振讀了奏疏大怒，也不和英宗說知，便矯旨將王衵下獄，暗地裏令獄卒下毒，將王衵生生地藥死。紀廣本是個刑部衙門的小吏，因阿附著王振，便擢他做了都督僉事。

大理寺卿羅綺、翰林院侍講劉球、國子監祭酒李時勉，都因瞧不起王振，王振又將羅綺等下獄；駙馬都尉石景、內使張環，因事觸怒了王振，當場被擊斃杖下。其時楊溥已死，楊榮老病家居，朝廷只有楊士奇一人；被王振屢屢譏諷，氣得士奇一病不起，不久也就逝世了。

誰知天佑逆臣，不多幾時，張太皇太后又崩，英宗照例痛哭了一場，收殮既畢，擇日安葬；當三楊在閣的時候，因他們是托孤的元老，王振還有些畏懼，又怕太皇太后出來為難，只好於暗中專政。待到三楊一去，太皇太后又崩；朝中各事悉聽王振一人的處置，誰敢說一個不字。

王振自揣勢力已經養成，索性施展出威權來，凡依附他的，便晉爵封宮；稍有違逆，就是矯旨下獄，輕的殺死在獄中，或是坐戍邊地，重的立刻棄市，甚至誅戮闔門。朝中一班識時務的官吏，紛紛投靠王振；兵部尚書馬巍向王振投義子帖子，工部侍郎耿寧也拜王振做了乾父。王振不過三十多歲，馬巍和耿寧都已鬚髮斑白了；一時稍有氣節的人，都把馬、耿兩人的事去訓諭子孫，說情願閉門餓死，莫學馬、耿無恥。

那時朝中大小臣工，見馬巍、耿寧也是這樣，於是六部九卿，一齊來王振門下投帖；有拜他做太師傅的，也有稱他作義父的。只講那門生帖子，足足有七千三百多副；王振叫家人把那門生帖子揀出來，都擲在門外道：「誰配來做我的學生！」

一班投門生帖子的人，至少位列九卿，自稱門生，要算得自謙極了；現被王振擲出來，早一個個嚇得如寒蟬似的不敢做聲。後來又細細地一打聽，才知道英宗皇帝稱王振為先生，王振自認為是皇帝的先生了，怎肯再做臣下的先生呢；於是投門生帖子的，又改稱王振為太師傅，或是太先生，王振才把帖子收下。

當時脅肩諂笑的小人趨炎附勢，都來阿諛王振；工部郎中王祐蓄了鬚，又把鬚剃去，人家問他為甚麼要剃鬚，王祐只推說有妨太歲。誰知他第二天去見王振，自稱為不肖兒，並把剃去髭鬚的下額，仰著給王振瞧看，道：「兒願學爺，終身不蓄髭鬚（太監無鬚）。」王振聽了大喜，即擢王祐為工部侍郎。

副使林堪如則認王振做了姑丈；一日，天下大雨，王振坐著八人輿過街，林堪如遠遠地瞧見，忙去跪在路上，把一身的新衣弄得遍體泥濘。王振在輿中看得很清楚，命左右將堪如扶起；王振微笑道：「你這樣不顧骯髒，不是把衣服糟蹋了嗎？」

堪如答道：「侄兒尊敬姑丈，就是火中也要跪下去，何況是污泥中？」王振見說大喜，便擢林堪如為都御史。

又有內史陳衡，常侍王振的左右；王振咳吐痰沫濺在衣上，陳衡忙跪下，伸著脖子，將唾沫舔個乾淨，還笑著說道：「爺的餘唾好比甘露，又香又甜美，吃了可以長生不老。」說畢，故意把王振吐在地上的濃痰，也一口口地吃下肚去。

王振也笑對陳衡道：「好孝心的小子，我便給你升官。」隔了幾天，陳衡居然擢了大同都指揮上任去了。

那時滿朝的文武大臣，沒一個不是王振的心腹；國家大事領先稟過了王振，得他的應許，才去奏知英宗。把個英宗當作了土人木偶一樣，任王振在那裏撥弄；而胡太后亦很懦弱，吳太妃也似聾似啞，更任王振一個人去胡鬧。

王振又在朝陽門外建築起一座巨第來，大小房室統計三百多間，也用龍鳳抱柱；一切佈置都依皇宮的式樣，真建造得畫棟雕樑、金碧輝煌。到了落成的那天，王振叫他的養子王山、媳婦馬氏搬去住在裏面；又大發請柬，慶賀落成典禮。王振的意思，是欲借此看朝中大臣有沒有和他反對的人；待到筵席初張，燈火耀輝，朝中自三公以下，六部九卿以及大小侍官，各部司員無不連袂往賀，門前車水馬龍，熱鬧非凡。

王振囑咐義子王山，暗中稽錄各官的姓名；酒柬席散，王振一檢記名簿上，見都僉事王嬰、吏部給事中趙珊、御史王賁、翰林院侍讀毛芹，這四個人都托疾不到。還有各部的職官，以不能擅離職守因而不到的，有三十餘人；王振便連夜記名，把他們一個個地降調。

王振這慶賀酒宴，足足鬧了七天，朝中大小臣工也沒有一天不去；只有王嬰、趙珊、王賁、毛芹等四人終不赴宴。王振遣人去一打聽，趙珊染病很重、王嬰出查湘中、王賁在那裏嫁女兒，毛芹託病，卻有人見他領著愛姬遊智化寺；王振憤憤地說道：「毛芹不過是個侍讀，他卻這般傲慢；王賁那傢伙的都僉事，是我保舉他的，他嫁女兒有比我慶賀緊要嗎？我倒要看他嫁得好，嫁不好！」說著，氣衝衝地走進後堂去了。

過了三四天，王振又柬邀朝臣，特開賽寶會；什麼叫賽寶？就是朝鮮進貢的寶物，王振並不進呈，把所有的珍寶，一古腦兒留在自己家裏，到了這時就大開筵宴，名叫賽寶會。將所有的珍珠寶貝陳列在大廳的正中，兩邊一字兒排著百來桌筵席，王振穿著蟒袍玉帶，親自招接眾官；一班無恥的朝臣，多半膝行參見，王振吩咐文東武西，各依了秩序坐下。

酒過三巡，王振率領著眾官賞覽寶物，真是奇珍異寶，令人眼眩神奪；眾官看了一遍，都嘖嘖讚美，一面仍又各歸坐位。舉觴歡飲將至半酣，王振忽然擎杯微笑道：「我還有一樣異珍，新自昨日獲得

的，現在取出來，請列位賞鑒一會如何？」

眾官聽說，齊聲應道：「王公爺賜觀，我等眼福真不淺了。」

王振略略點頭，回顧一個侍衛道：「你等就去扛出來。」那侍衛「啊」的應了一聲去了。

過了半晌，只見四個甲士抬著兩隻黑櫃，那個侍衛在後面押著，一路吆喝地從二門前直抬到中廳，至滴水簷前停下；王振便立起身，對眾官笑說道：「咱們看寶去。」說罷，命甲士揭去櫃蓋，叮叮的一陣鐵鏈聲，櫃中早鑽出蓬頭散髮的兩樣東西來。

再仔細瞧時，才看出是兩個人，那兩個人不是別人，正是那都僉事王賁和侍讀毛芹；眾官看了，大家面面相覷，做聲不得。王振大聲道：「把這兩個妖孽的心肝取出來，看是什麼顏色的，也好與眾人解醒。」

王賁和毛芹聽了，戟指大罵；四個甲士不由分說，將王、毛兩人依舊置於櫃裏，蓋上了蓋兒，四名甲士全力地一推；猛聽得嘩喇一響，把眾官齊齊地吃了一驚。只見那黑櫃崩裂開來，恰恰分作了四截；裏面的王賁和毛芹已拉作了兩段，鮮血咕嘟嘟地直冒，淌得地上都是。其中一個甲士抽出一把勾刀，往屍身的腸中一勾，勾出一串血淋淋的五臟六腑，向著階前一摔，血水便四濺開來；那肺中的一顆紅心，兀是砰砰的跳動著。

這時眾人看得目瞪口呆，有的不忍看，拿衣袖掩著臉；有的嗟聲歎息，也有垂淚的。那王振不禁哈哈大笑地說：「誰敢看輕了我，這就是一個榜樣。」說著又連聲大笑，仍邀眾人入席。

眾人這時個個嚇得臉上失色，又目睹著這種慘況，誰還吃得下酒去？只勉強終了席，紛紛起身辭去；王振送了眾官走後，令把王賁、毛芹的屍身收拾去了，自去安寢。

一宿無話，第二天的早朝，廷臣中上本乞休的不下三十餘人；王振看奏牘，冷笑一聲，道：「他們這樣怕死，我偏叫他們活不成！」當下把乞休的本章一一批准了，卻私下遣錦衣校尉去等在要道上；見攜眷出京的官吏，不論他是誰，一概砍頭來見。

可憐那二十幾個乞休的官吏，滿心想逃出羅網，反做了刀頭之鬼；京城裏報官眷被殺的無頭案，日有數起，王振只令推說是遇盜。其實，輦轂之下，那裏來的這許多的強盜？唯有一班未去職的廷臣，心中很是明白；諒辭職也是死，而且死得更快，於是大家相戒不敢辭官了。

王振這時威權愈熾，三公六卿見了他，如狗般俯伏聽命；連四朝元老的英國公張輔，都任憑王振呼喚起來，其他的新進後輩，越發不在王振眼中了。

流光如駛，轉眼是英宗正統九年，英宗皇帝已有十七歲了；胡太后見英宗漸漸長成，便主張替他立后。由胡皇后下諭，指婚工部尚書錢允明的長女錦鸞為皇后，御史雲湘的女兒小雲為貴妃；並擇定吉期，為英宗冊立后妃。

到了那天，英宗飭英國公張輔持節，往迎錢皇后和雲貴妃；不一會，鸞儀和鳳輿由英國公張輔前導著，直進乾清門。到了養心殿前，鳳輿停下，錢皇后和雲貴妃下輿，早有一群宮侍擁護著上殿，參謁了天地祖宗，次行君臣禮，再行了夫婦禮，由英宗親授皇后金寶金冊，貴妃也授了金冊（貴妃無寶）；宮

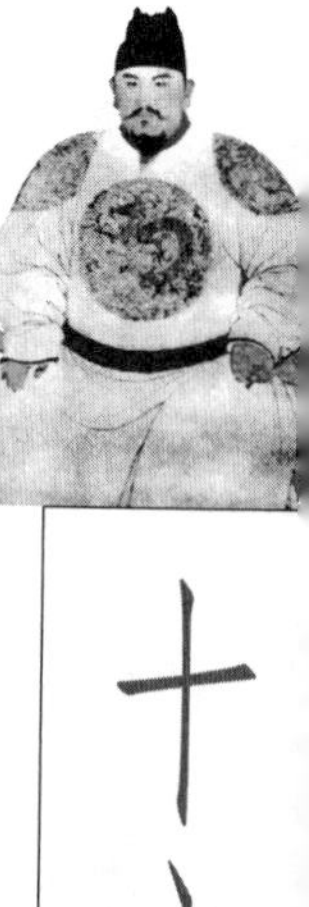

女們又上去，鼓樂、紗燈、紅杖、響節等前引，一路擁著皇后入坤寧宮，貴妃入仁壽宮。

英宗又封幼時的夥伴錢秀珠、馬雪珍兩人，各做了貴人，秀珠居永春宮，雪珍居晉福宮；英宗從此左擁右抱，越不把政事放在心上，大小事都要那王振去辦，因而將一個吳太妃生生地氣死。

原來，吳太妃稍有不豫，宮中去召那太醫，到了寧安門前，看門侍衛不放那內監出去；內監回稟吳太妃，太妃命蓋上寶章，內監領著太妃的懿旨出宮，寧安門的侍衛仍不答應，說沒有王公爺的命令，就是皇帝也不能通過。

內監只好又回去了，竟老老實實地把侍衛所說，對吳太妃訴說一遍；吳太妃聽了如何不氣，忙把這情形去報知英宗。英宗因已聽了王振的一片鬼話，反來慰勸吳太妃道：「寧安門是宮中的要道，若是不嚴緊些，一旦出了變故，這罪名誰也擔當不起的；王振忠心為國，雖然忤了懿旨，也正是他執法不阿的地方。」

吳太妃大怒，道：「祖訓上，有宦官不准干政的一條；如今王振這樣無禮，怕連皇帝也快要他做了。」

英宗代辯道：「母親莫錯怪了人，那不是王振干政；因寧安門是內官的責任，應該是如此的。」

吳太妃越覺憤怒，道：「王振這閹賊，決不是個好人，將來誤國必是他無疑了！」吳太妃說到這裏，一口氣回不過來，昏厥過去了。慌得宮女們七手八腳地掐人中、散頭髮，又附著耳朵叫喊；鬧了半晌，吳太妃才悠悠地醒過來，不禁長歎一聲，道：「皇帝年輕無識，一味地信任著王振；恐他日被王振所害，那時悔也遲了。」

是夜吳太妃逝世，英宗也不悲傷，只令照后妃禮成殮了；即日去往葬寢陵，並追諡吳太妃為賢淑孝貞妃，家族頒賜爵祿不提。

再說英宗自冊立了后妃，足跡不出宮門，凡二十餘日，天天和雲妃等飲酒取樂；後來日子漸久，不免有些厭倦起來。那時朝中內外政事，都由王振一個人擅專；正應了吳太妃那句話，皇帝差不多是王振來做了，英宗不過是擁個虛位罷了。

王振怕英宗出來掣肘，想拿美色拴住他，以便自己獨斷獨行；於是和中官王恩、內特郭敬，及義子王山私下密議，令王山在京城內外覓取絕色的女子，選進宮來獻與英宗。

王山奉著王振的命意，向各處搜尋，揀來揀去，只不過是幾個色藝平庸的女子，卻沒有出色的角兒；王山見沒有什麼美女可選，便去回覆王振。王振又和郭敬等商量，王恩主張向外省去找，郭敬也很贊成；王振聽說，就打發王山，帶了重金往外省去選美女。

王山賚金出了京城，去四下裏一打聽，知道江南地方山明水秀，往往出絕代的佳人，於是就星夜往江南進發；不日到了江南的蘇州，王山便擇一處大館驛住下，一面在門前懸起奉旨選美女的大旌。蘇州的地方官聞得王山是奉旨前來，誰敢不巴結，一切飲食起居都由地方官供給；王山又趁勢作威作福，大施他勒索的手段，只苦了那些官吏，不敢不應酬他。

王山明知地方官懼怕他，索性把選美女的職務委給了地方官去辦；那蘇州知府彭誾侯，惟有奉命而

行。當下由彭知府下劄，召集了各屬縣的保甲，叫他們將鄉邑中的民女，揀有才色的傳來應選；不多幾天，各處紛紛把美女送到。

彭知府去報知王山，王山拿百來個美女細細地一瞧，竟一個也選不中；彭知府笑道：「本郡的美女盡在這裏了。」

王山皺眉道：「沒有再好的嗎？那可糟了。」

彭知府道：「江南地方很大，蘇州沒有美女，別處正多著呢！」

王山被彭知府一言提醒，不覺恍然道：「我記得從前有個隋煬皇帝，曾到過揚州，去看什麼瓊花；那裏聽說美女很多，不知揚州離這裏，還有多少路程？」

彭知府接口道：「揚州距此地很近了，卑職當派人和王總管同去。」

王山大喜道：「那最好沒有，我回京時，便好好地保舉你。」彭知府謝了，忙去備起一艘大船，令兩個健僕隨同王山前往揚州。

其時守揚州的是紀明，由翰林出身，為人十分方正；王山到了揚州，侍從投進帖子去，紀明見是王振的假子，心中已先不高興，只得勉強出來迎接。進了署中，王山說了來意；紀明尋思道：「他這種舉動，不是來擾百姓的嗎？」

當時，也不和王山說明，只留他在館驛中住下了；暗地裏令心腹家人，悄悄地把揚州所有的樂戶一齊傳來，吩咐他們道：「你等將最出色的姑娘挑選三十名來，明天須要齊整的，不得違誤。」

那些樂戶聽了，疑是紀知府請什麼貴客，要召三十名妓女來侑酒的；於是各人回去，把揚州最有名的姑娘都選在三十名裏面。紀明等妓女到齊了，便去請王山來挑選；王山並不曉得是妓女，照例一個個地細看，在三十名姑娘中，居然選出一個美人來了。

那美人姓徐，芳名叫蓉兒，年紀只有十八歲；卻生得杏眼柳眉，冰肌玉膚，在揚州地方本算得一個花魁。那時江南江北，醉心蓉兒的士大夫很多；可是蓉兒的眼界甚高，凡入她的妝閣，只許詩酒唱和，不肯滅燭留髡，否則就要尋死覓活，鴇兒也拿她沒法，只好任由她去。

這時，蓉兒被王山選中，聽說是去侍候皇帝的，自然十分願意；王山見美人已選得，即日匆匆起身。適值歲暮天寒，一路進京卻紛紛地落著大雪；王山恐凍壞了美人，便去製成了一座氈車，載著蓉兒進都。

第三十七回　備選美女

那于謙自讞明琴姑和王賓的疑案後，宣宗擢他做了侍郎，又判過幾樁無頭案（案情俱見《蒲留仙筆記》，琴姑一案即留仙所記之《胭脂》）；後來于謙忽然生起病來，足有三年多不曾起床。

等到于謙病癒，正當王振專權的時候；王振聞得于謙的才幹，要想收他作為幫手，便矯旨擢于謙為吏部尚書，令他來京就職。于謙只當是皇上的旨意，不曉得是王振的鬼戲，當時在處州原籍，便匆匆地起身入都；于謙到京的那天，也正是王山載送蓉兒進都的當兒。

因王山載著蓉兒，沿途風霜滿地，越近北方天氣愈寒；其時只有一種騾車，蓉兒坐在騾車裏面，她那嬌嫩的身體兒，如何經得起這樣的嚴寒呢，以致凍得她櫻唇變色，索索地抖作一團。王山怕她凍壞了，特地替她去雇了輛氈車，令蓉兒睡在車中。

那種氈車是北地所獨具的，四面用最厚的軟氈鋪墊起來，又是溫暖又是柔軟；睡在當中，真是四平八穩，十二分的妥當。又把極大的溫水鱉放在車的四邊；那溫水鱉是蘇州彭知府所獻，當王山選中蓉兒時，蘇州同來的兩名健僕忙去報知了彭知府。彭知府見天寒地凍，便送上兩對大溫水鱉來，以備路上的應用；王山便辭了紀知府，謝了彭間侯，匆匆地北上。

到了北京，就去報知王振；王振親自來看蓉兒，見她芙蓉粉臉，秋水為神，不禁大喜道：「這才算得美人呢！」於是命他假媳馬氏，將蓉兒梳洗起來，重整膏沐，再施香脂；更穿上那繡裳錦服，愈顯得她容光煥發。

第二天，王振便打起了一輛安車，把蓉兒送進宮中；英宗正在後宮和雲妃等，在牡丹亭上賞雪，王振便悄悄地上去，向英宗附著耳朵說了幾句，英宗微笑點頭，就隨著王振往西苑中來。

其時西苑中的蓮房，自被張太后封閉了，蓮妃降為侍嬪，不多幾時，就鬱鬱病死了；宣宗見蓮妃已死，心裏很是感傷，也不願意再到西苑，那蓮房便深深鎖閉著，所謂「金屋無人見淚痕」了。現在王振要迎合英宗，便私下把蓮房開了，打掃得乾乾淨淨；令那蓉兒在裏面住著，自己便去請英宗臨幸。

英宗跟隨王振走進蓮房，見正殿上還懸著宣宗的遺像，忙跪上行禮；究竟父子天性攸關，英宗忍不住流下淚來，王振侍立在旁，也只好跪下相勸。正在這當兒，忽聽得環珮叮咚，屏風後面轉出一個盈盈的美人兒來；王振一把挾起了英宗，納他在椅上坐下，那美人便走到英宗面前，花枝招展似地拜了下去。

英宗只覺一陣陣的蘭麝香味，直撲入鼻管中；卻故意回頭對王振說道：「這個就是蓉兒嗎？」

王振答道：「正是臣兒進獻侍候陛下的。」原來王振要為他義兒王山討功，所以推說那蓉兒是王山進獻的。

英宗這時細細地將蓉兒一打量，見她穿著一身繡花的錦服，外罩著貂毛的半斗篷，長裙垂地；玉膚如雪，紅中泛白，白裏顯紅。真是玉立亭亭，臨風翩翩，直把個英宗瞧得出了神；蓉兒卻是含情脈脈，臉帶嬌羞，只俯首弄著衣襟。王振輕輕地在英宗袖上牽了一下，才把呆皇帝拉醒過來；於是搭訕著，君臣兩人慢慢地出了蓮房，就往謹身殿上略略談了一會政事，王振自退出宮去。

英宗又往園林中去玩了一會，到了晚上，便在仁慶宮內，令內監召尚寢局的太監進來。那尚寢局是專司皇帝安寢的，有首領正副太監兩人、普通太監十六人、小太監十三個；至皇帝召幸妃子時，由尚寢局的太監捧著一盤綠頭籤和一本朱冊子，走到皇帝的面前屈膝跪在地上，把盤子和冊子頂在頭上。

那綠頭籤和朱冊子裏，都寫著六宮妃子的名兒，皇帝要召幸那一個妃子，只須拿冊子上的那個妃子的名兒，折轉一隻角；又將寫著那個妃子名兒的綠頭籤也夾在角裏，太監便頂著盤兒和冊子回到尚寢局裏，看了綠頭籤和冊子上的名兒，便依著皇帝所點的妃子，捧著綠頭籤去宮中宣召。

其時由管總門的宮監驗過了籤子（綠頭籤是尚寢局所獨有的），放那捧籤的太監進去，不一刻，便領著妃子出來；到了皇帝的寢殿左側，就有兩個老宮人出來，接了那妃子進檢驗室。由那兩個老宮人把那妃子遍體搜檢一番，不論是髮髻裏、鞋襪中，連腳帶都要放開來瞧過了，見沒有什麼兇器，才由老宮人幫著那妃子重整雲鬢，再施脂粉；待妝飾妥當，又有兩個掌寢殿的宮人出來接那妃子進御。

這個規例，還是元朝的宮中所流傳下來，因當初元泰定帝召幸漢女，不防她身上藏著利刃，泰定帝

幾乎被她刺中；從此以後，宮裏皇帝召幸妃子，皆須經檢驗室的搜檢過，才准進御。

這時，英宗召尚寢局的太監進來，那首領太監照常頂著綠頭籤和朱冊子上呈；英宗因要召宰蓉兒，那籤上和冊子裏，卻沒有蓉兒的芳名，當下揀了一支空白籤子，英宗提起朱筆來，親自填上名兒。首領太監知道皇上又有新寵了，忙捧著盤兒、冊子，回到尚寢局，先將籤上的名兒去填寫在朱冊上，然後命普通太監捧著綠頭籤，去蓮房中召那蓉兒；蓉兒自然姍姍地跟著太監往著仁慶宮來。

及至到了仁慶宮的外面，循例由老宮人接入偏室裏去檢驗；誰知那蓉兒雖是妓女出身，卻很怕羞，老宮女要去解她的衣紐，蓉兒卻用雙手緊緊捺著，抵死也不肯放鬆。但蓉兒愈是這樣，老宮女也愈是疑心，也愈是搜的仔細；大家做好歹地把蓉兒的上身衣服解開搜查過了，待去檢查她的下身小衣，嚇得蓉兒縮作一團，竟放聲大哭了起來。

那兩個老宮人只當蓉兒是心虛，萬一她真懷著利器闖出禍來，這滅族的罪名可不是玩的；於是由一個老宮人勸蓉兒止住了哭，把宮裏的規例對她說了。蓉兒還是不肯，兩個老宮人又再三地解釋給她聽；蓉兒被她們說得沒有法子，只得背過身去，自己去脫下小衣來，又慌忙地拿斗篷亂扯著去遮掩。

那兩個老宮人如何肯放過她，一個隨手將斗篷子一拉，一個便去搜檢；蓉兒這時真急了，緊抱著酥胸，縮著香軀，弄得她無地藏身，口裏一味地哭喊著，把兩隻凌波纖足不住地在地上亂蹬。兩個老宮人見了她這副樣子，知道她是真的害羞，不禁又好氣又是好笑，就草草地搜檢過了；替她梳了雲髻，又洗去了玉容上的淚痕，施上鉛華，領她出了檢驗室，早有仁慶宮人出來接了進去。

英宗其時擁著繡被倚在榻上，蓉兒由宮人領著，走到龍床前面，那些宮人便退出宮去；蓉兒料想免不了這一著，只得含羞帶愧地一笑入羅幃。一個是淮揚名花，一個是風流皇帝，碧羅帳裏，雙雙做他們的風流好夢去了；一夜恩情深似海，英宗和蓉兒兩人這天晚上，自有說不出的一種愛好。次日，英宗就命蓉兒居了仁慶宮，封她為靈妃；後又改封作慧妃，這且不提。

再說王振的假子王山，賴他老子的吹噓，只將進獻慧妃的功績讓給他，英宗便擢王山做了都尉；王山想起了蘇州的彭知府、楊州的紀知府，就私下對王振說了，不多幾天上諭下來，命彭間侯巡撫山東，紀明調署金華道。這樣一來，那些同寅的官吏都十二分的羨慕；有幾個癡心妄想的，希望也遇到這種好機會，就可以升官發財了。

自彭間侯調到山東，繼他後任的是華陰人朱立剛；講到朱立剛的為人，官迷很深，天天盼望著和彭知府一樣，立刻就能飛黃騰達。那知真有天從人願的，第二次，王總管又到蘇州來選秀女了；朱立剛聽得，忙去十里外迎接。

這時的王總管卻是由陸路來的，騎著高頭大馬，後面僕從如雲；前哨四個衛兵，掌著奉旨選秀女的大黃旗，沿途開鑼喝道，好不威風。朱立剛把王總管迎入館驛，一切的供給，比起彭間侯的時候，更來得豐盛；但朱立剛初次到任，尚不曾刮著什麼油水，只得去親戚朋友中貸錢來應酬，一面也傳集了保甲，令選了美女到驛中備選。

這一次，各處選到的美女有四百九十三人，王總管卻一個也看不中；這一下子不打緊，卻把個朱立剛急壞了，便私下和他的幕府商量。那幕府叫徐伯寧，腹中很多機智，和朱立剛還是襟兄弟；朱立剛未任知府時，伯寧在溧陽縣充幕賓，立剛到任後，聞得伯寧的才能，便致書溧陽縣要人。

溧陽知縣見是鄰郡的上司，怎敢違拗，忙派人送徐伯寧到蘇州；立剛見著，自然很為歡喜，便把署中的緊要公務都歸給伯寧掌管。伯寧因要顯示自己的手段，起首就替立剛辦了一樁要案，弄得非常地妥當，立剛大喜，竟倚伯寧如左右手一般。

這時朱立剛碰了王總管的釘子，深怕前程不保，忙來和徐伯寧商酌；伯寧沉吟了半晌，道：「且限三天，容我慢慢地去打聽，成功與否，到了那時再說。」立剛又再三地拜託了，伯寧點頭，自去辦理。

這裏立剛去慰留著王總管，請他暫時等幾天，如再選不到真美女，自送總管起行；王總管也就答應了，立剛只盼望著伯寧的好消息。

直到了第四天的午後，伯寧笑嘻嘻地來見立剛，道：「美人是有一個，然非花三四百兩銀子不行。」

立剛連連說道：「以前揚州的紀知府選了妓女蓉兒，不是也花去三百兩身價嗎？現在，他換得一個道臺去上任了，我難道不如他嗎？你快去給我喚來，要多少銀兩，依她就是。」

伯寧低聲道：「這事還有一樣不妥。」於是對朱立剛附耳說了幾句。

立剛躊躇道：「那可怎麼辦呢？」

伯寧微笑說道：「只須如此如此，保你一箭定天山。」

立剛拱手道：「全仗老兄的妙才。」當時去庫中提出了四百兩銀子，遞給伯寧去幹事。

次日，朱立剛便坐堂理事，將這幾天延擱下的公務，一件件地審理起來；其中有一樁盜案，是本處犯案的大盜，在泗陽被捕役捉住，解到蘇州來歸案的。

那強盜叫作裘隻眼，天生的獨眼，人家便取他這個綽號；隻眼在蘇常一帶犯案極多，性又兇悍。談到了搶劫，總是殺傷事主；捕投們見他都害怕的，不知怎的天網恢恢，會在泗陽被捉。

朱立剛命提裘隻眼上來，一覆審，招出蘇州城還有同黨在胥門外，叫作侯沐生的，是個坐地分贓的窩家；立剛聽說，即發捕簽，把侯沐生捕來。沐生到了堂上，極力喊冤，立剛也不去睬他，吩咐將沐生收監；案件判完，恰巧徐伯寧把那美人領來。

朱立剛見那美人果然生得落雁沉魚，不覺大喜，道：「有這樣的美人，還愁王總管選不中嗎？」當時問了姓名，知道那美人叫尤飛飛，朱立剛便親自送尤飛飛到館驛來。

王總管拿尤飛飛打量一番，見她杏眼裏含著淚珠，雙黛緊蹙，卻不減嫵媚的姿態；王總管看罷，回顧朱立剛道：「有勞貴府了，我回京去自當重謝。」立剛謙讓了幾句，忙去備下船隻，恭送那王總管下船進京。

王總管走了，朱立剛以為這件事幹得十分得意；他回到署中，從監中提出侯沐生來，很和藹地對他

說道：「我已打探清楚了，你並不是什麼強盜，必是人家誤陷你的；我現在釋放你出去，你要好好地讀書，莫再與壞人結交，致受無辜的罪名。」

侯沐生見說，心裏非常感激，便拜謝了朱立剛出署；回到家裏，只見他岳母尤氏，淚汪汪地說道：「你倒脫了罪出來了，卻害我的女兒陷入地獄裏去了！」說罷，放聲大哭起來。

沐生驚道：「飛飛那裏去了？」

尤氏帶哭說道：「自你給捕役捉去，女兒急得要死，趕緊去衙門裏一打聽，說你犯的是盜案，早晚要和那裘隻眼同時正法；女兒聞得這個消息，幾次要尋自盡，都被我們勸住的。

後來，鄰人張伯伯聽她哭得淒慘不過，就私下來和我說道：『妳女婿的案子犯得太大了，若要設法救他，非走大門路不可！我聞得南京的三爵爺（指谷王第三孫），他那郡主少一個美麗的侍女，有令媛這樣的容貌，保他一看就中意的；那時，再哀求郡主去向爵爺設法，怕妳女婿不輕輕地脫罪嗎？』

我聽了張伯伯的話，還有些打不定主意；誰知給我女兒聽見了，她因救你的心切，一口就答應願去。那張伯伯替她去走了路道，第二天便帶著我女兒去了；如今你真個回來了，我的女兒卻不知要到幾時才得脫身呢？」尤氏一面說一面哭，眼淚鼻涕淋得滿襟。

侯沐生這時不見了他的心上人，怔怔地呆了半天；想起了往時的愛情和奮身救他的情深，也忍不住涕淚交流，同尤氏兩人，效起楚囚對泣來了。

原來，那尤飛飛也是淮陽的名妓，去年遇著了侯沐生，便一見傾心；沐生視她是真情，就賣去了祖產替飛飛贖身。飛飛又說有一個假母，從前是撫養自己的，現在沒有子女，應該去接她來一起居住；沐生依了她的話，把那假母也接了來。

飛飛自幼父母雙亡，連自己的姓氏也不曉得了，因為假母姓尤，她便襲了假母的姓；但飛飛雖是妓女出身，跟了沐生後，卻一心一意地做著人家，再也不想別的念頭了，所以，兩人的愛情可算得十二分的濃厚。

誰知好事多磨，偏偏平空弄出一樁天大的禍事來，將他們一對好好地夫妻，生生地離散；沐生思前想後，幾乎想癡了，只希望飛飛得趁間脫身回來。看看過了兩個多月，飛飛竟音訊全無；沐生又往四下裏去一打聽，這才知道飛飛並未到南京去充什麼王府侍女，卻被選秀女的，騙往北京侍候皇帝去了。

那裘隻眼的誤陷沐生，完全是幕賓徐伯寧賄囑出來的；一面把沐生收監，一面令沐生的鄰人張老兒，用計去哄尤飛飛上勾。飛飛因急於援救沐生，一點也不曾疑心，由張老兒領她見了徐伯寧；伯寧帶她到了府署，朱立剛就把飛飛送往館驛，那王總管一看就選中，即日將飛飛領上大船，一帆風順地去了。這樣地三四個轉手，飛飛一心當作王府裏選侍女，是以服服貼貼地跟著他們上船；只為的一念救夫，卻去上了這樣的大當。

那時，沐生聽了這一段話，半信半疑地去找那鄰人張老兒時，早已在兩個月之前，搬往別處去了；

沐生知那話是真的，不由地急得眼淚滾滾，跺腳大哭道：「這次可糟了！我那飛飛到皇帝家裏去，那還有出來的日子嗎？只恐今世不會相見的了。」

飛飛的母親尤氏，原想靠這義女送終的，一聽得沐生這樣說，更是哭得披頭散髮的，要去找那張老兒拼命；沐生也垂淚道：「張老兒已不知逃到那裏去了。」

尤氏大哭道：「我女兒也被他們騙去了，橫豎不怕什麼，索性去尋那狗官去！」說罷往外便走。

沐生忙攔住她，道：「他是現在的知府，妳去和他胡鬧，是得不到便宜的。」

尤氏那裏肯聽，竟似發狂般地直奔到府署裏，往大堂上搶將而去；口口聲聲喊著：「找徐伯寧、朱立剛還我女兒來！」

朱知府正在審案，見尤氏來勢兇惡，慌忙退了座；那頂案桌已被尤氏推翻，案卷朱簽、筆墨硯臺等散了一地。尤氏一面哭，兩腳直在地上亂踏；氣得朱立剛咆哮如雷，一班衙役和受審的人犯，只呆呆地瞧著尤氏發怔。

朱立剛喝道：「你們還不給我把這瘋婦打出去！」這一喝，將呆看的衙役喝醒，眾人齊上一頓亂棍，打得尤氏倒在地上亂滾；衙役們不管他三七二十一，拖著尤氏直打到了署外，往著地上一摔，各自進去了。

尤氏被這一摔，摔得頭昏眼花，有心要再進去拼命，被大門上的衙役攔住；尤氏覺得渾身無力，只坐在署前痛哭。那朱立剛被尤氏這一鬧，也弄得莫名其妙，忙檢點人犯，少了一名本城著名的積盜；大概是趁著亂時，溜出去逃走了，朱知府大怒。

這時，衙役已整好了案桌，朱知府重行升座，叫把管門的傳進來，將他重笞了五十大板，便草草地退堂；那尤氏在府署前哭罵了一場，直哭到力竭聲嘶，看熱鬧的人哄了一大堆。署中的差役正要拿棍來驅逐她，可巧沐生來了，就扶著尤氏一步一顛回到家裏；可憐她經這一頓亂棍打傷了，不到半月，便一命嗚呼。

沐生安葬了尤氏，一個人越覺孤淒，於是賣去家私什物和房屋，一路上到了北京，想候個機會，打聽飛飛的訊息；他也花了幾個錢，結識了兩個小內監，打探那尤飛飛的音訊。都回說宮中沒有這個女子，連名兒也不曾聽見過；沐生只當飛飛改了名，便把王總管挑選美女的事，細細說了一遍。

小內監聽了，將沐生的話傳入宮中，一時內外都傳遍了；漸漸傳到了英宗的耳朵裏，立刻召王振責問道：「朕並未叫你去選美女，你為什麼私下派人南去，強取人家的有夫婦女，落朕好色的惡名？」

王振失驚道：「這話從那裏來的？」英宗便把宮中傳說的話對王振說了。

王振頓首道：「待老臣去查明了回奏。」說罷退了出來，派中官鄭芳南下去調查不提。

再講那侯沐生，在京裏住了半年，所帶的川資已經用盡，尤飛飛仍然影蹤全無；沐生愈想愈氣憤，便獨自一個人痛哭了一場，踽踽地跑到望海村的叢林中，解下衣帶來準備自縊。正要把頸子套上那根帶子去時，忽然空中飛來一道金光，把他懸著的帶子割作了兩段；沐生從樹上直跌下來。

第三十八回　紅粉殺機

沐生淒淒惶惶地走到樹林裏，見一輪皓月，萬里無雲，四邊靜悄悄的，除了風送松濤外，連鬼影子也沒有半個；沐生深深地歎了口氣，道：「我侯沐生到了今天，家破人亡，途窮日暮，不死更待何時？」說罷，解下一根絲帶來，揀了一枝結實的樹幹繫緊了，向南哭拜幾拜；正要上去自縊，忽聽得耳邊嗚嗚的幾聲，叫得非常的淒切。

沐生聽了，不覺遍身起了寒慄；便自言道：「我還沒有死，鬼倒已經上來了嗎？」再細聽時，卻是梟鳥出巢，趁著月色夜啼，它的鳴聲本來即是如鬼嘯一般。

沐生恨恨地道：「管它是什麼，就是真的鬼來了，我也不過是一死！」於是心一橫、咬著牙，緊閉了兩眼，伸著脖子往那根絲帶中鑽了進去。

沐生剛剛雙足騰空，猛覺得眼前一縷的金光，那根絲帶平空斷下，把沐生直跌到地上來；接著樹林子裏，走出一個短衣窄袖的少年，便來扶起沐生道：「好好的人，為啥要尋死覓活？我替你想想，也不值得這樣。」

沐生瞧了他一眼，低頭去拾起那條絲帶道：「我自有我的心事，還是死了的乾淨！」

那少年笑道：「我既然遇見了你，你須把你的心事告訴了我，否則，我就不許你尋死。」

沐生詫異道：「我自己尋死，卻干你甚麼事？」

那少年說道：「我本不來管你，只要你說了尋死的緣故，我便放你去死。」

沐生歎道：「我對你說了，也是沒用的。」說著，和那少年在樹下，把被誣失妻的事細細講了一遍；並說現在身落異鄉，舉目無親，弄得窮困極了，所以才萌短見。

那少年聽了，氣憤地說道：「天下有這樣不平的事，我若眼看著你死，也算不得是英雄好漢了。」說時，把一裹東西揣在沐生的懷裏，道：「離此半里多路，有一座雲林寺，那裏只有一個老和尚掛搭著；你去暫住在寺裏，我給你進宮去，打探你妻子的消息。」

沐生聽說，忙跪下磕頭道：「我和壯士萍水相逢，蒙這般高義，叫我如何報答？」

那少年笑道：「咱們師弟兄十二人，專在江湖上打不平事；鋤強扶弱是我們的天職，本算不了什麼的。」那少年說罷，回身便走。

沐生待著問他姓名，眼前忽覺金光一閃，那少年已不知去向了；沐生才知遇了俠客，心中又驚又喜，再摸懷裏那一裹東西，竟是五錠的黃金。沐生又望空拜了幾拜，磕頭起來，往著雲林寺走去；見了那老和尚，就住在寺的西廂，靜待那少年的好音。

再說那英宗皇帝自封蓉兒做了慧妃，便異常的寵幸，凡慧妃要什麼，英宗總是百依百順；當王振未進蓉兒的時候，英宗又新納了一個瑞妃、一個瓛妃。連雲妃、馬貴人（雪珍）、錢貴人（秀珠），六宮嬪中，要算雲妃最是得寵；錢皇后以下，宮內的一切雜事都是雲妃做主的。

自蓉兒進宮，英宗又移寵到了蓉兒身上，把雲妃早拋在腦後；一班宮女內監見慧妃較雲妃得勢，手頭也來得闊綽，小人的眼中本來只曉得一個「利」字，於是過去奉承雲娘娘的，這時，都去捧那徐娘娘（蓉兒姓徐）去了。

雲妃一旦失寵，又受侍嬪們的奚落，心裏如何不氣呢？事從根腳起，還是慧妃一人的過處。倘慧妃沒有進宮，英宗眼中只有一個雲妃，現在好好的一碗滿飯，平白地被慧妃奪去了；雲妃越想越不是，把個慧妃恨得牙癢癢的，假使能夠把她吞下肚去，也早就不留她到今日了。

從此以後，雲妃時時在暗中捉那慧妃的錯處。有一次是春節，照明宮的規矩，春節算是一年之首；這天，皇后領著六宮嬪妃親上省耕勸桑臺，試行育蠶，令百姓在台下觀看。這照例是當年太祖馬皇后所傳，是勸人民勤蠶種桑的意思；等到皇后從勸桑臺回宮，宮女內監都來叩賀，皇后便拿金銀緞彩等分賞給她們，呼作賞春。

那天，錢皇后回宮，照例分賞給宮人們金銀緞匹，卻賞得微薄了些，宮人內監們很覺心裏不高興；那慧妃年輕好勝，宮女們對她叩賀，慧妃卻格外從優給賞。皇后賞給錦緞一匹的，慧妃便賞給兩匹；這樣一來，宮女太監們歡聲雷動，齊齊頌著慧妃的美德。

雲妃在旁看了，實在氣憤不過，就去攛掇錢皇后，說慧妃那種舉動，分明是想壓倒錢皇后；錢皇后聽了，果然大怒起來，只因礙著皇帝的面子，不好把慧妃十分得罪。皇后的心中，因而對慧妃就存下一

個裂痕來了。

第二天，英宗出去祭先農壇，慧妃往清涼寺進香；她恃著自己是個寵妃，排起全副鳳駕的儀衛，一路威風凜凜地出了西華門，往皇城裏繞了一個大圈。文武官員瞧見了，當作是錢皇后的鸞駕，迎送時，齊聲呼著娘娘萬歲；慧妃也老實受領他們的。

這消息傳到宮裏，雲妃首先得知，暗想這是她的大錯處了；當下便來報知錢皇后，將慧妃恃寵、目無皇后的話，正言厲色地說了一遍。

皇后聽得，已有些忍耐不住了；又經雲妃慫恿，道：「皇后如今日不把慧妃重重懲儆一下，將來，怕不釀出胡太后和孫貴妃的事來嗎?因現在的胡太后，宣宗寵孫貴妃時曾被廢過，後來張太皇太后萬壽時，才又重定的。」

錢皇后被雲妃這一言，正打中了心坎，不由地變色道：「慧妃欺我太甚了!難道我不能請祖訓嗎?」說著吩咐宮人，請出太祖的訓諭和高皇后的家法來；錢皇后命雲妃捧著祖訓，自己親奉著家法，立刻升坐鳳儀殿，專等慧妃回來。

看看過了半晌，遠遠地聽得謹身殿後喝道的聲音，宮監來報：「慧妃回來了。」錢皇后令傳慧妃；那慧妃聞得皇后在鳳儀殿上召喚她，卻毫不在意。那些宮女太監曉得規例的，都暗暗替慧妃捏一把汗；原來，那鳳儀殿是皇后行大賞罰的所在。歷朝的皇后，如宮中妃嬪們沒有什麼大罪惡，決不輕易坐鳳儀殿的；太祖時，高皇后貶寧妃時，曾坐過一次，錢皇后在冊立的那天犒賞宮人，也坐的鳳儀殿。

慧妃只知傲視六宮，對於宮廷的規例，是完全沒有頭緒的；所以她接到錢皇后懿旨，竟卸了宮妝來見。到了鳳儀殿前，忽見錢皇后坐在上面，雲妃侍立在一旁；慧妃尋思道：「她今天倒擺起皇后架子來了。」但要待上去行禮，卻因雲妃立在旁邊，自己去跪在地上，未免過意不去，索性硬著頭皮不跪。

錢皇后嬌聲喝道：「妳可知罪，還不跪下嗎？」

慧妃吃了一驚，也朗聲答道：「我有何罪，值得皇后這樣動氣？」

錢皇后見慧妃倔強，便立起身來，雙手奉著家法，命雲妃請過祖訓來，高聲朗讀；那祖訓裏面說：「嬪妃有越禮不規矩的行為，准皇后坐鳳儀殿，以家法責罰」云。雲妃誦著；慧妃聽得讀祖訓，平日見皇帝也要起來跪聽，自己只好跪下。

明宮的規例，在皇帝未曾臨朝之前，天才五鼓，由司禮監頂著祖訓，來宮門前跪誦；皇帝就披衣起身，在床上跪聽，聽畢，便須離床梳洗，然後乘輦臨朝。宣宗帝時，這規例已經廢去；英宗嗣位，張太皇太后因皇帝年輕，要使他曉得祖宗立業的艱辛，於是舊事重提，再請出祖訓來，依照著建文帝時的辦法實行。

後來，張太皇太后崩逝，王振掌著司禮監，威權雖大，到底不敢擅廢遺規，仍照太皇太后在日的規律辦事；不過讀祖訓時，王振並不親到，由令另一個下手太監代職罷了。這樣，太監天天來讀祖訓，慧妃已聽得很熟了；這時見雲妃朗誦著，慧妃諒知不是玩的，也就勉強跪著。

錢皇后捧著家法，把慧妃濫耗內務珍寶、妄行賞罰（指春節事）、擅擺全副儀衛、冒充國母受大臣

的朝參等罪名，一一數說了一遍，責得慧妃低頭無言；錢皇后喝叫宮人褫去慧妃的外服，單留一件襯衣。這也是祖宗成例，不把衣服盡行褫去，算是留嬪妃們的體面；當下錢皇后親自下座，執著家法，將慧妃隔衣責打了二十下。

那家法是高皇后所遺，係用兩枝青藤，上面有五色絨線綴出鳳紋，尾上拖著排鬚，拿在手裏甚覺輕便，打在身上卻是很痛；幸得錢皇后身體纖弱，下手不甚著力，可是打在慧妃的背上，她那樣嬌嫩的玉膚，怎經得起和青藤相拼？

任錢皇后怎樣的打得輕浮，慧妃已覺疼痛難忍，伏在地上哭著，淚珠兒紛紛似雨點般地直流下來；錢皇后又訓斥了慧妃幾句，隨即起輦回宮，雲妃也自去。鳳儀殿上靜悄悄的，兩邊侍立著幾個宮人、內監，都呆呆地一聲不響；只有慧妃的飲泣聲，兀是不住地抽噎著。

過了半晌，才有慧妃的近身宮女兩個人，一前一後地放大了膽，把慧妃攙扶起來；可憐慧妃的兩條腿，早跪得麻木過去，那裏還立得起身呢？由兩個宮女左右扶持著，慢慢地回轉身兒。慧妃看那殿上，錢皇后和雲妃都不見了，那祖訓同家法還供在案上；不由得長歎了一聲，扶著兩個宮女，一步挨一步地回到仁慶宮裏，向著繡榻上一倒。

自己想起有生以來，從未受過這樣的恥辱，過去又是個傲氣好勝的人，今天偏在大眾面前丟臉，更被雲妃在一旁竊笑；慧妃越想越覺無顏做人，心裏也越是氣苦，竟翻身對著床，又嚎啕大哭起來。正哭得悽楚萬分，忽聽得侍衛的吆喝聲，宮女來報皇帝回宮了；慧妃只做沒有聽見似的，反而掩著臉，越哭得厲害了。

英宗這天駕幸先農壇，循例行了皇帝親耕典禮；又去聖廟中拈了香，祭告了太廟，往各處遊覽了一回，才命起駕回宮。車駕進了乾清門，直到交泰殿前停住；英宗下了輦，那些護衛宮和隨駕大臣各自紛紛散去，錦衣侍衛也分列在殿外輪班侍候，只有幾個內監仍不離左右地跟隨著。

英宗一路往那仁慶宮中走來，到了宮門前，不見慧妃出來迎接，連宮女也沒有半個；四周很寂靜的，只隱隱聽得啼哭的聲音，從宮中傳將出來，格外聽得清楚。英宗十分詫異，便大踏步走進宮去，見宮女們立著一大群，都呆呆地在那裏發怔；繡榻上躺著慧妃，身上脫得剩了一件裏衣，臉朝著裏面，哭得很是悲傷。

英宗瞧了這副情形，弄得丈二和尚摸不著頭腦；只得走到榻前，坐下低聲說道：「妳且不要啼哭，有什麼吃虧的事，朕替妳做主就是了。」

慧妃聽得皇上叫她，不好過於拘執，就慢慢地坐起半個身體，低垂著粉頸只是痛哭；英宗見她青絲散亂，臉上脂粉狼藉，一雙杏眼已哭得紅腫如桃，涕淚沾著衣襟上濕了一大塊。

這時春寒尚厲，英宗怕慧妃單衣受了冷，忙隨手扯了一條繡毯擁在她身上，一面說道：「朕只出宮去祭了一會先農壇，還不曾有半天功夫，怎麼妳已弄成這個模樣了？」

慧妃見說，自然越發哭得傷心，便一頭倒在英宗的懷裏，又去解開了衣襟，一手把領兒褪到後頸，似乎叫英宗瞧看；英宗往慧妃的背肩上瞧時，見那雪也似的玉膚上面，顯出紅紅的幾條鞭痕來。英宗吃

驚道：「這是給誰打的？」

慧妃一味地哭著不做聲，宮女中有一個嘴快的，便上前將慧妃受責的情節，從頭至尾陳述了一遍；英宗聽罷，心中明白了八九分，知道這事是慧妃自己不好，擅自擺了全副儀仗；雖然受了責，照例講起來，這還算是種刑罰，倘被廷臣瞧破出來，上章交劾，至少要貶入冷宮，重一些兒，連身子也得搬家呢。

再看慧妃，哭得和淚人兒一般，英宗又是憐她，又是愛她，便拿好話安慰她，道：「妳吃了這樣的苦痛，朕也很覺不忍，這口氣，早晚要替妳出的；但妳身體也要自重點兒，倘悲傷太甚了，反弄出別的病來，愈叫朕心中不安了。」

說著，袖裏掏出羅巾來，挽著慧妃的粉頸輕輕給她拭淚，又伸手去撫摩著肩上的傷痕；一面又附著慧妃的耳朵，低低地說了好一會，慧妃才漸漸止住了哭，由兩個宮女扶她下了繡榻。又有兩個宮女過來，忙著替她挽髻；英宗斜倚在黃緞的龍墊椅上，看那慧妃梳髻。

梳好髻，慧妃親自掠了雲髻，宮女捧上一金盆的熱水，又擺上玉杯、金刷各樣漱口器具，待慧妃盥漱洗臉；又由一個宮女捧上金香水壺和金粉盒、白玉胭脂盒等。慧妃搽脂抹粉，灑了香水，畫好蛾眉，才往藏衣室裏，由司衣的宮人代她換去了那件骯髒的單衣，更上繡服；司寶的宮人替她戴上了釵鈿，慧妃仍打扮得齊齊整整，盈盈地走了出來。

真是人要衣裝，慧妃這樣的一收拾，和剛才蓬頭涕泣時，好似判若兩人了；英宗看了，不覺又高興起來，吩咐道：「擺起酒筵，朕替慧紀解悶。」

慧妃忙跪謝道：「臣妾適才無禮，陛下並不見責，反勞聖心；使臣妾蒙恩猶同天地，此身雖萬世也報不盡的了。」

英宗笑道：「卿是朕所心愛的，說什麼恩不恩，有什麼報不報；只希望妳生了太子，這就是報朕了。」

慧妃聽了，斜睨著英宗嫣然的一笑，這一笑，真覺得千嬌百媚，冶豔到了十二分；把個英宗皇帝笑得骨軟筋酥，忍不住將她摟在膝上，一面令宮女斟上香醪，兩人你一口、我一口地喝著。英宗越喝越高興，便叫換大杯來喝，慧妃拿一隻箸子，擊著壺上的金環，低低地度著曲兒給英宗侑酒；只聽得珠喉宛轉抑揚，餘音嫋嫋，尤覺悅耳。

英宗連連撫掌喝采，這樣的直鬧到魚更三躍，英宗已有些醉意，看那慧妃也臉泛桃花，秋波水汪汪地瞧著英宗；她那芙蓉面上給酒一遮，愈顯出紅白相間，媚態動人了。英宗扶醉起身，搭住慧妃的香肩，共入羅帷；這一夜的愛好，自不必說了。

次日英宗臨朝後，回到仁慶宮中，慧妃便催著他實行那件事；原來英宗在酒後答應慧妃，也照樣懲辦錢皇后，慧妃當是真話，便來催促他。英宗不禁噗哧地笑道：「老實跟妳說了吧，那天的事，實是妳自己不好，皇后請了家法，還算便宜了妳；萬一她通知了大臣，在朕的面前劾奏妳一本，那時，叫朕面子上更覺下不去，怕不依著祖宗的成例辦妳嗎？」

慧妃聽了，好似當頭澆了一勺冷水，弄得渾身冰冷，從此把報復錢皇后的念頭慢慢地消沉下去，卻漸漸移恨到雲妃的身上去了；後來，又聞得錢皇后責打自己，完全是雲妃一個人攛掇來的，於是慧妃和雲妃結下了不解的冤仇，時時想趁隙中傷她。英宗皇帝有時去臨幸仁壽宮，慧妃心裏總是說不出的難受。

那雲妃的為人很是聰敏，到底宦家女兒出身，平日裏識字知書，也能哼幾句詩兒；雖不見十分佳妙，六宮嬪妃中比較起來，還要算雲妃最是通暢了。她又有一種絕技，就是善畫花卉，什麼鳥獸人物，都畫得栩栩如生；英宗寵幸慧妃之餘，也常常顧念起雲妃，又在慧妃的面前讚美雲妃的畫，慧妃聽了，愈覺嫉恨萬分。

有一天，英宗從仁壽宮回到仁慶宮，身體覺得有些不快，就倚在榻上，手裏玩著雲妃畫的紈扇；扇上畫著一幅貓蝶圖，圖上那隻狸奴昂首伺著蝴蝶，姿態活潑有神，就是顏色也渲染得非常適當，英宗瞧著，讚不絕口。

正值慧妃端上一碗參湯來，忽然失手傾側，把一半潑在扇上；英宗說聲：「可惜！」慌得慧妃忙拿羅巾來揩拭，那紈扇已濕了一塊。那湯是溫熱的，逢著顏色四散化開，將一隻貓眼睛弄模糊了；英宗很覺不捨，仍拿了紈扇翻看，驀見那潮濕的貓頭上，卻隱隱地露出幾個篆文字跡來。

英宗不禁詫異，便微微將扇面的礬絹揭起，落出一張菊花香箋，取箋看時，箋上朱書著生年八字，旁邊畫著鳥紋的符籙；英宗細讀生年八字，分明是自己的，便遞給慧妃道：「妳瞧，這是什麼鬼把戲？」

慧妃略為一瞧，驚得花容失色，忙跪下說道：「這是苗人的詛咒術，妾父在日曾遇著過，幾乎被人咒死；現在有人詛咒陛下，必是心懷怨恨，才下這樣的毒手。幸得陛下洪福齊天，居然發現，否則，定遭暗算了。」

說得英宗直跳起來，再辨那字跡，極似雲妃；不由地怒罵道：「這賤婢！朕不曾薄待她，她卻忍心做出此事嗎？」

慧妃說道：「那可對了，妾聞下詛咒術時，要放在本人最心愛的東西裏面才有效驗，陛下愛那把扇兒，險些上了當了；但她既做了這事，難保不再做別樣，可倒要留神防備呢！」這幾句話，把英宗的無明火提起，氣憤憤地罵了一頓，心裏便存下一個殺雲妃的念頭。

這晚，英宗在仁慶宮飲酒，慧妃趁著英宗酒後，又提起雲妃詛咒的事來；英宗已有幾分醉意，被慧妃激得怒髮衝冠，親手把一條白綾擲給內監，叫他去勒死雲妃，還一迭連聲地說著：「快去！」那太監去了半晌，回來覆旨；可憐月貌花容的雲妃，竟死在白綾之下。宮中自雲妃死後，便夜夜聞得鬼哭，內監宮女們亦嘗見鬼。

其時，王振奉著英宗的諭旨，派中官鄭芳南下，去調查冒選秀女的事；不多幾時，便接到池州知府鮑芳辰的奏報，破獲冒選秀女的太監王仁山。又過了幾天，鮑芳辰親自押解王仁山到京；王振等到早朝，把王仁山帶到殿上，請英宗發落。

原來那王仁山也是宮裏的太監，因得罪了王振，被王振驅逐出宮；王仁山出宮後，因心裏懷恨王振，他聽得王振曾派義子王山南下挑選美女，王仁山待王山回京，忙忙地收拾起行李。約了兩個同伴，又雇起十幾個僕人，冒著王山的名兒，假說奉旨選秀女；一路上，很被他詐了些油水。

到了蘇州，恰巧彭知府調任，來了個倒楣的朱立剛，拼命地巴結仁山，白白地被他把尤飛飛騙去，還折散了侯沐生這對夫婦；王仁山在蘇州得到了好處，又到池州去依樣畫葫蘆，卻被知州鮑芳辰在館驛中瞧破機關，便將王仁山擒住，親自解進京來。

第三十九回　土木堡之變

王仁山冒稱選秀，在蘇州騙得尤飛飛後，又往池州去重施他的故技。

那池州知府鮑芳辰，倒是個精明幹練的人，他聞得探報王總管自京師來池州選那秀女，芳辰忙出城去迎接王仁山進城；一面請仁山就館驛中住下，卻暗暗和幕府商議道：「我瞧那王總管的來歷，似乎很不正當；他那許多從人，多半是無賴樣子。還有一件可疑的地方，我聽那王總管是王振的兒子，並不是太監；現在那人分明是個宮監，只怕其中有詐吧？」

幕府笑道：「這個很容易明白的，他既稱是奉旨來的，當然有皇上的手諭；明天相公去見他，可向他要上諭驗看。如果拿不出時，將他拿住，解進京去，不個是欽犯嗎？」芳辰點頭稱是。

第二天，便去謁見王仁山，芳辰要驗他的上諭，仁山推說藏在行篋中，檢視不便，須緩幾天呈驗；芳辰心中愈疑，逼著仁山立時去取來。仁山變色厲聲道：「知州相公敢是疑我嗎？這是朝廷所命，有誰敢大膽假冒，拿頭顱去試？知州萬一不放心，我即徵別處就是了。」仁山說罷，便吩咐從人打起行裝，要待起身。

芳辰恐他趁間逃走，忙再三地認罪，慰留住仁山，卻密令左右，在館驛四周監視；誰知王仁山自己

心虛，晚上想從後門遁走，被芳辰的左右攔阻了，又去飛報芳辰。芳辰見他形跡已露，便放下臉兒，把仁山拘囚起來。

又過幾天，接到京中派來鄭中官的公文，叫各處地方官吏注意奸人冒充欽使選秀，如其發現，即逮捕解京；鮑芳辰看了文書，不覺大喜道：「果不出我所料。」於是，將州事委給了幕府，親解王仁山進都。

這冒充選秀女的案子破獲後，消息傳到蘇州，知府朱立剛聽得，好似當頭打了個霹靂；他自送王仁山走後，天天伸長著脖子，望著京中的好音，準備升官，那裏曉得眼也望穿了，不見有什麼調任的上諭下來。朱立剛和徐伯寧說起，還當作王總管把他忘了；徐伯寧只是安慰立剛，說必定是沒有空缺，所以遲遲不見上諭。

立剛被伯寧一說，心花又怒放開來了；如今得知第二次來選秀的王總管，不是前次的王山，乃是冒充的太監王仁山，朱立剛直氣得手足冰冷，半晌說不出話來。又經徐伯寧竭力地勸慰，立剛只長長地歎了口氣；不多幾日，就患起肝痛症，竟至一命嗚呼。

再說鮑芳辰解王仁山到京見了王振，由王振嘉獎了幾句，就帶著王仁山來見英宗發落；王振的意思，是要辨明自己不曾派人去選秀女的，是以把人犯押到殿上，令英宗親訊。誰知英宗這幾天因宮中鬧著鬼，弄得他神魂顛倒的，那裏還有心審什麼案件；只叫王振一手去包辦著，連朝中的政事也一概聽王振去做，英宗如木頭人般的，不過擺擺空樣罷了。

這時，卻惱了六部中一位大臣于謙，便連夜草成了奏疏，將閹臣專權、欺壓公卿、進獻美女迷惑聖聰；凡王振所有弊端，加賣官鬻爵、營私納賄等事，一古腦述在裏面，而且說得異常的痛切。英宗閱了奏牘，隨手遞給王振道：「于尚書說卿舞弊，可是真的嗎？」

王振接過來讀了一遍，氣得目瞪口呆，半晌，才跪下磕頭道：「于謙的話都是旁人的訛傳，老臣實不敢舞弊。」

英宗冷笑道：「于謙是卿所保舉的，怎的會無故陷害你呢？」這一句話，把王振的一張嘴堵塞住了，再也回答不出來；英宗便拂袖回宮。

當宣宗之時，于謙因病疾致任，還處州本籍；待英宗登基後，王振聞于謙病癒，就保他入閣。那于謙自到部後，不但不去阿附王振，反事事和王振作對；王振因于謙是自己所舉薦的，弄得啞子吃黃蓮，說不出的苦處，現在又碰了英宗一個大釘子，真是又氣又恨，回到家裏，就託病不出。

那時，宮中鬧鬼也愈鬧愈兇了，內監們多親眼瞧見雲妃頸子上拖著白綾，在仁壽宮中走來走去；原來那天晚上，英宗醉後聽了惠妃的攛掇，不覺心頭火起，便令一個內監持著白綾，去勒死雲妃。那內監只得十九歲，從來不曾幹過殺人的勾當，加上他膽子又是很小的；英宗命他去勒斃雲妃，那內監不敢推諉，只得上去接了白綾，往著仁壽宮來。

到了宮門，前腳踏進門去，守門的宮人把他攔住；那內監拿白綾揚了揚，道：「我是奉皇上諭旨來的。」守門的宮人進宮已有十九年了，是個老於掌故的人，一眼瞧見了飄飄的白綾，知道不是好事，忙

側身避過，讓內監進去。

這時雲妃還沒有卸去晚妝，和一個老宮人對坐著在燈下對弈；那內監走到雲妃的面前，心裏已跳個不住，勉強屈著半膝，要想稟知，不知怎的，聲音竟發了顫，牙齒捉對兒廝打著，口裏兀是說不清楚。雲妃是很乖覺的，見那內監的樣子，心中料想有些不妙；偏偏那內監再也說不明白，掙了好一會，才斷斷續續地吐出「皇上命娘娘自裁」一句話來。

雲妃聽了，驚得花容如紙，啪的把棋盤掀去，棋子散了滿地，雲妃也昏倒在繡椅上了；那老宮人和宮女們忙著來救雲妃，叫的叫，拍的拍，灌參湯的灌參湯。大家亂了一陣，雲妃總算悠悠地醒轉來，不禁垂淚問那老宮人道：「我自冊立至今，也未嘗有過大過失，皇上卻毫不顧情分，竟令我自裁；這定是有人在那裏陷害！我死若有靈，必不使他們安寧的。」

雲妃說罷，掩面大哭，害得老宮人和全宮的宮女也無不零涕；宮內只聽得一片的涕泣聲，慘霧愁雲，滿罩了一室。那賜白綾的內監，起先還呆呆地跪著，瞧見雲妃昏厥，他也暗暗著急；待雲妃醒過來痛哭，宮人們一齊哭了，那內監才慢慢地立起身來，也不住地陪著眾人下淚。

大家哭了一會，那內監怕時候多了，皇帝見責，只得又半跪著，將一幅白綾遞給雲妃；雲妃接在手裏，淚珠兒如珍珠斷線似的，連頭也抬不起來，那裏有這股力氣自裁呢！她越想越悲傷，也越哭得悽惶萬狀；那內監見雲妃不肯自裁，不由地發急道：「時候不早了，請娘娘快自決了吧！」

雲妃這時知道，是無人會來救援的，又經那內監的督促，看來萬無生望，倒不如死了乾淨；主意打定，發了一個狠，提起白綾向著粉頸上一套，打了結扣，把兩隻玉臂張開，死命的拿白綾一拉，只覺得喉嚨裏梗塞住了，氣望上逆，非常地難過，手一鬆動，香軀往床上便倒。

你想，照她這樣的勒法，怎能夠勒得死呢？那內監還當作雲妃死在床上了，忙向前瞧看，卻見雲妃依舊呼呼地喘著氣；那內監到了這時，也顧不得許多了，便閉著兩眼，咬緊了牙齒，縱身跳上繡榻，在雲妃的酥胸上一伏，兩手繞住了白綾的兩端，用死勁地拉著。

可憐雲妃被內監按著，上身一點兒也不能轉動，只把兩隻凌波小腳，在床沿上亂蹬亂敲；老宮人和一班宮女們不忍目睹，都回過頭去，掩著臉低聲飲泣。約有一頓飯時，看看雲妃的腳已踩蹬不動，兩條腿軟綿綿地躺著；那內監才鬆了白綾，走下床來，雲妃早直挺挺地死了。

照例宮監勒死了人，將白綾在死人的頭上打一個對結，再割下死者身上的衣襟，拿著前去覆旨；然後由千秋鑒的太監檢驗一過，又去奏知皇上，稟明死者無訛，這才用棺木收殮。這內監他還是第一次勒死人，見雲妃氣絕，趕緊走下繡榻，卻忘了將白綾打結；待到想著，忙俯身去拉那白綾時，這一嚇，把那內監的魂靈兒嚇得飛上九天。

因那內監勒斃雲妃的當兒，閉著眼睛，咬緊了牙齒，不曾瞧見雲妃的形狀；此時回眼再瞧，見雲妃粉臉青紫，額上滿綳著紅筋，兩眼瞪出在外，舌吐寸許，青絲散亂，鼻孔中鮮血直流，嘴角邊也淌著紫血，頭上那幅白綾，東一塊西一塊地遍染著血漬，白綾幾變作了紅綾了。

那內監本來已用盡了氣力，加上這一嚇，手足越覺癱軟下來，半晌動彈不得；那老宮人恰巧回過頭

來，看見雲妃的慘狀，「哇」的一聲哭了出來。內監被她哭聲一激，如夢方醒，只好硬著頭皮，把白綾在雲妃的頸子上打了結；又扯下了一方小襟，匆匆地覆旨去了。

英宗那時已喝得酩酊大醉，內監向他稟白，他半句也沒有聽得，只含含糊糊地點點頭，內監便退出了仁慶宮；就門前的著衣鏡裏照看，見自己的身上、臉面、手上都濺滿了血跡，他不禁想起雲妃臨死的面目來，心理兀是害怕，忙望空跪下，磕了一個頭，祝告道：「奴才是奉的上命，身不由己，娘娘在其中切莫見怪。」祝罷立起身，自回他的伺候室去。

次日早朝，英宗勉強出去聽政，便有那千秋鑒的太監首領，奏陳已驗明雲妃的屍身，來請旨盛殮安葬；英宗聽說雲妃死了，不覺吃了一驚，把昨夜醉後所幹的事，一點也想不起來，趕緊退了朝，到仁壽宮來看雲妃。

走進宮門，就覺著陰慘慘的一種景象，宮女們都一個個哭得兩眼紅腫；那妝臺上燃著一對綠燭，一陣陣的紙灰氣味觸鼻，繡榻上，直挺挺地睡著雲妃，身上遮蓋著一幅紅羅，黃緞掩著臉，情形很是淒慘。英宗走向榻前，忍不住去揭開那幅黃緞來；這時雲妃的玉容已完全變了紫色，粉頸上繫著的白綾依舊不曾解去，那種瞋目吐舌的形狀，把英宗嚇得倒退了好幾步。

想起她生時那樣的月貌花容，和往日的情分，英宗鼻子裏一陣酸溜溜的，也不禁垂下淚來；當下仍將黃緞蓋上，回顧宮女們，問那雲妃的死狀。由宮女將昨夜內監奉旨，勒死雲妃的經過稟述了一遍，英宗聽了才想起晚上的事來，似乎約略還有些兒記得，只是不甚清楚；又把那賜綾的內監傳來，那內監也照樣陳說一番。

英宗頓足歎道：「這是朕的不好，叫雲妃受了委屈了！」說著，又滴了幾點眼淚，吩咐尚儀局從豐收殮了，照貴妃例安葬；又親下諭旨，追封雲妃為賢孝貞烈穆貴妃，家族蔭襲男爵，兄雲龍擢為殿前都尉。英宗又因雲妃死得慘苦，並詔天應寺方丈，建醮四十九日，算是超度雲妃。

英宗自誤殺雲妃後，深怪慧妃在醉中教唆著自己，心中很是鬱鬱，足有兩個多月不進仁慶宮；又為了怪慧妃的緣故，間接又恨著王振，所以值于謙參奏王振，英宗正觸動牢騷，趁怒將王振訓斥了一頓，氣得王振在家裏生病。

當雲妃被勒死的第三天，宮中就鬧起鬼來；頭一個見鬼的人，正是那夜勒死雲妃的內監。那內監平日膽小，一到了天昏，就不敢經過仁壽宮了；這天晚上，竟忘了那件事，走過仁壽宮的門前。正當雲黑風淒的時候，又不曾帶著燈火，猛見雲妃滿臉血污，項上拖著白綾，站在仁壽宮門口；那內監嚇得怪叫一聲，跌倒在地上，人事不省了。

仁壽宮內的宮女等，聽得宮門外的喊聲，掌了一盞紗燈，七八個宮人一齊擁出來；瞧那內監倒在地上，嘴裏的白沫吐得有三四寸高，大家當他是中了風，便七手八腳地把內監扶起來，由一個宮人去取了還魂香來燃了，在內監的鼻子裏薰了一會。

漸漸見他甦醒過來，大叫：「嚇死了！」睜開眼睛，見宮女們圍繞著他，便顫著聲說道：「可曾瞧見雲娘娘嗎？」眾宮女聽說，都呆著發怔；不提防那內監直跳起來，連連叫著：「有鬼！有鬼！」一路

連跌帶爬地逃出去了。一班宮女也大半是膽小的，給內監這樣一說，也拋了紗燈，嚇得往四下裏亂逃。

自那天起，宮中天天鬧鬼，初時不過仁壽宮的附近，漸漸鬧到了晉福宮去；不多幾天，長春、仁慶、永福、永春等宮，也都鬧起鬼來了。尤其是仁慶宮裏鬧得最厲害；慧妃親眼見雲妃坐在榻上，又把白綾去套在慧妃的頭頸，嚇得慧妃不敢住在仁慶宮。

其餘的宮中，往往桌椅自行移走，白日聽得啾啾的鬼叫，晚上輝煌的燈火，轉眼變了綠豆般大小，碧焰閃閃的，霎時鬼氣森森，令人可怕。夜裏到了三更天，宮牆上，總有一陣的金光滾來滾去；那金光一閃，鬼聲也就絕跡，待到金光沒了，鬼又啾啾唧唧地鬧起來，兩下裏好似約會好了一樣。其實這金光並不是鬼，就是那侯沐生遇見的少年俠士，來宮裏找尋尤飛飛的蹤跡；但是他在各宮尋遍了，仍不見尤飛飛的影蹤。

其時恰巧池州破獲冒名選秀的王仁山，由知州鮑芳辰逮解到京，王振扶病起身，帶了王仁山來見英宗皇帝；英宗命王振自去辦理，王振又將這事委給兵部，由兵部尚書袁舟銘親加勘鞫。仁山供出曾騙獲秀女尤飛飛，現贈與南京某王；又勒索到金珠財帛若干，都存積在南省某處。

袁舟銘錄了口供，回報王振，王振又去進見英宗，把王仁山的所供從實奏聞；英宗見牽涉到南京的某王，恐釀出大獄來，便也不欲多事，只下諭磔死王仁山，餘黨處了絞決，將仁山的所有財資充公，牽涉株連的人一概免究。

這道諭旨下來，那少年俠士得了消息，便去林寺中告知侯沐生，將王仁山的案子對沐生講了；又說，尤飛飛並不在宮中，實被王仁山騙去送給金陵某王，今飛飛還在王府裏面。那少年俠士說罷，又贈了沐生盤纏，令他自回江南，向某王去交涉，把飛飛要回來；沐生再三地拜謝，那少年俠士又化作金光走了。

誰知沐生到了金陵，聞得某王府裏，果然有一個侍姬尤飛飛，只可惜已於半年前自盡了；因王仁山把飛飛送往某王府時，飛飛知道受騙，不過，還希望能趁機脫身出來，和沐生破鏡重圓。那裏曉得某王不肯放過她，時時和飛飛纏繞，甚至恐嚇她要強做了；飛飛見不是勢頭，怕真個受了污辱，便偷個空兒，跳在窅井自殺了。沐生聽了，哭得昏過去幾次；愛人既死，自覺生在世上乏味，竟去跳在河中，到水府裏找尤飛飛去了，

再說宣宗八年，出師塞外，剿平了韃靼兀良哈，部眾被明兵殺的七零八落，兀良哈部就日漸衰微，他的復仇之心卻一日不去；這時正當英宗十四年，宮中錢皇后生了太子，英宗很為歡喜，彌月祭告太廟，賜名見深，即日冊立為東尉。

這裏群臣正在致賀，西北的警報進京，卻是兀良哈部結連了瓦刺部也先，興兵入寇，把一座大同府城圍得鐵桶似得。西寧侯宋英、武進伯朱冕出城迎戰，都大敗一陣，朱冕陣亡，宋英受了重傷，入城後傷發身死；總兵杭藝、參將王良急得沒法了，忙飛騎入京求救。

英宗接到奏報，不覺也著了慌，即召王振進宮，和他商議拒寇的策略；王振進言道：「從前先皇征服沙漠，都是御駕親征的；現今陛下正在英年，若親統六師，不但禦了賊寇，也足以威服化外，使邊地

永靖，不是兩全其美嗎？」

英宗聽了，不由地興致勃勃，隨即下諭御駕親征；又命郕王祁玉監國，尚書于謙、王直相輔，自和英國公張輔、侍郎鄺野、監督王振等一列隨駕，當下統領著大兵五十萬，浩浩蕩蕩殺奔塞北。

兵至居庸關，兵多糧少，軍馬乏食，餓死的堆滿道路；隨駕群臣請御駕駐蹕，王振只令進兵。將近大同，天忽狂風大雨，平地水深三尺，兵馬在水裏奔走，怨聲遍地；王振下令，兵馬改道宣府，正要起行，警報賊寇大至，王振命成國公朱勇，分兵五萬先去拒敵。

那瓦剌部部酋也先，暗飭兵士埋伏在鷂子嶺附近；朱勇兵到，也先兩下殺出，朱勇抵擋不住，大敗逃回。飛馬報賊兵追來了，王振還在那裏打算拖載輜重，群臣請駕走紫荊關，又被王振罵退。

不一會，探騎和蟻附皆來報，也先統領大兵來追；隨駕諸將都準備迎敵，一面令兵馬疾行，看看將到懷來縣，群臣又來稟請道：「賊兵在後將到，不如暫入懷來縣避鋒。」

王振大喝道：「你們曉得什麼？」說罷，只令兵馬屯駐，以便拒戰；那知也先的部眾如潮湧般地追來，遇著了明軍，好似風掃落葉，大家無心禦敵，只發聲喊四散逃走。

這時，王振也弄得手足無措，隨駕的武臣如朱勇、張輔、陳寧、王貴、梁雋、徐寬等，奮力揮械迎戰；也先部眾全力射箭，矢如飛蝗，不到半刻工夫，張輔等一班老臣一齊死在陣中，御前護衛忙保護著英宗逃遁。

到了錦雞柵，再看王振時，卻伏在馬鞍上索索地發抖；惱了御前衛官樊忠，指著王振罵道：「你這喪心的逆賊，也有斂威的一天嗎？這時賊兵四集了，你何不設法去退敵呢！」罵得王振一聲不響，只拿衣袖拭著額上的汗兒，可是愈拭愈多，汗珠如黃豆般地直滾下來。

樊忠越看越氣，隨手一掌，打在王振的臉上，連牙齒也拍下了兩個，滿口是血；王振因此坐不住雕鞍，一個倒栽蔥跌下來，直跌得頭破血流，便抱頭大哭起來。

樊忠愈憤道：「如今是哭的時候嗎？你既有哭的本領，為甚麼要強掌兵權，陷害故人呢？」說著，就腰間拔下一個鐵錘，向著王振的頭上只一下，任王振的頭顱怎樣的堅固，也擊作了兩半，腦漿迸裂，死在地上了。

那時敵兵愈來愈多，也先望見黃羅傘蓋，知是明朝的皇帝，便揮著兵士圍上來，竟把英宗捉住。

第四十回　北國之囚

瓦剌部的人馬把英宗團團圍住，護衛樊忠戰死，諸將多紛紛中箭落馬；校尉袁彬、哈銘，死力保著英宗突圍。敵兵愈來愈多，只往著黃羅傘蓋圍上來，看看兵將折傷垂盡，英宗還是困在裏面；那時四邊喊殺聲震天，英宗坐在馬上終日，已有些支撐不住，由袁彬護英宗下騎，暫時在草地上休息。

忽見衛兵吶喊一聲，各自抱頭亂竄，背後一員大將，挺槍驟馬直殺而來；一眼瞧見英宗穿著黃袍，戴著金冠，知道是明朝的領軍統帥，便喝令兵士們把英宗擁著便走。其時英宗的左右，死的死了，逃的逃散；只有袁彬、哈銘和內使王真、譯官吳僮官等，緊緊地隨著。

那擄英宗的大將，是也先營中的前鋒賽坡，當下擁著英宗來見也先；也先的兄弟伯顏見了英宗，忙私下對也先說道：「我瞧此人相貌不凡，決非是個常人。」

參謀呂受也說道：「我看他的裝束，金冠龍服，不要是明朝的皇帝吧！」

也先跳起來道：「我常思統一中國，至今未曾如願；倘真能獲得大明皇帝，那是我奪取中國的時候到了。」於是令內監王永往認英宗。

王永本明宮的太監，因和王振不睦，便憤投也先營中；這時，王永至賽坡的帳中，不敢直入，只在外面張望。遠遠看見英宗閉目盤膝，坐在地氈上，袁彬、哈銘諸人旁侍；王永看得清楚，慌忙來報給也先道：「果然是明朝的皇帝。」

也先大笑道：「這是我仗祖宗的靈祐，居然把大明天子也俘來了。」

伯顏在一旁說道：「明朝皇帝猶之神廟裏面一個首領的木偶罷了，我們把他擄來，又有什麼用處？他們皇族的子孫很多，難道不會再立別個嗎？況我們在塞外雖然算得強盛，到底是一個部落；明朝聞得皇帝被人擄去，若起傾國的兵馬前來，我們以卵敵石，怕不給他們洗蕩乾淨嗎？」

也先正在興高采烈的當兒，被伯顏這一席話，說得好似當頭澆了一勺冷水，呆呆地望著伯顏，半晌才說：「依你，又怎樣的辦法？」

伯顏說道：「依我的主見，不如把明朝的皇帝送還了他，這樣一來，他們也自然見情；既不失和氣，又可以免去我們寇邊開釁的罪名，豈不一舉兩美嗎？」

也先聽了，躊躇說道：「且緩著再議了。」於是就命伯顏把英宗皇帝帶去，用禮節看待他不提。

再說英宗被擄的消息傳到了京中，郕王、于謙等都吃了一驚；胡太后和錢皇后，以及瓛妃、瑞妃、慧妃、錢貴人、馬貴人等，一齊痛哭起來，宮中頓時一片的悲聲。大家哭了一會，只是面面相覷地毫無辦法；忽接到懷來縣的奏報，說也先有牒文前來，願送還英宗，但需金珠萬萬兩作為交換品。

這時賊勢正盛，邊庭的將領沒人敢出兵交鋒，朝廷也弄得十分為難；當下由胡太后、錢皇后及六宮嬪妃等，把宮中所有金珠寶物都搜括起來，裝了十二大車，派使臣赴也先的營裏。誰知也先接到了金珠，仍擁著英宗北去；明朝的將士沒奈何，眼睜睜地瞧著也先把英宗擄去，這裏由都指揮郭懋，收拾起敗殘人馬，駐屯懷來。

那時京中人情惶惶，朝野皆惴惴不安，侍郎楊善等又上章，請誅王振餘黨，郕王猶豫未決；中官馬順力言不可，眾公卿齊聲大罵，馬順也和內侍等回罵。尚書王直大喝道：「馬順是王振的餘黨，應該先把他處罪。」一聲猶未絕，六部九卿的象笏並上，馬順揮拳相迎，到底寡不敵眾；王直的一笏正擊在馬順的額上，將額角擊碎，眼珠突了出來，眾官又一陣地亂踢亂打，把馬順擊死在奉天殿上。

楊善又倡議趁勢捕逐逆黨，一呼百和，大家奔到殿上，見王振的私人，不論是內監相卿，扭住便打；奉天殿上霎時人群鼎沸，秩序大亂。郕王慌忙躲入謹身殿內，外面眾官亂成一片，連奉天殿的御案也推翻了。

這樣地鬧了一陣，眾官又要求郕王下諭，將王振滅族籍家；郕王嚇得不敢出聲，由兵部尚書于謙護著郕王升殿，令內監金英傳旨，著錦衣尉往逮王振的家屬及同黨各官，立即正法。錦衣尉陳鎰領了上諭，趕到王振的家裏，捕了他的義子王山、媳婦馬氏和婢僕等；凡一百三十餘口，連中官王永、毛順的家眷，一併綁出市曹斬首。

那郕王經于謙、王直等護衛，膽子就漸漸地大了；他覷得英宗被擄未還，大位空虛，要想篡襲那個皇帝的位置。當時和中官金英等密議，著錦衣尉岳謙赶往懷來，只說是探望英宗，回來時，卻假傳英宗

的旨意，命郕王祁玉嗣位；眾官聞知，也樂得做個人情，便紛紛上章勸進，郕王再三地推辭，又由胡太后下諭，命郕王正位。

郕王見時機已至，就老實受領，擇吉登殿繼統，百官三呼叩賀，這就是景帝；又改正統十四年為景泰元年，立王妃汪氏為皇后，尊胡太后為上聖皇太后，晉錢皇后為聖皇后，追謚孫貴妃為皇太后，又尊英宗為太上皇。

其時也先又挾著英宗至大同，勒索金珠等物，廣寧伯劉安搜括家資，和文武眾官所有的金銀，一併車入也先的軍中；也先又擁著上皇北去，劉安十分懊喪。內監蒙古人喜寧，又偷出京城去投也先，把中國的虛實地理都告訴了也先；令他從紫荊關進兵，直入北京，驅走景帝，趁間定都燕京。

也先聽了喜寧的話，長驅直往紫荊關，守關總兵謝澤領兵迎戰，被也先殺敗，謝澤陣亡；也先又借著送上皇還京的名目，大開紫荊關，大兵直驅北京，經過良鄉，將至蘆溝橋時，正值都督于謙率兵來迎。

當也先兵進紫荊關，都中警報好似雪片一樣，景帝聽報，慌了手腳，忙拜于謙為大都督，總制天下兵馬率師禦寇；于謙又請赦免都指揮石亨、總兵官楊洪，景帝准了奏本，著石亨、楊洪兩將帶罪立功。因英宗在錦雞柵兵敗，飛檄調大同人馬；石亨正留守大同，恨英宗不明，令閹宦王振掌著兵權，不願受王振的指揮，所以坐視英宗被擄，石亨和楊洪竟擁兵不救。

等到景帝登位，敗兵回來，把石亨、楊洪的罪名上控兵部，御史劉恆上本彈劾；景帝令大同總兵郭登，捕石亨、楊洪下獄。如今得于謙的保奏，石亨、楊洪出獄後，便召集了部下勁兵，星夜來援京師；這裏于謙領著兵馬，殺出德勝門，行不上幾里，已和也先的兵馬相遇，兩下裏就大戰一場，不分勝敗，至天晚收兵。

是夜，于謙宣張軏、張輗兩將進帳，授了密計，又對眾兵士痛勸一番，真是說得聲淚俱落；第二天清晨，于謙便慷慨誓師，將士個個奮勇出兵和也先死戰。張軏、張輗又從兩邊殺出，也先部眾大敗；于謙正揮兵追趕，又遇著楊洪、石亨的兵馬自大同殺到，三路大兵奮力殺上，也先抵擋不住，領著敗殘人馬，連夜逃出紫荊關，仍擁著上皇匆匆地出塞去了。

那于謙大勝一陣，收兵駐屯了三天，班師回京；各地聞京中獲勝，自然人人爭前，又大破了也先的餘眾，國內漸見平靖。景帝因亂事以平，命開筵慶功，大封功臣，要算于謙為第一，加兩級，晉少保銜；楊洪、石亨晉伯爵，張軏、張輗封子爵，士兵也各有犒勞。

那時上皇（英宗）被擄出塞，住在伯顏的營中，雖蒙竭力的優遇，上皇總覺得不慣；幸得校尉袁彬、蒙古侍監哈銘兩個人不離左右。伯顏又把上皇移往自己的家裏，進湯調羹，都是伯顏的妻子親自動手的；上皇心裏很是感激。

不過塞北的習俗，無論是官是民，都是住在牛皮帳裏的，帳外便畜著牛羊馬匹；人民不以財資為重，唯牛羊馬匹愈多就算是富戶了，盜賊劫奪也專掠牛羊馬匹，人民備有槍械，往往和強盜對敵。如捕獲盜賊時，並不報官訊鞫，只把捉住的強盜載在牛車裏，由事主派家丁多名，解往土官那裏。一路上，

牛車慢慢地進行，家丁就拿強盜一個個地殺著，殺到土官的署門前，將殺下來的頭顱計點了數目報與土官，土官便在冊子上記了年月日、殺盜若干名等字樣，就算了事。

塞外的風俗是這般的野蠻，那上皇做慣了中國安樂尊榮的皇帝，叫他去住在這種沙漠地方，居處的是帳篷，飲食的是牛酪馬乳、羊羔獸肉，騷膻腥味觸鼻，怎樣能夠下咽呢？後來實在餓得沒法，勉強拿些馬乳充饑。

上皇又時時想起了六宮的后妃，總是嗟嘆下淚；袁彬和哈銘在旁又百般地慰勸，並伴著上皇往遊塞外的名勝。如漢代的蘇武廟，廟中遺有蘇武牧羊所持的節竿和神像；又有漢時的李陵碑，碑下記有宋將楊業盡忠的年月，及宋將潘美破番奴的遺蹟。又有昭君廟，廟塑昭君像，容貌栩栩如生，旁立兩個侍女，一捧琵琶，一個執著金幡；前後殿宇很是壯麗，漢人往來此地，都要徘徊憑吊一番，才歎息而去。

上皇這時為遊塞外風景，倒也稍舒憂腸，然每到了晚上，聽得那些嗚嗚胡笳聲音，不禁又黯然下淚；正是有庸人所說的「不知何處吹蘆管，一夜征人盡望鄉」的概況了。

那伯顏的為人卻不似也先，他對於上皇非常地尊敬，依照伯顏的主意，早就把上皇送還明廷了；偏是那太監喜寧和王永兩人，在也先面前竭力地阻擋，上皇得知，恨不得將喜寧、王永砍為肉泥。伯顏見也先沒有奉還上皇的誠意，便親自來安慰上皇，謂將來得機會，終要送還中國的；上皇聽了，很為見情，又常和伯顏談談塞外故事，兩下裏倒十分投機。

伯顏又恐上皇寂寞，便替上皇去選了五六個番女來陪伴上皇；這六個番女當中，算一個叫木猊的，長得最是俊秀，還有一個叫玉米的也很是風騷，上皇在無聊的當兒，便令番女們唱歌解悶。

到了三月中旬，胡人祭石塔，也算是個佳節，伯顏設宴給上皇稱觴；伯顏的妻子阿剌噠哈喇，親自來與上皇把盞。那哈喇也有幾分姿色，上皇不覺開懷暢飲；正吃得高興，急聽得鑾靴橐橐，一個月貌花容的番女從帳後轉將出來。

只見她穿著一身藕色的舞衣，雲鬢斜髻，臉上薄施著脂粉，越顯出她體態輕盈，嫵媚多姿；上皇已有了酒意，目不轉睛地瞧著那美人。哈喇便喚那美人過來參見了上皇，又命她在筵前歌舞起來；那美人嫣然一笑，擺開了舞衣，翩翩地帶舞帶歌，真個是飄飄欲仙，上皇看了，讚賞不絕口。

哈喇早瞧出了情形，笑著對上皇說道：「這是奴婢的妹子，皇帝如不嫌她菲陋，不妨收她做個侍奴。」

上皇微笑點頭，哈喇便說道：「可倫！快過來侍候皇帝。」可倫正在舞著，聽得她姊姊叫喚，忙停了歌舞，盈盈地走到上皇的身旁，輕舒玉臂，執著金壺侑酒；上皇令可倫坐下，添上一副杯盤來，兩人一杯杯地對飲著。

這一場酒宴，直吃到夜闌，才把席撤去；哈喇出帳，上皇命袁彬、哈銘退下，就擁了可倫進後帳安寢。袁彬和哈銘侍在帳臥未曾安睡，猛聽得帳內一聲的怪叫，袁彬拔了一把刺刀，慌忙搶入帳中；哈銘急切間尋不到器械，竟掇了一把木椅隨後追入。

一眼瞧見上皇赤身奔將出來，手臂上已鮮血淋漓，後面的番女可倫握著一把匕首，赤著上身，下體只掩著一幅紅綢，氣焰洶洶地直追出帳外。上皇大叫：「袁彬救駕！」袁彬仗著刺刀大喝一聲，將番女可倫捉住；那番女口裏嘰嘰咕咕地罵著人，苦的不懂她說些什麼，意思大概是要刺殺上皇。

可倫一面罵著，飛身追那上皇，袁彬更不怠慢，挺著刺刀，阻可倫不許上前；可倫大憤，拿匕首向袁彬刺來。袁彬用刺刀隔開，奮力執住她的粉臂，順勢一拖，卡嗒的一響，可倫已直挺挺跌倒在地；袁彬上前，把可倫捺住。

這時哈銘也已趕到，見袁彬將可倫打倒，便拋了木椅幫著來捉可倫；誰知可倫倒很有幾分蠻力，不提防突從地上直跳起來，袁彬按不住她，反被可倫掀了個筋斗。可倫得了空，一刀向袁彬刺去，哈銘喊聲「哎呀」，要想去阻擋，萬萬是來不及了，趕忙竄身上去，把可倫的兩腿盡力一扳；可倫站不住腳，和玉山頹倒地仆了下去，恰巧跌在袁彬的身上。

袁彬擲去手中的刺刀，趁勢將可倫抱住，可倫只把匕首亂刺；袁彬騰出一隻手來，死命地捏住可倫手腕，兩人在地上爭做了一團。上皇在一旁看得呆了，哈銘卻奔入帳內，取了一條繩子，先將可倫的兩條腿縛住了，和袁彬一人執住可倫的一隻手，將她反綁過來，捆得結結實實；袁彬這才爬起身來，扶上皇進帳更衣，又令哈銘揚著刺刀，嚇逼那可倫招供。

哈銘是蒙古人，懂得可倫的話，起初可倫不肯吐實，被哈銘在她腿上戳了一刀，痛得可倫在地上打滾，又被哈銘逼她招出來；可倫才承認是受也先的差遣，伯顏和哈喇是不知情的。

原來也先的妻子密哈，知哈喇、可倫兩人算是表姊妹親，也先擄住上皇，本想據為奇貨的；那知真應了伯顏的話，明廷已立景帝，也先挾著上皇竟是廢物，所以起了加害之心。然礙著伯顏夫妻的面子不便下手，於是私下著他妻子密哈賄通可倫，命她迷惑了上皇，趁隙刺殺了他；事成之後，允許可倫做個王妃。

可倫聽了密哈的一片花言巧語，自給說得心動，便當面答應了；去要求哈喇，願終身侍候中國皇帝。哈喇見她妹子肯這樣，那裏有不贊成的道理？就在佳節的那天，叫可倫出來給上皇侑酒，晚上令她去侍寢；豈知可倫懷著了歹念，身旁暗藏著利刃。

上皇醉醺醺地回帳，帶醉去替可倫解鬆了羅襦，又輕摟她的纖腰；可倫往後退讓開去，上皇索性兩手將她一抱。那可倫圍著的紅綢上，恰恰插著一口匕首，上皇那手臂彎過去摟她，正抱在匕首的尖頭上；因過於用力了些，刀尖刺進臂中有半寸來深，痛得上皇怪叫起來，忙鬆手往外飛逃。

可倫見事已敗露，抽出匕首來追，劈頭撞著袁彬，又經哈銘一幫助，任你番女多厲害，到底敵不過兩個壯年男子，就此被哈銘綁住了。

當時哈銘聽了可倫的口供，便來陳知上皇，袁彬不覺歎口氣，道：「我們侍奉皇帝住在這裏，終是很危險的，我看伯顏倒尚有忠義肝腸，明天大家哀求他，設個法兒，送皇帝還了朝罷！」

哈銘說道：「我也是這樣想，只是處在也先的勢力下，怕未必辦得到呢！」兩人說著，上皇卻默默不語。

哈銘又道：「現把番女綁著，怎樣發落她？」

袁彬道：「且將她拖入後帳，待明日由伯顏處置就是了。」

上皇略略點頭，兩人便到帳外來拖可倫；可倫只當是要拿她處死了，如同殺豬般叫喊起來。正在這個當兒，忽聽得上皇又在帳中叫喚，袁彬早聽得清楚，三腳兩步地直躥去；只見一個番兒，短衣窄袖，紅面飽鼻的，正仗著利刃向上皇頭頂上劈去。

袁彬喊得一聲「哎呀」，自己手裏又沒器械，真是危急極了，只得奮臂去擋住番兒的刀口；說時遲那時快，袁彬的手臂迎上去一抵，「擦」的一聲，把手臂砍了下來。上皇趁此從袁彬的臂下鑽過，飛奔跳出帳外；哈銘已仗著刺刀趕來，一手推開袁彬，便和那番兒交手。袁彬被砍去一隻左臂，痛得他幾乎昏倒；就咬緊了牙，去帳中尋了一把銅鍤，狠命地來鬥那番兒。

那帳外的王真和吳僮官也被可倫的喊聲驚醒，兩人忙趕入帳中，正遇見上皇很慌張地逃出來；兩人知是有變，飛奔到後帳來瞧，燈光下看出哈銘、袁彬和一個人廝打。可是王真和吳僮官兩人都是文職，不敢上前幫助，只有遙立著吶喊助威。

這樣一鬧，那帳外的守兵和伯顏夫妻兩個都驚醒過來；伯顏提著大砍刀，哈喇掌著燈，夫妻兩人也趕入上皇的帳中。哈喇眼快，已瞧見上皇躲在蓬角裏索索地發抖，忙叫：「皇帝在這裏了！」

伯顏聽了，曉得帳內出了岔兒，仗著大砍刀，飛身跑到後帳，恰遇哈銘和袁彬敵不住那番兒，一步步地倒退出來；伯顏大喊一聲，打個箭步上前揮刀，接住番兒交戰。那番兒如何敵得住伯顏，不到三個照面，被伯顏一腿掃倒，守兵們蜂擁進來，將那番兒捉住；伯顏喝令綁出帳外，哈銘已扶了上皇回帳，袁銘只捧著斷臂坐在竹籠上，面色白得似金紙一般。

伯顏同哈喇一面安慰著上皇，回頭叫把番兒推上來；伯顏細看，認得他喚作亞木兒，是也先帳下的衛卒。伯顏心裏明白，一時倒覺得有些為難起來，不料哈銘又去拖了可倫到伯顏的面前來一摔；伯顏見了可倫，不由地大吃一驚，兩眼只瞧著哈喇，半晌說不出話來。哈喇正要問哈銘，為甚麼綁著可倫；還沒啟口，忽聽帳外喊聲大震，也先一馬當先殺入帳來。

第四十一回　外弛內張

可倫侍候上皇，伯顏經哈喇告訴他，當時伯顏也很贊成；現在見可倫赤體被綁，很覺摸不著頭腦。正在呆呆地發怔，忽聽得帳外喊聲大震；也先領著猛將賽坡、塔迷列及一千名兵士，在帳外團團圍住，大叫伯顏出來答話。

小校飛報入帳中，伯顏聽了，提刀上馬，見也先立馬在門旗下，指天劃地地痛罵；伯顏也領了三四十個小校，在帳前擺開，大踏步搶上前去，高聲說道：「大兄深夜帶兵來此做甚？」

也先喝道：「誰有你這個兄弟？我幾次叫人來砍那瘟皇帝的腦袋，你為什麼偏要和我作對？如今我的衛士亞木兒那裏去了？快好好地送出來，免傷往日的和氣；否則，我便指揮人馬殺進你的帳去，那時休怪我無情了。」

伯顏見說，冷笑道：「我當作什麼大事，要這樣大動干戈，原來只為了一個衛卒，卻值得這般小題大做；那麼我保護明朝的皇帝，不是要天也翻轉來嗎？」

也先正恨伯顏保護上皇，這時見他直認不諱，不禁越發大怒，道：「你敢是真替瘟皇帝保駕嗎？」

伯顏笑道：「那是你委託我的，我怎敢不盡心竭力呢？」

也先氣得咆哮如雷，道：「反了！反了！我今天和你勢不兩立，大家就拼一下吧！」說著，揮刀似泰山壓頂般，向著伯顏的頭上劈來；伯顏叫聲好傢伙，也舞起大砍刀相迎。

兄弟兩個一來一往，一馬一步，戰有五六十個回合；也先坐在馬上和伯顏交手，覺得十分吃力，便大喝一聲，奮力一刀揮來。伯顏急忙閃過，也先便借個空兒，翻身下馬，就兵士手裏換了一把鬼頭刀，飛步來鬥伯顏；兩人又戰有二十餘合，仍不分勝敗。

也先部下的將領塔米列，看看也先戰伯顏不下，忍不住舞動點鋼槍，也來助戰；伯顏力敵兩將倒還不放在心上，誰知那邊的賽坡，竟指揮軍士齊上，把伯顏圍在垓心。這裏哈銘和袁彬也立在帳前觀看，見伯顏被困，袁彬因臂傷不能出陣，只有哈銘一個人不敢遠離上皇；眼睜睜地瞧著伯顏四面受敵，卻無人去救他。

伯顏力戰也先和塔米列，已累得渾身是汗，怎經得兵丁齊上，叫他怎樣抵擋得住？正在危急萬分，忽然東南角上喊聲又起，也先的人馬都中箭落騎；只見一隊生力軍奮勇殺進陣來，為首一員大將，仗著一口三尖兩刃刀，殺人如砍瓜切菜一樣。

塔米列大吼一聲，捨了伯顏，來奔那員大將，步馬交手只一回合，那大將手起刃落，把塔米列砍翻在地，一騎馬直馳到中央；伯顏看得清楚，正是自己的兒子小伯顏。這時伯顏的精神陡振，奮勇殺敗也先，父子兩人東衝西突，如入無人之境，看得個哈銘和袁彬立在帳前，哈哈大笑。

原來伯顏和也先鬥口的當兒，哈喇看出也先的來意不善，慌忙從後帳溜回家裏，立即喚起她的兒子小伯顏，令他領著五百名健卒先去救應，自己率領著伯顏的部將，押著大隊在後徐進；伯顏父子兩人把也先的人馬大殺一陣，也先大敗，猛將賽坡保護著也先走脫。

伯顏大勝一陣，當即鳴金收兵；哈銘、袁彬忙來接他父子進帳，才得坐定，又聽得帳外人喊馬嘶，笳聲亂鳴。伯顏驚道：「也先那傢伙又來了嗎？」只見小校來報，卻是伯顏夫人親統大兵到了，伯顏才得放心。不一刻，哈喇同了部將紀靈、馬斯、布勒、鄧靚等進見伯顏，各人慰問了幾句，上皇也從後帳出來，再三地向伯顏道謝；伯顏又命將亞木兒攆出去，可倫經伯顏夫人討情，當即交給哈喇帶走。

這時，帳篷裏黑壓壓地站滿了人，除了伯顏夫妻和小伯顏外，有四個部將哈銘、袁彬、吳僮官、王真，及侍候上皇的六個番女都起來看熱鬧。伯顏定了喘息，對四個部將說道：「也先雖然敗去，他一定心裏不甘，明天必來報仇；煩列位小心拒敵，莫被他佔了便宜去。」四將領命，便行禮退出。

伯顏笑著向上皇道：「陛下勿憂，也先的兵力大半在我的地方，現既和他翻臉，就始終堅持到底，料他也做不出什麼大事來的。」上皇點頭微笑，又稱讚著伯顏父子的英武。

伯顏正色道：「我不是自己說大話，在十四歲那年，我父王做著瓦剌部酋，要選一個武藝高強的人，拜他為大都督，但要舉得起殿前的一座石塔，也先那傢伙只能托起離地三尺，我偏舉了石塔，在殿前走了一轉，部落中著名的勇士也看了咋舌；今已人老珠黃，壯年的事，只好算過去罷了。」說罷仰天大笑。哈銘等也讚歎一會，天色已漸漸破曉，營中嗚嗚地張早餐號了；伯顏吩咐侍兵嚴守帳外，自己和上皇暫入後帳休息。

那也先被伯顏戰敗，匆匆收兵檢點人馬，三停中折了兩停，一千名只剩得三百多個；也先愈想愈氣，便和賽坡商議道：「伯顏竟和我翻臉了，但我的兵權卻完全在他手裏，那可沒有辦法了。」賽坡說道：「這樣說來，和他變臉是不值得的，不如替他議和；咱們就暗中取事，不是比起開戰好得多嗎？」

也先想了半晌，覺得也只有這條路，於是命參軍烏利向伯顏去議和；伯顏是個直性的人，究竟是自己手足，當下設了一席酒筵，和也先釋去前嫌，重歸舊好不題。

再說景帝登位，封德配汪氏為皇后；舊有的兩個妃子，一個封桓妃，一個封紀妃。那個紀妃是鹽城人，她的父親紀正言，從前在宣宗時，做過一任武職，後來和他兒子紀雄因出征塞外陣亡軍中；景帝為郕王的時候，聽聞紀正言的女兒珊珊豔名甚盛，便下聘做了妃子。

論到桓妃和紀妃，兩人裏，算紀妃最美；郕王未娶汪后之前，紀妃已經入門了。等到汪后娶來坐了正妃的位置，紀妃就此壓倒下來；但紀妃平日的權柄漸漸被汪后奪去，紀妃心中如何肯甘，因而兩下裏不睦，暗鬥異常的劇烈。郕王登極，汪氏又做了皇后，紀妃只封得一個妃子，紀妃越發覺得不高興了，私下便遍佈黨羽，要和汪后搗蛋；紀妃同皇后兩下裏幾次鬧翻過，都經景帝從中調解，總算不曾鬧出事來。

這時，景帝又納了個瓊妃，聖眷很是隆重；那瓊妃是冀州人，姓杭氏，芳名喚作薏蓁，年紀只有十六歲，出落得花容月貌，如洛水神仙。景帝愛她不過，便正式冊立為瓊妃，又替她蓋造起一座紫雲宮來；這座宮殿建築得極其講究，什麼草木花卉，樓臺亭閣，真是五光十色，應有盡有。

別的不去說它，單建那座紫雲八角亭，足花去了幾十萬的國帑；亭的四周都拿水晶嵌綴起來，拿五色的寶石、最大的珍珠，去鑲嵌在壁裏，全用白石砌階，翡翠做出各種花彩。人若走入亭花中，珠光寶氣、耀目欲眩；晚上燃起燈來，霞光燦爛，十步內休想瞧得清亭中的人物。

亭邊又有一個溫泉，下直通寶帶泉，泉水微帶溫熱，用泉水洗浴可以祛病延年；無論是厲害的瘡疥毒症，一入這泉裏洗過兩三次，瘡疥立刻消去，尤其是沒有疤痕。瓊妃自小就有潔癖，不論天暑天寒，總得洗個澡；景帝為的瓊妃要洗澡，特地建亭鑿池，那池底通著寶帶，當時工程也可想而知了。

如今那寶帶泉的遺跡，還在北京筆架山的平壤中，俗名喚作湯泉；泉水含有硫質，所以熱度很高，清朝時亦為禁地。泉的四周圍著白石雕欄，旁有浴室，建築很是精緻；至民國，溫泉才開放任人洗浴。那泉水的確能治皮膚症，因硫磺質有殺蟲的功效，疥瘡等潰爛，都是微生蟲寄在人體的毛孔上，才弄成腐潰起來；倘把蟲殺滅，也自然就痊癒了，這是閒話不提。

再說那紫雲亭既這般精美，瓊妃竟為澡堂一樣，亭的左側置有一個白玉的寶座；瓊妃從溫泉裏洗罷起身，由宮女扶上紫雲亭的寶座上，瓊妃便伸手躺腿地睡著，宮女們拿輕軟白綾，替她周身揩拭。又把高麗進貢來的海絨上下擦遍了，打開一匹碧羅，給她輕輕地披在身上；那海絨的佳處，能收乾水氣，又可以使肌膚溫柔，加上瓊妃雪也似的一身玉膚，經那海絨摩擦，愈覺得細白膩滑了。

景帝到了高興時，就來坐在溫泉的石墩上，叫宮女張著華蓋，看那瓊妃洗澡；待她洗好，宮女們扶

持她上紫雲亭，景帝也跟著她到了亭中，四周的水晶光迴映出來，變成了五六個瓊妃的倩影。她那玉膚給晶光一耀，益顯出她肌膚的潔白柔嫩了；景帝瞧到了情不自禁起來，便揮去侍候的宮女，和瓊妃在亭上玩一會兒。

至天時寒冷，溫泉上可以張起暖篷，一點風也不透的；紫雲亭裏，四周有百葉螺旋門裝著，預備冬天遮蔽風雪。亭底本是掏空的，可通亭外的暖房；暖房裏面，燒著幾十盆燃炭，把一桿銅管去置在紫雲亭的四壁，那一縷溫熱從銅管中送到亭內，坐在亭中的人，好似二三月裏的天氣，雖大雪紛飛，也不覺得寒冷了。

瓊妃坐的那個白玉寶座，又是天生的溫暖，冬暖夏涼，盛暑的時候坐上去，汗下如雨的人，立刻兩腋風生，涼爽無比；嚴寒之時，坐在玉座上面，薄衣能夠禦寒。有這幾種好處，瓊妃愛得什麼似的，紫雲亭上，除瓊妃一個人之外，只有景帝能去遊玩；其餘的無論是什麼人，休想上得亭去，簡直連正眼也不敢覷一覷。

紀妃見景帝寵任瓊妃，趁勢也來湊趣，把個瓊妃奉承得萬分喜歡；瓊妃見紀妃對自己總是低頭順氣，當她是個好人，便常常在景帝面前替紀妃說些好話。景帝聽了瓊妃的枕上言語，拿紀妃也就另眼相看，一個月裏總召幸她一兩次；紀妃愈要討瓊妃的好，遇到景帝臨幸時，假意推讓著，景帝很讚她賢淑，瓊妃聞知，自然越真信紀妃是真情對己了。

獨有那桓妃，卻瞧不出風頭，為了一句話觸怒了瓊妃；不到三天，景帝的諭旨下來，貶桓妃入了景寒宮。這景寒宮是宣宗時的蓮房，因多年沒有修葺，弄得荒草滿徑，走進去很是淒涼；桓妃雖不願意，但聖旨豈可違忤，只得硬著頭皮去居住。

你想，偌大一座景寒宮，前前後後兩個管門的內監，除桓妃的兩個老宮女之外，再找不出第五個伺候的人來；黃昏人靜，飛螢入帳，階下蟲聲唧唧，風吹落葉蕭蕭，一種寂寞孤淒的景象，真令人悲從中來。何況桓妃又是個失寵的貴妃，昔日繁華，轉眼猶如塵夢；悲咽抑鬱，漸漸地染成了一病，竟死在景寒宮中了。

景帝聽得桓妃死了，回憶前情，命依貴妃禮安葬；那兩個侍奉的老宮女晦氣，做了桓妃的殉葬品，一丘荒塚旁，替她多了兩個女伴，想桓妃死的孤魂，倒不至於寂寞的了。

自桓妃貶死，六宮的嬪妃誰不心驚膽戰，人人有朝不保暮的概況；瓊妃也恃著寵幸，愈發施弄威權，宮女等稍有違逆，即令下杖，可憐一班紅粉嬌娃，枉死的也不知有多少。那瓊妃卻毫不在意，且逐漸霸到汪皇后的頭上去；汪皇后的為人，也是個狡譎詐偽的能手，只准她去制服別人，豈肯她被人制呢？

起初瓊妃進宮，尚按著禮節到朔望去朝皇后，後來聖寵日隆，瓊妃便夜郎自大，竟不把汪后放在眼裏了；汪后是何等乖覺，她覷知瓊妃獲寵，勢焰方張，自己不便去捋虎鬚。所以瓊妃膽也越肆，不但朔望不朝，連佳節元旦也不去向汪后行禮了；汪后卻打定主意，只以人不犯我，我不犯人做前提，自己顧自己，她做她的貴妃，我為我的皇后，倒也相安無事。

誰知那不守本分的紀妃，是唯恐天下不亂的一類人物；她心裏和汪后不睦，自知勢力薄弱，就暗下來攛掇瓊妃，設法弄倒汪后。瓊妃其時慾心漸熾，滿心想坐那中宮的位置，恨那汪后沒甚壞處捉著，不好在景帝面前進言；現見紀妃和自己一路，當她是唯一的幫手，於是兩人日夜密議，要把汪后推翻，瓊妃便掌正印，紀妃則做嬪之長。

她們自己支配好了，便賄通了總監廖恆、司衣監項吉，叫他們覷見皇后的間隙，得著了消息，即來報知瓊妃；瓊妃便召紀妃商議，四個人在那裏暗算著汪后，汪后卻連做夢也想不到的。

一天，事有湊巧，正值汪后的幼弟雲生，隨著彤史內監何富進宮翱遊各處；依明宮的規例，外戚不奉直召，是不准進宮的。從前太祖的時候，國舅吳貞曾殺過一回宮眷，太祖恨極了，在祖訓裏面載著：「凡是外戚，須皇帝有諭旨方許進宮；如係皇后的懿旨，也須有皇帝御寶為證，不然作引奸入宮論。」

雲生因認識何富，欲進宮去探望他的姊姊，卻又礙著規例；經何富替他設法，好在雲生是個未冠的童子，就命他裝成宮女的模樣，跟隨何富進宮。汪后見著雲生，姊弟相見，自然十分親熱，講了些閒話；雲生要求往各宮遊覽，汪后便仍令何富導引。

太監和宮女同行，原是常有的事，但雲生究屬改扮的，形色上到底有些兩樣；恰恰被司衣監項吉遇見，瞧出了雲生的形跡，便問何富：「這宮人是哪一宮的？」何富心虛，被他一口就問住，吶吶地答不出話來；項吉越是疑心，忙去報知總監廖恆，廖恆立即派了內監兩名，把何富和雲生扣留起來，一面差內監去飛報瓊妃。

瓊妃借此奏陳景帝，謂汪后私引男子進宮，又加上些不好聽的話，說得景帝果然大怒，命提雲生、何富親自勘鞫；雲生供是汪后的幼弟，改裝宮女是實，何富也承認，引導是奉汪后的懿旨，把一場禍事全推在汪后一個人的身上。

景帝見雲生是外戚，有心要想寬宥他，偏是瓊妃在旁慫恿，景帝又復怒氣勃勃，隨即下諭，雲生遣戍，何富腰折；瓊妃竟代景帝，在雲生的名下判了一個「斬」字，可憐雲生一條小命，就此保不住了。

第二天早朝，大概又是瓊妃的鬼戲，景帝忽然提出廢黜汪后的事來；廷臣如于謙、王直、楊善、李實等，紛紛交章諫阻，景帝格於眾議，也只得暫時擱起。及至到了次年的春二月裏，正百花齊放，萬紫千紅的時候，瓊妃居然生下一個太子來了；景帝這一喜自非同小可，朝中連日大張慶筵，景帝親祀宗廟，賜名見濟。

瓊妃自生太子後，威權愈大，聖眷也益隆；景帝便下旨廢去汪后，立瓊妃杭氏為皇后，雖有群臣苦諫，景帝只是不聽。兵部尚書于謙侍景帝夜宴，突然垂淚，景帝詫異道：「卿有什麼心事？」

于謙頓首奏道：「汪皇后未有失德之處，今陛下無故廢立；愚臣蒙聖恩位列六卿，將來文筆直書，必詈愚臣等不能規君於正，反導君於惡，後世恐被唾罵，是以很覺自愧，不禁垂淚，幸陛下恕。」

景帝聽了于謙的諷諫，沉吟半晌，毅然決然地道：「朕意早決了，卿且勿多言。」於是仍把汪后廢

去，正式冊立杭氏不提。

再說上皇英宗在友伯顏的營中，那也先常派人行刺，終不曾得手；也是上皇命不該絕，一半也是伯顏保護得周密，令奸人計不得逞。上皇因哈銘是蒙人，命他致意伯顏的夫人哈喇，勸伯顏早送上皇還國；哈喇就拿話激伯顏道：「也先雖與稱和好，但他卻對左右說：『伯顏敢送上皇回都，我必不使他成功。』」

伯顏聽了大怒，道：「也先料我不敢，我偏要這樣做，自明天起，我便親送上皇回國去。」

是年八月，伯顏即大張筵宴給上皇餞別，哈銘、袁彬、吳僮官、王真等，都歡欣鼓舞；伯顏又親與上皇把盞，令那六名番女出來，歌舞侑酒，上皇見回國有日，也開懷暢飲。酒闌席散，伯顏就點起五千名健卒，著鄧靚、布勒為先鋒，小伯顏居中鋒，伯顏自己督隊，上皇的車駕列在中間；一路上旌旗招展，戈戟森嚴，直向居庸關進發。

一天，經過蘇武廟，將至黑松林地方，天色已晚了下來；伯顏傳令，人馬暫時紮營。這天晚上，伯顏又和上皇痛飲，並拔劍起舞，親唱驪歌一曲；伯顏歌來聲韻悽愴，上皇也不由得下淚，酒罷安寢。

一宿無話，次日破曉，伯顏令軍士造飯已畢，撥隊齊起；正行之間，忽聽得弓弦響處，颼的一箭飛來，恰巧射中伯顏的咽喉。伯顏翻身落馬，兵士就此大亂起來；上皇大驚，待要跳下車來逃命，只見哈銘驟馬至駕前，喘息著道：「賊兵來追，咱們快往野狐嶺躲避吧！」說畢，挽了上皇的車駕飛奔上嶺。

第四十二回　太上皇

哈銘和小校拖著上皇的車駕避入野狐嶺，不到一會，袁彬、王真、吳僮官等也陸續上來；大家登嶺遙望，但見旗幟蔽天，人馬洶湧，正是也先的軍馬。

上皇驚得面如土色，回顧哈銘道：「現在伯顏已死，也先又來，這卻如何抵禦？」

哈銘未曾回答，早見小伯顏領著布靳、鄧覲兩將飛馬殺出，大叫：「也先！還我的爸爸來！」

也先挺刃罵道：「乳臭小兒，你老子一世英雄，尚死在我手裏，像你這樣的小孩子莫來送死，快回去安守本分；我念手足之情，尚可饒你的狗命……」

也先話還未畢，小伯顏的馬快，轉眼已跑到也先面前，惡狠狠地一刀劈去；也先忙揮刀架住，小伯顏用力過猛，也先的虎口幾乎震開，身體坐在馬上亂晃。賽坡在旁，也仗刀來迎；這裏布靳、鄧靚兩將並上，五個人、五騎馬，風車般地團團打戰。

小伯顏的一口三尖兩刃刀，更使得神出鬼沒，看他一手把刀，舞得水洩不透，左手卻潛去腰裏，抽出一支竹節鋼鞭來，揚鞭只是一下，便打得那賽坡大喊一聲，棄了刀，伏鞍敗走。布靳不捨，緊緊地追去，看看趕上，不提防賽坡暗暗抽箭在手，就鞍上取下雕弓，拈手搭箭，看個清楚，向布靳一箭射來；

布斬只當他受傷甚重，不曾提防他放冷箭，待矢到眼前，要想閃躲已是不及，哎呀的一聲，中箭落馬。賽坡見了大喜，便兜轉馬頭，跳下坐騎，拔刀來取布斬的首級；正俯身下去，猛見布斬從地上直躍起來，隨手一刀刺入賽坡的前胸，刀鋒直透後心，布斬才翻身栽倒。原來布斬中的是毒藥箭，為塞外交戰品中唯一的利器；這箭如著在人身上，立時見血封喉的。不知布斬怎樣會死而再起，刺中賽坡；賽坡忍痛割下布斬的頭顱，自己也忍不住撲地倒了。

也先前見賽坡中了小伯顏一鞭，也無心戀戰，便策馬落荒而逃；鄧靚加鞭欲趕，小伯顏道：「布斬還不見回來，我們就窮寇莫追吧！」鄧靚真個不追，只把也先的餘眾大殺一陣，其他都說願降。

小伯顏和鄧靚收了人馬，卻失了布斬，慌得小伯顏要親自去尋；鄧靚再三地阻擋，忽聽小校來報，布斬與一敵將並死在草坡下，那首級還在敵將手裏。有追去的馬弁，把布斬中箭落騎、刺殺敵將的話，從頭至尾說了一遍；小伯顏頓足大哭道：「布斬是我父親部下四傑之一，今初次領兵就折喪了一個，叫我有啥面目對得住諸將？我不如也隨布將軍去吧！」說畢，便欲拔劍自刎。

嚇得鄧靚忙扳住寶劍，道：「為將難免陣亡，布將軍戰死，是替國家宣勞，又不是小爵爺害他的；王爺新喪，小爵王要再有長短，是令王爺成了一場空，那更覺對不起祖宗了。」

小伯顏一聽，慨然說道：「若沒鄧將軍提醒，我幾乎誤了大事。」當下便喝令小校，把敵將的屍首拖過來，小伯顏親自動手，先一劍砍下賽坡的頭顱，又挖出心肝五臟，設了香案；小伯顏奉著布斬的靈位，叩首致祭。

祭罷，放聲大哭，將士都為下淚；一面又命備了上等棺木，依漢族的禮節葬殮。諸將見小伯顏待人仁厚，個個心中感激，此後每逢到了出兵，人人爭先衝鋒，奮不顧身地去效死；那都是小伯顏善於用人，和老伯顏可算得是父子，所以終成大事。

那時，小伯顏見各事料理妥當，領了鄧靚往謁上皇；哭拜在地，將老伯顏被也先暗算，及布靳陣亡，殺敗也先的話細細奏陳。上皇安慰小伯顏道：「你父為朕盡力，尤見忠誠；朕若得安然還都，必定重重地酬謝。」小伯顏聽了轉悲為喜，忙叩謝了上皇，即傳令護駕起行。

這時，太監喜寧從也先軍中逃回；上皇想起他的前恨，假意以好言撫慰，令賚書入報景帝和胡太后，書中卻暗記著喜寧的罪惡。

喜寧到了京師，捧書入朝，景帝讀了上皇的引牘，入白胡太后，即下諭翰林院侍讀商輅，太常寺卿許逐榮、侍郎高轂、御史王文、大學士高顏等，赴居庸關迎駕；一面將太監喜寧磔死市曹。喜寧自謂賚書有功，大叫無罪；監斬官馬雄叱道：「沒有你慫恿也先，上皇早就歸國了，還敢說無罪嗎？」喜寧這才低首受戮。

光陰如箭，不日，上皇的車駕到京，儀仗護衛因景帝不許鋪張，故此很是簡單；其時景帝聞報，親自出城十里相迎。上皇忙下車，見了景帝握手流淚，景帝心裏自覺慚愧，不由地也垂下淚來；其餘胡太后以下，錢皇后、瓛妃、慧妃、瑞妃，錢、馬兩貴人，以及文武大臣等，無不伏地痛哭，上皇也揮淚安慰。

景帝便推讓帝位，上皇那裏肯答應，只令眾大臣起去；自己奉了胡太后，領了錢皇后、慧妃、貴人等等遷回南宮居住。這所南宮，本在東華門外，還是從前建文帝時的行宮；上皇既已歸國，便大赦天下，又親下諭旨，封小伯顏為瓦剌部都督。

當日隨同前去塞北的蒙人侍衛哈銘，擢為殿前都指揮；袁彬斷去一臂，晉爵武進侯，吳僮官和內史王真均加伯爵；又命特開恩科，徵取人材。是年正逢大考，各地會試的舉子紛紛進京；因為這科場上，又弄出事來，釀成上皇和景帝起了猜忌之嫌，是以發生後來奪門復辟的怪劇，那是後話不提。

再說浙江的定海縣中，有個秀才叫徐夢蘭，平日為人很不安分，專好教唆訟事，他好就於中取利；定海一縣的人，沒有那個不曉得徐夢蘭的，人家因怕他的一枝筆頭厲害，綽號稱他為徐老虎。

夢蘭也自恃才學，越發舞文弄墨，凡新任的知縣到來，須先去拜望夢蘭，才得相安無事；但夢蘭如有什麼訟事來署中委託，不論是非，至少要給他佔著三分面子。倘若得罪了夢蘭時，他便想出促狹的法兒來，使得知縣為難；再不然，尋些疑案子出來，弄到你連官也做不成了。

那徐夢蘭在定海縣裏獨霸一方，漸漸把他的名兒傳揚開去；一班做官的也都知道了，凡有到定海來做知縣的，都將拜望徐夢蘭的事，看得如聖廟拈香一樣地重要，深怕獲罪這位徐老虎，那官就做不安穩了，不得不向他低頭三尺。

浙江巡撫楊朝榮素聞徐夢蘭的才名，曾遣人致聘他為幕賓；夢蘭卻拒絕，道：「我要做官時，皇帝來請我才去；若論做幕賓，我卻嫌楊巡撫的官職還小，他署中恐容我不下呢！」

使者把徐夢蘭的話據直回覆了楊撫臺，氣得個楊朝棨鬍兒根豎起，拍案大怒，道：「我當徐夢蘭是個才子，所以不惜降尊前去邀請，那裏曉得是一個狂生；我要他來署中，他竟學劉四罵座嗎？」

這時，有和徐夢蘭不睦的胥吏，或是吃過夢蘭苦頭的致任官僚，趁間在楊撫臺面前，講徐夢蘭的壞話，說他包攬訴訟，唆人鬥毆，盜賣公產，迫良為娼等種種劣跡，一齊搬將出來；楊撫臺聽了越覺忿怒，恨不得將徐夢蘭逮捕到省，當場痛責他一番，以出誹謗自己的惡氣。

事有湊巧，恰有個濟寧人叫俞印的，號叫五剛，奉憲諭分發定海；俞五剛做知縣，這次已第七任了。為人幹練明察，善於斷獄，官聲也較好，本應早升知州；奈何他生性剛愎，不肯奉承上司，所以做了二十多年的官，仍然這樣調來調去，依舊是個縣尹。這一次往宰定海，還是市政使袁尚保舉他的。

楊撫臺知他做官清廉，等俞五剛到署中謝委的時候，便把徐夢蘭的事囑咐他；叫他獲得徐夢蘭的贓證後切勿留情，只管按律懲辦。俞五剛辭出撫署，即日起身到任；他進縣署的第一天，胥吏私下便照知俞五剛，命他循著前任的規例，先去拜會徐夢蘭。

俞五剛不聽猶可，一聞得「徐夢蘭」三字，不禁勃然大怒，道：「我官職雖卑，卻是受朝廷之命，只知安民治案，不知什麼的縉紳；況這徐夢蘭是一種破書黨的餘孽，我身為父母官，倒要去拜望一個秀才不成！」

胥吏等見五剛言語倔強，知道他不曾嚐著徐夢蘭的辣手，未必肯心願盡服；又是事不干己，何必同

本官爭執，於是大家冷笑退去。俞五剛見了這樣的情形，料想胥吏們都是和徐夢蘭通聲氣的，等著他一個錯處，須先打他一個下馬威；五剛似這般打算，徐夢蘭那裏，則早已有差役前去報知。

夢蘭坐在家中，專等俞五剛來拜會他，誰知一天不到，第二天又不來，三天過去了，還是連影蹤也沒有；那時定海縣中，徐老虎是打出天下的，新知縣到任，須要先謁徐夢蘭的。現在，來了一個姓俞的知縣，竟不去睬他，那些好事的人便當面說笑徐夢蘭，說他逢著對頭，綽號徐老虎，可碰著打虎的來了；夢蘭聽了他們的含訕帶諷，心裏如何不氣，便將俞五剛恨得牙癢癢地，說他看輕自己，早晚要叫他嚐嚐徐老虎的滋味。

徐夢蘭有個堂房嫂子馬氏，是個年輕寡婦；幸而生了個遺腹子，馬氏便志矢柏舟，盡願守節撫孤，拿十隻指頭去做針線生活，換了錢來養那個孤兒。當時城內富戶王常新近斷弦，想娶一個繼室，揀來揀去不合意；一天清晨，王常出城催租，一遇見了徐夢蘭的堂嫂馬氏，不覺驚為天人。一打聽，是個少年嫠婦，心裏不勝高興；後來又得知是徐夢蘭的嫂子，卻嚇得王常搖頭吐舌，連說不敢請教。

鄉村裏，那種虔婆生涯的人倒也很多，聽說王常看上了馬氏，大家垂涎王常有錢，忙來和王常說道：「員外如真個看得對的，不怕徐老虎凶，只要有銀子，什麼事做不到？」王常見說，心裏又活動起來，囑那虔婆慢慢地圖機會。

那虔婆也是個有名的悍刁婦人，膽子又大，竟連夜去見徐夢蘭，直接同他商量；夢蘭要的是錢，便索價一千兩，少一錢就不願意做這勾當。虔婆回覆王常，居然依了徐夢蘭的話；夢蘭看在錢的面子上，便硬自出頭，遣嫁堂嫂馬氏，族中人素畏著夢蘭無賴，誰敢到虎頭上來搔癢？不料那馬氏得知了消息，大哭大跳地抵死不從；徐夢蘭沒法，暗下去告知王常，令他帶幾十個健僕，將馬氏劫進城去。

那馬氏坐在一乘小轎裏面，手攀著轎杠，一路直喊著「救命」；正值那俞五剛的轎子出來，喝叫停住轎兒，令把小轎裏的婦人和抬轎的一干人，皆傳到了轎子面前。先問馬氏：「為什麼叫救命？」馬氏趁間將堂叔徐夢蘭逼嫁寡嫂的情形，連哭帶訴地說了一遍；俞五剛聽了也不多說，但命衙役把馬氏和十幾個健僕一併帶入署中。

王常眼巴巴地望著那新婦到來，忽見家人來報，新婦大喊救命，被知縣帶到衙門裏去了；王常本是個膽小的人，聽說要吃官司，先嚇得屁滾尿流，忙去求徐夢蘭設法。夢蘭卻毫不在意地說道：「這件事若鬧起來，罪名是我一個人的；我且在家裏等候他，看那俞五剛拿什麼樣的手段出來。」

正在這樣地說著，早見兩個差役跑來；大家都是認識的，那差役對徐夢蘭說道：「徐相公閒著嗎？本縣的太爺要請你說話，煩你勞一會駕吧！」

夢蘭笑道：「俞五剛請我，可有柬帖嗎？」差役不敢取出朱簽來，推說忙迫不曾備的；徐夢蘭仗著平日的橫勢，諒俞五剛決不敢難為他的，是以昂然進城，同了那差役來見五剛。

五剛正在坐堂，聽說徐夢蘭傳到，立刻命帶上堂來；夢蘭上堂也不行禮，便問：「請我來做什麼？」

話猶未絕，俞五剛把驚堂一拍，喝道：「你身為秀才，不知閉門讀書，卻學那無賴行為，強迫寡嫂

嫁人；你可知已犯了法嗎？」

徐夢蘭見五剛認真起來，也就冷笑一聲，道：「我在定海，罪名也不止這一點點；你若要辦我，只怕你的官兒小，辦不了我的許多罪惡罷了。」夢蘭說畢，拂袖下堂便要走；俞五剛喝聲：「拿下！」差役齊上，一把擁住徐夢蘭。

夢蘭大叫：「士可殺不可辱！」

俞五剛冷笑道：「你休仗著這頂頭巾，我要革去你的功名也很容易。」說時，令左右褫下夢蘭的方巾，隨即捆打三十鞭。一班衙役相顧不敢動手，俞五剛大怒，親自從案上立起來，將簽筒裏的簽兒一起倒下；衙役等沒法，只好將夢蘭拖下去，足足地打了三十下。

可憐徐夢蘭有生以來，未曾受過這樣的重刑，因此打得他皮開肉綻，鮮血直流，伏在地上，半晌說不出話來；過了一會，才有些甦醒過來，瞧著俞五剛，低聲說道：「我和你勢不兩立的了。」

俞五剛和徐夢蘭本沒甚冤仇，夢蘭犯的究竟不是什麼死罪，不過恨他平日為惡，將他懲儆一番罷了；這時，便笑著問徐夢蘭說道：「任你怎樣地做出來，我雖然官卑職小，你要到我的地位，就是赤了腳也趕不上的了。」說著，即判王常罰款三百兩，作為馬氏的養老費用；徐夢蘭已受責免究，虔婆打五十棍，枷號示眾。五剛判畢，隨即退堂。

徐夢蘭因兩腿受了棒傷，一時站不起來，經熟識的胥役將夢蘭攙扶了，一路送回家去。

夢蘭既革去秀才，又當堂吃了一頓鞭打，真是又羞又氣，從此也無顏見人，閉門讀書，足足凡七個年頭；改名徐蘭香，仍去赴童子試，竟取了案首。秋間又領了鄉薦，聯捷成了進士；等到進京會試，聞得俞五剛已升任順天府，徐夢蘭抖擻精神，準備奪取狀元，以便報復俞五剛三十鞭的怨恨。

原來北京是帝都，順天為天下首府，做順天府的官，可算得是各府的領袖了；俞五剛由一個知縣升到了順天首府，也是很不容易的。但依明朝的規例，會試一甲第一名的狀元，得奉旨騎馬遊街；當上馬的時候，順天府府尹須帶馬遞鞭，徐夢蘭為了這個，便一心想爭奪狀頭。

誰知殿試後唱名，狀元偏偏是陝人魏良輔，徐夢蘭中了個一甲第二名，不覺大失所望；其時正值上皇還都，大赦天下，特開恩科取士，徐夢蘭竟似發了瘋般地，竟上疏南宮，謂今年的狀元魏良輔是錯點的，應該要徐蘭香才配中狀元。

這種狂妄的話，理當是要砍腦袋的，偏是上皇看了他的疏牘，起了好奇之心；群臣都說徐蘭香言語悖謬，宜革去榜眼，即行正法。上皇說道：「他既口出狂言，諒有些真本領。」便傳諭，令狀元魏良輔和徐蘭香當殿面試。

兩人奉召到了南宮，上皇聞得新狀元魏良輔工詩詞，便命各人做七律百首；徐夢蘭領旨，也不假思索，就握管疾書，頃刻吟成百首。魏良輔拼命地追趕，卻只有做成四十四首，自思新科狀元竟被徐蘭香壓倒，這面子怎樣地下得去呢？心裏一急，眼前只覺得昏黑不見一物，口中的鮮血直噴出來，便臥倒在地上了。

上皇令把魏良輔扶下，著內監送他回寓；一面讀那徐蘭香的詩，真是字字珠璣，不由地驚歎道：

「此人確具狀元之才！」但如今，新科狀元已定魏良輔，是天下皆知，萬不能更改的；於是由上皇欽賜徐蘭香貢花玉帶，算是恩科狀元，也奉旨遊街。

徐夢蘭歡歡喜喜地出了南宮，插花披紅，去奉旨遊街；到了飛龍橋邊，順天府尹俞五剛已帶馬立在橋頭，因事隔多年不認識徐夢蘭了，也不知徐蘭香就是當年的徐夢蘭。夢蘭卻認得五剛，他一腳跨上雕鞍，等俞五剛遞上馬鞭的當兒，夢蘭執鞭在手，笑指著俞五剛說道：「你說我赤足趕不上你，你今天可給我遞馬鞭子了。」說罷抖起韁繩，蹄聲得得地遊街而去。

俞五剛聽了徐夢蘭的話，猛然的想起十年前，定海責打徐夢蘭的事來，乃知徐蘭香便是徐夢蘭；不覺吐著舌頭道：「夢蘭那傢伙好生厲害，為了一句話，直到現在來報復；將來，我早晚是要死在他手裏的。」當下俞五剛回到署中，便悄悄地走入書房裏，竟自縊死了。

俞五剛死後，身上留有冤狀，把自己和徐夢蘭的經過，說得明明白白；這件事傳到景帝的耳朵裏，就欲將夢蘭處罪。奈上皇力保，景帝心中十分不滿，和上皇就此生起嫌隙起來，並下旨群臣不許朝參上皇；弄得個上皇荒庭淒寂，無聊萬分，便帶了兩個內監私出南宮，也學著風流浪子去尋花問柳。不久，在煙花中結識了個名妓雲娘。

雲娘有個舊相識李剛，綽號李太歲，是兵部侍郎李實的兄弟；專門恃勢橫行、魚肉人民。有一天，上皇正在雲娘的妝閣中坐談，恰巧被李剛撞見；不禁醋性大發，立時領了一群狐群狗黨，將上皇捆綁起來。

第四十三回　奪門復位

雲娘本江南的土娼，生得卻很有幾分姿色，京都繁華之地，楚館秦樓林立，庸脂俗粉裏面，要算那雲娘為個中的翹楚；日下（京都別名）的士大夫醉心雲娘的很是不少，侍郎李實的兄弟李剛，也鍾情於雲娘，差不多寸步不離妝閣。上皇選色徵歌，無意中遇見雲娘，兩下裏一見傾心，當夜就移燭留髡；妓女的恩情自和六宮的嬪妃不同，上皇漸漸地被她迷惑起來，纏頭金的奢靡自是不消說得。

有一天，李剛來探雲娘，其時雲娘猶和上皇並枕高臥；李剛見了，那一縷酸氣直透頂門，當下糾集了十多個無賴，長棍大棒地打到雲娘的家裏，嚇得那鴇兒龜奴四散躲避不迭。李剛挺身當先，打進妝閣，把上皇繩穿索縛般捆了，將雲娘也反背綁住；一群無賴吆吆喝喝地，擁著上皇到了天井中。

李剛喝叫取過一根鞭子來，指著上皇罵道：「你是何處的雜種，敢佔據我李太歲的愛姬？」

上皇也朗聲應道：「妓館娼家是公眾的娛樂去處，誰能管誰的行動？我到這裏也是花錢來玩的，卻干你甚事？」

李剛大怒道：「你這傢伙也不探聽一下子，此地是誰的地方！」說罷，提起鞭子向著上皇打去。

忽聽得門外人聲嘈雜，二十多個禁軍搶入來，不管三七二十一，見一個綁一個；十幾名無賴一併縛

住，只剩下了李剛一個人，兀是揮棒來打。任你是太歲多麼勇猛，自然雙拳不敵四手，轉眼即被眾人打翻；李剛似虎般的大吼，連屋宇也颯颯的震動。

禁軍拿李剛結結實實地捆紮了，向著地上一丟，早有兩個內監忙替上皇解了繩索；上皇也不多說，只吩咐禁軍的什長，叫他把李剛和十多個無賴，送往兵馬司衙門裏，著依法懲辦。那什長也不知上皇是什麼官職，惟諾諾聽命，就回顧軍士一齊動手，抬著李剛等去了。

原來上皇被困時，兩個內監慌了，忙往五城兵馬司署中，去要了二十幾名的禁軍，飛奔地前來救援；於是上皇令釋了雲娘的束縛，自和太監等回南宮。

第二天，五城兵馬司署裏，接到了上皇的聖諭，命重辦李剛；其實李剛已向他哥哥李實求救，經李實一封書去，將李剛從兵馬司署中討回。萬不料上皇諭旨要辦李剛，嚇得兵馬司又把李剛捕去；大家才知道，李剛當日吊打的，竟是太上皇帝。

這消息傳開來，李實第一個聞知，先去奏陳景帝；景帝聽了驚道：「上皇這樣放浪，萬一弄出事來，有誰擔當？」便諭令衛士把南宮的大門守住，不准無故出入。這樣一來，弄得上皇好似罪囚一般，和宮外斷絕了交通；廷臣也不敢去南宮朝覲了。

景帝又將上皇的太子見深廢去，封為沂王，立自己和瓊妃所生的兒子見濟為太子；朝中群臣大半上章諫阻，景帝只是不聽。偏偏見濟沒福，做了三個月的儲君便嗚呼哀哉了；廷臣請重立沂王，景帝以自己還在壯年，仍望育嗣，不肯重立見深，群臣都有些憤憤不平。

那瓊妃這時做了皇后，因死了兒子見濟，天天痛哭；景帝不免心傷，漸漸地染起病來，凡八九日不設朝政，百官皆惶惶無主。正在這個當兒，武清侯石亨、太監曹吉祥、太常卿許彬、都御史徐元玉、都督張軏等，這幾個曾征乜先的功臣，在私下密議道：「景帝病已沉重，如有不測，又無太子，不如趁勢請上皇重定，倒是不世之功。」

徐元玉自謂識得天文，是夜，元玉仰觀天象，見紫微有變，忙去報知石亨；道：「帝星已見移位，咱們要幹這件事，須得趕快下手。」

石亨聽了，又去和許彬商量，許彬也主張即行；石亨便遣人請張軏到家，把徐元玉、許彬的話對他說了。大家議定，準明日三更舉事，又暗下通知太監曹吉祥，叫他做宮中的內應；各事籌備妥當，只等時候一至，就擁著上皇重定。

一宿無話，到了第二天，石亨等又大忙了一天；曹吉祥在宮中，也密囑心腹內監準備接應。看看天色晚下來，石亨設了一桌筵席，請許彬、徐元玉、張軏等痛飲；直飲到天交二鼓，石亨提起酒盞，往地上一擲道：「咱們走吧！事成拜爵封侯，若敗，便和這只酒盞一樣！」說著，眾人飛奔出外；張軏便去調了兩百名勁卒，石亨當先，一齊往南宮而來。

到得門前，卻是重門緊閉，侍衛官一個也不在那裏；徐元玉手握著鐵錘，把大門打得和擂鼓一樣。敲了半晌，因屋宇寬敞，裏面深邃不過，任你打折了天也是聽不見的；眾人束手無策，還是徐元玉叫兵士折了民房的石柱，懸在宮牆上，盡力地碰撞，宮門仍絲毫沒有損毀，倒把牆垣撞坍下來。只聽得天崩

地塌的一響，倒下一堵牆來，徐元玉挺身領頭，從牆缺瓦礫中奔入；石亨、許彬、張軏令兵士舁了乘輿，紛紛從後跟入。

到了後宮，見上皇正在看書，聽得宮外的巨響，正要使內監出問，徐元玉等已到了面前，齊聲跪呼萬歲；上皇吃了一驚，正待說話，徐元玉等不管好歹，擁了上皇便走，到了殿前，又推上皇登輿，眾人蜂擁著向東華門進發。

到了城下，守門衛士阻住，石亨大喝道：「奉太上皇進宮，誰敢阻擋！」衛士見果是上皇，慌忙開門，任石亨、元玉、張軏、許彬等一湧而進。

及至宮門，又被太監攔阻；徐元玉高聲叫道：「曹吉祥在那裏？」吉祥在門內聽得，領著一群內監，打走那守門的太監，將乾清門大開；石亨扶持上皇乘輿直進乾清門，逕赴奉天殿上。

其時正細雨濛濛，天色黯黑，大殿上伸手不見五指；徐元玉尋那寶座不得，急得如熱鍋上螞蟻似的，在四面亂轉。虧了石亨瞧見寶座在殿角上，原來景帝好久不曾設朝，殿上各物雜亂，石亨便把寶座拖在正中，由太監曹吉祥督率著內監燃起燈來；許彬、張軏扶著上皇登座，元玉就去噹噹地撞起景陽鐘。

群臣疑是景帝病癒臨朝，便先後到了朝房，排班入賀；再向殿上細看，見是太上皇英宗，眾官驚得目瞪口呆。徐元玉高聲喝道：「太上皇已經復位，文武大臣速來朝見！」百官聽說，只得一齊跪下，三呼萬歲。

許彬即傳英宗諭旨，命少保于謙、大學士陳循，草詔佈告天下，大意謂景帝監國竊位，擅立儲君；孰知上天不祐，嗣子見濟夭殤，現在禍及己身，朕得臣民推戴，重踐國祚云。

英宗又下第二道諭旨，廢景帝為郕王，削去杭皇后封號，改景泰八年為天順元年；把故太子見濟仍改諡世子，孫太后改諡貴妃。到了亭午，英宗第三道旨下來，逮少保于謙、大學士陳循、都御史蕭鎡、侍讀商輅等下獄；諭中說于謙等輩依附景帝作奸，罪在不赦。

徐元玉、許彬、張軏、曹吉祥、石亨等，算是大功告成；英宗下諭，晉石亨為忠國公、張軏為太平侯；徐元玉為吏部尚書，晉武功伯；許彬為兵部尚書，晉英毅伯；曹吉祥世襲錦衣衛，晉崇敬伯。又隨英宗左右的哈銘、袁彬也各進位公爵，子孫皆得蔭襲；石亨等又列上復辟的功臣名單，大小職官不下三千餘人，英宗一概賜給爵祿。

于謙等在獄中，由兵部尚書許彬承審，硬陷于謙上章易儲，迎立外藩；于謙堅不承認，石亨因和于謙有仇，便囑許彬捏辭入奏。徐元玉也與于謙不睦，趁勢在英宗面前慫恿；英宗猶豫道：「于謙打敗也先，於國家實有大功，似應在赦免之例。」

石亨厲聲道：「今日不殺于謙，難保他不再助著景帝竊國。」

這一句話，引起英宗的忌諱，立即將于謙棄市；陳循削為庶民，蕭鎡貶為饒州通判，商輅則判職留任。一面令張軏為監斬，獄中提出于謙，綁赴市曹；當行刑的時候，日色無光，飛沙走石，京中的人民無不替于謙呼冤。霎時哭聲震天，慘霧愁雲滿佈道上；那張軏卻毫不在意，斬了于謙，正騎著馬去覆

命，忽然一個筋斗跌下馬來，七孔流血地死在地上了。

于謙的屍首棄在市上，有千百成群的烏鴉圍繞在于謙的屍旁，趕也趕它不走，足有七八天屍身並不腐潰；經于謙的同鄉人陳逵收了于謙的屍體，把他帶到杭州，葬在西子湖邊，題著一塊墓碑，道：「少保于公墓」。後來英宗醒悟過來，殺了石亨、徐元玉等，回覆于謙原官，追封謚號忠肅；現在西湖邊上，有于忠肅公墓。一丘荒塚，春日遊人經過，都要徘徊憑吊一會；真是一片荒草埋孤墳，忠名流芳傳千古了。

再說景帝病臥宮中，聞得鐘鳴鼓響，忙問是誰在那裏臨朝；左右內監說道：「太上皇復位了。」景帝聽了，捶床恨恨地道：「他們做的好事！」說了這一句，顏色逐漸慘變，挨到夜半，便氣絕身死；英宗聞景帝已死，令照郕王禮安葬在金山，又令有司替故監王振建祠。

那時，忠國公石亨自恃著復辟的功績，事事擅專，朝廷的群臣誰敢和他頡頏；宮中內監曹吉祥也仗著復辟時曾為內應，所以漸漸橫行無忌，英宗內外被石亨、曹吉祥掣肘著，心裏雖然懷恨，只是說不出的苦處。

大學士李賢見石亨、曹吉祥兩人權傾一時，便密陳英宗道：「石亨權柄太重，又有曹吉祥為黨，恐一旦有變，必不可收拾。」

英宗歎道：「朕未嘗不知；但他們有奪門復辟的功勞，朕不忍將他淹沒。」

李賢頓首奏道：「復辟奪門，石亨等有何功勞可言？須知景帝崩逝，自應請陛下復位；名正言順，何必奪門復辟？這分明是小人想得功罷了。」於是英宗對石亨、曹吉祥輩，慢慢地疏遠起來。

英宗大悟道：「非卿點醒，朕被他們蒙混過了。」於是英宗對石亨、曹吉祥輩，慢慢地疏遠起來。石亨也有些覺著，心裏十分恐懼，忙去和張軏的兄弟張輗，暗暗地商議，道：「咱們當初用盡心機扶持了上皇復位，如今他登了大位，就拿出烹功狗的手段來了，叫我怎肯甘心？」

張輗說道：「我的哥哥也為了斬于謙身死，皇上卻不念前功，只封我一個文安侯；相公若肯相助，我情願替相公出力。」

石亨大喜道：「將軍能為臂助，何愁大事不成。」當下石亨遣人邀曹吉祥，三個人密商了一會，由石亨拿出錢來，命張輗招募勇士，又另招鐵工百名，晝夜趕造軍械。京城風聲日見緊急，都說石亨要造反了；廷臣懼怕石亨，不敢上聞，所不知道的，只有英宗一個人。

內使王真得了石亨不軌的消息，忙來奏知英宗，英宗大驚，即召李賢進宮議事；李賢奏道：「石亨結連曹吉祥等謀叛已久，群臣恐石、曹勢大，因此噤口不言；現在防備石亨，滿朝文武當中，唯將軍徐懋最是忠誠可靠，而且智勇雙全，石亨幾番勾結他都被拒絕。陛下宜重用徐懋，命他防止石亨，自然能化亂為安了。」

英宗點頭道：「徐懋是功臣徐達的後裔，朕也素知他忠心，今就依卿所說吧！」

李賢便傳英宗諭旨，傳徐懋進宮，英宗親自解下玉帶來賜與徐懋，囑咐他謹防石亨有變；徐懋感激零涕，頓首謝恩而出。英宗又和李賢談了些政事，自回仁慶宮。

其時慧妃居在永福宮，英宗每想到雲妃，總是垂淚歎息；慧妃因有殺雲妃的嫌疑，便也不甚得寵。那仁慶宮的妃子姓韓，芳名喚作落霞，也是個妓女出身，英宗愛她豔麗就納為妃子；又因韓妃善於奉迎，慧妃的寵幸幾乎被她奪去。

英宗因太子給景帝廢為沂王，這時，又去沂州迎了回來，仍立沂王見深為東宮；可是京中風聲越惡，竟有說石亨定某日劫駕的消息，慌得徐懋調兵遣將，手忙腳亂。到了這一天，總算安然無事，英宗心裏仍是狐疑，下旨貶去石亨官職，曹吉祥褫奪封爵，一概家居；石亨見英宗進逼，深怕禍起不測，和都督張輗謀亂也益急。

適值四月初八，相傳是佛祖誕生的日期；宮中照例設著香案，供了素果，六宮嬪妃都去叩拜。宮中這一日不飲葷酒，英宗也很高興，晚間命擺上素筵來，和宮內韓妃、慧妃及瓛、瑞兩妃，錢、馬兩貴人等，開懷暢飲；酒到了半酣，英宗說道：「今天是佛生日，朕倒很覺有興，趁著這一天好月色，大家來各吟一句吧！」

韓妃笑道：「臣妾是不會做詩的。」

英宗笑道：「一人只吟一句，不過其中要兩字數目相連，末一個字要聯得下去的，就好交令了；等朕來做令官。」說著，便喚內監取過一把牙籤，英宗執著牙籤朗聲吟道：「何處來尋廿四橋。……」吟畢，把牙籤授給慧妃。

慧妃想了想，接口道：「村樓十二居金釵……」說罷，把牙籤遞與瑞妃。

英宗笑道：「這句詩勉強極了，應罰酒一杯。」

慧妃飲了酒，瑞妃接吟道：「釵鈿十二都寥落……」

英宗道：「詩意太衰頹了，也罰一杯。」瑞妃舉杯飲盡，把牙籤傳給瓛妃。

瓛妃接了牙籤吟道：「落花隨水流千里……」

英宗笑道：「千里字算不得數目，該罰兩杯。」瓛妃只得飲酒，一面遞過牙籤去。

輪到了馬貴人，拿了牙籤吟道：「裏中三五梅花開……」吟罷過令。

英宗說道：「這句也是勉強的，便宜了妳，罰了一杯吧！」

馬貴人飲了，錢貴人接令吟道：「放鶴亭邊三更月……」

英宗說道：「這句詩不但更字算不了數目，而且鬼氣太重，非罰酒三杯不行。」

錢貴人不服，道：「人家一個字不是數目，只罰得兩杯，怎麼輪到了我，就要罰三杯了？」

英宗還不曾回答，瑞妃笑道：「大家一例的，至多不過罰兩杯；為甚錢貴人要多飲一杯，這令官不公平。」

韓妃接口道：「令官處罰不公，也得罰酒。」說著，斟上一杯酒來。

英宗一面飲酒，笑對韓妃說道：「妳自己的難關快要到了，莫管閒事吧！」

慧妃也笑道：「過了難關的在這裏，令官須罰足兩杯。」說時，又斟了一杯。

英宗飲了酒，輪到韓妃接令了；韓妃就錢貴人手裏接過牙籤，低聲吟道：「日映水底雙雙月……」

說罷，將牙簽交給英宗。

英宗笑道：「雙雙不算數目。」

韓妃爭道：「單和雙怎麼不算數目？」

英宗道：「就算妳是數目，等令官收令吧！」便隨口吟道：「月照竹影千萬個。」

韓妃笑得格格地道：「這『个』又算什麼東西，沒有那種名兒的，照例罰兩杯。」

英宗笑道：「這酒是不罰的，『个』是一個字；月照竹枝映在地上，好似千萬的『个』字，誰也知道的，怎說沒有的？」

慧妃駁道：「單是一個『个』才算得個字，兩個『个』字就要算竹字了，如今千萬個『个』字，不是成了什麼東西了！那罰酒是應當的，怎樣可以混賴過去？」

英宗說她不過，也就罰飲了兩杯，不覺笑道：「做令官是不上算的，反被小兵們做倒了。」說罷，哈哈大笑。

大家正吃得興趣橫生，猛聽得宮門外震天價一聲響亮，接著就是喊聲；五六個內監飛奔地跑來稟道：「不好了！賊人殺進宮來了！」英宗聽了，不由分說，一把拖了韓妃往後宮便走。

只見一個內監又來稟道：「後宮也有賊人殺來了，陛下快避往寧安殿去！」英宗聽說，也有些心慌，忙令那內監領路，竟往寧安殿奔逃。

一路經過泰和、仁和、寶華等殿，見宮人太監等紛紛向四下亂逃，都說賊人有四五千，把宮牆圍困得水洩不通了；英宗大驚，那兩條腿頓時像棉花做的似的，半步也跨不動了，幸得一個內監和韓妃一人一面攙扶著英宗，向寧安殿中走去。

到了殿前，望見門外火光燭天，喊殺聲愈近，宮監們似潮湧般逃進來；聽說賊人打進宮門，侍衛領袖王勇堵住了門，在那裏死戰。看看寡不敵眾，步步敗退，賊人快要殺進來了；英宗知道寧安殿也不是安穩地方，忙回身向東，往崇義殿裏躲避去了。

再說外面的賊兵，正是石亨的從侄石彪領了五百名兵丁，直撲乾清門而來；武士侍衛等把宮門閉上，又去拆下御牆的磚石，將門堵截起來。石彪用大鐵錘打門，急切間又打不開它；忽然轟的一聲響，宮門坍倒下來，壓死了十幾個兵士，石彪的左肩也被大門壓傷。

但門雖倒了，裏面的磚石卻堆得和土城差不多，石彪下令：「兵士爬牆搬石！」牆內的侍衛聽了，忙把餘下的磚石，從牆上擲將出來，又打傷了好些兵士。石彪頓足大怒道：「小小的宮門也打不進去，休說是佔城奪地了。」說罷親自動手，握著一桿大鐵鉤，想勾倒那座磚牆。

只因堆得太高了，石彪一個人那裏扳得倒，反把鐵鉤勾斷了，只得仍令兵士搬運磚石；任衛士的石塊拋出來，兵丁還是前仆後繼。搬到了三四尺光景，石彪大吼一聲，飛身上牆，舞著鬼頭扑刀，直殺進宮來；兵士見主將上牆，自然也紛紛攀登。

那時宮中又把第二重門關閉，石彪令放火燒門；那裏石亨自領著一隊軍馬，從長安門打進來。守門軍士大開城門，石亨的人馬一擁而進，竟向西朝房而進，劈頭就碰著了恭順侯吳瑾，領著七八個家將前

來迎戰；石亨一馬當先，和吳瑾交鋒，石亨素號勇猛，不上三個回合，一刀砍吳瑾落馬，兵士大喊一聲，也一齊殺進宮來。

第四十四回　千古奇冤

石亨殺進宮中，正值石彪焚毀宮門，殺進奉天殿去；兩下裏合兵一處，竟來搜尋英宗。城外都督張輗，也從東華門殺來，曹吉祥領著一隊人馬，自西華門奔入，恰好遇著西崇侯張英；兩馬相交只一回合，便被張英擒下馬來，兵士將吉祥反綁了，張英便領著兵馬，往東華門來截張輗。

其時將軍徐懋聞得宮中有變，慌忙跳起身來，騎著禿鞍馬，跑到營中點起了一千兵馬，飛般地進了東華門；正遇張英和張輗叔侄兩個交鋒，徐懋躍馬上前夾攻張輗，張輗雖然猛勇，到底敵不住兩人，戰到三十餘合，被張英一槍刺中肋下，徐懋又是一刀，把張輗的右臂削去，張輗大叫一聲，翻身落馬。

張英忙割了首級，和徐懋合兵，到乾清門來捕石亨；其時石亨叔侄兩人，已打進了謹身殿，正要殺入後宮，徐懋的人馬趕到，將石彪團團圍住。石亨聽說救兵到來，石彪被圍，便無心再往前進，忙回身來救石彪，當頭逢著張英；石亨大聲道：「張英！你的侄子也投順了我，你卻和我作對嗎？」

張英也不回答，挺槍直取石亨，因禁宮裏不便騎馬，兩人就在殿上步戰；石亨驍勇，張英如何是他對手，力戰有五十多個回合，石亨一槍刺在張英的腿上，又順勢一拖。原來石亨槍上有刺勾的，張英被他一把拖倒，兵士發聲喊，七手八腳將張英捆起來；石亨便奮勇衝進重圍。徐懋正戰石彪不下，又加上

一個石亨，怎樣抵擋得住，只得拖槍敗走；石亨、石彪全力地追上來，反把徐懋圍住。

正在危急的當兒，忽然兵士雜亂，一個少年挺著一根鐵棍，狠命地打將而來；當頭逢著石亨，兩人交手。那少年卻沒棍法，只一味地蠻打，被石亨手起一槍，刺在他的臂上；那少年好似不曾覺著一般，反拼力地一棍掃來，石亨躲避不及，半個天靈蓋被他掃去了。

石彪見他叔父陣亡，手裏便有些慌張，徐懋把槍緊一緊，趁勢一槍刺去；不提防那少年又一棍掃來，打在石彪的腿上，和玉山頹倒樣地跌翻在地。徐懋舉槍待刺，那少年早直搶上去，只一棍，便把石彪的腦袋打得粉碎，腦漿迸裂地死了。

徐懋用槍一招，兵士齊上，又加那少年的一根鐵棍，打得那些兵士叫苦連天，口口聲聲說是願降；徐懋忙下令停刃，那少年殺得他性起，那裏肯聽徐懋的號令，舞得一根棍，像入海似的，只往人叢裏亂打。徐懋大叫：「少年壯士，賊已殺盡了，快住手吧！」正說著，張英經兵士解了縛，從大殿上奔出來；少年舉棍便打，張英慌忙閃開，待要尋器械還手，徐懋大踏步趕上，把少年的臂膊扳住，道：「那是自己人，壯士不要打錯了。」少年聽了，才算住手。

看他的意思，似乎還嫌殺得不過癮，最後讓他再亂打一陣，那隻臂上的鮮血，兀是點點地流個不住；徐懋知他是個渾人，便笑著問他姓氏。那少年回答道：「我是沒有姓名的，人家都叫我阿憨；進宮來在宮漏室裏當差，已有七八年多了。」

徐懋一聽，才曉得他是管宮漏的更夫，當下便安慰他幾句，令仍回宮漏室，聽候封賞；那少年掮著鐵棍去了，這裏徐懋收了人馬，安插了降兵，和張英一同入宮見駕。

這時英宗心神略定，回升奉天殿，朝中文武大臣都來請候聖安；徐懋上殿，奏陳殺賊的經過，英宗令將石亨、石彪、張輗三人的首級號令各門。曹吉祥被張英擒獲，這時綁上殿來，只是流淚叩頭，向英宗求饒；英宗叫把吉祥淩遲處死，又命將石亨、張輗的家族捕獲，一併斬首。

唯張英因殺賊有功，特予赦免，但得不到封賞；徐懋晉爵護國公，子孫蔭襲。徐懋又把殺石亨叔侄的少年據實上聞，英宗即宣召宮漏處太監來，問那少年的來歷；太監叩頭奏道：「此人姓馬，並無名兒，是鹽城人；因他力大，所以牧在宮漏處擔水撞鐘，又因他食量極宏，一人兼五六人的飯量，在別處做工是萬萬養不起他的。」

英宗聽說，欲待召見；太監又叩頭奏道：「此人不識禮儀，恐有驚聖駕，不宜令他朝覲。」英宗才點點頭，即封他為指揮官，仍在宮漏處當差；一場反叛案就算了結。

英宗自受了這次驚嚇，身體就覺有些不豫，又逢胡太后駕崩，英宗又是一番悲慟，病就一天沉重似一天；便召太子見深至榻前，叮囑了幾句，便瞑目駕崩了。英宗在位十四年，被擄，復辟後又是八年，共登極二十二年，壽三十八歲。太子見深繼統，是為憲宗；進尊英宗為仁顯皇帝，廟號英宗。晉錢皇后為慈懿皇太后，慧妃等均晉為太妃；又替英宗發喪，即日奉梓宮往葬寢陵。

那憲宗自登位後，便由錢太后作主，給憲宗立后，指婚大學士吳瞻的女兒為皇后；又冊立柏氏、王氏為妃。那時錢太后的宮中，有一個宮侍叫艾兒，憲宗見她生得不差，就立為瑾妃；憲宗還只有十七

歲，一后三妃左擁右抱，自然十分快樂。

有一天，他獨自一個在御花園裏遊玩，忽見兩個宮女似飛一般地追出來，一面格格地笑著，兩人一前一後，連笑帶逐；那前頭一個宮女，才得跨上金水橋，因為笑得太起勁了，身上乏力，一失足，竟跌下水去。憲宗倒吃了一驚，忙叫內監們去救援；早有水榭中的太監盪開一隻小舟，飛槳到了橋邊，把那宮女撈了起來，那宮女已和落湯雞一樣了。

憲宗站在橋上觀看，其時正當炎暑天氣，那宮女穿著一身的紗衣，給水一浸，都緊緊裹在身上，那酥胸上，高高地聳起兩個雞豆來；憲宗看了不覺心動，等那宮女忙忙地回身，憲宗也輕輕地跟在後面，看那宮女卻是往百花洲內進去了。原來這百花洲，是英宗復位後，命內務府監造的；裏面是小樓五楹，臨著御河，英宗常常領著韓妃到這裏來遊玩的，自英宗賓天，百花洲就此冷落了。

憲宗到了百花洲裏面，見正中一間是書齋，四壁掛著琴棋字畫；左邊兩間設著書案，案上陳設的都是白玉古玩。右首是一個月洞門，須轉過一個彎，才瞧得見內室；室中設著妝台床帳，佈置極其雅潔，剛才跌在水裏的宮人，正在那裏更衣。

憲宗也不去驚動她，只在外面走了一會，等那宮女梳洗好了，重勻鉛華再施胭脂，收拾得整整齊齊，嫋嫋婷婷地走了出來；憲宗故意負著手，也向裏面直衝進去，恰恰和那宮女撞個滿懷。那宮女疑是同伴，一時把她撞昏了，不曾瞧得清楚，便嬌聲罵道：「促狹鬼，你的眼珠子到那裏去了，卻走得這樣的匆忙。」

話猶未了，一抬頭見是憲宗，嚇得她玉容變色，慌忙跪在地上，連連叩頭稱著死罪；憲宗帶笑把她扶起，道：「適才掉在水裏的，正是妳嗎？」那宮女低垂了粉頸，輕輕地應了一聲。

憲宗細細地將她一打量，只見她約有二十來歲年紀，卻生得雪膚冰肌，柳腰杏眼，芙蓉粉面，秋水有神；一種嬌嫩的姿態，實是令人可愛。憲宗不由地心裏一動，便伸手去挽了她的玉臂，同到百花洲裏坐下；只覺得她的肌膚滑膩如脂，觸在手上非常的溫軟。

憲宗一面撫摩著，一面笑嘻嘻地說道：「妳進宮有幾年了？」

那宮女屈指算了算，答道：「妾記得是十八歲進宮，已有二十九年了。」

憲宗驚道：「妳今年多大年紀，卻來了這許多年份？」

宮女微笑道：「妾進宮的時候，睿皇帝還在襁褓；現在，妾已四十八歲了。」

憲宗聽了，呆呆地望著她；半晌，搖搖頭道：「這話是假的，不見得有那樣大的年齡；朕瞧妳至多也不過二十三、四歲。」

那宮女把頭一扭，道：「年紀怎好打謊？皇上如不相信，可問問這裏的老宮人雙雙，就知道是真的了。」說著，恰巧那老宮人進來，見了憲宗忙跪下。

憲宗叫她起身，笑問道：「妳喚什麼名兒？」

老宮人答道：「賤婢叫作雙雙。」

憲宗指著那宮人道：「她呢？」

老宮人說道：「她叫萬貞兒，是青州諸城人，進宮也有二十多年了。」

憲宗道：「妳有多大年紀了？」

雙雙答道：「賤婢今年四十二歲了。」

憲宗說道：「妳年紀比她要小五、六歲，怎麼妳倒比她衰老得這許多？難道她有長生術的嗎？」

萬貞兒笑道：「連妾自己也不知道，人家都說臣妾不像四十多歲的人，到底不識是什麼緣故。」

憲宗笑道：「昔人說麻姑顏色不衰，妳大概得著了仙氣，才能這樣的不老。」說罷，回顧雙雙道：「妳去傳知司醞局，令在百花洲設宴就是。」雙雙聽了，已知憲宗的意思，便笑了笑回身自去。

憲宗便去坐在榻上，命萬貞兒也坐了，萬貞兒卻故意去坐在繡椅上；憲宗把她一拉，兩人並肩兒坐著，因笑說道：「妳今天陪朕飲幾杯酒吧！」

萬貞兒嬌羞滿面地低頭說道：「陛下的諭旨，賤妾自當遵奉。」憲宗點點頭，立起身來，兩人手攜手地走出軒榭，到對面的月洞門內；那裏設著石案金墩，黃緞氈兒鋪著地，人走在氈上，連一點兒聲音也沒有。這個幽靜地方，本是英宗午睡的所在；萬貞兒忙去拖開一隻黃緞繡披的躺椅來，憲宗坐了，又令萬貞兒也坐下，兩人躺在一隻椅兒上。

不一會，司醞的太監領著四個小監，手裏各捧著一隻古銅色描金的食盒，也走進月洞門，後面雙雙跟隨著；那太監行過了禮，吩咐小監把盒內的餚饌取出來，都是熱氣騰騰的。憲宗笑道：「這樣熱的天氣，那熱酒怕喝不下吧？」

萬貞兒忙說道：「臣妾有冷的佳釀藏著，正好敬獻陛下。」說時看著雙雙，雙雙便到外面去捧進一瓶酒來；那太監留下兩個小監侍候憲宗，自己向憲宗請了個安，領了兩個小監去了。

萬貞兒接過雙雙的酒瓶，從椅上起身，請憲宗坐在上首的繡龍椅上，萬貞兒便在下首的繡墩上坐了，一手揭開了瓶蓋，替憲宗斟在白玉杯裏；那酒色碧綠得好似翡翠，質地也極醇厚，芳馥的氣味，一陣陣地直透入鼻管中來。

憲宗執杯飲了一口，覺甘芳不同常釀，就問萬貞兒說道：「這酒是妳釀的嗎？」

萬貞兒搖頭道：「不是的，那還是睿皇帝幸百花洲時留下，如今已有三年多了；聽宮中內監們說，這酒是朝鮮的魯妃親手所釀，春採百花蕊兒，夏擷荷花兒搗汁，秋摘菊花瓣，冬取梅花瓣。這樣的搗合起來，雜釀蜂蜜在裏面，封好了玉甕，埋在活土下四十九個月，再掘起蒸曬幾十次；到了秋深時，埋藏在地窖中，次年春上開出來時，就變成佳釀了。

朝鮮人稱它作百花醪，只有皇宮裏有；朝廷的大臣們，必到了元旦朝賀賜宴的時候，才得嚐著一兩杯。那時由皇后親自開甕，先進獻皇帝三杯，次及皇后公主，再次是親族王公，末了才賜及大臣，這酒的鄭重可知了；就是進貢到中國來，也不過一二十瓶罷了。」

憲宗聽說，又把酒嗅了嗅道：「這酒味確是不差。」於是，兩人你一盞我一盞地飲著，足足把百花醪喝去了大半瓶。憲宗已有了醉意，萬貞兒也漸漸兒紅暈上了眉梢，斜睨俊眼，愈顯得嫵媚冶蕩；憲宗趁醉站起來，由萬貞兒攙扶著進了百花榭，雙雙忙去鋪床疊被，外面侍候的小監便去收了杯盤，把榭中

的明角燈一齊燃著，榭門光耀竟似白晝一般。

這一夜，憲宗便在百花洲裏臨幸萬貞兒了；這年屆半百的老宮侍，居然得承恩少帝，真是連做夢也想不到的。可憐她自進宮以來，三十個年頭，今日還算第一次被臨幸呢！枕上溫存，蓬門初闢，憲宗見她還是個處子，愈覺歡愛，說不盡綢繆委婉，無限柔情；從此憲宗居在百花榭中，再也不到別宮去了。

那時京城裏，謠傳有什麼夜鮫兒出世；聽說夜鮫兒是個絕色的美女子，專喜歡的是青年男子，若被她攝去，把精血吸盡了，便拋在荒野地方，十個倒有九個是死的。但少年俊美的男子，得夜鮫兒的憐愛，到將死未死時，就放他出來，立刻請名醫調治，或者還有救星；至於生得面貌平常的人一經攝去，卻是必死無疑的了。

京中那些紈袴王孫，被攝去的很是不少，過了一兩個月，便在冷僻的地方發現，也有死的，也有活的；那給醫生治好的人，人家去問他，夜鮫兒是長什麼樣兒，他就死也不肯說出來。於是都下的少年子弟，多半躲在家裏，不敢出門半步了；即使有不得已的事要出去，也非三僕四役跟隨著不可。

那夜鮫兒似也知道人們防備她，她便不攝本城人了，漸漸地也弄到外地人的身上去；凡是別處來京的少年，不知都中有這件事，自然一點也不曾預防，因此外鄉人在京時失蹤的，又時有所聞。

恰巧陝西有個彭紉蓀秀才，他的家裏十分清貧，聽得他舅父在京中做著員外郎，便收拾起行裝，趕到京師來投奔舅父；誰知他急急忙忙地到了都下，又值他舅父外調江淮。彭紉蓀撲了個空，心中很是懊傷，況進京的川資都是捺借來的，只好抱著既來則安的念頭，暫時在京裏住下，待慢慢地湊著機會；但旅居客邸很不經濟，便去假定長安門外的荒寺安身。

那荒寺喚作青蓮禪院，建自唐代的天鳳年間，距離長安門有三里多路；寺中佛像頹倒，牆垣傾圮，只有一個西廂的僧舍，還能蔽得風雨。紉蓀尋著了這個所在，橫豎是不要錢的，就把行裝搬進了僧舍，暫為棲息；可是這樣大的一個寺院，獨個住著不免膽怯，當下去城中雇了一名老僕相伴著，日間執爨，夜裏司閽，倒也相安無事。

這樣地住了半個多月，彭紉蓀在每天的晚上，總是掌燈讀書，不到三四更天不肯就枕；有一天晚上，紉蓀正在朗誦古人的名著，忽聽得外面的頹牆下，瓦礫窸窣作起響來。紉蓀探頭就窗內望出去瞧時，借著月光，看見對面倒下的牆缺上，站著一個皎髮蒼蒼的老兒，負著手，在那裏聽他讀書。

紉蓀打量那老兒，年紀當在六十左右，只是頷下中心濯濯，連一根鬚兒也沒有；那老兒聽了一會，見紉蓀不讀了，便走下牆缺去了。第二天晚上，老兒依舊來聽紉蓀讀書，卻已走進牆缺來了；似這樣的有四五天光景，那老兒逐漸走近窗口，還不時向窗隙中偷看紉蓀。紉蓀不知他是人是鬼，弄得疑懼交迸，晚上等那老兒來時，就叫醒了老僕同看；老僕也不識是人是鬼，嚇得彭紉蓀再不敢讀夜書了。

又過了三四天，那老兒聽不到紉蓀的讀書聲，竟來叩門求見；紉蓀不好拒絕他，仍喚醒了老僕，開門將老兒迎入，兩下裏一攀談，覺得那老兒談吐非常雋雅，紉蓀心裏暗暗佩服。這樣的又是六七天，兩人已談得十分投機，那老兒知識也極其淵博，紉蓀問難，老兒有問必答，好似無書不讀，腹中藏著萬

卷；不過言辭之間，卻常有一種道家氣，於不知不覺中流露出來。

彭紉蓀細察那老兒的舉止行動，總疑他不是人類；有一天，那老兒似已覺得紉蓀疑惑他，便老老實實告訴紉蓀，說自己是個得道的狐仙，現在天上經營著歷代的經史子集，天上將要曬曝書籍了，所以得暇到下界來遊戲。

彭紉蓀聽了，因相交已久，也並不畏懼，反而愈加敬重他了；當兩人談到得勁的時候，紉蓀便問他天上是甚麼樣兒。那老兒便指手畫腳地，說得天花亂墜，聽得個紉蓀心癢難搔，忙問天上他可以去遊玩嗎？那老兒笑道：「這有什麼不可以，只是到了天宮裏時，切莫動凡心就是了。」紉蓀便要求老兒帶他去遊玩一會，那老兒允許了，說候著機會時，即帶你同去；紉蓀連連稱謝。

到了一天夜裏，天空星月無光，道路上昏黑不見對面的行人；這時，那老兒忽然匆匆地跑來，笑向紉蓀道：「上天的機會到了，咱們快走吧！」

紉蓀說道：「上天須要月明如畫的時候，那才有興！」

老兒笑道：「你看下界這樣昏暗，天上卻依然是星月皎潔，光輝似白晝般呢！」

紉蓀似信非信地隨著了老兒出門，才走得百來步，老兒嫌紉蓀走得太慢，便一把拖了紉蓀的衣袖向前疾行；足下七高八低，走的路都是生疏不曾經過的，好在紉蓀本來是外地人，對京中的道路是不甚熟悉的。

走了半晌，那老兒忽然喝了聲：「快閉了眼，要上天了！」紉蓀真個緊閉了雙目，身體就不由自主，昏昏沉沉地似睡去一樣了。

第四十五回　風月無邊

彭紉蘩跑隨著那老兒一路疾奔，走得他幾乎上氣接不著下氣，不由地心中著疑道：「難道不成就是這樣地走上天去嗎？」

忽見那老兒說道：「天闕快要到了，你就閉著眼吧！」紉蘩聽了，真個緊閉了兩眼，鼻子就聞得碧草青香；身體不由自主頭重腳輕，好似立在雲霧裏一般，耳邊也聽見有波濤澎湃的聲音。

紉蘩又驚又喜，知道自己正騰雲在空中，聽人講過，和仙人駕雲是不可睜眼瞧看的，否則就要從半空裏跌下來的；所以他狠命地合著眼，一些兒也不敢偷看。這樣地過了一會，似睡去一樣的，竟昏昏沉沉的失了知覺了。

待到醒轉睜眼瞧時，那老兒早已不見了，自己卻坐在一張繡緞椅上；兩邊站著四個絕色的美人兒，見紉蘩醒了，一齊格格地笑起來道：「好了！醒了！」其中一個美人，便去倒了一杯碧綠的茶兒，雙手遞給紉蘩；紉蘩接在手裏，心中很摸不著頭腦，托著茶，只是呆呆地發怔。

那個美人向紉蘩的臂膊一推，道：「快飲了吧！」

紉蘩被她推醒過來，便搭訕著問道：「和我同來的老人家那裏去了？」

四個美人兒都笑著說道：「老人家多著呢，誰是和你同來的？」

紉蓀仔細一想，自己和那老人締交了一個月，倒從不曾問過他姓名，這時給兩個美人一問，便被她問住了；再向四面一看，見那空中星光萬點，一輪明月照耀得如同白晝，距離地上不過丈把來高，耳畔淘淘的濤聲猶自不絕。紉蓀心裏尋思，自己疑真到了天上；回顧背後卻是一座石壁，壁上經月光照著，隱隱露出「疑天闕」三個大字。

紉蓀看了半晌，舉杯飲那茶兒，便覺清涼震齒，連連打了幾個寒噤；一個女子笑道：「這是琨漿，飲了長生不老，祛除疾病的。」紉蓀聽說，勉強吸了兩口，便由那個美人接去杯盞。忽然月光光輝頓增數倍，內外更見輝明；四個美人兒齊說道：「仙夫人來了。」就擁著紉蓀出去迎接，四個美人跪下，紉蓀也跟著跪在後面。

他偷眼瞧看，只見明燈如電，一對對地排著，雉羽翬旌前擁後護，十多名仙女圍繞著，環珮聲叮咚；正中一個仙夫人，鳳翅金冠，雲霓蟒服，臉上兜著一層輕紗兒，卻瞧不出她的盧山真面目。那夫人漸漸走近，護衛仙喝聲起去，四個跪著的仙女徐徐地扶接著紉蓀起身；又有夫人身旁的仙女，把一具藤質的東西，向著地上一灑，嘎的一聲，變成一把五色燦爛的金繡躺椅。

眾人扶仙夫人坐下，由一個仙女傳話，問了紉蓀的姓名和年歲，家裏有什麼人，紉蓀一一回答了；那仙女又道：「夫人謂你身有仙緣，須在此暫住幾時，等到緣盡了，自然送你回去。」紉蓀其時也不知怎樣是好，惟唯唯地聽命罷了；那仙夫人叮囑四個仙女，小心服侍彭相公，眾仙女嚶嚀一聲，擁著夫人去了。

紉蓀正回頭過去，一轉眼間，那星光和月色便慢慢地黝暗下去，霎時室中盡黑，伸手不見了五指；一個仙女已燃上巨燭來，另一個仙女笑著說道：「星月都歸去，時候不早了，我們引著彭相公安息吧！」

說著，四個仙女引導著紉蓀到了個去處，也是一樣的黑暗，四邊並無几案桌椅，只有兩隻矮凳兒，一張繡榻；榻上鮫帳低垂，那仙女撩起帳門，便有一股異香直鑽入鼻孔。四個仙女，一人去鋪床褥，一個掌著晶燭；遂有兩人竟來替紉蓀脫衣解帶，把他身上的衣服一件件地脫去了，又代紉蓀卸去裏衣。

紉蓀很覺有些忸怩，兩個仙女吃吃地笑了一陣，一個指著紉蓀的下體，掩口笑道：「似這樣不雅觀的東西，也帶到了天上來嗎？」三個仙女聽了，忍不住哄然大笑起來；害那紉蓀弄得很不好意思，低了頭不響一聲。

那時很熱的天氣，紉蓀卻覺著似深秋時候；因問那仙女道：「這裏怎麼如此涼爽？」一個仙女答道：「天上七日，世上千年，你來時是暑天，此際已是隆冬了；幸而在這裏，要是住在外面，至少要穿著棉衣了。」

紉蓀見說，半晌說不出話來，那四個仙女又是一陣地嘻笑；紉蓀被她們笑得臉兒紅紅的，只把頭去縮在繡被中，只覺榻上的繡褥溫軟輕盈，不識它是什麼織成的，總之，是生平所不曾經過的就是了。那

四仙女，又和紉蓀鬧了一會，才滅了燭火散去。

紉蓀這時也有些困倦了，不禁沉沉睡去；朦朧中，似有人在自己的身上撫摩，溫香陣陣觸鼻，情不自禁也伸手去還撫她。只覺著手處，膩滑如同溫玉一般，酥胸宛如新剝雞豆，才知她是個女子；苦的滿室黑暗，卻瞧不出她的顏色。

忽然那女子回過身來，玉臂輕舒，勾著紉蓀，低聲說道：「你認識我嗎？」說時，口脂香味薰人欲醉。

紉蓀早按捺不住那意馬心猿，便也回身低應道：「未曾目睹仙人玉容，實不知仙姑是誰？」

那女子噗哧地一笑，道：「你方才跪著迎接的是誰？」

紉蓀聽了，慌忙翻身起來，待要在枕上叩頭謝罪，口裏不住地說道：「原來是仙夫人，恕某不知，真是該死！」

那女子將紉蓀一摟，道：「我和你是前世的夙緣，良宵苦短，快不要多禮吧！」紉蓀見說，趁勢和她並頭睡下；仙凡異路，襄王雲雨巫山，枕席上的情深，自不消說得了。

過了一會，紉蓀又睡著了，待到醒來，美人已杳，探手去摸那床外，壁間屼嶢，好似石穴一樣；紉蓀很是莫名其妙，竟不知是天上人間。正在冥想，又見星月都明，昨日那四個仙女，手裏各捧著盥具，姍姍地進來；便促著紉蓀起身，說是天明了。

紉蓀詫異道：「白天怎會有星月的？」

一個仙女笑道：「天上是以曉作夜，以昏作曉的；人間紅日當空，正值天上星斗交輝的時候。你是凡人，那裏知道。」

紉蓀又問，夫人到什麼地方去了？又有一個仙女答道：「仙人各有職使，夫人供職天庭，自去辦公事去了。」

又問：「夫人去幹什麼公事？」

仙女答道：「專管天下男女姻緣，補世間缺陷不平的怨偶。」說著，紉蓀披衣下床，四個仙女忙著進巾櫛、遞漱具。等紉蓀梳洗已畢，一個仙女進上香膠湯，又有一盆似酒非酒的東西，叫作石髓，飲了能夠延年益壽；停了一刻，又進午膳，那餚饌的豐美，虎掌熊蹯，甘腴異常，紉蓀一面吃著，和那四個仙女說著玩笑，大家比初時親熱了許多。

午餐之後，紉蓀閒著沒事，斜倚在繡榻上，四個仙女便替他搥腿捏腰；紉蓀隨手去摟著一個仙女，一面親著櫻唇，問她叫什麼名兒，那仙女回答喚作月蟾。紉蓀就月光下，見她粉臉桃腮，一雙秋波更盈盈的動人心魄，忍不住去撫摩她的香肌；那仙女笑道：「窮措大一經得志，就要得隴望蜀嗎？」紉蓀也笑了笑，卻用手去呵月蟾的癢筋，引得月蟾笑個不住，縮作一堆。

光陰如矢，星月又見暗淡下去，仙女們又進晚餐；膳畢，便由那月蟾捧著香巾衣服之類，領著紉蓀去天河裏沐浴。到了洗澡的地方，見是一個天然的溫池，不過兩尺來深，月蟾代紉蓀解了衣服，扶他入池中沐浴；紉蓀洗了一會，覺得十分有興，竟拉著月蟾同沐，兩人在溫池裏玩笑了好半天。

忽見一個仙女飛奔來，說道：「仙夫人來了！」嚇得月蟾忙上池，手慌腳亂地穿了衣服，紉蓀也草草地洗完了，跟著那仙女到了臥室裏。室中星光全無，仍然昏暗得不辨面目；聽那仙夫人已擁衾坐待著，幸喜她不曾追問，於是有仙女給紉蓀卸了外衣，自上榻和仙夫人並枕去了。

這樣地一天天過去，也不知經過了多少的時日，紉蓀住在安樂窩裏，幾乎忘了歲月；那服侍他的四個人，早晚和紉蓀耳鬢廝摩，未免有情，日間仙夫人出去了，他們就做些抱香送暖的勾當。紉蓀左擁右抱，大有樂而忘返的概況了。

但每到了晚上，仙人一來，總是滿室裏暗無天日的；紉蓀因瞧不見仙夫人的顏色，心裏很是沒趣。有一天，紉蓀忽然問仙夫人道：「我和夫人做了這許多時日的夫妻，卻不曾睹過仙容；不知可能賜一縷光線，任我賞覽一下嗎？」

仙夫人聽了，立命掌上一枝紅燭來；紉蓀就燭光下瞧時，見面前站著一個盈盈的美人兒，雪膚花貌，容光煥發，一種豔麗的姿態，真是世上罕見。紉蓀看得吃了一驚，轉眼見那燭光漸漸暗滅，室中又暗黑如前了；只聽得仙夫人笑道：「枕邊人的容貌可看清了嗎？」紉蓀又喜又疑，也不知說什麼是好，這一夜，兩人自然倍見愛好了。

天上無歲時，看看又過了多日，彭紉蓀過著這樣有夜沒有日的光陰，星月一出，算是白天，便和四個仙女廝混，一至黑暗的時候，就去陪那仙夫人睡覺；雖夜夜朝朝在溫柔鄉裏，但凡事到了經久，便是沒有不厭倦的，紉蓀也有些不耐煩起來。

一天驀然地想起了，向那月蟾說道：「我聽見世人講過，天上有三十三天，什麼有離恨天等名目；為什麼我來了這許多時候，走來走去，還是這點地方，不曉得可有別處嗎？」

月蟾笑道：「天上地方可大著呢！」

紉蓀接口道：「那麼，可以出去玩耍嗎？」

月蟾眼望著侍月，侍月只是搖頭；月蟾便道：「相公如真個要出去玩，須問過了仙夫人，夫人如其允許的，那才可以出去；否則天上的規例森嚴，弄出了事來，叫我們怎樣擔當得住？」紉蓀聽了，就點頭記在心上。

待仙夫人來了，歡會既畢，紉蓀慢慢地說起想出去遊玩的話；仙夫人遲疑了半晌，才對紉蓀說道：「你要出去玩也未嘗不可，但天上比不得人間，稍為一個不小心，就得有性命出入；依我說起來，還是不出去的好。」

紉蓀忙道：「夫人的話怎敢不依，可憐我實在悶得慌了，只求夫人的原宥。」

仙夫人道：「既是這樣，且待有了機會，我著星官來領導你遊玩；只是要聽他的指揮，不可過於貪戀，以致惹出禍事來，那時，連我的罪名也不小呢！」

紉蓀一一受教，兩人又溫存了一會兒，聽得遠遠的鼓聲隱隱，仙夫人便匆匆披衣自去；紉蓀見夫人去了，知道天已明亮，到鐘聲響時，人人回來，曉得天色已晚，這樣地記留早夜。

又過了三四天，一天鐘聲響處，不見仙夫人回來，紉蓀心裏正在疑惑；忽見望月和侍月同了一個寬

衣博帶、圓帽拂塵，好似太監般的男子進來。侍月說道：「這是仙夫人差來的星官，相公要出去遊覽一會，只跟著他走就是了。」

紉蓀見說，直喜得他手舞足蹈，大踏步搶出來，隨著那星官便走；侍月在紉蓀的背上輕輕地拍了一下，道：「早出要早回，莫貪看景色，忘了饑飽。」紉蓀微笑點頭，和那星官一路走出去。

轉了三四個彎，猛然覺得眼前豁然大放光明，再定睛看時，已是走出外面；正見一輪旭日初升，霧散煙消，天空晴碧，回顧所居的地方，分明是一座洞府。那星官便領著紉蓀，沿著一帶的青溪走去，但見重樓疊閣，舍宇連雲；那些殿庭卻是雕樑畫棟，金碧生輝，把個紉蓀看得連聲讚歎，暗想天上人間，果然是不同的，世上那裏有這樣的好去處！

那星官又領著紉蓀到了一座殿中，殿宇的建築異常講究，四邊盡是石雕的佛像，刻工精細，似非凡間所有；正中一尊彌勒菩薩像，高有十幾丈，盤膝坐在蓮臺上，形狀如生。紉蓀忍不住道：「天上也供著佛像嗎？」那星官聽說，笑了笑，也不回答。

又領他到了一處，繡幕低垂，香煙氤氳；門前一截齊的雕欄，欄外一座幾丈見方的蓮池，金蓮朵朵，亭亭水上，大約和車蓋一樣。走進裏面，室中陳設的盡是白玉翡翠和五色的寶石；案上一座玉塔，塔高五尺餘，四周掛著碧玉的鈴鐸，微風拂處，叮咚作響，塔頂繫一精圓珍珠，大若龍眼，光芒四射。

塔共七級，每級有門，門內各置玉佛一尊，形容畢肖；又有玉磬一具，星官謂是周時所琢，以手指微彈，淵淵做金石聲。其他如各色美玉，目不勝擊；紉蓀也看得眼花繚亂，似喪魂魄。經過此處，又是一個大殿，殿上所供的，都是古代遺物，如周爵、禹鼎、箎、篌、律、簝，無不具有；琴、瑟、笙、簫是其餘事，還有不識其名的東西很多。

正在這個當兒，忽見偏殿裏面又走出一個人來，和那星官的打扮一般無二的；那來人和星官附耳說了幾句，星官回顧紉蓀道：「我適有一點兒事來了，你就在這裏稍等一下，我一會兒便來；你卻萬萬不可走到別處去，不然要闖出禍來，我可不能救你的，切切牢記。」紉蓀連連答應，那星官又叮囑一番，方回身同著那人去了。

紉蓀獨自一人立在殿上，很覺寂寞，看看日色過午晌了，仍不見那星官前來；紉蓀背著手，又在殿廊下踱了幾轉，遙見東邊的月洞門外，碧草如茵，野花遍地，香氣順風吹來，令人胸襟為暢。那流泉琤琮的聲音，如鳴桐琴，如擊清磬，紉蓀側著耳朵細聽，不禁心曠神怡，竟忘了所以；花氣也越香了，泉聲也越覺好聽了，不由得一步步地往那月洞內中走去。

才經過那個月門，頓時豁然開朗，紅花碧樹，照眼鮮明，流水瀑泉，一泓澄碧；門前一片草地，地上灑著金絲草排列成花彩。紉蓀信步走著，見一座八角的晶亭，白石砌階，雕石作欄；亭上一架玉椅，晶瑩皎潔，左右列著繡龍黃緞椅子。

紉蓀到了亭上，徘徊了一會，立在亭階邊，望見翠樓一角從綠樹濃蔭中映了出來；便下亭尋著路徑，往那樓中走來。到了樓下，都是錦緞鋪級，幰幕高張；紉蓀循級上樓，見樓上佈置精潔，四壁都罩

著黃絹，右首一隻大理石的琴臺，臺上一張古銅翠黛的焦昆琴，錦囊繡纈，光彩如新。

紉蓀頓觸所好，微微地把手指一勾，叮然一聲，清越幽遠，不類凡品；紉蓀識得古時有一隻焦尾琴，算得琴中的寶貝，當下便大著膽，彈了一段風送林聲，自己聽聽也覺悠揚悅耳。紉蓀愈看愈愛，不免流連徘徊，不忍離去；又憑樓遙望，只見巍樓高閣，黃瓦朱簷，此景疑非人間，必是瑤臺玉宇。

紉蓀正瞻眺得目迷神奪，忽見東南角上羽翣雜遝，雉旌相輝，隱隱似有車輦行動；紉蓀突地記起那星官和仙夫人叮嚀的話來，便回步下樓，想從原路回去。誰知尋東查西，那裏還有什麼月洞門？當時遊過的殿庭又都是新建，大半沒有匾額的，這時竟毫無頭緒起來。

紉蓀心裏已有些著急，愈急也就愈認不得路徑，只好越過草地；仍是一條很長的長廊，也是白石為級，紅毯鋪地，赤欄金柱，建的著實壯觀。紉蓀四瞧闃然無人，長廊的側首，正是一個月洞門，紉蓀當作就是那個月洞門兒，喜得大踏步跨進去；舉頭看時，又是一座大殿，殿上雙龍抱柱，紅泥磚砌地，正門上一塊朱紅金字的大匾額，寫著「宏光殿」三個大字。

紉蓀呆了一呆，見那殿上高高地置著一駕寶座，繡幃披著龍案，裏面也不見一人；尋思自己不曾走過這座殿庭，諒來又是走錯了。回顧宏光殿西首，又有一所依樣的月洞門，紉蓀想，這個定然是來路無疑；走到月洞前，那額上題著「蟲二」兩字，大概含著「風月無邊」的意思。

出了月洞門，自一個大天井，正中又是一座巍巍的大殿，額上題者「太極殿」三個大字；殿內一樣的設有寶座龍案，丹墀多了兩座大鼎，天井裏有兩個大獅子左右列著。紉蘅也無心觀覽，急急穿過了太極殿，就是一個圭門；過了圭門，又是一個正殿，額上書著「太和殿」三字。

這殿的陳列又和別殿不同，殿上寶座龍案之外，兩廡排著金瓜銀鉞，響節雲罩；望去廊下一字兒列著刀槍劍戟，寒光森森，怯人心膽。紉蘅到了此時，越覺得慌張起來，弄得團團轉，如熱鍋上的螞蟻似的，幾乎走投無路；忽聽得殿外唵唵的呵道聲，漸漸走近殿來。

紉蘅又想起夫人再三吩咐的話，心裏更是著慌，一時又無處藏躲；正在進退不得時，殿門前一陣的塌塌腳步聲，一隊紅衣甲士弓矢佩刀，掌著雲旗，已列著隊走進殿來。後面便是儀刀、響節、臥瓜、金瓜等儀仗；紉蘅早被紅衣甲士瞧見，一聲吆喝，將紉蘅捆住，交給執仗侍衛，侍衛又交與駕前的錦衣衛。

那時鑾輦已到，錦衣衛將紉蘅綁至駕前，紉蘅當是天帝，嚇得跪在地上不敢抬頭；於是由駕前內監傳諭，問紉蘅姓名、年歲、籍貫，怎樣私進皇宮？是誰帶來的？宮中現有何人？紉蘅戰戰兢兢地把老人帶他上天，現住在天宮裏和仙夫人做了夫妻，跟星官出宮遊玩迷路的話說了一遍；又歷敘姓名、年齡、籍貫畢。

輦中見紉蘅供辭詭異怪誕，命搜他的身上，又沒有兇器，只腰間懸著一顆玉玲瓏，倒是稀世的珍寶；衛士呈上，皇上看了，知道事涉宮闈曖昧，諭令把紉蘅交給總管太監王真，著即訊問明白回奏。便由侍衛押著紉蘅出殿，鑾輦又喝著道東去。

紉蓀被兩個侍衛擁到總管署中，王真聽得是欽犯，那裏敢怠慢，立刻升堂，那兩個侍衛自去覆旨；這裏王真拿紉蓀細細地一勘問，紉蓀照前述了一遍，王真忽地放下臉兒，大聲喝道：「你敢在我這裏扯謊嗎？」

第四十六回　偷天換日

王真聽了彭紉蓀的口供，把驚堂一拍，道：「你這話不打謊嗎？」紉蓀顫巍巍地道：「小子不敢扯謊。」王真便案上取下一面銀牌，叫小內監持著，把西苑的太監一齊召來；不多一會兒，堂前階下黑壓壓地站滿了太監。

王真命紉蓀仔細認來，可是星官裏面，紉蓀站起身去一個個地看了一遍，回說沒有；王真說道：「你可認清楚了嗎？」紉蓀說都已認清了。

王真皺著眉頭道：「只有韓娘娘那裏四個內侍了。」於是一揮，令眾太監退去；眾人聞命，一哄出外，鳥飛獸走般散去。

王真又著小內監，仍持了銀牌，把韓娘娘宮中的四個內侍召來；不一刻，四個內侍隨著小內監到來，走上階台，紉蓀便指著其中的一人說道：「這個正是領著小子遊玩的星官。」

王真看時，卻是內侍莫齡；當下指著莫齡喝道：「你可認識彭紉蓀嗎?誰叫你假充星官，導引他私遊宮禁的？」莫齡驚得面容失色，諒想是瞞不過的，只得把受韓娘娘囑咐的話，老實訴說了。

王真聽了口供，不覺吃了一驚，隨即親自下座，帶了紉蓀，令莫齡引路，往那天宮裏去查勘；由莫

齡引導著進了西苑，直到一座洞府面前，王真舉頭瞧去，原來是紫光閣下的假山洞，是英宗皇帝的時候，關著這幾個洞兒，在暑天乘涼用的。

這時莫齡先進洞去，王真隨後，兩個小內監押著紉蓀跟著，轉彎抹角到了正中；只見洞頂懸著無數的蚌殼燈，當中一盞最大，光輝耀目，就是宮女們騙紉蓀當作星月看的。這一來可都拆穿了，洞後洗浴的石池，也不是天河水，只不過是把從前瓊妃洗浴的溫泉，引些進來罷了；還有月蟾、月香、侍月、望月四個仙女，見了王真，慌得她們連連叩頭，也不敢自稱是仙女了。

紉蓀目睹了這番情形，才知道自己是在皇宮裏，並未到什麼天上；那仙夫人想必是宮中的嬪妃了，只有那天騙他的老兒到底是什麼人，其時還沒有明瞭。

王真四面瞧了一轉，冷笑了一聲，道：「倒虧她們想得出來，真是好做作。」說著，又到隔壁的石洞裏，也是一樣的設備，一樣有四個宮人伴著個面黃肌瘦的少年在那裏。

又到第三個石洞裏，卻只有宮女，不見少年男子；據宮女說，那少年新自昨夜病死，拋在御河裏了。

王真聽罷，深深地歎了口氣道：「一念之慾，不知枉殺了多少的青年性命了！」當下由王真將這件事的始末奏知憲宗。

憲宗聽了大怒，便欲召韓妃詰問；王真忙阻攔道：「韓妃雖然可誅，然此事若張揚出來，攸關宮闈穢跡，也涉及先帝聖譽，望陛下審慎而行。」

憲宗想了想，覺得王真的話有理，便提起朱筆來，書了「按律懲處」四個字，給王真看了，並說道：「一切由你去辦理吧！」王真聽了，磕一個頭下來，回到總管署裏。第一個先命小內監把三個石洞府封閉起來，又令將洞內的十二名宮女暫時幽囚了，侍月、望月等四人，當然也在裏面；又把紉蓀和那帶病的少年吳朗西及內侍莫齡等，一併械繫在獄中。

王真又令將侍候韓妃的親信宮人傳來，問韓妃怎樣地去引誘那些少年進宮；初時宮人不肯實說，經王真威嚇著，那宮人才直供出來，說都是白雲觀的道士弄的玄虛。王真見說，便不動聲色地把白雲觀道士一齊逮捕了，用刑拷問起來；老道士紫靚，承認改扮了異人，去迷惑美貌的青年。

至於迷人的法兒，有迷信神仙的，就假充了仙人去蠱惑他；有好詩詞的，便拿文章去投其所好，然後漸漸講到丹汞之術，引人入彀。也有嗜琴棋書畫的，老道士便去搜羅專這一門的人才；藉此和那少年締交，待至十分莫逆時，再誘他進宮。大凡青年男子，大半好聲色的多，老道士揣透了一班少年人的心理，用房中術去誘惑他們，十個中，竟有八九人上當；結果，被老道士把蒙藥將他迷倒了，暗暗地送進宮中。

王真錄了老道士的供詞，往白雲觀裏去一搜，搜出無數的蒙藥和麻醉劑等；又有一本冊子，上面記著被惑少年的人數及年月，前後統計送進宮中的，連彭紉蓀、吳朗西等共是八十八人。王真看了大怒，即令將老道士紫靚等一十四人盡械繫刑部正法，一面又來奏聞憲宗。

憲宗也十分忿怒，下諭貶韓妃入景寒宮，十二個宮女悉處絞罪，內侍莫齡腰斬；惟彭紉蓀和吳朗西

兩人因身受迷藥，不由自主，罪惡非出本心，尚在可赦之例。王真頓首奏道：「彭紉蓀與吳朗西情有可原，皇上聖慈，自不欲妄殺；然恐一經釋放出去，難保不把這事洩漏，事關宮闈曖昧及朝廷威信，那可如何是好？」

憲宗拍案道：「非卿提醒，朕幾忘了。」於是把彭紉蓀和吳朗西兩人也處了絞罪；並說兩人雖受人迷惑，但身為秀才（吳朗西也是秀才）妄交匪人，顯見平時的不安分，所以皇上格外賜恩，令其全屍。王真領了諭旨，自然去一一辦理；只可憐彭紉蓀、吳朗西兩人，享了一個多月的黑暗富貴，便在三尺白綾下畢命。

那吳朗西還是個單丁，這一來，併斷了吳氏的香煙了；憲宗殺了紉蓀和朗西及十二個宮人，以為滅口了，誰知天下的事，要人不知，除非莫為，不上幾時，京中早已傳遍，將韓妃引誘少年男子進宮的事，大家當作了一件新聞談講。

原來英宗在日，拿韓妃異常的寵幸，自英宗賓天，韓妃晉了太妃的尊號；在憲宗本來瞧不起她，只封了瑞妃、瓛妃、慧妃等，不願加封韓妃，經廷臣抗議，算勉強封贈。那韓妃終是個妓女出身，獨處在深宮裏，怎耐得住性情?更過不了寂寞淒涼的歲月，於是假進香為名，和白雲觀的道士紫靚商量好了，替她把少年男子引誘進宮，任意縱欲。

一班少年都被她纏得骨瘦如柴，到了一病奄奄時，使著心腹內侍將病人拖出去拋在荒地上；有的擲在御溝裏，多半是必死無疑了。也有給那家族在荒草地上或御溝中尋獲的，忙抬回去醫治，十個中，有不得一個是活的；家中問他到什麼地方去弄成這個樣兒，卻是死也不肯吐露，因怕說出來，事關姦污宮眷，罪要滅族的。於是傳出了一種謠言，謂有夜鮫兒攝取青年子弟，害得失去兒子、夫婿之家，大家疑人疑鬼。

自韓落霞（韓妃名兒）這件案子敗露，京裏少年子弟也沒有失去了，夜鮫兒的謠傳也自然而然地熄滅；只韓妃的那樁事，巷議街談，增資添料。講的人故甚其辭，分外說得離奇怪誕，把韓妃竟說得來去御風，如妖怪一般；連那白雲觀的道士，也說得和神仙一樣了。還說老道士紫靚受刑的時候，頭顱落地，頸中有白氣上騰，化作一個小紫靚，哈哈大笑三聲，駕雲向西而去；這種神話且按下不提。

再說憲宗在百花洲臨幸了萬貞兒，過不上幾時，就冊立她為貴妃；又把百花洲對面的海天一覽改建為萬雲宮，令萬貴妃居住。光陰如駛，又過了一年，萬貴妃恃著寵幸，潛植勢力，漸漸權傾六宮；連皇后都不放在她眼裏了。

吳皇后見萬貴妃專橫，心中已萬分難受了；有一天，萬貴妃領著六宮往祀寢陵，吳皇后聞知倒還容忍，待至行禮時，萬貴妃爭先，將吳皇后擠在後面。吳后大憤，當時也不行禮了，怒衝衝地回到宮中，便傳萬貴妃到鳳儀殿，把她訓斥一頓；哪知萬貴妃自恃皇上深寵，反而責吳后失禮。

吳后越覺忿不可遏，令宮女褫去萬貴妃的上衣，請出家法來，將她痛笞了十下；打得萬貴妃淚盈盈，回去轉萬雲宮裏賭氣睡在繡榻上，足足哭了一天。憲宗閱罷政事回宮，見了萬貴妃的形狀，

忙問什麼緣故；經萬貴妃連哭帶訴地說了一遍，又說吳后祀陵不曾行禮便回，自己失禮不知，反訓責別人。

憲宗聽了，氣往上沖；原來吳皇后與柏妃、王妃的冊立，都是錢太后的主意，憲宗對吳皇后本不甚合意。又被萬貴妃撒嬌撒癡地攛掇一番，憲宗越覺憤怒，便親自趕到坤寧宮，和吳皇后大鬧了一場；竟去見錢太后，說要廢立吳皇后，將萬貴妃冊為中宮。

錢皇后道：「你如定要廢去吳氏，也輪不到萬氏冊立，還有王妃和柏妃比萬氏早立，自應兩人中擇一為后才是正當；萬氏年齡已經老大，冊立了她，不怕廷臣們見笑嗎？」

憲宗沉吟了半晌，知道情理上說不過去，只得下諭廢了吳后，暫命王妃統率六宮，並不冊立正后；在憲宗的用意，是要想替萬貴妃湊機會，得著時機，便立萬貴妃做中宮。這時，萬貴妃雖不能如願，吳皇后卻廢去；總算給萬貴妃出了一口惡氣。

萬貴妃見皇帝為了她廢去皇后，從此威權愈大，名稱是貴妃，行的卻是皇后制度；那王妃又甚懦弱，毫無統馭六宮的權力，一切都讓萬貴妃去做主。萬貴妃又生性奇妒，她在宮中專寵，便不許憲宗再臨幸他妃，憲宗偶然和宮女談笑，被萬貴妃瞧見，立即把那宮女傳來，一頓的亂棒打死；憲宗也因愛生懼，漸漸地有些害怕萬貴妃起來。

六宮中有個瑜妃，本是憲宗自己冊立的，遠在萬貴妃之前；偏是萬貴妃看她不得，滿心要和她作對。講到諭妃的容貌，在王、柏兩妃之上，唯妖冶不如萬貴妃罷了；萬貴妃生怕她奪寵，把瑜妃作眼中釘般的看待。又兼憲宗天天和萬貞兒廝混，不免有點厭倦了，就往瑜妃的宮中走走；萬貴妃知瑜妃年紀比自己要輕一半，論不定憲宗受她的迷惑，是以心裏恨得癢癢地。

正在沒好氣的當兒，憲宗又在瑜妃處連幸了三夜，把個萬貴妃氣得忍無可忍；第四天的清晨，趁憲宗出去臨朝，她便領著五六名宮侍，各執著鞭兒，蜂擁到仁和宮中，將瑜妃遍身痛打了一頓。萬貴妃還親自動手，在瑜妃的小腹上狠狠地打了幾拳；適值瑜妃有娠，被她這樣一毆辱，就當夜墮胎，又生了一個多月的病症。

萬貴妃聽知瑜妃墮胎，心中暗自慶幸，只苦的自己年紀太大了，天癸斷絕，不能生育了，所以也不許別人生育；妃子中誰若有孕，萬貴妃恐生出太子來，皇帝要移寵到別人身上去，故此百般地設法，非把那妃子弄得墮了胎不罷手，又禁止憲宗去臨幸他妃和另立妃子。憲宗聞瑜妃受責墮胎，為了懼怕萬貴妃，不敢明說，只有暗自垂淚歎息。

俗語道，私鹽愈捕得緊，愈是要賣；萬貴妃把憲宗如罪囚似的監視著，那裏曉得偷偷摸摸的事卻愈多。平常一個酒肉市儈，多賺了些臭銅錢，也要想娶三妻四妾及時行樂；何況是一個堂堂的皇帝，粉白黛綠當然要滿前了。

憲宗在面子上雖畏著萬貴妃，暗底下卻不能沒有別個寵幸；萬貴妃微有些覺著了，在宮中秘密查詢，又遍佈了心腹宮女內侍，留神憲宗的行動。不到幾天，被萬貴妃偵察出來，知道萬安宮的宮侍慕珠、仁壽宮的宮女水雲、柳葉，長春宮的宮女楚江、永春宮的宮侍金瓶、晉福宮的宮女寶鳳；這一班宮

人都經憲宗臨幸過，一齊納為侍妃，那柳葉和金瓶更似有被冊為妃子的消息。

萬貴妃打聽得明白，一縷酸氣幾乎連腦門也鑽穿了，便吩咐內侍去預備下一座空室；佈置既畢，命宮侍把慕珠、柳葉、寶鳳、水雲、金瓶、楚江等六人一併召到了。萬貴妃高座堂皇地嬌聲罵道：「妳們這班淫婢子，敢瞞了咱家，迷惑皇上嗎？今天我如不拿些厲害給妳們瞧，將來宮裏怕不讓了妳們這幾個狐媚子！」

萬貴妃說罷，命宮人們把金瓶等六人的羅襪褪去，卸下纏帶，露出瘦削蜷屈的玉足來；萬貴妃命在地上排起鐵鏈，又燒起兩座火爐子。等爐火燒著了，鉗出鮮紅的熾炭，鋪在鐵鏈的四面；不一會，連鐵鏈也紅了，萬貴妃叱令宮人扶著慕珠等六人，赤足上了鐵鏈，強迫她們在鏈上一步步地走著。

可憐纖弱的金蓮，碰在這通紅的鐵鏈上，嗤的一聲，皮膚都貼牢在鏈上；一陣陣的青煙往上直騰，臭氣四散觸鼻。慕珠等慘呼了一聲，一齊地昏了過去；萬貴妃又命將冷醋潑在鏈上，將金瓶等薰醒過來，笑指著她們說道：「妳們還要狐媚皇帝嗎？」金瓶等已痛徹心肺，那裏還答應得出，只不住地口裏哼著；萬貴妃冷笑了兩聲，自回宮去。

這裏，金瓶和慕珠、楚江、水雲、寶鳳、柳葉等纖足，被炙得烏焦糜爛，鮮血模糊，不能步履了，只坐在地上相對著痛哭；憲宗聞報，忙趕來瞧看，見了這樣淒慘的情形，也覺心中不忍，不由地流下淚來。一面令太監們扶持了六人，令太醫院去診治；後來只一個水雲治不好，潰爛時因毒氣攻入心臟，叫號斃命。餘下的慕珠、金瓶等五人總算治好了；然兩腳都成了殘疾，已不能和常人般地行走了。

萬妃似這樣奇妒，宮中誰不見她畏懼，可是過了幾時，六宮的寧妃又懷妊了；被萬貴妃暗令內侍，把寧妃的肚腹上用藤桿滾了一下，又弄得墮下胎來。偏是王妃爭氣，她懷著身孕恐萬貴妃算計她，很秘密地用白綾緊緊地捆著；柏妃也一樣地效法，竟不曾被萬貴妃瞧出破綻。

到了十月滿足，王妃生了一個女兒，柏妃卻產下一個太子來；憲宗聽了，自然很高興，廷臣也都來叩賀，憲宗命在太極、太和、寶和等殿上大開筵宴，賞賜內外臣工。正在興高采烈，誰知宮女慌慌張張地來說，太子忽然七孔流血死了；總計生下地來還不到三天，便往閻王殿上去了。憲宗這一氣，幾乎平空地跌倒下來；只好痛哭一場，用皇子禮瘞往金山，與夭殤的諸王同葬。

憲宗悲抑還沒有去懷，幸得王妃的女兒卻甚強健，憲宗有了這個小公主，也算聊勝於無了；但過不上三個月，保姆抱著小公主在金水橋畔玩耍著，一個失手，噗通一聲墜在橋下，內監宮人忙著去打撈起來，這位小公主已是兩眼朝天，追隨那小太子，往陰中作伴去了。

憲宗聞知，又是一番的傷感，獨有那王妃哭得死去活來；憲宗常常歎息道：「朕的命中似這樣多舛，連個女兒也招留不住嗎？」王妃聽了，反去勸慰憲宗不必過於悲哀；憲宗也覺沒法，唯付之一歎罷了。

是年的冬季裏，王妃又懷妊了，寧妃也說有孕，又有嘉貴人、惠貴人也都有了六七月的身孕；到了第二年，王妃居然生了太子，惠貴人和嘉貴人又先後生了皇子，寧妃生了女兒。憲宗見一年中添了三子一女，這歡喜是可想而知了；於是祭太廟，開慶筵，足足忙了半個多月，才得平靜下去。

當時王妃生的皇子最早，將來是預備立為東宮的，便賜名祐貞；惠貴妃生的賜名祐榮，嘉貴人生的賜名祐權。惠、嘉兩貴人因生了皇子，都晉為妃子；寧妃生的女兒賜名金葉。

日月流光，太子祐貞已能夠呀呀地學語了，憲宗異常寵愛他，時時把太子抱在手裏；臨朝的時候，又命太子坐在龍椅的旁邊，退朝下來，亦抱他同坐在輦上。那太子卻不時要啼哭，但一坐在輦上就停住不哭了；憲宗笑道：「吾兒他日該坐鑾輦的。」便令木工替太子定製了一輪小車，在御花園的草地上推來推去，引得太子嘻嘻地笑個不住。

一天，那推車的太監用力太猛了，一時把持不住，直入金水橋下去，慌得宮女衛士趕忙救護，幸得太子不曾淹死；然經這一嚇之後，漸漸生起病來，不到一個月就一命嗚呼了。王妃又哭得要尋死覓活，憲宗悲感萬分；令將當日推車的太監以及護衛的內監、宮女，衛士等，一併斬首。

豈知一波方平一波又來，惠妃所生的皇子祐榮又患七孔流血的病症死了，憲宗又是悲傷又是狐疑；萬不料嘉妃所生的皇子祐權，經宮女替他沐浴時，又不知怎樣的會在浴盆裏淹死了。憲宗這裏真是又急又氣、又是傷感，三方面交逼攏來，也釀成了一病，足有三個月不能起床。

看看病勢稍輕了些，又報公主金葉忽然倒地死了，死的時候遍身發了青紫色，好似中了什麼毒一樣；憲宗聽得，病又加增起來。他有氣沒力地叫識得傷痕的內監，細細地拿公主金葉一驗，回說是中的蠱毒；憲宗這時也病得昏昏沉沉，只含糊答應了一聲就算過去。

直到次年的春末，憲宗病才慢慢地好起來，由坐而步，至自己能夠行走了；於是舊事重提，將服侍祐榮的宮人、內監，替祐權沐浴的宮女，以及侍候金葉的內監宮人，一起傳到了面前，由憲宗親自勘訊。那裏曉得著實追問下去，都不承認侍候太子，是什麼樣兒的也不曾見過；反把憲宗弄得倒是丈二和尚摸不著頭腦起來了。

侍後仔細一詰問，才知道當日服侍太子的宮人、內監，都被萬貴妃遷出宮去；憲宗正病得頭昏顛倒，萬貴妃暗地裏偷天換月，他竟一點也沒有得知。這是溯本求源，將萬貴妃的奸惡行為完全顯露了出來；憲宗如夢方醒，雖然惱恨萬貴妃，但也只是心裏畏懼她，不敢發作罷了。

其時襄王祁瑢，忽然從河南遞進一本奏牘來；憲宗看了疏言，不禁紛紛地落淚。

第四十七回　成化韻事

憲宗看了襄王祁瑢的奏疏，忍不住流淚，對大學士汪直說道：「老皇叔為拯萬民，竟身與災蟲相抗，以至殉災；這樣的耿耿忠忱，死得也真可憫了！」

汪直聽說，就御案上瞧那疏文，卻是襄王祁瑢的遺疏；述那河南的蝗災情形，真敘得慘目傷心、痛哭流涕，結末說自己悲憫百姓受災，將以身殉災的主旨，講得極激烈感慨；汪直看畢，也不由點頭歎息。

原來襄王祁瑢是瞻墡的兒子，從前瞻墡就封在長沙，瞻墡逝世，長子祁瑢裁爵，便改封在河南；瞻墡在英宗朝，也很立下些功績。當英宗被擄北去，回國後隱居南宮，景帝諭令大臣不准朝覲；瞻墡曾上書景帝，勸他按禮朝參。

等景帝見廢，英宗在奏疏當中，尋出瞻墡的奏章來，不覺十分感動，從此便對於贍墡就格外器重；憲宗受英宗的遺訓，命改封襄王祁瑢往河南，祁瑢奉諭後攜眷入朝。襄王的愛妃秦氏，和錢太后是表親，趁著進京的機會，便進宮朝謁錢太后。

那時憲宗恰巧在側，見襄王妃生的雪膚杏肌，花容月貌，不覺心動；又值襄王妃是夜留在宮中，憲

宗很是戀戀不捨，只礙於禮節和錢太后的眼睛，不好任性做出來，勉強地退出宮去。憲宗回到寢殿，也不召幸妃子，獨自呆坐了一會，和衣睡著了；第二天又忙忙地臨朝罷，趕往錢太后的宮內，想去看那襄王妃秦氏，不料秦氏早已出宮去了。

憲宗撲了個空，心裏悶悶不樂，終日短歎長吁，好似失了一件寶貝一樣；內侍黎孫見憲宗晝夜不安，微微地被他窺出了心事，便先用言語來試探一下。憲宗歎口氣道：「朕的心裏有事，和你說了也是無益的。」

黎孫忙跪下道：「奴婢受皇上的厚恩，雖有蹈火的事，也要去幹他個成功；至若小事，更不必說了。」

憲宗因黎孫說得懇切，就把看中襄王妃子的意思約略講了；又說王妃是自己的嬸嬸，即能實行，於人倫上似乎也說不過去。

黎孫笑道：「陛下身為天子，有什麼事不可以做得?況那襄王妃又是太后的表親，只要慢慢地想法子，是沒有做不到的。」

憲宗笑道：「黎兒，你如果能夠替朕把這件事幹得好，朕自然重重地酬答你。」

黎孫領諭出宮，逕自去見襄王，將憲宗看上王妃的話，直捷痛快地說了一遍；襄王聽了，覺得事出意外，不免非常地驚駭。經黎孫反覆陳說，把其中的利害比喻得十分透徹；又說：「皇上既起了此意，王爺如過於拗執，必至禍生不測，就要弄得骨肉相殘了。」

黎孫說時，聲色俱厲，襄王不禁動容；沉吟了半晌，慨然歎道：「他這樣不顧人倫，我亦何惜一妃子。」說罷便進內去了。

不到一會，襄王出來向黎孫道：「我和秦妃商量，她為保全我的幸福、生命，並免骨肉猜忌起見，自願進宮去侍候皇帝；你並回去覆旨，我在三天內送秦妃進宮就是。」

黎孫大喜，道：「王爺大度，必蒙皇上寵任，將來後福無量。」襄王連連搖頭，令黎孫速去。

當下黎孫別了襄王，也不進見憲宗，只在宮內靜待消息；到了第三天的午晌，果見襄王親自送了秦妃進宮。黎孫忙去接著，便捏傳上諭，命襄王退去。黎孫引秦妃進了寧遠門，暫在水月軒中等待，自己卻挨到了晚上來見憲宗，道：「美人已經來了。」

憲宗跳起來道：「有這樣容易的事？朕可不信你的話。」

黎孫故意遲疑了一會，道：「陛下可下旨召幸，看來的是不是，便立見分曉了。」

憲宗笑道：「她在王府裏，怎樣地去宣召？」黎孫只催著諭旨，憲宗即命尚寢局遞一枝綠頭籤給他。黎孫領了召籤，去引秦妃進了寢宮，照例經過檢驗室，兩個人把秦妃接了進去；憲宗就燈下望去，見確是秦妃，真是又驚又喜，暗暗佩服黎孫的手段敏捷。

但憲宗在未見秦妃之前，晝夜坐臥不安，這時真見了秦妃，究竟是關名分，反覺心中慚愧起來，點點地做聲不得；秦妃兀自坐著，也是一語不發，也不向憲宗行禮。兩個人默坐了好半天，到底是色膽包天的憲宗皇帝搭訕著，對秦妃問長問短，引秦妃開了口，兩人漸漸地有說有笑，問答相應，慢慢地親熱

了；結果是同進羅幃，了卻了五百年前的宿債。

兩人把這筆帳算訖，憲宗問起秦妃的年齡和芳名；秦妃回說是十九歲，小名芳香，陝西人，嫁襄王才得三年。憲宗聽說，心中便起了一個疑問，因錢太后不是陝人，和秦妃同是兗州籍，現在秦妃自說是陝人，地方就是不對；況襄王祁瑢十五歲便立妃子的，秦妃自謂只嫁得三年，就算她十九歲，也已嫁得五年了，這是第二樁疑竇。不過面子上，暫時不去說穿她。

憲宗自幸了這個嬸嬸妃子，幾次要冊立她做貴妃，秦妃怕惹人笑話，堅辭不肯受封；這樣地過了一個多月，襄王已就河南封地去了，憲宗寵愛著秦妃，天天召幸無虛夕。有一日，憲宗和秦妃並枕睡著，到了司禮監來宮門前朗誦祖訓；憲宗起身跪聽，覓得床上空虛無人，聽訓已罷，回頭喚那秦妃，卻不見答應。

其時天初破曉，燈光暗淡，朝曦未升，宮中昏暗不明；憲宗令宮人掌上明燭，四覓不見秦妃。宮人等在宮內外、更衣室、淋浴室、裝飾籠薰香室、彤史、司膳、尚寢等都找遍了，亦沒有秦妃的影蹤；憲宗很是詫異，一面檢視秦妃的私藏及連憲宗饋賜的珍寶，也一樣不曾移動，於是立即召總管太監王真來偵查，仍無下落。

宣那司閽的太監侍衛詢問，回說宮門下鍵後，便無人敢擅自進出；憲宗見大家忙了一天的星斗，依舊毫無頭緒，只得上輦去臨朝。待到視政完畢，又回宮查察，秦妃還是消息沉沉，又不敢去告之錢太后；憲宗納幸秦妃本瞞著太后的，因秦妃與錢太后是表姊妹，今憲宗納為妃子，在太后面上似太沒交代了，不得不隱瞞了太后做事。

當下憲宗失了秦妃，勃然大怒道：「禁闕中竟然會失蹤妃子，內外大小宮監侍衛，卻一個人也不知道，那還了得嗎？現限三天，必須尋得秦妃回話，否則自總管以下，一例處罪。」這道旨意一下，總管太監王真和各宮、各殿、各門的太監首領和各宮女領袖，都慌得如船頭上跑馬般地走投無路了。

幸虧那總監王真，稍得憲宗的信任，再三地叩頭要求寬限，甚至痛哭流涕，憲宗才終限十天；十天之內如沒有秦妃的消息時，就要砍去腦袋的了。王真見憲宗正在盛怒，不敢再求，只好領了諭旨出來，和各處的首領太監商議；有的說秦妃投井或投河自盡的，有的說，必是襄王派了有本領的人，躥進宮來，把秦妃盜去了。

王真見兩說都有些意思，以自盡當必不出宮外，只命小內監向宮廷各處，花池流泉中細細地去打撈；一面去告知五城兵馬司，將內外皇城緊閉起來，挨戶搜查。又行文各郡邑關隘，認真偵查；這樣地鬧了四五天，連秦妃的一點影子兒都沒有，把個王真急得要死。

憲宗失了愛妃，也終日愁眉雙鎖，還時時把秦妃的遺物取出來把玩一會，歎幾聲；似這般地虛空咄咄，忽在秦妃的鏡奩裏面，尋到了一張花箋。箋上用小楷書著兩首詩詞，上款是芸香吾妹，下款是署「知心隴西生」上；那詩句道：

寂寞秋將暮，淒鶩獨夜舟；人比黃菊瘦，心共白雲悠。詩苦因愁得，殘燈為夢留；不堪思往事，逝水少回流。

——暮秋

蓮花蓮葉滿池塘，不但花香葉亦香；姊妹折時休折盡，留他幾朵護鴛鴦。

——採蓮

春色桃花秋海棠，夏蓮心苦怨銀塘；一樓霜月晶查簾，總為清吟易斷腸。

——題畫

春雷發地見天根，春色巫山季女魂；蝴蝶夢中三折徑，枇杷花下一重門。莎汀沙軟眠鳧子，菜圃香清接稻孫；卻怪漫空飛柳絮，化萍點破小潮痕。（隴西生作）

年年新綠長新根，春暖香迷蛺蝶魂；剛伴杏花開二月，恰承翠輦出重門。隨風拂拂離侵裙，履帶雨離認稻孫；最好深閨小兒女，多情攜侶伴苔痕。（芸香和作）

憲宗讀了詩箋，恍然說道：「據詩中的口吻，卻不似王妃，竟是個別有情人的小家碧玉；怪不得她謂是陝西人，想其間必有一段隱情在裏面。那署名隴西生的，當是她的心上人兒；倘若徹底根究起來，定有什麼豔史情跡存在著呢。」

憲宗默念了一陣，把詩箋袖在袖內，慢慢地踱出了寢殿，卻見王真走來；憲宗正要取詩給他瞧，王真已跪著奏道：「秦娘娘的消息有了。」

憲宗驚喜道：「現在什麼地方？」

王真說道：「適才接得葭州府的報告，謂自跪誦上諭後，即認真查訪；到了第三天，便有一個少年書生，自稱是隴西生投案。」

據說秦妃是陝人，名芸香，姓華，年十九歲；和隴西生自幼訂有婚約，後被襄王選入王府充襄王妃的侍女，隴西生幾次設法，總不獲有情人成了眷屬。襄王進京，不知怎樣地移花接木，把芸香送進皇宮；聞皇帝已納為妃子，隴西生頗有佳人歸沙叱利之嘆。

忽一天，遇見一個黃衣少年，自喻是昆侖奴一流人物，隴西生便把芸香入宮，和自己的一段情史，細細說了一遍；黃衣少年便擔承替他取回芸香，說得隴西生似信非信的，和黃衣少年敷衍了幾句。不料少年去後，不到半個月，一天夜裏，居然負著一個大包袱，從屋檐上飛奔地下來；隴西生忙去迎接，那黃衣少年將巨袱授給隴西生道：「快去看心上人吧！」

隴西生把大包袱打開，見裏面睡著一個絕色的美人，穿著一身的宮裝，星眸微啟，柳腰嬌懶，似十分的困倦；再仔細一瞧，正是晝夜盼望的芸香。隴西生這一喜，幾乎連眼淚都笑出來；忙去謝那黃衣少年，已不知他往那裏去了，只得望空拜謝，疑是神助。

及至和芸香敘談，謂那天晚上與皇帝並枕臥著，忽然覺得昏昏沉沉，耳邊聽得呼呼風響；開眼看時，見你（指隴西生）卻站在我的面前。隴西生見說，屈指計算，自芸香那天五鼓被失出宮，晚上竟已

到葭州了，才知真個遇見了俠客；如今隴西生聽得朝廷諭旨頒發各處，偵查秦妃失蹤，知道這事隱瞞不過，就來投案自承。

葭州知州盂鄞見案關盜竊宮眷，情節重大，不敢擅專，於是將隴西生和華芸香親自械繫進都，投柬入兵部；尚書汪直不在都中，由司員轉報知大內總管府。總管太監王真即提訊一過，便進宮奏知憲宗，並把隴西生和華芸香關係的前後情形，以及隴西生所供俠客援芸香出宮的經過細述一番。憲宗聽罷，想起了詩箋上的署名，和王真所說的話似合符節，不覺暗暗點頭；便吩咐王真，將隴西生釋放了。

華芸香既已有夫，自不便奪人之愛，著令隨隴西生回去擇日成婚，又令襄王祁璿把秦妃的隱情從實回奏；這首諭旨一下，隴西生和華芸香兩人果然十分高興，就是京師的士大夫，也都去探望隴西生，訪詢他和華芸香的情史。仕女們還來與芸香締交，隴西生的寓所幾乎戶檻為穿，一時巷議街談，拿這件事講得到處皆知；隴西生嫌他們麻煩不過，便悄悄地趁夜回往陝西去了。

再講那襄王祁璿，接到憲宗的上諭，驚得目瞪口呆；別的不去說他，只秦妃的事，就已犯了欺君的罪名，當下忙召謀士柳梅賢進府商議。

梅賢說道：「我看皇上斷不致加罪王爺的，因皇上納幸王爺的妃子，名分人倫兩有乖張，諒來是瞞了太后幹的事；唯王爺如在奏疏上辯白，恐不能得皇上見諒；最好王爺親自進京走一趟，將內容直接上陳，我可保王爺安然沒事。」

襄王皺眉道：「無故擅離封地，不是要獲咎的嗎？」梅賢正色道：「王爺只說進京待罪，怎得謂無故？」襄王想了一會，覺除此也沒有別法，便進內和秦妃說知；星夜收拾了行裝，把府事托給了謀士柳梅賢，自己匆匆進京。到了都中，適值憲宗御的便殿，襄王入朝伏地大哭，自述欺君有罪；將華芸香冒充自己的秦妃進獻皇宮的緣由，據實上聞。

原來芸香和襄王妃的面貌非常相似，襄王愛她容色酷似王妃，強迫選為侍女；有時芸香和王妃易裝，連襄王都辨不出真的來，只以王妃的粉頰上，有一粒小小的黑痣算是區別，倘若粗心瞧看，簡直分不出軒輊。內監黎孫突去王府，將憲宗見愛秦妃的話從直敘述，襄王驟聽很是為難；後來忽記起芸香來，即滿口應承。

過了三天，命芸香改作王妃的裝束送進宮去，憲宗真被他瞞過了；萬萬想不到芸香還有情人在外，一齣秘劇竟至拆穿。現在襄王直認不諱，憲宗因襄王這個主意，倒免卻了自己亂倫之嫌，心裏反是不過意；所以這時，反安慰了襄王幾句，說他此舉頗曉大義，命他安心自回封地。

臨行的時候，又賜賚金珠玉帶、錦袍緞匹及外邦進貢來的珍物及人參十斤、鸞箋千冊、百花釀十瓶等；襄王受這樣的重賞，真覺出人意外。那時內監黎孫已升了錦衣侍尉，聞襄王蒙旨獎揄，想自己的官職是從襄王上來的，於是就來走賀；襄王當然謙虛了一番，即日辭行啟程，回到河南，和秦妃講起，極感激皇上的厚恩，常想趁間圖報。

是年河南地方五穀結實，異常的豐茂，農民以為坐享豐收，樂得人人高歌，家家騰歡；那裏曉得天災將到，田稻分外起色了些。一天清晨，猛聽得東南角上一陣黑雲，直向河南飛奔而來；到了頭上，但聞空中若怒潮洶浪，萬馬奔騰，天色也為之黝暗無光。人民疑是大雨來了，卻又不是下雨，遙望上去，好似天雨冰雹，黑斑點點，上不上、落不落的，不知是什麼東西；百姓們慌作一團，大家閉門不敢出來。

直到第二天的午晌，天空裏才見清淨，眾人猜三嚷四，擁作一堆，直講昨日的現象；有說妖怪經過的，有謂天呈變象的，有幾個農民走過田裏，只叫得一聲苦，不知高低。不一刻，農人愈聚愈多，各人到自己的田中去一瞧，一齊叫起苦來；原來那田裏很豐茂的禾穗，皆被那蝗蟲齧得斷梗折穭，七零八落了，方知昨日清晨似雲似雹的，乃是蝗蟲入境的緣故。

農民便攜了網兜等器具，大家下田捕蝗，誰知越捕越多，弄的滿田都是，甚至樹木竹林上也棲遍了；百姓到此時不禁束手無策，眼睜睜地看著將熟的禾穗給蝗蟲咬壞了，心裏怎的不痛苦呢？只有瞧著田中發聲大哭，田野裏霎時哭聲震地，真是男啼女號，萬分傷心。

襄王在府中聽得外面哭聲大震，親自出來詢問，見是蝗蟲為災，便糾集了無數鄉民下田捕蝗；襄王也執著布旗督工，捕蝗一斤，賣錢三十文。豈知今天捕去了一萬，明日卻又生出兩萬來；襄王大憤，叩頭禱天，祈願己身代災，依舊無靈。

襄王忿怒極了，大踏走步下田中，捉住蝗蟲往口裏亂嚼，吃了有千百隻光景；肚裏脹悶欲絕，不到半天，蝗毒發作起來，襄王弄的頭青臉腫，竟死在地上了。襄王死後，屍身旁外滿棲著蝗蟲，漸漸地愈聚愈多，堆積得好似山丘一般，田裏的蝗蟲卻一隻也沒有了；這樣的過了三天，積聚的蝗蟲都化成了清水，才露出襄王的屍身來，便由王府裏收拾起襄王的屍首，一面上章奏聞。

憲宗見了奏疏，也十分感傷，諭令照王禮厚葬；河南人民感激襄王的賜惠和驅蝗的恩典，就在襄王身殉之處，建起一座廟宇來，叫作朱王廟，後人傳訛呼它為驅蝗廟。從此凡河南患蝗，只要往朱王廟祈禱，蝗蟲便立時消滅；如今廟貌猶存，古蹟流傳，春秋佳日，士大夫多登臨憑弔呢。

憲宗成化十三年，尚書汪直奏請憲宗駕幸林西，效古天子的春秋郊獵；憲宗閱奏，自然高興，當即批准，並命汪直領兵三千護駕，鑾輦逕向林西進發。林西本是個荒僻未經開化的野地，山君（虎）猛獸極多；御駕到了半途上，忽然撲出一頭野獅，向著人叢裏亂咬起來，兵丁被傷了五六十人，侍衛也相顧逃命。

正在危急時，駕前的掌傘杜宇，驀地撇了紫傘，大吼一聲，揮拳直奔那野獅；野獅捨了眾人向杜宇撲來，杜宇急忙閃過，隨手一把將獅子的尾巴抓住了，奮力往下摔去，這時，那些兵士侍衛都看得呆了。

第四十八回　孔雀寶鑒

尚書汪直本來是個後宮的太監，因他迎合了萬貴妃，也得憲宗的寵幸，由錦衣衛擢到了侍郎；不多幾天，便加了兵部尚書銜，居然令汪直入閣辦事。其時朝臣當中，大學士商輅還敢說幾句話；餘如侍郎王恕、御史李震、吏部尚書白圭等，都為了彈劾汪直，弄得戍邊的戍邊，降職的降職。

憲宗又命汪直設西廠，以訪查民間的情形；當太宗篡後，怕百姓有什麼不服的議論，就設起一所東廠來，專門派內監往各處各地察訪私情。直傳到了英宗時代，把東廠停止，裁去冗職的內監，人民歡聲載道；但在憲宗時，因寵容汪直，又添設一座西廠，命尚書汪直兼任監督，廠中置首領太監兩人，小太監六十四人，多輪流出外偵察。

汪直為要討好萬貴妃，不知在那裏找了一個姓萬的老兒來，自稱是萬氏遺裔，排起來還是貴妃的族叔；萬貴妃自幼進宮，正恨沒有母族受她的蔭封，忽聞得有個族叔，自然十分喜歡，當時便告知憲宗，把那老兒授為都僉事，並賜名萬安。

這萬安是個市井無賴，一旦貴顯，便仗著萬貴妃的勢力，在外魚肉人民；及為固寵起見，私下強取民間美女進獻憲宗。又將房中秘術書訂成冊，進呈上去，把個憲宗樂得手舞足蹈，欣喜得不得了；萬安

見憲宗樂此不疲，越發趨奉得厲害，什麼淫書春冊，凡能輔助淫樂的東西，無不搜羅上進。

憲宗久處深宮，那裏曉得民間有這樣許多的行樂名目，所以把萬安進獻的器物，都當作寶貝般看待；又將萬安的官職屢屢升擢，不到半年，已做到了工部侍郎。並時時召萬安進宮，研究房術，萬安便拿淫劑、劇藥，勸憲宗吞服，居然一夜能御十女；憲宗讚他的仙劑，於是更信任萬安了。

汪直覷得萬安獲寵，深怕自己的權力被萬安奪去，就和小太監何和密商良策；何和的為人，倒也是狡譎，他聽說萬安進獻房術，便勸汪直搜羅了美女送進宮去，算是和萬安對抗。恰巧內監訓奉了上諭，往潞州採辦花石；汪直便親自委託江訓，南去時，代辦幾個美女回來。

江訓一口答應了，一路經過泗陽等諸地，各州邑官員多來迎送；江訓囑令選就美女十名，待進京時帶去。那些地方官吏巴不得奉迎中官，一接到了命令，當然唯命是遵；立刻向各處搜羅起來，湊成了十名，收拾一所館驛給美人居住，只等江訓一到，便好送去覆命。

過了一個多月，江訓從潞州回來了，泗陽的官吏忙去迎接招待，又將十名美女交給江訓；江訓看那十個美人兒，個個有絕色豔姿，不覺大喜道：「我此次回去，可以對得住汪監督了。」當下，江訓和各處州官酬酢了幾天，載著御選的花石和美女，匆匆就道北上。

到了京中，把花石進呈了，然後去見汪直，把美女獻上；汪直謝了江訓，將十名的美女又親自過目，十人中選出最好的兩名來。一個叫殷素貞，一個叫趙虞娟，兩人一樣的生得嫵媚豔麗，姿態宜人；汪直便把兩人裝飾好了，駕起了兩輛香車，小監前呼後擁地護送進宮來。

憲宗見了這樣的一對絕色佳人，喜得他抓耳揉腮，心中說不出的快樂；偏是那萬貴妃不服自己年老，一心想專寵下去。她見憲宗臨幸他妃，心中已是難受，又為了襄王秦妃的事和憲宗鬧過幾場，險些兒弄得兩下決裂；幸而憲宗有三分畏懼她，不曾過於逼迫。

後來秦妃也失蹤了，萬貴妃得知，快活得什麼似的；因此當時宮中的嬪妃，皆疑秦妃的失蹤，是萬貴妃弄的玄虛，憲宗也疑惑到這一層，只是不敢證實它，不過暗暗啣恨罷了。這時，殷素貞和趙虞娟進宮，汪直護送進來，冠冕堂皇的，誰也不知是汪太監獻的美女；憲宗隨即下諭，冊立殷素貞、趙虞娟做了妃子。

消息傳到萬貴妃的耳裏，滿肚的酸意沒處可以發洩，要待把從前的老手段施出來；如今的憲宗可不比往日了，他在殷妃、趙妃的宮門前，都用侍衛防護著，若無諭旨，不論何人一概不許進宮。萬貴妃沒法可想，只在宮中搥胸頓足地痛哭著；憲宗念她昔日的情分，有時也親自來安慰她幾句。

但萬貴妃的妒嫉是天生的，任憲宗怎樣地勸慰，她那裏能夠去懷；不到半個月，竟漸漸地釀成一病，臥床不得起身了。萬貴妃病倒了，憲宗的耳邊也樂得清爽一點；索性和殷妃、趙妃攢在一起，再也想不起有萬貴妃這個病人。

講到殷妃和趙妃，兩人一樣的美麗，兩美中再一比較，殷妃似勝趙妃一籌；憲宗的寵幸，自然拿殷妃格外地另眼相看。但殷妃自進宮中，總是愁眉不展，好像有十二分的心事一樣；憲宗為要博得殷妃的歡喜，命汪直在外面雇了一班伶人進宮，在西苑的藝林裏，令伶人晝夜演劇，替殷妃解悶。

殷妃見戲劇做得熱鬧的時候，勉強的一顧盼，就不願意再瞧了；憲宗又想出別種玩意兒來取悅殷妃，殷妃看了，也不過微微地一笑，事後仍舊是愁眉苦臉地想她的心事了。憲宗百般地逗引她，終不見她有嘻笑的時候；正弄得憲宗沒奈何的當兒，忽汪直奏請郊獵，恰中憲宗的心懷，便即日上諭實行。

於是帶同了殷妃、趙妃，龍輦鳳輿向林西進發；誰知還沒有圍獵，半途上就遇著一隻猛獅，搖頭擺尾地向著人叢中撲來。嚇得侍衛各自四散亂奔，有幾個抵敵一下的，便被那猛獅咬傷；這時御駕已危急萬分，隨駕臣工大呼：「快救聖駕！」

猛見那掌傘的小監杜宇攘臂直前，竟取猛獅；那猛獅回轉身軀向杜宇撲來，杜宇急忙閃開，隨手就是一拳。打得那猛獅子連吼幾聲，似人一般地立起來，一爪向杜宇的頂上擊下；侍衛們都替杜宇捏把汗，只見杜宇一個箭步去躥在獅子的背後，一把將它尾巴拖住。

那獅子到底力猛，潑刺刺地一個大翻身，杜宇也隨著它轉了過去；但他的兩手仍緊緊抱住獅子的尾巴，死也不肯放手。那獅子尾上被一個人拖著，轉身著實不便，不由的弄得它獸性大發，奮起獸王的威猛，將一隻尾巴如鐵槓似的直豎了起來，杜宇也被它掀在空際；駕前的侍衛大臣，一齊大驚失色。

看杜宇兀是緊抱在獅上，那獅子見掀不下杜宇，一時倒也走不遠了，只把身體團團地打轉；其時由錦衣尉王綱一聲吆喝，掄著手中的大斧，大踏步飛奔野獅，後面的那些侍衛也蜂擁上前，杜宇在獅尾上一手拖住尾端，右手拔出佩劍來，往著獅子的臀上亂刺。

王綱和侍衛等，只候那空隙時，才敢砍著一兩下，因怕失手劈在杜宇的身上，所以不敢施力；那野獅被杜宇在臀上刺得痛極了，又被王綱斬了兩斧，侍衛也紮著了五六槍，野獅雖然雄壯，被一槍刺在肚腹裏面，臟腑受了創，挨受不住，狂叫一聲倒在地上打滾。

杜宇隨著它滾著，弄的頭昏顛倒，只得釋了獅子尾巴，跳起身來，助著王綱等猛力地一頓刀槍，總算把那獅子擊死；一面來駕前報告，隨駕諸臣都向憲宗請安。憲宗心神略定，急問：「殷妃、趙妃可曾受驚？」不一會，內監回報，兩位姑娘的鳳駕距離鬥獅處較遠，未曾受著驚恐，憲宗聽了才覺放心。

其實趙妃的車兒離鑾輦很近，她首先瞧見猛獅，嚇得玉容慘澹，半晌說不出話兒；經宮女們說打死了獅子，趙妃的香魂方慢慢地回轉。內監怕憲宗憂急，特地將這話隱瞞；至於殷妃的鳳輿，的確隨在最後，她不曾受驚的。

當時那汪直把禁卒屯駐了，也來叩謁憲宗，自認死罪，憲宗並不責難他；汪直謝了起身，憲宗忽然說道：「駕前二百四十名侍衛和校尉，只一個王綱還能見危不懼，其他的人都顧自己逃走，使朕幾遇不測；但不知那獨鬥猛獅的少年是誰？」

汪直跪下，磕了一個頭道：「他也是侍候陛下的，便是愚臣的義子杜宇。」

憲宗笑著：「卿有這樣一個好兒子，快叫他來見朕，聽候賞賜。」

汪直領諭起身，去領了一個小監來，跪叩三呼畢；憲宗見他眉清目秀，齒白唇紅，嬌豔得如處女似的，不覺詫疑道：「這就是鬥獅的杜宇嗎？看他如此溫柔，那裏來的氣力？」

汪直說道：「連愚臣也不曉得他有那樣的武藝。」憲宗即問杜宇自己，杜宇便把老子是個拳教師；他在幼年曾下過苦功，得著他父親的真傳，所以略有幾分勇力，前後朗朗地奏了一遍。

憲宗大喜道：「你既具有真實本領，又有打野獅的功績，朕就封你做個駕前護衛使吧！」杜宇謝恩起來，侍立一旁；從此杜宇充了憲宗的貼身衛士，逐漸將他寵幸，釀出後來一段風流史，按下不提。

再說憲宗車駕到了林西，汪直已設有行宮，是日即在行宮裏駐蹕；憲宗因王綱勇猛搏獅，也重賞了他。於是在林西住了半個月，天天出外打圍；可是那殷妃依舊悶悶不樂，憲宗因殷妃不嗜行獵，自然沒有什麼興趣留戀，過不上幾天，便傳旨回鑾。

不日到了京師，萬安率著群臣出城跪迎，憲宗進城，便升奉天殿受眾臣的朝參，畢後退朝回宮；宮內的太監宮女又都來叩見過了，憲宗去看那萬貴妃時，見她病已稍癒，只是花容憔悴，比之前衰老了許多，憲宗囑她靜養，自回趙妃的宮中。

這一夜仁慶宮內，忽然地鬧起刺客來，慌得一班嬪妃、宮娥、內監等抱頭亂躥；不到一會，萬春宮瑜妃、萬雲宮萬貴妃、長春宮王妃、晉福宮寧妃、永春宮惠妃、雍仁宮嘉妃、仁壽宮瑨妃、永壽宮江妃、仁昭宮趙妃等，一齊嚷著：「有刺客！」

憲宗從夢中驚醒，忙披衣下榻，連聲呼：「小杜快來！」那杜宇保護著憲宗，早晚不離左右，憲宗也十分喜歡他；凡臨幸妃子，無論往何宮，杜宇總是在外侍候的。這時聽得憲宗呼喚，杜宇知道必然有緊急事，便跳起身來，仗著一把鋼刀，直搶入昭仁宮中；見憲宗手指著窗外，顫巍巍地說道：「刺客！」、「刺客！」。

杜宇也不回答，轉身又奔出宮外，星光下瞧見一條黑影兒，往著槐樹旁邊躥去；杜宇瞧得清楚，挺刀大喝道：「賤徒慢走，我杜宇來了！」說罷，連跳帶縱地趕將上去。兜過槐樹亭子，只覺得那黑影一閃，接著就是一聲：「看傢伙！」杜宇曉得是暗器，急往樹邊閃過，「啪」的一下，卻是一根槐樹皮兒。

杜宇不由的好笑，諒他是沒有暗器的，不過是嚇人罷了，就大著膽向前追趕；忽聽「疙塌」一響，一支袖箭飛來，直貫杜宇的耳邊。杜宇吃了一驚，眼中火星四迸，兩條腿在地上也奔地越快了；看看將要追上，杜宇恐自己力弱，不能擒住刺客，回頭見背後火光通明，足步聲雜沓，侍衛、內監一窩蜂地追來，雖距離還很遠，杜宇膽卻壯了許多，竟奮臂舞刀，直取刺客。

刀光飛處，那刺客也回身來應戰，兩人刀戰刀，在光明殿的丹墀下交手；那刺客的刀法純熟，把一口九環刀舞得呼呼風響。杜宇手裏招架，心中尋思道：「那刺客想必有些兒氣力，否則黑夜行刺，總以輕捷為宜，攜帶的武器不是單刀就是寶劍之類，從不曾見帶九環刀的；要不然，他不是誠心來行刺，是特地到皇宮裏來獻些本領的。」

杜宇正這樣地想著，那刺客忽虛晃一刀，往著回廊中便走；管廊的太監聞得刀聲，掌著燈出來探望。那刺客疑是攔捕他，隨手「喀嚓」一刀，頭顱下地，屍體撲地倒了；那盞燈兀是拿在手裏，這真是算他晦氣了。

刺客殺了太監，搶步越過雕欄，繞著光明殿，從月洞門中穿出去；恰逢守門的侍衛，正在舉斧來攔，那刺客已一刀劈去。究竟侍衛是個武進士出身，懂得解數的，見刺客刀至，引身躲過了，趁勢一斧攔腰砍還過去；那刺客無心戀戰，托地跳起數尺，仍向前狂奔。後面杜宇飛步趕到，侍衛也提著銀斧，幫助杜宇追趕；將到香扆殿時，刺客似路徑很熟諳的，並不超越香扆殿，卻彎向一泓流水處而逃。

那裏有一座石樑，要往稻香榭出寧清門走御花園，非得經過這石樑不可；正值宮中的侍衛繞出小徑，預先在石樑上守候，一見刺客逃過來，大家吆喝一聲，提著手裏的傢伙準備廝殺。那刺客背腹受敵，料想是寡不勝眾，便「嘩啷」地拋了那口九環刀；縱身一跳，噗通的一聲響，跌落河中去了。

石樑上的侍衛忙伸手拿鉤去，只一搭，已搭住了刺客的衣領，由兩人全力地拖起來；此際，那刺客弄得雙腳落了空，任你有多大的技藝，也休想施展得出，於是七八個侍衛手忙腳亂地將刺客捆好，杜宇在後押著，解往光華殿來。內監先去稟報憲宗，上諭下來，令杜宇押往總管府裏囚禁了，待明天在便殿御駕親鞫；杜宇領命，解那刺客到了總管署，王真見著，即械繫刺客囚入牢中，杜宇自回覆旨。

其時宮中議論紛紛，這一夜的鬧刺客，除了坤寧宮無人居住，沒有聲息外，只昭慶宮殷妃沉寂無事；那些內監都說是來行刺皇帝的，幸得皇上洪福，未遭毒手。但不知刺客是受誰的唆使，明天鞫訊起來，自有分曉；內監們這樣地說長道短，大家鬧到了天色破曉，皇帝將臨朝了，才算安靜下去。

憲宗視朝完畢，御了便殿，命杜宇往總管府中提了那刺客來訊鞫；不一會兒，杜宇押著鐵索鋃鐺的刺客到了殿前。那刺客在丹墀下，恭恭敬敬地行了三跪九叩禮，只是身上帶著鐵鏈，起跪很是狼狽；憲宗厲聲道：「好大膽的逆徒，敢到禁闕地方黑夜行刺嗎？你是受何人的指使？從實供了，朕有好生之德，若情有可原的，就赦你無罪，快把你的姓名和緣由供來！」

那刺客聽了，連連叩了幾個響頭，含淚奏道：「罪民此次私闖皇宮，並非誰人指使，也不敢行刺聖上；罪民實有一段隱情在內，真是罪該萬死。」說罷，又叩頭不住。

憲宗道：「你有什麼隱事，只管直陳就是了。」

那刺客俯伏著，徐徐地說道：「罪民姓伍名雲潭，是泗州人，現在泗陽的縣署中，充一名辦案的都頭，也曾破獲過幾樁大盜巨案；縣主見罪民小心從事，又會些小技，便倚作左右手一般。罪民在襁褓的時候，已定下了親事，原是指腹論婚的；女家姓殷，也做過縣中胥吏。這樣地過了十幾年，罪民家境清寒，乏力婚娶；直至今歲的春間，承縣主幫襯了些銀兩，罪民就回家定姻。

忽接得女家的消息，說他的女兒殷素貞已被州尹強迫選去，邀往京師充皇帝的嬪妃去了；罪民堅不

肯信，待到仔細一打探，才知道真有其事。罪民的鄰人彭監生，未婚妻趙氏也被選入宮；氣的他尋死覓活，和罪民正是同病相憐。那彭監生憤極投江自盡，被罪民救了起來，商議同入京師；一來是候有什麼機會和妻子通個信兒，二來，順便在都下找個親戚，做些小本營生。

惟選秀女是聖上之意，誰敢違忤？罪民也沒有別的奢望，只望今生與妻子見一面，雖死也心甘了！但不該自恃微技，擅進禁闕，希和妻子晤敘；誰知路徑走差了，連找幾處，終沒有罪民妻子的影蹤，因至絕路遭擒，罪民實是該死！」伍雲潭陳畢，淚垂聲下。

憲宗察言觀色，知係實情，不覺很為憐憫他，便霽顏對伍雲潭說道：「你妻子進宮已久，朕已冊立為妃子了，看來不能再適民間；今且恕你無罪，和彭監生各賜千金，回去另行婚娶吧！以後你不得再生癡想，妄入宮廷；否則就獲，決不寬恕的了。」

伍雲潭聽說赦宥不殺，心中萬分感激，忙叩頭謝恩；憲宗吩咐錦衣尉帶伍雲潭下去，又命內務府發銀二千兩，賜與伍雲潭、彭監生二人，著即日出京。那伍雲潭因昨夜落水，濕衣服還不曾更換，這時踉踉蹌蹌地，跟著校尉下殿去了。

憲宗退殿回宮，正想要將這件事去和殷妃說知，走到宮門口，忽見宮女含淚報道：「殷娘娘自縊了！」憲宗聽了大驚，慌忙三腳兩步地趕到昭慶宮；只見殷素貞已直挺挺地臥在床上，頭上帶子還沒有解去，大概已氣絕了好一會，渾身冷得似冰，一縷香魂早往地下去了。

憲宗痛哭了一場，才大悟殷妃平時愁眉不展的緣故；只得諭令司儀局，按照貴妃禮盛殮，往葬金山，並追諡為貞義賢淑貴妃。原來憲宗勘問伍雲潭時，宮人們三三兩兩地在那裏私議，被殷妃聽得，忙親來探看；見果是伍雲潭，諒他必無生理，想起此生已了，即回宮遣開了宮人，投環自盡。

憲宗自喪了殷妃，很是悶悶不樂，正沒有消氣，又得內侍稟報，昭仁宮中失竊，別的一樣也不少，單單不見了那襲朝鮮進貢來的孔雀氅；那盜氅的人在尚衣局裏還留有姓名，寫著「二月十二日，韓起鳳到此，取孔雀氅而去」十六個大字。

憲宗看了大怒，道：「輦轂之下，竟有這樣的事？而且是在宮禁內，朕要朝中這班尸位素餐的群臣何用？」當下立刻下一道嚴厲的諭旨，令限日偵獲。

第四十九回　第一美人

憲宗見失了孔雀寶氅，十分忿怒，諭令內外臣工限日緝獲；這道嚴厲的諭旨一下，宮內忙壞了主管太監王真，外臣自督撫以下，都惶惶不知所措，大家鬧得烏煙瘴氣，盜賊既沒有影蹤，那件寶氅自然更無下落了。

講到這孔雀寶氅，是朝鮮老國王進貢來的；宣宗的時候，把寶氅賜給了孫貴妃，孫妃見誅，氅衣繳還，一直藏在內府的尚衣局裏。英宗繼統，曾賜與慧妃，慧妃有殺雲妃之嫌，中道失寵，那氅也就追繳回去，仍去藏在衣庫中；景帝時，又拿它來賜與瓊妃，英宗重定，將寶氅追回，從此深藏內府，足有七八年沒人去提及它。

待憲宗嗣立，寵幸了萬貴妃，太監汪直又說起這件寶氅，憲宗便賜與萬貴妃；萬貴妃色衰，憲宗納了殷、趙兩妃，令把寶氅向萬貴妃索還，要待賜給殷妃。恰巧趙妃在側，見那寶氅光彩耀眼，不由的暗暗歎羨，把視不忍釋手；憲宗曉得趙妃愛那寶氅，不便強奪下來去賜與殷妃，況殷妃、趙妃一樣的見寵，就將那件氅衣賜給了趙妃，趙妃不勝的喜歡。

憲宗因殷妃終日愁眉，想博她的歡心，私下和趙妃商量，命將寶氅贈與殷妃，趙妃心裏果然不捨，

但是上命，不得不叫她割愛。誰知殷妃以寶氅不是皇上所賜與，係出私人的授受，反不把它放在心上，殷妃自縊後，趙妃分外寵遇了，她第一件事就先把那件寶氅收回來，藏在昭仁宮的司衣室裏。

宮中的規例，公物大都置在內府的，一經賜了臣下或是嬪妃宮娥，那物件便算是私人的東西了；所以趙妃取回寶氅，並不交給尚衣局中，就是這個緣故。那裏曉得過不了十幾天，寶氅竟至失竊；當寶氅失去時，趙妃自己還不曾得知。

經尚衣局的太監發現了韓起鳳的十六字揭帖，首領太監忙來謁見趙妃，把尚衣局揭帖的話陳說了一遍；趙妃即令司衣宮人檢視，去了半晌，那宮人慌慌張張地來報：「氅衣不見了！」趙妃聽了，花容頓時失色，一面召總管太監偵查，又著內侍去報知憲宗。

憲宗見說，怒不可遏，立命搜查宮廷，又諭知外臣嚴緝；其時宮內鬧得天翻地覆，仍影蹤全無。憲宗怎肯便罷，只促著外臣協緝，並給期限三個月，必須人贓兩獲；倘若誤期，二品以下罰俸，四品以下一例革職遠戍，或另行定罪。這樣一來，外臣為保前程，誰敢怠慢？督撫去追著臬司，臬司又去督促他的部下；只苦了那些小吏，天天受責遭笞，弄得怒氣衝天，依舊沒一些兒頭緒，且按下暫時不提。

再說徽王見濤，本衛王瞻珽的幼孫，也是蘄王祁璘的兒子，憲宗把他封在宣德；那徽王見濤的為人，專好結交名賢能士，凡有一技之長的去投奔於他，或是假貸資斧，無不慨然應命。於是徽王好客的名氣盛傳各處，四方聞名來相依的，可算是無虛夕了；一時有孟嘗君的雅號。

那時徽王住在京中，進出和結交的朋友整千整百地多起來，出門時總是前呼後擁，朝野漸漸議論紛紛；憲宗雖知他不致別生異念，然經不起廷臣的參奏，見他鬧得太不像樣了，便下一道上諭，把徽王封在宣德，令他即日就道。徽王接了諭旨，毫不遲疑留戀，星夜就往封地去了。

他到了宣德，一班門客當然隨往，有的自後趕去；不多幾時，仍舊是賓客滿座了。那時，徽王有個愛妃蔡氏，忽然得急症死了，徽王十二分的感傷，哭得滴水不進有三四天；那些門客再三地婉勸，才肯略食一些湯粥。又有幾個門客，忙著去替徽王打探香閨名媛，再續鸞膠，希望解除他的憂悶；然徽王的目光甚高，揀來揀去，一個也選不中意。

那時有個門客杭子淵，是著名的畫師，新從朝鮮回來，帶有一幅美人的倩影，是朝鮮大公主的玉容，被杭子淵偷描下來的；這時把那幀倩影進呈徽王，徽王一看，只見芙蓉其面，秋水為神，嫵媚多妍，含情欲笑，姿態栩栩如生，確是絕世佳麗。

徽王瞧得出神，不覺拍案歎道：「天下真有這樣的美人嗎？那不過是畫工妙手罷了！」杭子淵正色說道：「我在朝鮮親手給大公主描容，所以趁勢依樣畫一張下來；那時，我見大公主坐在簾內，容光煥發，在座的人都為之目眩神奪。就這畫上是呆滯的，然已覺令人可愛；假使是個活潑潑的真美人兒，她那容貌的冶豔，當要勝過幾倍呢！」

徽王聽了，呆呆地怔了一會，笑對杭子淵道：「據你說來，是真有這個人兒了；我只是不信，我那蔡妃也算得天下女子裏面數一數二的了，難道她比蔡妃還要美麗嗎？」

子淵答道：「不敢欺瞞王爺，朝鮮的大公主的確是生得不差；在從前，要算公主的祖母稱為朝鮮第一美人，現在第一美人的佳號卻輪到了大公主了。據他們朝鮮的人民說起，去年那國王陳琛的壽誕，凡王公大臣、內外治吏的眷屬都進宮去叩賀；陳琛就令官眷們在皇宮裏開了個聯袂大會，總計婦女老少共三百七十四人，由眾人當場推出領袖，以外交大臣江赫的女兒最美。

大家正要舉她做領袖，不期大公主和三公主（其二為日升王子）姊妹姍姍地出來，眾官眷只覺耳目一新，弄得人人自慚形穢；見大公主姊妹豔光遠映十步之外，真有六宮粉黛無顏色，霎時壓倒了群芳之概。單講大公主身上的那襲舞衫，金光燦爛，已足使眾官眷氣餒了；於是眾人的讚美豔羨聲，歡迎和嘻笑聲頓時並作。

結果，大公主做了領袖，她第一美人的名兒，也就在這時大噪起來了；朝鮮士大夫及一班公侯爵相，醉心大公主的人很多，如近日的伯爵貝馬，因垂涎大公主竟至生相思病身死。其他王孫公子為了大公主想死的，也不知多少；聽說大公主已設誓過了，非天下第一人，她寧願終身不嫁。這不是自己以為是第一美人，在那裏作癡想嗎？」

徽王見杭子淵說得有聲有色，諒不是假的，忍不住笑了笑，道：「那真是癡想了，她要嫁天下第一人，除了我中國的皇帝，還有誰呢？」說著自進後殿。

徽王自蔡妃死後，覺得萬分無聊，今日被杭子淵一說，不禁心動，便在袖中取出大公主的玉容來細細瞧看；不由得越看越愛，連帶著憶起了蔡妃，又悲悲切切地哭了一場，此後徽王和一般門客交談，言語間便時時把心事吐露出來。眾人得了口風，暗暗地一打聽，知道有杭子淵進畫的引線，又將杭子淵喚來一問；得悉朝鮮有個大公主，出落得如天仙一般。

眾人互相密議，其中有個山西的孝廉陳樸安，向眾人提議道：「古時孟嘗君好客，臨危見援於雞鳴狗盜，客多自慚；春申君迎珠履三千，及為難時終得門客的救援。這樣說來，徽王有心事，我們應該分憂；安知我們今人不如古人？」

一席話說得眾人齊齊地拍手贊成，都願聽陳孝廉作主；陳孝廉便將徽王喪偶，沒有合意的美人續鸞，現在想著朝鮮的大公主，我們須得設法替他斡旋，撮合成這段姻緣的話說了一遍。眾人說道：「朝鮮雖是我們屬國，但遠在外邦，又是國王的公主，恐能力上所辦不到的。」

陳孝廉正色說道：「事在人為，天下沒有做不到的事兒；只怕眾志不堅，人各一心，那就糟了。不過這件事如果幹得好，我們一班食客的臉上，誰不添著一層光彩呢？」眾人覺得陳孝廉的話有理，大家摩拳擦掌地躍躍欲試；當下推陳孝廉為頭，說定大家齊心協力，共同去謀幹進行不提。

那時徽王經杭子淵進了美人圖，把朝鮮公主說得和洛神無二，世間寡儔，於是打動了他的愛慕之心；將畫像展玩得不忍釋手，漸漸地虛空咄咄，往往獨自坐在書齋裏發呆。一天，他正在那裏自言自語，忽見陳樸安笑著走進來，拱手說道：「恭喜！王爺的姻事成功了！」

徽王怔了怔道：「那裏的姻事？」

陳孝廉笑道：「便是那朝鮮的大公主，她已允許嫁給王爺了。」

徽王驚喜道：「誰去說妥的？卻這般容易？」

陳孝廉這時著實得意，便翹著大姆指兒道：「不但和朝鮮國王說妥了，並經我們替王爺行禮下聘，訂定了日期；只要王爺那時派人親迎，準備做新郎就是了。」

徽王聽得直跳起來，把著陳孝廉的手臂道：「這話可是當真？」

陳孝廉道：「怎敢哄騙王爺，那都是我們一手承辦的，而且有朝鮮國王親蓋寶璽的允婚書可證，豈有假的？」

徽王忙問：「你怎樣去說成功的？」陳孝廉見問，便把自己籌算的計劃，從頭至尾講了一遍。

原來陳孝廉和眾食客議定了，各人糾出若干銀兩來，先派人去朝鮮一打聽，大公主果然有「只嫁天下第一人」的那句話；消息回來，陳孝廉立刻在眾人中，選了兩個致任的知府，扮作使臣，向朝鮮國王求婚，只說中國皇帝因聞公主豔名，願聘為中宮。朝鮮王陳琛得悉憲宗自廢了吳后，尚未立有正宮，所以眾使臣的一派巧言倒也相信，於是留住使臣，回宮去和大公主商量；大公主見正合了自己嫁第一人的誓言，心裏自然願意。

到了第三天，陳琛臨朝，召使臣進見，一口允婚；又把大公主要的東西，對使臣宣布道：「大公主謂天下第一人，娶外邦的第一美人，聘禮多寡不問，惟有三樣貴重的東西，是萬萬不可少的：第一，要從前朝鮮老國王進貢中國的那件孔雀氅衣；第二，是秦漢時的玉鼎一座，備大公主早晚燒香之需；第三，是大公主好武，須具寶劍一口，昆吾、太阿、巨闕、紫電、青虹或龍泉、干將、莫邪、松紋、諶廬、魚腸等，大小不論，得一即可。」陳琛說罷，置酒送行，並也派使臣兩名，隨了明使入朝專候佳音。

陳孝廉都籌備好了，朝鮮使臣如來，直引他入都，在館驛中留住了，不令他朝見天子；陳孝廉自己也伺候在京中，聽得眾使臣來報，朝鮮使臣已到，陳琛允了婚，皆不出陳孝廉所料。因大公主誓嫁天下第一人，陳孝廉便投其所好，冒稱皇帝求婚，果然一說便成；但對於大公主要求的三樣物事，倒都是稀世之珍，劍和玉鼎還可以出重價購求，那第一樣的孔雀氅是禁宮裏的，就先是辦不到了。

陳孝廉見使臣已來，勢成了騎虎，只得星夜溜回宣德，又和一班食客去商議；眾人見說，其中有個徐子明的，首先發言道：「徽王齋中有一隻玉鼎，是秦漢時物，大公主既未指定若何大小，此鼎就可充數。」

又有一個叫王勳的，自承祖傳下來有一口寶劍，名喚青霜；是漢代物，吹發可斷，削鐵如泥，也是一樣珍物。陳孝廉大喜道：「徐公指示，王公饋贈，三樣中兩寶已具，獨那孔雀氅在皇宮裏，這卻怎樣是好？」

話猶未了，座上一人朗聲說道：「僕雖愚陋，但願取孔雀氅以報徽王。」說時聲音洪亮，陳孝廉和眾人忙看時，正是拳棒教師韓起鳳。

陳孝廉笑道：「韓師傅莫非是效盜裘救孟嘗嗎？」

韓起鳳點首道：「便是這樣辦法。」

陳孝廉大笑道：「韓師傅如肯臂助，何患不得成功！」

當下韓起鳳就欲起程，卻被陳孝廉一把拖住，道：「公將出馬，吾輩應先為設帳餞行，以代遠送。」韓起鳳堅辭不可，只好暫留。是日由陳孝廉作東道主，大排筵宴，替韓起鳳送行，大家直吃得酩酊大醉，盡歡而散；次日，韓起鳳辭別眾人，揹了衣包，跨了腰刀，提著扑刀，藏了暗器，大踏步往京師進發。

不日到了都中，揀一座冷僻的雲棲寺住下；第二日便往西華門外，一班內監遊樂之處，如茶樓酒肆等地，起鳳也去品茗沽酒，趁間和那些太監們交談，借此探聽宮中的藏寶室的路徑。

起鳳本是老於江湖的人，他當初在此地一帶是有名望的，也收過百來個門徒，專門替往來客商保護財貨；綠林中的弟兄要是見韓起鳳的旗幟在車上，誰也不敢正眼覷他。後來為了一樁不平的事，殺了土豪和縣令，便亡命在外；聽得徽王好客，特來投奔，也是借此避難的意思。這時奉了陳孝廉的命令，往宮中盜氅，一來算是報答徽王的德惠，二來是也顯顯自己的本領；當下把宮中路徑探明了大略。

到第三天，看看天色晚下來，起鳳便換了一身夜行的衣靠，施展出往時的技藝，直奔宮中的尚衣局；誰知找來找去，只是沒有這件寶氅，韓起鳳的頭腦何等敏捷，知道是摸錯了路徑，忙退出宮來，次日又往茶坊酒肆裏去討那內監的口風。

講起那件寶氅，是人人曉得的，一個內監把賜給昭仁宮趙妃的話，無意中說了出來；起鳳聽了，到了晚上，又躥進皇宮，在昭仁宮中東尋西覓。直鬧到三更多天，被他在司衣內找著了寶氅；起鳳大喜，匆匆地打了個包，拴在腰上。正待出宮，又想大丈夫不做暗事，重躍入尚衣局裏，題上十六個大字，才出宮回到了雲棲寺；人不知鬼不覺地連夜起身趕回宣德，把那件氅衣獻上。

陳孝廉見著，不勝的高興，便帶了玉鼎寶劍和那件氅衣趕到都下；其時京中正鬧著皇宮失盜氅衣，查緝很是嚴緊，陳孝廉怕風聲洩漏出來，忙忙地打發了朝鮮公使起身。仍派兩個假使臣隨去，並帶了三樣寶物，算是下聘；不多幾天，兩個假使臣回來，還帶了朝鮮國王的親筆允婚書。

陳孝廉見事已幹妥，就進邸謁見徽王，把這件姻事的始末從頭至尾和盤托出，聽得徽王嘻開了一張大嘴，休想合得攏來；直待陳孝廉講完，徽王才定了定神，慢慢地說道：「倘被皇上知道，可沒有罪名嗎？」

陳孝廉笑道：「婚姻大都是騙成功的，王爺只要上疏還京完婚，那有甚妨礙？」徽王連連點頭，便和陳孝廉議定日期，一面飭人示知朝鮮國王，令送大公主至皇都；徽王又親自上了進京續娶的奏疏，憲宗當然允許，徽王就起身進京，在舊日的邸中住下了。

在吉期前幾天，邸中內外結彩懸燈，異常的華美壯觀；朝鮮送大公主進境，徽王派半副鑾儀去迎接，朝鮮陪輦的使臣首先質問道：「迎皇后，為何只用半副鑾儀？」

首領太監答道：「皇上因路遠不便，所以減省衛儀的。」

及至到了京中，朝鮮使臣見並不在皇宮內成禮，又提出質問；主事太監回說：「是避太后國喪，皇

帝特地在行宮成禮。」

時值錢太后新喪，加上明代郡王的一切儀衛扈從和皇帝只差一籌，禮節甚是隆重，於是把朝鮮的使臣倒也輕輕地瞞過了；誰知那大公主卻很留心，她曉得皇帝正在壯年，徽王是已將半百的人了，臉上十分蒼老，大公主早已狐疑的了。

光陰如箭，徽王娶大公主已有半月，不見徽王去臨朝，也沒有臣下來朝參，大公主越發疑起來；一天，徽王和大公主對飲，有了三分酒意，竟把自己張冠李戴，冒名頂替的話吐露出來。大公主聽了又驚又氣，想自己誓不適第二人的，如今卻被奸人暗算，弄得木已成舟，真是說不出的惱恨和懊喪；大公主越想越氣，心裏漸漸動了殺機。

等徽王喝得酩酊大醉，大公主扶他進了臥室，忙忙地卸了晚妝，將宮人侍女打發開去；看看徽王睡得正濃，大公主推他不應，暗自頓足罵了一聲，就去箱篋中取出那口青霜寶劍，提在手中，不覺垂淚道：「我要了這樣寶貝來，沒料到今日是殺奸賊用的。」說罷，咬一咬銀牙，撩起了雲帳，撥去燭上的殘煤；又剔起燈上火焰，仗著手中的青霜寶劍，向著徽王的頭上砍下。

第五十回　後宮情挑

深宵寂寂，萬籟無聲，微風吹在芭蕉葉上，拂著窗櫺，窸窣作響；把斜入的月光也遮得一閃一閃的，似鬼影在那裏婆娑舞蹈一般。

這時徽王醉臥在繡榻上，鼾聲呼呼，睡得十分酣暢；那大公主想起受他的欺騙，失身給一個垂老的藩王，心裏怎的不氣?因惱生恨，不由地蛾眉倒豎，杏眼圓睜，一縷殺氣直透到天庭；便霍地掣出那口霜鋒寶劍，舒一舒玉腕，邁開蓮步，竟撲向榻前，隨頭扯一角繡被，蒙住了徽王的臉兒，飛身上榻，跨在徽王的小腹上，提著寶劍，奮力當胸刺去。

只聽得徽王狂叫一聲，胸口的鮮血咕都都地直冒出來；又經大公主坐在身上，一時動彈不得，只把雙腳在榻上亂顛，兩手狠命揑住劍口。因痛極了沒處用力，致把十隻手指也幾乎割斷下來，大公主也抵住劍梢不放；這樣地過了一會，徽王的兩腳漸漸顛得緩了，那十隻血淋淋將斷未斷的手指，兀是轆轆地抖著。

那時外面的官侍婢女被徽王的狂叫聲驚醒，都來門外聲喚；大公主帶喘回說：「王爺醉後夢魘。」宮女等又聽得榻上的顛撲聲蓬蓬不絕，好一會才停止下去；大家都很有些疑心，便不敢去安睡了，只在

門外悄悄地靜聽著。

大公主見徽王已經氣絕，才釋手跨下地來，燈光下瞧那榻上的繡褥和自己的衣服，沾染得都是鮮血，徽王的心口還在那裏冒血；羅帳飄拂，陰風淒慘，燈光暗淡如豆。這時，大公主不覺也有些膽寒起來，手足也軟綿綿的嬌怯無力，就在睡椅上休息一會；忽地想著自己橫豎拼著了一死，有甚麼大不了的事。

想到這裏，又覺勇氣陡增地膽壯了一半，便去錦篋內取出那襲寶氅，在燈下端詳一會；披在身上到著衣鏡面前呆瞧了半晌，卸下來往地上一摔，拿纖足踏住了氅衣，猛力地一拉，嘶的扯作了兩片。索性一頓地亂撕，一件孔雀寶氅被大公主撕成七片八塊，還是嬌嗔不息；又去案上捧下那只漢代的玉鼎來，往著地上只一下，「砰」的一聲響亮，八百代流傳下來的寶物，就此打得粉碎。

那門外的宮人侍女，聞嘶嘶的撕衣聲，早有點忍耐不住；又覺一陣陣的血腥觸鼻，便忙去喚醒了值夕的太監和衛士，告訴他們說：「王爺房中有怪叫聲和腥膻味兒。」太監見說，忙領著衛士們來門外潛聽。忽聞裏面砰然的巨響，那太監失聲喊道：「不好！」又連叫王爺不應，令衛士撥去了屏門，眾人一擁進去；但見大公主渾身血污，怔怔地站著。

那太監奔到床前，掀幃一瞧，見一床都是鮮血，王爺直挺挺地睡在血泊裏，一口明晃晃的寶劍，還插在胸口；那太監大叫一聲，驚倒在地，眾衛士大亂地擁到榻前，揭去徽王臉上的被兒，只見他瞪著兩眼，露著牙齒，頭髮散了滿面，鼻管裏尚淌著鮮血，形狀好不怕人。

眾人看了，一個倒退，嚇得那幾個宮女跌跌撞撞地亂逃，眾衛士一面把那太監扶持著喊醒過來；府中的總管太監領了六個小監匆匆地走進來，見了這樣的情形，也覺駭懼萬分，吩咐小太監和宮人將大公主暫時看守住了，待天明奏報朝廷。

不一刻，徽王的胡、袁兩王妃也來了，抱著屍身痛哭一場，回身便扭住大公主拼命；幸得總管太監勸住道：「她刺死親王，自有朝廷發落，此時咱們且不要去睬她；萬一逼得她急了，因此自盡，倒反便宜了她。」胡王妃和袁王妃這才放手，大家只守著徽王的屍首哀哭。

看看天將破曉，總管太監已入朝去了，待到辰刻，總管太監領了諭旨，帶著兩名錦衣衛士來王府裏，逮那大公主入朝發落；胡王妃與袁王妃也隨著去覲見，由錦衣衛押著大公主，及王府總管太監等一行人，直進午門，經乾清門。

憲宗御謹身殿，袁王妃和胡王妃跪在丹墀，垂淚訴奏，要求伸雪；憲宗點頭，令退立階下。內監吆喝：「帶兇妃見駕！」錦衣衛與王府總管太監擁著大公主，到丹墀跪下；憲宗喝道：「妳是朝鮮國王的大女兒嗎？」

其時大公主已嚇得戰兢兢的，只應得一聲：「是的。」原來錦衣衛押解大公主入朝，大公主一路見殿宇巍峨，黃緞鋪地，朱簷金柱，壯麗非常；當袁、胡兩妃入奏，大公主侍候在階下，抬頭瞧那殿上金碧交輝，黃瓦紅牆，丹鳳朝陽，雙龍抱柱，雕樑畫棟，玉階丹陛。

大公主雖然是外邦的公主，卻何曾見過這樣富麗的所在，自思上國和小邦果是大不相同了；又見兩

旁列著金節銀鉞，一字兒站著二十四個錦衣粉靴的校尉，殿中又是十六個碧衣寬邊涼帽的侍衛。階前置著鐘鼓，殿中設著御案，高高坐著一個繡金黃龍袍的男子，金冠白面，飄飄的五綹烏鬚；那一種威儀之狀，自然而然地令人不寒而慄，更被那御前太監的一喝，把大公主嚇得不敢抬頭。

憲宗又道：「妳喚什麼名兒？為何刺死徽王？和徽王有甚冤仇？」

大公主聽了，淚盈盈地說，名叫富燕兒，遂將徽王騙婚的經過徐徐地奏述了一遍；憲宗說道：「妳既嫁了徽王，就不應行兇把他刺死。」

大公主回說：「誓適與天下第一人，不願嫁給徽王，是以將他刺死。」憲宗見說，命抬起頭來，細瞧她的芳容。只見黛含春山，神如秋水，雪膚花貌，粉靨嬌顰，雖帶愁容，仍暈笑渦；臉上的血跡還沒有拭去，豔麗中具有十分妍媚，婀娜足壓倒六宮粉黛。

憲宗看了半晌，暗想天下竟有這樣的美人兒，見濤好豔福，可惜他不得消受；想著，不禁起了愛慕的念頭，便下諭：「將罪犯富燕兒交給總管王真復訊回奏，候旨發落。」於是，由兩個錦衣衛帶著大公主去了；這裏，憲宗慰諭胡、袁兩王妃，令她們退去候旨，即起駕回宮。

那時趙妃見著，憲宗說道：「徽王被愛妃刺死。」

趙妃道：「那女子也太狠了，怎樣下得這樣毒手？」

憲宗笑道：「妳還不曾看見她的容貌，比朕那殷妃還勝十倍。」

趙妃也笑道：「天下的真美人，心多是狠毒的；但看紂的妲己，唐的武后，都是多麼殘酷！」

憲宗搖頭道：「那也不可一筆抹煞了；千古美人兒，好的也正是不少，未必個個是妲己、武曌一類人物吧！」說著，命擺上酒筵來，便和趙妃對飲。憲宗三杯下肚，忽然想起那件事來，就起身出了昭仁宮，往昭慶宮去了；趙妃也不知是什麼緣故，不敢阻擋。

那昭慶宮自殷妃自盡後，裏面只住著幾個宮人，憲宗好久不曾臨幸了；其時突然到了昭慶宮，傳管事太監進宮，吩咐他如此如此，那管事太監自去。憲宗叫司饍太監在昭慶宮內設了宴，自己便獨酌獨飲；過了一會，總管太監王真匆匆地進宮，跪稟幾句去了。

又過了好一會，管事太監來覆旨了，後面四個老宮人，攙扶著一位如花的美人兒走進昭慶宮來；那美人見了憲宗，行下禮去。憲宗含笑著令一旁賜坐，老宮人掇過一個蟠龍的繡墩放在當筵，那美人謝恩坐下；卻只垂著粉頸，似很羞愧一般。

憲宗叫老宮人斟了一杯香醪，親自遞給美人；那美人忙起身跪接，憲宗笑道：「朕要和卿歡飲一宵，不必這樣多禮！」

那美人忸怩低聲答道：「罪女蒙陛下赦宥，已深感天恩洪大，怎敢再有失禮？」

憲宗微笑道：「朕許卿無須多禮，卿但體會朕意就是了。」那美人聽了，瓠犀微露，嫣然地一笑，便端起那杯酒來，咕嘟嘟喝個乾淨；宮女又斟上一杯，憲宗逼著她共飲，兩人說笑對談，逐漸忘了形跡。

原來那美人不是別個，正是朝鮮的大公主富燕兒；當下兩人越講越親密，那大公主本是貪富貴、

愛虛榮的女子，叫她侍奉中國皇帝，有什麼不願意？這時便拿出她獻媚的手段來，把憲宗迷惑得十二分的歡心。大公主又將自己本心想嫁皇帝的話，盡情吐露，把要求三件寶物的經過都說給憲宗聽；又說那三樣東西，只有一口寶劍算是兇器，如今大概留在總管府裏。憲宗聽說毀了孔雀氅，也很為可惜。

天色慢慢地晚下來了，宮女掌上燈燭，憲宗喝得醉醺醺的，挽了大公主的玉臂同進後宮；宮女提著明燈前導，到了宮中，早有侍候的宮女替大公主卸裝。憲宗在一邊瞧著她，宮女代大公主去了繡花藕色的外衫，裏面襯著金黃的短襖，紫醬平金的褲兒，外罩八幅的長裙；解去裙兒，露出一雙鮮豔瘦小的凌波，真是纖纖不過三寸，看了幾乎愛煞人。

又脫去金黃的襖兒和小衣，裏面穿著一身淡雪湖的春綾衫褲；酥胸隆起，隱隱顯出紅緞的肚兜兒來。大公主一面脫著衣服，又伸手將雲髻打開，重行挽了一個沉香髻；宮人打上半金盆的水來，大公主便洗去了臉上的胭脂，再施薄粉，袒開著前襟，露出雪也似的玉膚。

單講她那兩隻粉臂，好似玉藕般的又白又嫩；憲宗愈看愈愛，不禁捏住大公主的玉腕，只是嗅個不住，引起大公主縮手，格格地笑起來。那旁邊的幾個老宮人，也各自忍不住掩著口好笑；憲宗索性去拖了大公主的玉手共入羅幃，是夜，就在昭慶宮中臨幸那大公主了。

第二天，憲宗臨朝，便冊立大公主為純妃；只苦了徽王的袁、胡兩妃，天天候著憲宗懲凶的諭旨，左等右等，還是消息沉沉。後來打聽得大公主已被冊立做了妃子，知道這口怨氣是化為烏有的了，只有暗暗流幾點眼淚罷了。

憲宗自立了純妃，比從前的殷妃更見寵幸，連趙妃也不放在心上了；又為的大公主常常要想起朝鮮故土，憲宗便特地給她在西苑外，蓋造起一座皇宮來。裏面的佈置陳設，都仿朝鮮的格式；又雇了幾十個朝鮮伶人，歌唱朝鮮古劇，所有內外宮女一概選雇著朝鮮人。時純妃遷出昭慶宮，去居住在新皇宮內；太監宮人等，就稱那座皇宮為朝鮮宮。

其時萬貴妃的病也好了，聽得憲宗又納了什麼朝鮮妃子，心裏很覺難受；她的忌妒心本是極重的，但自己知年老色衰，敵不過那些年輕的妃子，弄得發不出什麼威來。

講到萬貴妃的為人，除了奇妒之外，又貪風月；她雖已年近花甲，性情卻還和少艾的婦人一樣。可是宮中有的只是宮女和淨身的太監，竟沒人能夠商量；偏又是天不遂人願，忽然生起病來，幾乎不起，這一病就是三年多。

憲宗一會納秦妃，不久秦妃失了蹤，萬貴妃心中暗暗慶幸；憲宗又納了殷妃、趙妃，把個萬貴妃越覺冷淡了。殷妃自盡，憲宗十分傷懷，曾幸過萬貴妃宮中；萬貴妃便竭力地獻著殷勤，希望憲宗感念舊情，因而回心轉來。那裏曉得又來了個朝鮮公主，憲宗對她的寵愛，遠勝過萬貴妃當日，簡直形影不離的；連趙妃宮中也沒了憲宗的足跡，何況是年老的萬貴妃，還想沾什麼雨露之恩。

這樣一來，把個萬貴妃氣得要死，又是含酸，又是惱恨；到了傷心極處，就是抽抽噎噎地啼哭一會。可憐此時的萬貴妃深宮寂處，孤衾獨抱，不免有長夜如年之歎了；所以每到月白風清的時候，總是

扶著兩個小宮女，不是去焚香禱月，便是倚欄吟唱，算是自己給自己解悶。

有一天，萬貴妃又到御花園中的真武殿上去燒夜香，前面兩個小宮女掌著紗燈，背後隨著一個老宮人，攜了燒香雜物；萬貴妃便蓮步輕移，慢慢地往那真武殿上走去。那真武殿在御花園的西偏，和百花亭只隔得一條圍廊，殿既不甚宏敞，地方也極冷僻；六宮嬪妃到了朔望，勉強來拈一會香，平時算得是人跡不到的去處。

又因英宗的愛妃徐氏，在英宗賓天後懼怕殉葬，竟縊死在百花亭上；誰知英宗遺詔，有廢止嬪妃殉葬的一語，徐氏死的太快了，即使不自己縊死，也不至於令她殉葬的，那不是死得冤枉了嗎？太監們傳說，常常見徐妃的鬼影出現，在百花亭上長嘯，嚇得膽小的宮人太監，連白天都不敢走百花亭了。

不多幾時，又有一個宮女為了同伴嘔氣，也縊死在那亭上；一時宮中的人都說是徐妃討替身，大家也越覺相信了。萬貴妃自覺情緒無聊，悲抑之餘，倒並沒有什麼懼怕，她往往到真武殿上來燒香、求籤句、打陰陽筊，非鬧到五更半夜不休；那不是萬貴妃好迷信神佛，其實是她借此消遣長夜罷了。

這一天，萬貴妃向殿上燒香回來，經過百花亭的圍廊，繞到藉香軒前，只見花門虛掩著，簷下的石級上面，隱露著男女的履跡；萬貴妃看了，心裏一動，暗想：這時還有人來藕香軒玩嗎？

當憲宗幸萬貴妃時，在暑天總到藕香軒來遊宴的，一過了炎夏，就將藕香軒深扃起來，連鬼影也沒有一個的了。值此深秋天氣，並不是遊藕香軒的當兒，即有人來玩，必也是幹些苟且勾當，斷非正經的宮妃；萬貴妃是幾十年的老宮人出身，這點的關子也會不知道嗎？

當下萬貴妃一面想著，腳下便走得緩了；將走過藕香軒，旁邊是綠荷榭了，忽聽得嘻嘻的笑聲從窗隙中直傳出來，萬貴妃立刻停住腳步側耳細聽，好似男女調笑的聲音自綠荷榭內發出來。那綠荷榭也是炎暑遊玩的所在，一樣地閉鎖著，門上纖塵不動；那綠荷榭和藕香軒是相通的，想裏面的人，必是從藕香軒進去的。

萬貴妃這時輕輕地止住了宮人，自己躡手躡腳地到了窗前；聽那男女的笑謔聲似很熟捻，只聽得男的聲音說道：「姐姐的宮裏，那個人很兇狠，我瞧見了她，心裏總是寒寒的；若沒有姐姐在那裏，我不是設個誓兒，就割了我的腦袋也是不去的。」

那女的笑道：「你真心地是為了我嗎？」

男的也笑道：「姐姐嫌我不真心，我少不得把心肝吐出來給妳了。」說罷，故意在那裏噁聲嘔著；那女的似忙用手掩著男的嘴兒。

聽得男的趁勢握住玉腕，道：「姐姐的手指，怎麼這般嬌嫩？」又嗅著臂兒道：「姐姐的粉臂，怎地也這樣的香？」

那女的笑得輕輕地道：「怪肉癢的，休得這樣囉。」

就聽得那男的低聲道：「好姐姐！妳就依了我這個吧！可憐我受了師傅的教訓，今年十六歲了，還是第一次違背師訓。」

又聽得那女的撒嬌道：「像你那樣又白又嫩的臉兒，姐妹們誰不愛你，誰不喜歡你？你至少和那銀線這婢子勾搭過了，還來哄我嗎？」

那男子急了，道：「我自幼學藝的時候，師傅和父親都叮囑著，說長大了近不得女色，否則功夫便要散敗的；我直到如今，還不敢和女子親近。銀線她雖有意，我卻是無情，但見姐姐，不知怎的就會心神不定起來；我這話若有一句虛假，叫我不得善終。」聲猶未絕，那女子似又來掩他的口了。

又聽那女子笑道：「你真這般老實嗎？」

男子接口道：「見別人是老實，見姐姐便不老實了。」說到這裏，那男子真有些忍不住了，似已摟住那女子，兩人扭作了一團，一會兒笑，一會兒似嬌嗔，唧唧噥噥地鬧了半晌；只聽那女子吃吃的笑聲不住，兩人的說話聲音很低，似在那裏耳語。萬貴妃再也聽不到他們說些什麼，一時也耐不得起來，便輕輕地把一扇窗格子的絹兒，用金針尖兒挑破，變了個小小的窟窿；萬貴妃就從這窟窿裏張望進去。

裏面並不燃燈燭，幸得有一縷的月光射入室中；見兩人一塊兒斜倚在蟠龍椅上，嘴對嘴、臉摩著臉兒，很親密地低聲在那裏說話。萬貴妃認識女的，是自己宮裏的宮女雕兒，那個男的，是汪直的乾兒子杜宇；萬貴妃暗罵一聲：「刁小廝，倒在這裏搗鬼！」

這時，把個萬貴妃的心裏，弄得和十五六隻吊桶七上八下一般；要待任他們去幹，又覺得太便宜了兩個小鬼頭。不如喝穿他們的，好叫兩人貼心誠意地服侍自己；想著，便令小宮女掌著燈，重行回到藕香軒的門口，輕輕地掩進門去，逕往綠荷榭走去。

那杜宇眼快，早瞧見燈光一閃，嚇得跳起身來，雕兒也慌了，一手按著衣襟，一手牽著杜宇的袖兒發抖；正值萬貴妃姍姍地進來，嬌聲喝道：「你們幹得好事！」這一喝，把杜宇驚得面如土色。雕兒見是萬貴妃，便淚汪汪地走過來，噗的跪在地上；杜宇也跟著跪了，兩人一言不發，雕兒只是索索地發顫。

萬貴妃見她鬢絲紛亂，酥胸微袒，滿臉掛著淚珠，好似雨後的海棠，不禁也動了一種憐惜之心；就令雕兒站起來，卻正色對杜宇說道：「你是個小內監，敢引誘宮人，穢亂宮廷，非把你重懲一下不可。」杜宇知道這話不是玩的，一味伏在地上，蓬蓬地碰著響頭，只求饒恕了初犯。

雕兒在旁邊看了，心裏也是難受，只好老著臉兒，跪下來替杜宇哀告；萬貴妃暗想，不趁此時收服了他們，過後就是他們的話了，於是故意放下臉來說道：「你們既是悔過了，我也不欲多事；但以後如再有這樣的事做出來，我可要將你兩人捆送總管處的。」

杜宇見有了生路，又磕個頭道：「自後倘有妄為，悉聽娘娘的發落。」雕兒也再三地哀懇，萬貴妃才叫杜宇起來；兩個小宮人掌燈在前，便帶了雕兒和杜宇，令隨著那老宮人一同回萬雲宮。

原來那杜宇經汪直收為義兒，十二歲時便送進宮中，充一名掌傘的小監；當時因他年幼，又有汪直的靠山，並沒人去留心他是否淨過身，那小杜進出宮闈，只推說是天閹，其實和常人一樣。那年憲宗駕幸林西，忽遇見野獅驚駕，小杜仗著家傳的武藝和蠻力，向前與猛獅相搏，僥倖不曾受傷；憲宗很是喜

歡他，即命小杜充作護衛，進出不離憲宗左右，又經拿過一回刺客，憲宗越發信任他了。

這小杜年齡慢慢地長大起來，自恃著皇帝的寵任，少不得和一班年輕美貌的宮侍們，幹些曖昧的勾當；到底宮禁地方，大家只有眉目傳情，卻不曾有實行的機會。這天覷著一個空兒，便和雕兒去真個銷魂，卻恰被萬貴妃撞見。

第五十一回　朝鮮公主

萬貴妃帶了小杜和雕兒回宮，就命別的宮女退去，只留下雕兒、小杜兩人侍候著；雕兒便替萬貴妃卸了晚妝，什麼遞水打髻，忙得手腳不停。小杜在一邊呆呆地瞧著，又不好上去幫忙，真弄得他手足無措起來；又見萬貴妃留著他不放，深怕有什麼變卦，因此滿肚子懷著鬼胎，不覺站著發怔。

萬貴妃收拾好了晚妝，雕兒又去榻上疊好枕被，等萬貴妃安睡；萬貴妃即更上睡衣，往著榻上一倒，喚小杜上去給她捶腿兒。小杜當然是奉命唯謹，真個爬上床去，盤著膝兒，端端正正地坐了，舉起粉團似的拳頭，在萬貴妃的腿上輕輕地捶著。

萬貴妃又叫雕兒替她撫摩胸口，過了一會，萬貴妃嫌雕兒按摩得太輕，小杜捶腿的手勢卻忒重了，令兩人更換一下，小杜去按摩胸口，雕兒捶腿；萬貴妃故意斜側著身體，使小杜按摩不便，而且非常吃力，只得也斜順了上身，一手橫撐在褥上，一手慢慢地按摩著。

萬貴妃噗嗤地一笑，隨手將小杜一拖，叫他並頭睡著按摩；這時，小杜的心思不由得砰砰地跳個不住，臉上白一陣，紅一陣地，兩眼只望著雕兒。雕兒只當作沒有看見，面向著那窗櫺，手裏還是管她捶腿；萬貴妃卻一會兒摸摸小杜的臉，又問長問短地說著。

小杜的膽也漸漸大了，便去撫著萬貴妃的玉臂，覺得肌膚細潤膩滑，遠勝過雕兒等幾個處子，簡直不像個年近花甲的老婦人；小杜心中一動，不免起了一種妄念，較前更放肆了許多，萬貴妃更是忍不住，索性袒開了酥胸，令小杜按摩，兩人逐漸親密起來。

雕兒目睹著這種怪狀，心中又氣又酸，一股醋味直透到鼻管裏，把一雙秋波酸得水汪汪地，快要流下淚來；萬貴妃也為的雕兒在旁邊礙眼，吩咐她先去睡了。在起初，萬貴妃留他兩人，原是遮掩眾人眼目的意思；否則單只留住小杜，似乎太不像樣了，所以叫雕兒也一併侍候著。

如今宮女們都去安息了，萬貴妃便老實顯出了醉翁之意，打發雕兒出去，自己好和小杜共入巫山雲夢；雕兒不敢違拗，撅起了一張小嘴，恨恨地自去。這裏萬貴妃令小杜閉上闈門，雙雙入寢，從此，萬貴妃每夜少不得小杜，小杜也不嫌她年老；其實萬貴妃是天生尤物，人家望上去，至多說她是半老徐娘，決不當她是個衰年的老嫗看待。

至於憲宗，他天天和那些妙齡女郎親近著，自然覺得萬貴妃年老了；那小杜到底是初出茅廬的孩子，懂得什麼柔情蜜意，老少的風味？他日間去跟隨御駕，晚上便來侍候著萬貴妃，也算是臣替君職，代為宣勞，可說是忠心耿耿了；只有雕兒在一旁，滿心想分杯羹，偏偏逢在萬貴妃的奇妒手裏，連小杜向雕兒說句話，都不敢大大方方的，其餘也就可想了。

這樣一來，把個雕兒怨恨到了萬分，背著人，常常講萬貴妃的壞話；那曉得隔牆有耳，雕兒的話傳入萬貴妃耳朵裏，便將雕兒喚到了面前，沒頭沒臉地痛罵一頓。罵得萬貴妃性發，連打了雕兒兩個巴掌；打得雕兒淚珠滾滾，一口怨憤沒處去伸雪，只躲在後宮，抽抽噎噎地哭了一日兩夜，粥湯也不肯喝一口兒。小杜聽得好不肉痛，又不敢去勸慰她；趁著萬貴妃高興的時候，將雕兒的話提起來，說她已兩天不曾進食了。

萬貴妃見小杜似乎很惦念雕兒，臉上立時變色，又要施出醋性來了；後來仔細轉想，覺自己已有了年紀，究竟情虛一腳，於是令宮女去把雕兒喚來，親自用溫語慰諭一番。雕兒疑萬貴妃悔悟了，或者有意外的希望，所以趁風轉舵，也就止住了哭，照常進了飲食；誰知事過境遷，萬貴妃依舊佔住小杜，不許有第二人和他親近，雕兒又弄得大大的失望。

一天晚上，小杜在外面喝了幾盅酒，帶醉到宮中來；那宮裏的內侍宮女，誰不知道他是萬娘娘的得寵孩子，小杜益發肆無忌憚了。

當他進宮時，萬貴妃正在晚妝，宮女們都在旁邊侍候。萬貴妃為要牢籠小杜，每天到了晚妝，總是格外地講究；什麼抹粉塗脂、灑香水、薰蘭麝，身上配的芸香，嘴裏含的口香，差不多無處不香，無香不具了。是以害得服侍她的宮女，晚上便得全體站班；只有那些內監們，因橫豎用不著他們，樂得偷安，各人去閒耍去了，連管宮門的也走開，這叫上不正下參差的緣故，於是闖出事來了。

萬貴妃晚妝的當兒，小杜在一旁瞧著，等萬貴妃妝好起身，小杜只是覷著嘻嘻地笑；笑得萬貴妃不好意思起來，隨手向小杜臉上輕輕拍了一下。小杜因已有四五分酒意，便也大著膽，一把將萬貴妃的玉腕抓住，用力一拖；萬貴妃立不穩纖足，傾身過去，小杜趁間擁住，親親密密地接了一個香吻，引得宮

女們都笑了。

萬貴妃紅了臉，帶笑來擰小杜的嘴兒，不提防足下一絆，翻身仆在蟠龍的躺椅上；小杜不料萬貴妃會倒在椅上，他兀是回身撲過來，卻撲了個空。卻因來勢太猛了，又兼酒後兩足無力，走路踉踉蹌蹌，被站著的小宮人一推，一下站不住腳，搖搖擺擺倒退過去；又被躺椅一絆，如玉山頹倒般，去撲在萬貴妃的身上，宮人們一齊大笑起來。

萬貴妃急了，狠命地一掙扎，想把小杜甩到下面；這時，小杜幾個翻身後，早弄得頭重腳輕的，酒已直湧上來，四肢乏了力，居然被萬貴妃翻將過來，轉把小杜壓在下面。小杜便把萬貴妃死命地揪住不放，兩個人扭作了一團；啪的聲響，蟠龍椅側翻了，兩人一齊傾在地上，宮女們忍不住放聲狂笑。

一面笑著，大家七手八腳地來扶持；怎奈兩人死揪在一起，不比一個人跌倒的容易扶起。加上宮女們格格地笑著，手上越發沒勁，才把兩人扶起一半，大家一笑，手就鬆了，連宮女也絆倒在地上，五六個人跌作了一堆；有幾個宮女笑得肚痛，在那裏喘息按著，索性不來扶了。

正在笑聲滿騰一室，忽聽得宮門外靴聲橐橐，明晃晃的紗燈一耀，在宮門外止住，一個偉岸的丈夫負著手，獨自踱進宮來；宮女們定睛細看，嚇得四散逃走。在倒著的躺椅角上，心慌絆跌的也有，又有碰在妝椅上的；大家亂撞亂跌，一霎時逃的鴉雀無聲。

那時睡在地上的，只有一個醉漢小杜和萬貴妃了；萬貴妃見宮女等狂奔，心知有異，忙仰起頭來瞧時，正是久不臨幸的憲宗皇帝。萬貴妃這一驚，幾乎嚇得要死，慌忙推開小杜；小杜不知是憲宗來了，醉眼朦朧地扭著萬貴妃那裏肯放。萬貴妃真急了，用狠勁將他一擰，道：「該死！皇帝來了。」這一句話好似晴天霹靂，把個小杜嚇癱在地上，爬不起來了。

萬貴妃已是玉容如紙，跪在地上，那頭好像有幾千百斤重，休想抬得起來；憲宗早瞧得明明白白，只看著萬貴妃冷笑了幾聲，一面叫小杜起來。憲宗含怒說道：「朕道你年幼，命你隨侍左右，授為護衛，已是十分僥倖了；誰料你不思忠誠報恩，卻在宮禁裏胡鬧，朕現在且不來罪你，快離去此地，從今後不許你進宮！」憲宗說罷，喚過一名內侍，令將小杜交給外面侍衛，立刻押出宮去。

那小杜得了性命，磕頭謝恩起身，跟著內侍出宮；到了宮外，內侍便喚過值日的侍衛，傳了上諭，侍衛就帶了小杜往外便走。將至仁和殿前，忽見傳諭的內侍又追上來，對侍衛附著耳，講了幾句去了；侍衛仍押了小杜前進。

出了宣仁殿，就是御河的石樑；小杜一心往前走著，不防侍衛在背後大喝一聲：「去吧！」霍地掣出刀來，向著小杜的頭上只一刀，頭顱便落在石樑下。侍衛又是一腿，把小杜的屍身也跌在河裏，隨著流水去了；侍衛殺了小杜，回到宮中，起先傳諭的內侍還等在那裏，驗了血刀才去覆旨。

原來小杜和萬貴妃的事做得太不避人眼，弄得宮裏全都傳遍；漸漸地憲宗也得知了，一時也無心去戳破它。那天晚上，憲宗自東海回到朝鮮宮去，經過萬雲宮前，聽得隱隱的笑聲不絕，便心裏生起疑來，命掌燈太監導入萬雲宮中；到了內宮門前，笑聲越發清楚了。舉燈太監照例侍在宮門前，不便進

去，由皇帝獨自入宮；所以宮人們只見紗燈一閃，隨後就見憲宗走進來了。

但據情理說起來，若在白天，憲宗經過宮外，決不會聽見笑聲的；因內宮門和外宮門離得很遠，無論如何沒有這樣的尖耳朵。可是夜深人靜，萬籟無聲的時候，遠處聲音就格外要清楚一點的，是以宮人們的笑聲恰巧被憲宗聽得；又有人說：萬貴妃奇妒，殺人太慘酷了，這笑聲是冤鬼傳出來，特意給憲宗聽見的，那是迷信話了。

不過萬貴妃自己也太大意了，循例皇帝進宮，管門的內侍去報知內宮門值日宮女，那宮女再去通知了妃子，出宮跪接聖駕；那天管門的內侍都去玩耍了，萬貴妃卻並不知道，宮裏連管大門的人也沒有，那不是大意嗎？

第二，是那天內宮值日的宮女，無巧不巧是個冤家對頭的雕兒，她先看見紗燈一閃（明宮例，皇帝夜行有大紅紗燈四對前導，東宮及后妃惟輕紗燈一對而已。）若趕緊去報知萬貴妃，令小杜躲避起來，一面出去接駕，原是很來得及的。

因大宮門和內宮門距離好一段路，如憲宗一進來就去通知，斷不會出這場岔兒的；偏是雕兒恨著萬貴妃獨佔小杜，她眼看著憲宗進宮，故意去避在宮後更衣，弄得萬貴妃措手不及，被憲宗撞個正著，這也算雕兒報復萬貴妃，在那綠荷榭撞破姦情的怨恨了。

憲宗當時打發了內侍帶小杜出去，只令交給侍衛押出宮門，卻並不為難他；因知小杜有些武藝和幾分蠻力，恐怕急則生變，受他的眼前虧。待到內侍回來覆命，憲宗又叫他去追上侍衛，秘密諭知，令他在半途上殺了小杜；內侍領旨去了半晌，才回來稟知侍衛殺了小杜，屍首已拋在御河裏。憲宗聽了點點頭，便出了萬雲宮，太監前呼後擁地往朝鮮宮去了。

萬貴妃跪在地上，只是發怔；憲宗走後，宮女慢慢地攙來，大家把萬貴妃扶起，才如夢方醒地知皇帝已去，不禁長歎了一聲，噗簌簌地垂下淚來。萬貴妃哭了一會，收淚問晚上的管門內監和值日宮女，不一刻都已傳到；萬貴妃令把內監先杖責了一百，再瞧值日宮女卻是雕兒。

萬貴妃冷笑一聲，道：「我和妳也是前世一個冤家，我現在已被妳害了，橫豎這冤結解不開，趁我有口氣，這筆帳，我們到陰曹去算吧！」說畢，喝令宮女下杖。

雕兒大叫：「冤枉！」說那時進內更衣，實在並沒見聖駕到來，其他宮人也替雕兒求情；萬貴妃那裏肯聽，連叫下杖。可憐一位如花的小宮女，竟血肉橫飛地死在杖下了；萬貴妃打死了雕兒，尤是餘怒不息，這一夜也不曾安睡。

看看天色有些破曉，遠遠地鐘聲亂響，過了一會，太監高叫：「萬貴妃接旨！」萬貴妃知是不妙，兩條腿頓時像棉花做的，癱軟得半步也移不動。只好由宮女扶著，到宮門外跪下，聽讀聖旨；萬貴妃一邊跪聽，身體又似銅絲繞成的，遍身索索地顫個不住。

那上諭中，令萬貴妃服鴆自盡；太監讀罷諭旨，旁邊小內監捧著杯盞和鴆酒，太監便斟上一杯，立逼著萬貴妃飲畢，自去覆旨去了。憲宗聽萬貴妃自鴆，不覺憶起從前的情分，也為她流下幾滴眼淚；那萬安聽知萬貴妃賜死，嚇得請假不敢入朝，連汪直也有些膽寒。

憲宗退朝後，回到朝鮮宮中，把萬貴妃和小杜的事講給純妃聽；純妃說道：「妃嬪和宮監們的曖昧事，本是宮闈中所常見的，就是朝鮮的宮廷裏，宮女太監還不滿三百人，那淫惡事卻不時發現的；一個小國的宮中尚是這樣，休說是天朝的宮禁了。」

憲宗見說，很為感歎，於是又談說了一會；憲宗忽然想起了那件孔雀寶氅，是徽王曾充作聘大公主的禮物，這件寶氅是宮中傳代寶物，徽王要騙婚大公主，飭人來宮中盜去的。憲宗便問純妃道：「深宮裏能盜去寶氅，此人技藝一定非常，不知他姓甚名誰？」

純妃答道：「這事曾聽得徽王說起過，盜氅的人好似姓韓，倒不曾曉得他名兒。」

憲宗點著頭，把他記在心上，次日即喚一名校尉，宣到徽王府裏的總管，問他當日入宮盜寶氅的那個人是誰；總管便把韓起鳳舉出來，憲宗令召韓起鳳，總管回說韓起鳳已南往應天。憲宗聽了，命總管退去，即親自下諭傳知應天府，著韓起鳳進京覲見；應天府接到了上諭，自去找尋韓起鳳不提。

再說自徽王被朝鮮大公主刺死，一班食客紛紛散去，只剩下陳孝廉、韓起鳳等幾個人，想替徽王報怨；以後聞憲宗已冊立大公主為妃，大家心早灰了，便悄悄地各奔前程。韓起鳳見了這種情形，自然也立不住足，只得離開北京；也不往宣德，逕自往南京去了。

當徽王在宣德封地，因娶大公主進京最盛的時候，門客多至六七百人，藩邸之外，館驛也住滿了；但徽王好文，文客大半是儒人，武士的寥寥可數，出類拔萃、技術高強的，不過一個韓起鳳，還有一個頭陀展雄。徽王每到宴客時，把酒席擺作一字兒，自正廳中起，接連幾百桌酒席，直到二門口為止；門客也一排排地入席，大家歡呼暢飲。

徽王喝酒到了半酣，便請韓起鳳獻技；起鳳也不推辭，霍地立起身兒，掣過一根鑌鐵鋼槍，在廳前階下，飄飄地舞弄起來。看的但見幾萬個槍尖在空中亂飛，起鳳越舞越快；到了後來，竟然腳步騰空，離地有四五尺高低。忽地砉的一響，那根槍直豎在地上；起鳳蹺足立在槍尖上，身體好似風車兒一般，滴溜溜地轉著，愈轉愈快，直到瞧不出槍尖的人形。

大家正拍手喊好，又聞得啪的一響；韓起鳳執著槍，端端正正地站在人叢裏，氣不喘息，面不更色。眾人又齊齊喝了一聲采，起鳳就倚槍入席；忽見席上飛起兩個蒼蠅兒來，起鳳放過槍桿，輕輕地一揮，兩隻蒼蠅便整整地刺在槍尖上，眾人又說一聲好。

韓起鳳笑道：「這不過技藝上重如泰山，輕如鴻毛的意思；我的槍尖重可以撥千斤，輕時雖纖微的小蟲，也不會漏去了的。」眾人聽了，又讚歎一會。

只有那頭陀展雄不服氣，在那裏冷笑一聲，道：「你那槍法，只能算是江湖上的花槍術，不是真實技藝，又有什麼稀罕！」說著，就腰間抽下一個鐵錘來，對眾人揚了揚道：「咱們也來獻醜了。」一面說時，就飛身下廳，東一錘西一錘，慢慢地舞起來。

只聽得呼呼風響，頭陀的渾身上下都是錘影遮掩著；那頭陀愈舞愈近，逐漸舞到了席上，忽地翻身，往著韓起鳳一錘打來。這一下喚作泰山壓頂，起鳳要是趨避，是萬萬來不及的；便撲地倒下身去，

伸起兩足，把鐵錘架住。那頭陀見一擊不中，料想敵不過起鳳，便棄錘往外飛奔；起鳳跳起身來哈哈大笑，也不去追趕，仍入席飲酒。當時席上的人，誰不佩服起鳳藝高量大，徽王也很敬重他。

其時庭前的大桂樹上，忽然呀呀地鴉噪起來，徽王說了聲：「可厭！」起鳳正吃著蓮子，便含在口中，向著桂樹噴去，就「啪」「啪」地，掉下六七隻烏鴉來。眾人捉鴉瞧時，蓮子粒粒嵌入在烏鴉的糞門裏，大家又連聲稱讚。

據起鳳自己說，幼年學打彈，自大石打木人起，至百步外，用米粒能打著飛蟲蜉蝣，止須要發出去百無一失，才算得技藝成功。又學鏢時，打一塊木板，板上畫了人形，用鏢按著穴道打去，夜裏燃火繩作為記認；學到後來，拿棉花搓成小團，將雞子畫了黑點，二十步內，棉花團能夠把雞子外殼打穿。

手勢至此，一鏢出去有二十斤氣力，若離開三十步能打穿雞子，便有三十斤的力量；然技藝最高的，終不過三十五步。可是小小一支鏢兒，飛出去已有三十多斤了；韓起鳳自己說，只能打到三十一、二步，再上便不能夠了。

眾人聽了多不相信，便由一個門客，擎一枚雞子在手中，叫起鳳把棉花團打過去；「啪」的一聲，雞子打破了，掉到了三四丈外，門客的手臂也震病了，大家才信起鳳的話，那棉團的確有幾十斤的力量。這一次起鳳由北而南，是去找他一個徒弟的；其時接得應天府尹的諭示，知道當今皇上宣他進京，起鳳便帶了一個門徒匆匆北上。

是年是憲宗成化十二年，那天，憲宗將萬貴妃賜了鴆酒，諒她必死無疑，便歎口氣，對司禮監懷恩說道：「朕登基已十幾年了，還沒有後嗣，從前育了幾個太子，都被那妒婦謀害了；如今妒婦死了，朕不知幾時再得抱太子，那豈非是樁恨事！」

懷恩聽了，忙跪下奏道：「陛下現有太子已六歲了，怎說無嗣？」

憲宗大驚道：「朕的兒子在那裏？」

懷恩答道：「景寒宮中，魏宮人撫養著的不是嗎？」憲宗見說，弄得半信半疑，摸不著頭腦起來，忙令宣魏宮人見駕。

不一刻，魏宮人姍姍地來了，手裏挽著一個五六歲大的小孩子，見了憲宗哇地哭了，便撲在憲宗的懷裏；憲宗把那小孩抱起來，定睛細看，覺得眉目酷肖，頭角崢嶸，不由地失聲道：「這真是朕的兒子了！」便詢那魏宮人，怎地撫養著太子，是誰生的。

第五十二回　貴妃復后

憲宗一手抱著那孩子，摟在懷裏；細看他的神情舉止酷肖自己，不禁喜得眼淚都笑出來，連連呼著：「朕的兒子！」一面便問那魏宮人：「太子是誰所生？怎樣地妳撫養著他？」

那魏宮人見問，便跪下奏道：「太子是紀嬪人所生。」

當吳皇后為萬貴妃所讒見廢，退居景寒宮，未幾病歿；退居景寒宮時，紀嬪人尚居西苑，經憲宗臨幸後即有身孕，然恐萬貴妃知道，又要設計墮胎，紀嬪人就推說患的癮疾，願往景寒宮去服侍吳廢后。萬貴妃見她真個有病，橫豎留著沒用，樂得做個人情，命與吳皇后去住在一起；病嬪、廢后倒也安閒度著光陰。

不期到了十月足滿，紀嬪人忽然臨起盆來，待產下瞧時，居然是個太子；紀嬪人怕風聲洩漏，萬貴妃如果曉得，必至性命不保，是以不敢撫育，要想把太子運出宮外，托親戚哺養。吳廢后聽了，忙阻住道：「今皇上無子，此兒正是嗣續儲君，豈可輕易領出宮外？妳既沒有膽力撫養，我是個見廢的皇后，生命早置之度外，讓我撫養著；萬一事敗，無論鐵戳銅砍、斧鉞之誅，我一個人去承當就是，皇帝的宗祧卻是不可不保的。」

紀嬪人見吳后說得痛切，便將太子交給吳后撫養；魏宮人因是吳皇后的親信宮侍，往來傳遞餅餌，異常的秘密。好在景寒宮是座冷宮，皇帝不去臨幸，太監宮女多半是勢利宮人，所以鬼也沒有上門；萬貴妃只要憲宗不到那裏去，便不會疑心宮中會有嬪妃懷孕誕子的事。紀嬪人將太子託與吳后，自己要避嫌疑，忙離去景寒宮，去住在碧霞樓中，但不時偷空去覷看太子。

吳皇后盡心撫育，到了太子四歲的那年（成化十年），吳皇后忽攖小疾，漸漸地一天沉重似一天；吳后自知不起，便淚汪汪地抱著太子，垂淚對他說道：「我的兒！做母親的，今日要和你分別了；可憐你苦命的母親沉恨含冤七年，我兒若將來繼統時，千萬不要忘了你母親的仇人萬……」吳后說到了萬貴妃的名兒，就哽咽著說不下去了。

又掙了半晌，指著魏宮人，和太子說道：「她是撫養你的恩人，你母親死後，你還須倚仗她，快替做母親的磕一個頭。」太子聽了吳后的話，好似懂得一般的呀呀幾聲，撲向魏宮人的懷中。

吳皇后流淚道：「我兒要分別母親，另尋保姆了。」又對魏宮人點頭道：「我兒全仗妳扶持，我死也是瞑目的。」說罷便溘然長逝了。

太子像曉得他母親死了，就哇的一聲哭起來，魏宮人也忍不住淚如雨下；又恐百忙中料理吳后的喪事，進出的人多了，把這事漏風，忙去打開暗室藏好了太子，才敢出來做事。

那也是天靈相祐，太子獨自坐在黑室裏，終日一聲兒也不曾啼哭的，所以始終沒人知道；內監之中，懷恩是魏宮人的義父，惟他得知魏宮人撫育太子的事。魏宮人繼皇后之志，小心撫養太子；看看又是兩年光景，聽得萬貴妃被賜鴆，魏宮人的心裏一歡喜，懷恩在這時，便和憲宗直說出來。

憲宗宣到了魏宮人，見太子果肖自己，但不知是誰生育的，給魏宮人一提，憲宗憶起了臨幸紀嬪人的事來；那時，紀嬪人在西苑，工詩好吟詠，憲宗喜她溫婉宜人，在西苑的翠雲樓上臨幸過一次，不期竟誕下一個太子。

憲宗一面想著從前的事情，便傳喚彤史首領太監把冊籍取來，打開一查，成化七年的二月裏，錄著皇帝在翠雲樓幸嬪人紀氏；初五日，太監在下面署著名。憲宗計算日期，和太子誕生的年月日，一點兒也不差的，不覺眉開眼笑；再看太子的頭上，雖然六歲的孩子，依舊是胎髮蓬鬆，乃知當時因懼怕萬貴妃，連太子的胎髮也不敢叫內侍剃去。

憲宗想起了萬貴妃，便頓足憤恨起來，又把魏宮人誇獎一番，加封為聖姑，仍命保護太子；即令內侍往碧霞樓宣召紀嬪人，隨即冊立為淑妃。憲宗又深悔聽信萬貴妃，廢了吳皇后，此時就追封吳皇后為聖德慈仁純孝皇后，命改葬在皇陵；又選了吉日，憲宗親抱著太子，叫宮女就在膝上替他梳洗好了，父子乘輦，同赴太廟祭祀，由禮部定名叫作祐樘。

憲宗行禮既畢，回輦進乾清門，升奉天殿，冊立祐樘為東宮；儲君已定，大臣紛紛叩賀，憲宗也令賜王公及內外臣工筵宴。這時兵部郎中黃信，從午門帶進一個壯士來，三呼舞蹈見駕；正在這當兒，猛聽得奉天殿後面，震天價一聲響亮，內監們一齊往外奔逃。

大臣們都昂首向內瞧看，綠衣侍衛立時排班，在駕前護住；錦衣校尉握著手中器械，一字兒列著，

準備捍禦。奉天殿上，霎時人聲雜亂，文官驚避，武官攘臂如臨大敵；陡見錦屏後，腳步聲雜亂，一個蓬頭赤足的婦人，手抱著兩名宮女，似旋風般搶將出來。到了殿庭正中，便舉起兩個宮女飛身狂舞；那兩個宮女好似殺豬般喊起來，喊得婦人性起，將兩個宮女往人叢中拋擲。

眾大臣定睛細看那婦人，認得是新經賜鴆毒死的萬貴妃，大家疑是冤魂出現，便吶喊一聲，也顧不得什麼朝儀，各自棄了牙笏，撩袍逃命；憲宗瞧得清楚，不覺也大吃一驚，慌忙推開御案，跳下寶座逃遁。那些近身侍衛和錦衣衛大都認識萬貴妃的，見她的魂靈作祟，誰敢抗拒？都嚇得手鬆腳軟，連器械也掉在地上。

錦衣衛仇誠失足仆地，眾人急於逃命，不管地上有人沒人，一陣地踐踏，把仇誠踏作了肉餅；憲宗幸得那個見駕的壯士膽力較壯，死命地擁護著，逃出了奉天殿，向西往太和殿中暫避。

殿上那婦人卻大鬧大叫，將御案推翻，寶座打折，座後的屏風都被推倒；殿外的甲士執著戈矛，見殿上鬧得落花流水，頗有躍躍欲試之概，只是未奉調令，不敢擅入。內外武官都認萬貴妃是鬼魂，是以所向披靡，沒人敢上前打鬼；幸得萬雲宮的內監自後直奔出來，向外面的侍衛等說道：「萬貴妃瘋了，你們快捉住她。」說完了這句話，怕萬貴妃把他抓住，就忙忙地逃進去了。

眾侍衛聽了那內監的話，才知道萬貴妃還是個人，膽子就此大了；於是吆喝一下，各仗器械上前，滿心想把萬貴妃打倒。誰知萬貴妃的氣力異常兇猛，她獨自在殿上亂嚎亂叫，見侍衛等持械對著她，便大吼一聲，似猛虎般地撲將過來；兩手亂舞亂撥，槍刀都被她打折，侍衛們如潮湧似地倒退下來。

那時武臣中，獨惱了撫寧伯朱永，搶過一口鑌鐵的大刀，奮力向萬貴妃劈去；幾個翻身刀，已被萬貴妃奪住，向著裏只一拖。朱永捏不牢刀柄，兩手一脫，一個倒栽蔥，直跌到丹墀下，許多武臣都暗暗吃驚；萬貴妃也不追殺出來，只把那口鑌鐵大刀，連柄折作了四段，往著人多的地方擲來。

安遠侯馬靖的額角給斷刀柄擲傷，鮮血流了滿面；這樣一來，大家知道了厲害，武臣多袖手不敢嘗試。還是朱永從階下爬起身來，招呼外殿的勇士和幾十個錦衣衛士，全仗著傢伙四面圍將上去；其時後宮的內監，也各人槍的槍，棒的棒，木棍的木棍，一窩蜂地從後面打將出來。

一班勇士及錦衣衛等見雙方夾攻，頓覺有了威勢，便大喊一聲，前後並力擁上；刀槍棍棒同雨點一樣，向著那萬貴妃打去。不防萬貴妃奔到了殿上，舉起蟠龍寶座當作軍器，在大殿上團團飛舞，舞得風聲呼呼；但見滿殿盡是寶座影兒，卻瞧不見萬貴妃的人在那裏。最好笑的是勇士和內監們，手中的器械不是被萬貴妃的寶座打落，便是折作半段；不到一刻工夫，早被萬貴妃打得七零八落。

撫寧伯朱永在殿上指揮眾人，眼見得這許多的勇士，竟敵不過一個婦人，朱永心裏很是詫異，呆立在殿前發怔；那曉得萬貴妃已打退了眾人，竟順手將朱永一把抓住。這一下，嚇得朱永魂飛天外，大喊：「快來救人！」眾勇士沒命地上去攫奪。

萬貴妃一手提著朱永，一手拿寶座掃將過來，眾勇士如排山倒海地跌翻在地；萬貴妃趁勢將朱永向人堆裏一拋。靖遠伯趙遜、武進伯丘成兩人齊出，總算接住了，朱永不曾摔傷；但朱永已給她轉得頭昏目眩，立時嘔吐起來，口裏只叫：「厲害！厲害！」。

這時文武官員、侍衛校尉、內侍太監，凡有幾分氣力的，都吃過大虧，又弄得無人上去；殿上只剩下萬貴妃一個人，兀是把寶座大舞特舞。舞了一會，見沒人和她敵對，索性棄了寶座，牛衝虎撞地搶進偏殿中來；眾官慌著逃跑，侍衛忙閉上了殿門。

萬貴妃在門外，把門打得雷鳴似的，忽的用力一推，天崩地塌的一聲震動，偏殿門倒了下來；萬貴妃從門上跳將進去，眾大臣與侍衛武官早逃進了光明殿中，大家商議著，趙遜說道：「可取絆馬索將她絆倒了，拿鉤併力搭住，然後一擁而上，那瘋婦便不難受擒了。」

眾人聽了，齊說妙計，便由內監去備了繩索拿鉤，暗暗佈好了絆索；十幾名太監掌著拿鉤，候萬貴妃倒下時奮力搭住。佈置已畢，武官前去誘萬貴妃進來，絆馬索齊起，萬貴妃翻身跌倒；太監的拿鉤正要搭著，豈知絆馬索都已被萬貴妃扯斷，霍地跳起身兒，舉手便向眾人亂打。眾太監慌得丟了拿鉤便走，眾人也回身狂奔；一群人望著太和殿的偏殿上湧進去。

憲宗卻避在太和殿正殿上，見眾大臣和內監侍衛逃進來，嚇得又要溜腳；那壯士卻氣往上沖，大喝：「瘋婦休得猖狂，看我來擒妳了！」說罷，大踏步上前，挺身攔住去路。

萬貴妃也不管好歹，一味揮拳打來；那壯士見她來勢兇惡，引身避過了。卻忽地躍在萬貴妃的背後，施展一個泰山托頂，右手叉進萬貴妃的小襠裏，只向上順勢往上一托，將萬貴妃從偏殿中直摔到正殿的丹陛上面；把個萬貴妃跌得發昏，滿臉都是鮮血。

眾侍雖見壯士得了便宜，到底和打慌狗似的，還不敢上前；只見萬貴妃從地上爬起來，目光閃閃地欲找人廝打，那壯士已在偏殿裏奔出來。萬貴妃瞧見，飛步搶將上去，盡力一頭向壯士撞來；那壯士不慌不忙地挺著肚皮，迎著她的頭顱。

只聽得「啪」的一響，兩下裏撞個正著，萬貴妃的頭被壯士運內功吸住，當不得萬貴妃的蠻力如虎，狠命地一頓亂撞；那壯士怕氣力不敵，將肚子一收一放，又把萬貴妃跌出在兩丈之外。萬貴妃惱得吼聲如雷，這一次來勢可不比前兩次了；只見她瞪著雙眼，惡狠狠地舉起左右手，拳頭似驟雨相似，看著壯士亂打。

那壯士見來得太兇，只偏身避她；萬貴妃打了半晌，一下也不曾打到，怒氣幾乎衝破腦門，便覷個空兒，又是奮力將頭向壯士的胸口撞去。那壯士疾身閃過，隨著一路餘勢，瞧準萬貴妃的谷道上一腿飛去，踢個正著；萬貴妃立不住腳步，往前直撞過去，一頭恰好磕在階前的石龍柱上，磕得眼珠迸出，腦袋分裂，花紅腦漿一齊流出來，這才一跤倒在地上。

侍衛等方敢擁上，萬貴妃還在地上亂滾，五六個侍衛不能近得她的身；那壯士趕過來，在萬貴妃的小腹上踹了兩腳，總算把萬貴妃踹的動彈不得，喉嚨裏的氣息依舊牛喘似的，好一會才得氣絕。

憲宗見萬貴妃給壯士打死，心神略定，待內侍扶持著升了太和殿，大小臣工都來跪請聖安；武臣皆自愧無能，俯伏請罪。憲宗受了驚恐，臉上還沒有轉色，良久，才徐徐地說道：「萬氏經朕已賜鴆，令其自盡，此時始知她還活著；這是朕的失察，不干眾卿之事。」說罷，命宣那壯士上殿。

當時因慌忙中，未曾將姓名奏聞，於是由兵部郎中黃信跪下奏道：「其人就是陛下詔召進京的韓起

鳳，今日自應天趕至，投到兵部；臣特帶領起鳳進朝，覲見陛下的。」

憲宗點頭，黃信起去，韓起鳳上殿俯伏丹墀，自稱罪民；憲宗好言慰諭道：「朕聞你武藝甚好，召你面試，不料第一遭便立下救駕的功績；那瘋妃子，全朝武臣沒人能制服她，你倒把她打死，本領自然不差了。」憲宗說著，便授起鳳為殿前都指揮，起鳳謝恩，退立武臣班中。

憲宗又命傳那日賜鴆酒的太監汪旋上殿，汪旋是汪直的侄兒；這時戰兢兢地跪上丹墀，自承粗心，誤取了瘋魔大力酒，致萬貴妃飲了發狂。

這瘋魔大力酒，本是蒙古鄉民所製蠱毒的一種，性質非常猛烈，人若飲了一杯，立即中了蠱毒，就要發瘋，如猛獸般的噬人；又經喇嘛鍛煉一番，製成了藥酒，毒也愈烈，不但飲的人發狂瘋，而且力大猶如猛獅惡豹，雖幾百人亦不能近身。

此酒係元朝順帝所遺，當初喇嘛進獻順帝，將酒賜飲一班諫臣，令他們自相鬥毆，至力盡並死；順帝在旁看了，以為笑樂。又賜飲失歡的宮人，著赤身空手去和猛虎或蒙古野獸廝併；結果打死了幾隻野獸，力盡被野獸吃了，順帝詫為奇觀。

明兵攻打京師外城時，順帝拿藥酒給兵丁飲了，出陣時以一當百，銳不可當；徐達曾大敗一陣，便留心瞧敵人的兵丁，被徐達瞧破機關。原來這班瘋兵只知上前打人，卻是不受約束的，及得了勝仗，各人仍往四處亂走，兀是持著器械，在那裏尋人廝殺；經元營的主將用白布四周圍起來，那些瘋兵知識聰明的孔竅已閉，見了白布，當作是牆壁走不通了，才總算給他們攔入營中。

徐達看在眼裏，次日出兵，見元軍又驅瘋兵過來衝鋒；徐達令神機銃當先，砰砰蓬蓬地一頓亂放。一班瘋兵聽了，不知是什麼東西，嚇得回身就逃，見了自己人也分不出來，只知互相殘殺；這一場殺得元兵血流成渠，屍積如山，都是自己殺自己的瘋兵。

元順帝以一次失敗，心還不死，又要想行第二次時；那兵士們見同伴死得慘苦，情願身犯軍令，不肯飲那藥酒。主將吧噠八黎沒法，抽刀連殺兩個頭目，兵士憤憤不平，大家發聲喊，一唱百和，殺了主將，全軍嘩變了；順帝聽得此計又不成，知大勢已去，到了晚上，便悄悄地偷出京城逃走了。這段話，是歷史野乘所遺漏的，且按下不提。

當時憲宗聽汪旋說，錯把瘋魔大力酒當作了鴆毒，不禁勃然大怒道：「你這一誤，幾乎連朕也被你害了，要你這種糊塗東西何用？」喝令侍衛推出去腰斬了，隨即起駕回宮，眾臣也各自退去。

做書的趁個空兒，把萬貴妃發瘋的情形敘述一遍。要知嬪妃賜死，司儀局會同千秋鑒，便去驗屍收殮的；何以萬貴妃卻挨了多日呢？因萬貴妃飲了鴆酒後，只有閉目待死；誰知睡在床上已過了半天，司儀局太監來檢驗，見還有氣息，便不敢收殮。

依宮中的規例，人生只有一死的罪名，如鴆死後再活轉來，得向皇帝宥死的；為了這個緣故，萬貴妃奄臥了三天，宮人們見她不曾氣絕，就不許司儀盛殮。這樣到了第四天時，萬貴妃忽然直跳起來，好似發瘋一樣；宮女見她復活，要待去奏知皇帝，正值憲宗獲著親生的太子，滿朝裏都是歡慶之聲，誰敢把死人的事去打擾他的高興。

這樣地一天天挨下去，萬貴妃的瘋病也愈發愈厲害了；大約這藥酒年代久了，性質遲緩了，所以慢慢地發作。萬貴妃的瘋病一天不如一天，起初宮女們還關得住她，後來已有些制不住她；到了冊立太子的那天，便推倒宮門，往外面直打出去，險些兒把聖駕也驚壞了。憲宗受了這一驚，就此聖躬不豫，足有一個多月才能臨朝。

其時忽接湖廣總督李震的奏牘，謂廣西猺眾猖獗，連破了高雷、電白、化縣諸地，官兵屢敗，要求大兵往援；憲宗看了，和群臣商議，眾大臣多舉韓起鳳。憲宗便下諭旨，命撫寧伯朱永為行軍總兵官，韓起鳳為都督；朱英、王強兩指揮為先鋒，即日出兵往征苗猺。

韓起鳳奉諭，擇個吉日，全軍披掛，帶了他的門徒王蔚雲和朱永等同進校場，點起十五萬大軍，浩浩蕩蕩地殺奔廣西來；不日到了雲川，總督李震率同布政司寇淵深、按察使墨瓛、參政劉知真、副使馬錦秀、副將王藺如、遊擊江劍門及高雷總兵雲天彪、參將何旭、都指揮墨貝、常冠軍等親迎接大軍。

朱永、韓起鳳、朱英、王強及王蔚雲等各人都相見了，李震說起苗猺狡猾異常，官軍往征，此出彼沒，十分棘手；猺眾首領牛鼻子，又是驍勇善戰，官兵常吃他的敗仗。原來猺眾的兵卒，身上多穿的藤甲，一刀槍不能傷他，是以往往吃虧；韓起鳳聽了暗暗點頭。第一陣見仗，起鳳卻襲了諸葛武侯火燒藤甲的故智，把猺眾燒得抱頭鼠竄，次日就克發高雷；猺酋牛鼻子聞知大怒，便親自領猺兵來戰。

第五十三回　黃牛峽

韓起鳳勝了苗猺一陣，欲進兵荔浦，總兵官朱永怕深入蠻地，水土不服，只推說身體孱弱，自在高雷養病；起鳳見他是個沒用的人，跟著反覺礙手，樂得任他去偷懶，自己反可以爽爽快快地進兵。於是留了三千軍兵鎮守高雷，起鳳率領大軍，連朱英、王強、王蔚雲外，高雷總兵雲天彪和都指揮墨貝，兩人很具將材；起鳳便飛疏進京，調雲、墨兩人為征苗副都督，共參軍機。

不日上諭下來，雲天彪與墨貝准以原職隨征猺軍立功，班師之日，另行封賞；一面著都指揮常冠軍，升任高雷總兵，以遊擊江劍門擢為都指揮。又調王江為高雷都指揮，以營副朱龍升任遊擊；並命擇有功把總，補營副的缺額。

韓起鳳調了雲指揮和墨指揮，領兵進撲荔浦；那裏守將苗猺副酋大狗，一聞官兵到來，忙率猺眾迎戰。兩陣對仗，猺陣上大狗躍出，手仗一桿鐵骨朵，騎一頭紅毛牛，竟來衝鋒；官軍的陣上朱英出馬，方才交手，那大狗的紅毛牛口中，忽然噴出沫來，把朱英的坐騎嚇得往後倒退，只得回身便走。

王蔚雲看了大怒，忙飛身下馬，舞著一口大刀，憤憤來步戰；一牛一步，兩人兵器並舉，戰有二十

多回合不分勝敗。墨貝便暗自取弓抽矢，颼的一箭，正中大狗的頰上，坐在牛上晃了兩晃，幾乎墜下地來，忙勒牛逃走；王蔚雲眼快，趁勢一刀，已砍在大狗的腿上。大狗負痛，領了猺眾大敗而逃，官兵追殺一陣，便鳴金收軍；大狗敗回寨中，緊閉木柵不出。

韓起鳳得了勝仗，吩咐眾將不許解甲，恐猺眾趁夜劫寨，諸將領命，皆枕戈休息；看看天色晚下來，一輪明月初升，起鳳按著寶劍，親自出營巡視。但見左右前後營中柝聲不絕，刁鬥相應，守衛很為嚴密；再看雲天彪的營中燈火四耀，兵士環甲而待、守望得宜，防備謹慎，韓起鳳不覺點頭讚歎。

回顧自己身後，見王蔚雲跟隨著，起鳳指著天彪的大營，道：「雲總兵可以稱得知兵，你須留心習學；他日報國建功，都在這個上頭。」蔚雲聽了，唯唯答應。

起鳳仰觀天空如洗，萬里無雲；忽見東南角上，一群晚鴉向著明月飛鳴，韓起鳳驚道：「苗猺必來偷寨，破荔浦就在今朝呢！」說罷，同了蔚雲回寨，即點鼓升帳，諸將都來參謁。

韓起鳳首先發言，道：「我知今夜當有苗猺臨寨，彼料我軍得勝，必解甲安息，想半夜前來偷營，我應預為防備他。」

於是令朱英領一千人馬，伏在大寨左邊，王強領一千軍馬，伏在大寨右邊，墨指揮引軍馬千五百名埋伏在寨後；但見中營火起，便會同朱英、王強並力殺出。又命雲總兵率兵五千，從小路抄往苗猺大寨，望得後軍火發，可與兵士們奮力搶寨，奪得猺營算是頭功；雲天彪奉命自去。

韓起鳳分撥已定，自與王蔚雲在中營坐待，專等苗猺到來；將至三鼓，月色朦朧，濃霧漸漸迷漫得對面不見人影。忽聞遠遠馬嘶人語，起鳳叫蔚雲備著火種，就帳前堆起柴草來；那苗猺酋長大狗，領著大頭目貓兒眼、小頭目左千斤，趁著昏夜，疾馳地往官軍的大營殺來。

到了營前，只見四面靜悄悄的，也不見一個巡營的兵士；大狗下令，猺眾拔開鹿角，發聲喊殺將進去，前營卻是空的。大叫快退出去，喊聲未絕，啪噠的一響，小頭目左千斤已連人帶馬跌落陷坑，被官兵活捉去了。

這時，王蔚雲在中營早燃著火種，霎時火光燭天，王強、朱英左右殺出，墨貝又從後殺來，韓起鳳和王尉雲領著大軍，由營中殺出；四面夾攻，猺兵雖然悍勇，那裏抵擋得住。大狗撥馬先走，官兵奮勇追殺，貓兒眼落荒而走，被朱英一眼瞧見，飛馬去趕；貓兒眼無心戀戰，鞭馬疾奔。朱英恐被他逃走，拈弓搭矢；只一箭，正中貓兒眼的左臂，翻身落馬，兵丁趕上把他捆綁起來。

這裏起鳳等大殺猺眾，大狗死命逃奔，看看將到自己的大寨，突的一聲梆子響，一大隊軍馬擺開；為首一員大將，臉如鍋底，手執兩柄銀錘攔住去路。大狗不敢回寨，只奪路而走；經雲天彪揮眾追趕，並飛出一錘，打在大狗的背上，滿口流血伏鞍逃命，雲天彪即勒兵不追。

大狗回顧人馬，只有百餘騎相隨，不禁仰天歎道：「我自出兵以來，從未有這般大敗，如今七千騎剩得百人，叫我怎樣地去見主將。」說罷痛哭起來。

不提防林子裏一棒鑼響，又是一軍湧出；為頭的少年將官，正是韓起鳳部下的新授千總王蔚雲，舞

著一枝竹節鋼鞍直取大狗。原來蔚雲從僻路繞到大狗的面前，這時等個正著，大狗怎敢迎敵，又兼背上受了錘傷，只好往斜刺裏奔逃；蔚雲也不去追他、只把從騎亂殺，不上一刻，百來騎人馬，殺得一個也不留，唯大狗一人單身走脫。

韓起鳳大獲全勝，佔了荔浦，令王強守著，自領大軍進攻修仁；那裏也有一個強人的首領，名喚流星子，為人勇悍有餘，謀略毫無，見了韓起鳳的兵馬，立陣未定，便大呼衝殺過來。韓起鳳見他來得兇猛，一聲號令，兵馬分作兩下，任流星子殺來；起鳳只把旗一展，陣圖立時變換，將流星子困在垓心。

流星子自持勇猛，左衝右突，雙刀舞若蛟龍；經不起官兵陣上箭如飛蝗一般，拿個有力如虎的流星子生生地射死陣中。起鳳射死了流星子，揮兵並進，盡力衝寨；猺兵抵擋不住，棄寨逃往天藤峽去了。

修仁既破，韓起鳳下令，兵士休息三天，便往天藤峽進兵；其時猺人主將牛鼻子，聽得荔浦、修仁俱失，兩處警報齊至，正值大狗隻身逃回，而且受著重傷，牛鼻子命回大寨調養，自統苗猺健卒五千，親自來拒官軍。韓起鳳兵至三里浦，倚山靠水下寨；次日牛鼻子便來挑戰，起鳳出兵相迎，雙方排就陣勢。

但見猺眾並無規例，東三西四地雜亂列隊，正中一面大紅纛蓋，牛鼻子身騎白象，手握金刀，銀盔鎖子甲；左有獅兒，右有黑虎，都生得面目猙獰，雙孔撩天，雄糾糾地立在陣前。官兵隊裏，韓起鳳挺槍而出，雲天彪和墨貝分立兩邊，朱英監住中軍，王蔚雲督著後軍；兵威壯盛，隊伍齊整。

起鳳回顧墨指揮道：「久聞牛鼻子善於將兵，今日宜殺他一個下馬威。」墨貝見說，更不回答，挺槍驟馬，竟取牛鼻子；那邊獅兒、黑虎兩馬並出，雲天彪忙舞起銀錘敵住獅兒。

墨貝力戰黑虎，約有二十餘合，墨貝賣個破綻，任黑虎一刀砍將來；墨貝隨手一把抓住絲韁，將馬鞍只一蹬，輕輕提過馬來，往地上一擲，兵丁一擁上前執住。黑虎霍地躍起丈餘，劈手奪了小兵佩刀，砍翻了幾人，往著本陣便走；朱英在後陣瞧見，忙拈弓射去，一箭正中黑虎背心，噗的倒在地上，墨貝飛馬上去，一槍結果了性命。

獅兒大戰雲天彪，見黑虎被擒走脫，仍被墨貝刺死，必裹萬分忿恨，一口刀如潑風般，向天彪頂上亂砍；天彪掄著雙錘，也抖擻精神迎敵，兩人棋逢對手，戰有百合上下，不分勝負。墨貝殺了黑虎，躍馬前來助戰；牛鼻子大喝一聲，舞著手中金刀，攔住墨貝。

起鳳立在陣上觀戰，深恐雲總兵有失，便令朱英飛馬相助；牛鼻子怕獅兒吃虧，便奮起威風，一刀橫飛轉來，正劈著墨貝的坐馬。那馬負痛，如人似地直立起來，將墨貝掀在地上；牛鼻子正要拿刀來剁，韓起鳳眼快，忙舉手一鏢，打在牛鼻子的右腕上。

牛鼻子吃了一驚，刀勢稍緩，墨貝早跳起身兒步行回陣；牛鼻子拔去腕上金鏢，大罵：「沒廉恥的小人，專拿暗器傷人！有本領的過來，與我交戰三百合。」話猶未了，起鳳已一馬躍出，舉槍直取牛鼻子，兩人放起對來，刀槍並施，各顯英雄。

這裏雲天彪同朱英雙戰獅兒不下，殺得天彪性起，一手迎戰，左手扣住錘兒，探懷取出流星錘來，飛索打去；卻被獅兒接著，大家用力一掙，崩的一下，鏈已扯斷。獅兒回錘反打天彪，天彪疾忙閃過，錘鏈卻繞住了朱英的槍桿；獅兒一面拖住錘鏈，一手舉刀便砍。

朱英措手不及，被獅兒一刀削去肩膀，翻身落馬；獅兒待要結果朱英時，被雲天彪死命抵住，官兵齊出，將朱英救回。起鳳見朱英受了傷，自然無心再戰，只得虛掩一槍退回本陣。雲天彪也且戰且走，牛鼻子揮眾殺了一陣，打著得勝鼓回營。

韓起鳳收了人馬，計點馬步各隊，折傷三四百人；忽報先鋒朱英傷重身死，起鳳甚是感傷，不由地歎道：「大功未成，折了猛將，是我無能的緣故。」

總兵雲天彪進言道：「都督自出師迄今，已迭破要隘，行見寇勢日弱；今日的小敗，本是兵家常有的，何必把它放在心上。」

起鳳點頭道：「話雖有理，但我也不能無罪。」當下便令草奏上京，請自貶去都督，仍統所部將功贖罪；上諭下來，只令罰俸一月，貶職毋議，並命速平猺寇，以靖邊陲。

起鳳接了上諭，和雲天彪議道：「我看苗猺勇悍喜戰，牛鼻子等皆無謀匹夫，破他本是容易；我昨相地形，察勘路徑，牛鼻子依仗著黃牛峽險峻，在那裏結營，我軍仰攻，非常為難。今如有人能領兵五百，襲他背後，從黃牛峽峽道殺出，那時牛鼻子防前不慮後，必然敗他無疑；不過此任重要，似非我親自去不可。」

雲天彪阻攔道：「主將督領王師，責任非輕，不可冒險！小將不才，願充此職。」

起鳳大喜道：「如將軍肯去，我還有什麼話說？」於是命天彪挑選五百精壯，去襲敵人背後；約定吹角為號，並再三叮囑小心，天彪領兵自去。

起鳳又傳令，墨將軍領兵五千，去伏在黃牛峽左邊深林中，王蔚雲領兵五千，去伏在黃牛峽對面的青龍岩下，但見紅旗飄動，即全力攻打猺寨；分發已定，起鳳自統大軍，將黃牛峽團團圍住。

牛鼻子因折了黑虎，堅守不出，他在峽上遙望官兵來圍，只令猺眾把石灰擂木炮打將下來；官兵並不近前，只遠遠地立著吶喊。看看日色亭午，隱隱聞得山峽後角聲嗚嗚；韓起鳳叫把紅旗張起，墨貝、王蔚雲兩人，率著兵士來攻山峽。

牛鼻子見官兵來勢猛烈，將鏢槍拋擲，官兵紛紛中槍下墜，前仆後繼；這樣地相持一個時辰，忽聽峽上喊聲大震，猺人四散亂奔，鏢槍也立時停止，官兵趁隙一擁而上，砍開木柵殺將進去。雲天彪領著勁卒，自峽後殺來，兩面夾攻，猺兵大敗，墜崖死者不計其數；牛鼻子見守不住黃牛峽，只得棄了大寨，和獅兒兩人領著三十餘騎，逃入大藤峽去了。

韓起鳳自與墨貝、王蔚雲、雲天彪等合兵一處，殺散了猺眾，佔住黃牛峽；一面收兵，計點人馬。雖得了許多器械馬匹，官兵卻傷了兩千餘人；韓起鳳便親督兵士掩埋了屍首，並拿牛酒之類大犒軍士。諸將慶賀一天，再籌進攻良策。

那黃牛峽的地方，是個猺眾總口子，也是行軍的要隘；黃牛峽如有失，大藤峽已不能固守了。其時

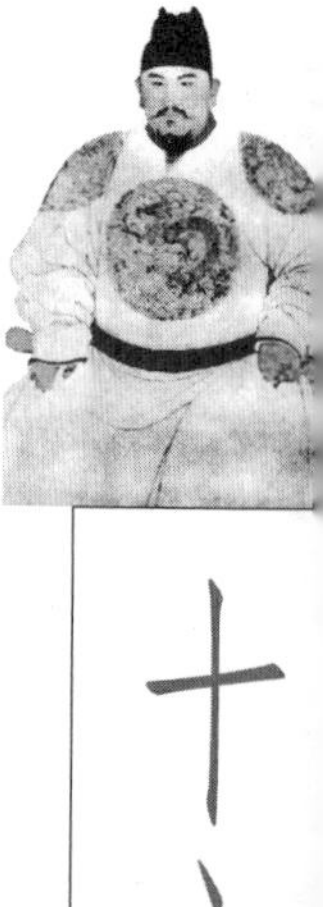

黃牛峽下的苗民兵聞官兵到來，忙具了牛肉羊乳等物來跪接王師；韓起鳳把他們安慰一番，苗眾十分感激，都羅拜退去。

講到這黃牛峽下，也有四五百戶的苗猺，因地近都邑，也和漢族買賣往還；有些苗猺懂漢語的，一切婚喪禮節，盡根據著漢族。苗猺的小孩子一樣的也讀漢文，與漢人締婚的很是不少；他們這種苗猺，有生、熟兩類的區別。

黃牛峽的苗猺因近於漢地，也懂得些禮儀，時人稱作熟苗；至若大藤峽進去，苗民和漢人素不相通，舉動也極野蠻，偶然見了漢人，他們都呼為妖怪。漢人如誤入他們峽中，便被他們殺死，於是漢苗相仇，裏面的也不敢出來，外面的自然不敢進去，兩下裏弄得斷絕交通；這住在裏面的苗猺，漢族就稱他作生苗。

其實生苗雖性情野蠻，起初與漢族並沒什麼仇怨，只不過是言語不通，裝束有別；生苗是沒知識的，見了漢族衣冠，以為可怪，因怪生疑，恐漢人要加害他，他就先下手為強，似這樣的互相誤會，遂結成了世世不解之仇了。

廣西沿苗猺居住的漢人，因懂得熟苗言語的甚多，他們也喜歡和漢族往來，買賣都極公平；熟苗在漢族的市上交易，大都腰上繫有一條紅布，一望就曉得他是苗人了。但懂得生苗話說的，百人中不得一個，有熟諳生苗語言的人，改裝作生苗的模樣，帶了紅綠綢布等，偷進峽去和生苗相買賣；倘是碰著幸運，一次即可以發財，一生吃著不盡了，是以進峽去雖是危險，冒險的人卻是常有的。

生苗那個地方，山嵐瘴氣極重，苗人是習慣的了，漢人觸著氣味便要身死的；那裏虎豹毒蟲又多，生苗進出都帶著刀，也不甚畏死的。唯見了漢人的紅綠綢布，卻異常歡喜；往往有膽大的生苗到漢人市上來搶奪，被漢人打死了，將屍首擲進峽中去。

這樣的事，一年中，總有好幾十次；漢人乖覺的，揣知生苗的心理，學了苗語，裝作苗人，便把紅綠綢偷進峽中。苗人不知買賣，只拿寶石、珍珠、沙金、人參等東西來交換，任他給與多寡，不得爭執的；苗人有金珠無用，漢人得著，則可是發財了。

漢人貪利，做這項買賣的大有其人；不過進峽去，有好幾樣危險的事，逢到了一樣就不得生還。譬如偷進峽去時，被峽中的苗猺知道，照苗例，不得和漢人往還，違者連漢人一起殺戮；或是撞著了無理的生苗，把你殺死了，將所有細布搶個乾淨，那叫偷雞不著蝕把米，白白送了性命。

又有一樣是觸著瘴氣，或是遇見猛獸毒蟲，自然是準死無疑了；有以上這幾個緣故，利雖優厚，害也不小。如果要和生苗做買賣，非將性命置之度外不可；故去幹這勾當的人，必是個無掛無礙的單身漢，僥倖獲利回來，便娶妻成家，置產購屋，不幸死在峽內，只算是世上少生了這樣的一個人罷了。

生苗的居處習俗和漢族相去甚遠，男女不穿衣服；上身披個樹葉的坎肩，下體遮一圈紫葉，就算是衣服了。居住的地方，大都是石穴洞府，並沒有房舍屋宇，很有上古時風氣；男女進出佩刀，一言不合，便用性命相搏。

夫婦極和睦，倘婦與別個男子嘻笑狎玩，本夫瞧見了，也不以為意；唯不得碰著蓮船。苗人婦女的一雙腳兒，卻非常貴重，除本夫外不得撫弄，否則就是看輕她了；妻子和人有私，本夫在側並不禁止的，但若弄到她的雙足，本夫便指為通姦，即抽刀與妻子一併殺死。

父母死後，子女毫不悲哀，反把屍首分解了，在火上薰過，家人圍坐著大嚼一頓，名稱腹葬；將五臟六腑等給野獸吃，謂父母已仙去了。到了第二年的秋季，聽得杜鵑在枝高啼（苗中杜鵑，如漢人之燕子，春去秋來，以定時節），子女才痛哭道：「鳥已回來了，父母卻仙去不回。」於是在空地上豎一塊石頭，算是墳墓的意思。

女子到了春期（見天癸至謂之春期），口吹蘆管，在草地上跳舞；男子幾十名跟隨在後，女的看中哪一個男子，便和那男子雙雙到僻靜的地方苟合。將蘆管插在路口，苗人瞧見這枝蘆管，就知道有男女在裏面配合，必須繞道他去；如走入蘆管之內，是為破紅（敗人好事的意思），由男的趕出來，把誤走的那人殺死，不得索償。

這樣的苟合之後，女的如其有娠，便由那男子迎歸配為夫婦；如不受孕的，女子仍須吹著蘆管，另擇男子去苟合，終至大腹便便為止。夫婦中，男女不得再占醮，由親族人等把寡婦殺了，倘夫死了是這樣，與男屍一併拋入海裏，叫作水葬；女的先死，丈夫即須自殺，自殺的法兒各自不同，有抱妻子屍首從高岩上躍下來跌死的，也有擁屍投海的。

又小孩生至五歲，便離了父母，自入深山去找野食為活；友朋、親戚、鄰舍有不和睦發生齟齬的，便由忒朗判斷是非（忒朗是苗中的土官）。誰是理短的，把刀插在耳根，也算罪名最輕的；犯罪稍重的，拿刀割去耳目口鼻。

犯姦的削去腎囊；頂重的盜犯（盜野獸等），就要剖腹洗腸，把肚子剖開，取出肝心肺飼犬，而且要自己動手的。如未曾取出臟腑，人已痛倒在地時，便算不得喀喇（苗語是英雄）；苗俗的奇特，諸如此類的，真有不可勝記之概。

當時，韓起鳳破了黃牛峽，次日就攻進大藤峽，擒住牛鼻子和獅兒，殺散苗猺，砍斷峽口的藤樑，從此生苗不能再出；韓起鳳因生苗不服王化，未易處治，所以也不深入，只封峽，令漢苗隔絕，一面知照高雷朱勇，荔浦王強，即日班師。

大兵一路北還，經過濟南，不見濟南府等來接，起鳳很覺詫異，便召附近保甲問話；保甲回說：「現值汪公來此開府，大小官員都經更調過了；如今布政司、按察使等，方伴著汪公在妓館飲酒，是以沒有閒工夫來接待過往官吏了。」

起鳳問汪公是誰，保甲叩頭道：「就是諱直字的汪公公。」

韓起鳳聽了大怒，道：「汪直是一個太監，怎地開起府來了？待我親去拜望他。」說罷，命那保甲引導，吩咐雲天彪將兵馬紮住，自己帶了那保甲，直入濟南城中。

到了望江樓前，保甲遙指道：「那邊紅樓高牆的，就是汪公歌宴的地方。」起鳳見說，叫保甲侍候在那裏，便獨自向那高牆走去。遠遠聞得笙歌聒耳，雜著清脆的鶯聲，似在樓上彈唱；起鳳不由地心頭

火起，就大踏步，向著紅樓直奔上去。

第五十四回　誅汪直

花香滿院，鬢影釵光，往來的都是鶯鶯燕燕；笙歌復奏，夾雜著一陣陣的笑語聲，紛白黛綠地圍滿了一桌。那個開府太監汪直儼然地坐在正中，兩邊藩臬司及參政、知府、副使等，在那裏相陪；十幾個姑娘，一個個打扮得裊裊妖妖的，各捧了金壺慢慢地斟著酒。汪直的身後，又是三四個絕色的姑娘，抱著琵琶弦索，頓開嬌喉低低歌著小曲；汪直滿面春風地左顧右盼，怕南面王還沒這樣的得意。

正在志高氣傲的當兒，忽聽得樓下龜兒大嚷起來，樓梯蹬蹬的一陣亂響，走進一個箭袍武士巾的丈夫來；汪直定睛細瞧，卻又是不認得的。原來韓起鳳赴京時，汪直已受命巡撫山東，不曾和起鳳見過面；起鳳在徽王府中倒認識汪直。

這時韓起鳳已眼中出火，指著汪直大喝道：「皇上命你巡撫魯地，你倒帶了全城官吏在此酒色逍遙；像你這種誤國負恩的閹賊，也配作地方的治吏嗎？」

汪直聽了，弄得摸不著頭腦，也不知他是何等樣人；末了又聽見罵他閹賊，大凡做太監的人，最忌人家說他是閹人，因此汪直也不由地大怒，道：「你是何處的狂奴，敢來管我的事，快給我滾了！」說罷，連呼「衛兵何在！」。

隔房早搶出二十多個護兵，各執著籐鞭木棍，往起鳳頭上、身上，似雨點般打來；起鳳便霍地回轉身兒，揮起拳頭，只一頓地亂打，打得那些護兵東倒西歪，紛紛往樓下退去，還有四五個來不及逃跑的，都被韓起鳳擲下梯去。

其時樓下瞧熱鬧的人，已站滿了一大堆，把一條很寬廣的大街，擠得水洩不通；街上人民們紛紛傳說，汪太監惡貫滿盈了，今天在妓院中，給一個外路人打得落花流水。此刻護兵持著臬司大人的令箭，想是調兵去了；這外路人單身獨漢，惡龍逗不過地頭蛇，怕不吃個大虧嗎？

那保甲劉老二在望江樓下等候起鳳，聽得路上的人說，知道韓起鳳必然發火，深恐釀出大禍來，只得三腳兩步，忙忙地趕至妓院中；正值起鳳按住了汪直痛打，藩臬司及副使、參政、知府等官員，見韓起鳳來得兇猛，怕吃了眼前虧，都趁空溜下樓梯，巴巴地望著救兵到來。

劉老二搶上妓院，見了臬司羅成章，也不及行禮，只低聲說了幾句，又往外奔出去了；這裏羅成章把韓起鳳大兵過境，見無人迎送，因而動怒，便親自來鬧妓院的話，對藩司周君平說了。君平大驚，成章也慌得手足無措；其他如參政副使、知府、同知等，更嚇得目瞪口呆。

又聽得汪直在樓上，已被打得力竭聲嘶，連救命也喊不動了；羅成章見不是了局，拖了周君平，硬著頭皮上樓，一面勸住，一面向韓起鳳再三地謝罪賠不是。韓起鳳知兩人必是本城的官吏，見他們這樣地低聲下氣，心中憤氣早平了一半；便把汪直只一推，一個倒翻筋斗，咕嚕嚕地跌下樓梯去，被護兵們接著救去了。

羅成章和周君平即邀起鳳入座，吩咐妓院中排上筵宴來；於是大家詰詢姓氏，起鳳才曉得羅、周還是藩臬兩司，就也自謙鹵莽。樓下的副使等，陸續上樓來參見，起鳳一併邀他們入座；不一會，那保甲劉老二也回來了，上樓侍立起鳳的背後。

酒到了半酣，周君平叫妓女們一齊出來歌唱侑酒；那幾個粉頭，當時見起鳳動起武來，嚇得她們魂飛天外，有幾個便往桌下亂鑽，膽子小的粉頭更慌得哭了。此刻聽得打已停止，又要喚她們出來，倒不好違忤；只好大著膽來侑酒，大家見了起鳳，尤是害怕。

臬司羅成章忽然記起一件事來，忙喚保甲劉老二近前，附耳吩咐了幾句；劉老二答道：「剛才小人出去，就為的這事，現已止住了。」

羅成章點點頭，起鳳便問什麼事；成章很慚愧地說道：「適才汪公公命去調兵，如今是用不著了，所以叫劉老二去阻止。」起鳳聽說，微微地一笑。

原來護兵持了臬司的令箭，到參將衙門，參將王由基立刻點起了三百人馬，風捲殘雲地趕來；劈頭正撞見保甲劉老二，把韓都督班師過境的話細細說了一遍，嚇得王參將屁滾尿流，竟帶了兵士逃回衙中去了。

起鳳和羅成章等，高飲到了日落，始各盡歡而散；第三天起鳳拔寨起行，滿城文武都來相送，只有汪直因被起鳳打傷了，不曾來的。起鳳便重賞了保甲劉老二，別了眾官統兵北進；不日到了京師，起鳳將人馬紮駐在校場，自己和總兵官朱永入朝見駕，憲宗當面慰勞一番。

又問起鳳毆打汪直的緣故，原來汪直的草奏比韓起鳳的大軍早到五日，所以憲宗已經知道了；當下，韓起鳳將汪直在妓院行樂，並剝削山東人民，怨聲載道的話從實奏聞。憲宗不覺大怒道：「朕只當他忠心為國，誰知這逆奴竟如此不法。」

那時憲宗本很懷疑汪直，經御史陳蘭、侍郎項朋等上章劾了幾次，憲宗已有點不快；今又被韓起鳳把汪直的壞處和盤托出，憲宗見起鳳所奏，與項朋、陳蘭等彈章中無二，知汪直罪名確實，不禁惱恨萬分，便命起鳳等退去，憲宗起駕回宮。

次日聖旨下來，加撫寧伯朱永為寧遠侯，韓起鳳擢為將軍，晉靖遠伯；王強為都總管，雲天彪擢為大將軍，贈子爵。墨貝為豐臺總兵，王蔚雲授為參將；陣亡指揮朱英擢為都副使，諡封綏寧伯，其子朱雲為指揮。所獲苗酋牛鼻子、獅兒等九十三人及苗奴家屬九十餘人，一併斬首示眾；巡撫汪直削去御前奉御官，追奪鐵券，革去伯爵，廢為庶人。

這道上諭一下，山東一境人民歡聲猶如雷動；汪直自覺無顏，帶了行裝黑夜出城，被人民查見了，大家一聲吆喝，打的打，罵的罵，有的甚至痛咬。不到半刻工夫，把個勢焰熏天的汪直太監，咬得身無完膚、遍體是血，大叫數聲，吐血斗餘而死；死後，人民又將他的屍體掛在城邊，剖出五臟六腑來懸在樹上餵鳥。

過了一個多月，汪直的屍首已變成風乾的人臘，百姓才一把火，將他燒成了灰燼；憲宗又以濟南藩司周君平、臬司羅成章等依附汪直，便下諭紛紛降調。

光陰流水，轉眼是憲宗成化二十三年的春季，憲宗因身體略有不豫，命大學士馬文升代往祭天；憲宗和純妃在宮中石亭上對弈，雙方佈成陣勢，各按步位進攻。看看純妃將輸，被憲宗攔上一子，純妃受困不得活路，左思右想，猛然悟到一著，纖纖玉指夾著一子下去，向著總隘上一擺，反把憲宗的一角活子圍困起來；憲宗拍案道：「這一下可輸了。」純妃志得意滿，高興的不得了，便鶯聲嚦嚦地大笑一陣。那裏曉得太歡喜過了分，這一笑，竟回不過氣來；兩手緊握，杏眼上翻，花容漸漸慘變，嬌軀兒坐不住金交椅，慢慢地蹲了下去。旁邊的宮女慌忙來攙扶著，憲宗也親自去扶持；再瞧純妃時，朱唇青紫，瞳仁已隱，肌膚冷得和冰一般，霎時香消玉殞了。

憲宗一面垂淚，口口聲聲說：「沒有死得這樣快的，速去召太醫來診治。」內侍便飛也似地去宣了太醫院院使，連太醫院院判及御醫兩人，先後診了純妃的脈搏，齊聲說魂離軀殼往遊太虛，無可藥救的了；憲宗見說，又是奇疑又是悲傷，含淚下諭，諡純妃為孝德皇妃，命司儀局照貴妃例從豐安殮，附葬寢陵。

從此這位憲宗皇帝，好似有了神經病一般，每見宮人太監及文武大臣等，便睜著眼說道：「不信！不信！沒有這般死得快的。」一天到晚只說這兩句話。幸喜太子已經十七歲了，大學士馬文升、尚書李省孜等上書請太子監國，由紀皇后下懿旨，令太子樘登文華殿視事；憲宗也漸漸臥床不起。夏末初秋，轉眼已是香飄桂府，憲宗病症益重，只瞪著兩眼不能說話；到了八月的十八那天，憲宗駕崩在朝鮮宮，在位二十三年。

於是大臣奉了遺詔，扶太子祐樘正位，是為孝宗皇帝，以次年為弘治元年；晉母紀妃為皇太后，王妃為太妃，尊憲宗為孝純皇帝，廟號憲宗。封弟祐杬為興王，祐榰為岐王，祐楡為雍王；晉大學士馬文升為太傅，以吏部司郎劉大夏兼文殿大學士，都御史劉健為工部尚書。

僉事李東陽、翰林院編修謝遷，孝宗在東宮的時候，已知道兩人的賢能；此時繼統，便召謝遷和李東陽奏對，很是稱旨，即擢李東陽為禮部尚書，謝遷為兵部侍郎。過了幾天，又擢謝遷為兵部尚書，以戶部主事李夢陽為兵部侍郎；並斥佞臣萬安、梁芳、李省孜等。群臣又交章彈劾，孝宗將萬安下獄，梁芳腰斬，李省孜充戍邊疆，死在半途；又革萬貴妃戚黨官爵，汰去侍奉官和冗職，凡大小三千餘人，朝中小人一清。

這時孝宗勵精圖治，群賢畢集，如馬文升、劉大夏等，均是忠直老臣；劉健、謝遷、李東陽、李夢陽、戴珊等亦是一朝的名醫，時人稱謝遷、李東陽、劉健為朝臣三傑。孝宗除敬禮馬文升、劉大夏外，以謝遷、劉健、李東陽三人為最寵信，一時又有謝論、李謀，劉善斷之說；謂謝遷工讀論，李東陽善謀，劉健更善於決斷大事也。

孝宗又當紀太后承議，立尚書張永升的女兒張氏為皇后，立金氏、戴氏為皇妃；其時上有英主，下有賢臣輔治，真是百廢俱舉，大有天下承平的氣象。孝宗也極力效法宣宗，獎勵風雅，閒暇時和李東陽、謝遷等一班文臣吟詩作賦，都下文風為之一振；時朝臣三傑中，要算兵部尚書謝遷建白最多，連宮中紀太后都很器重他，常常在宮中道及謝先生的。

那謝遷是浙江上餘人，號叫恭仁，在未達的時候，家中極其貧困，幼年還替人家看過牛；但他生性喜歡讀書，聽得人家的小孩念著書，謝遷也記在肚裏，到了趕著牛回來，就坐在茅簷下高聲朗誦。村中設帳的是位孝廉公，見謝遷很肯上進，便去對他的封翁高雲說：「令郎將來必是大器，我願不取修金，教他讀書。」

謝封翁聽了，即命謝遷去隨著孝廉讀書，謝遷果然刻苦攻讀；暑天怕蚊蟲螫他，便燃了一盞油燈，身體蹲在甕頭中讀書。這樣的七個年頭，出去小試童子試，居然列了案首；謝封翁也不勝歡喜，替謝遷定下一門親事，是同里劉老大的長女兒。

到了這年秋季，謝封翁去通知了劉家，給謝遷完婚；誰知到得迎娶時，劉老大的長女卻抵死也不肯登輿，她說：「謝家小子是牧牛兒，我至死不嫁這種村童的。」劉老大和他妻子雖再三地勸說，他大女兒竟要尋死覓活，弄得劉老大束手無計。

外面謝遷又來迎親，幾次催著要起身，急得劉老大老夫婦兩個，好似熱鍋上的螞蟻，真是走投無路了；正在萬分著急，劉老大的次女在旁說道：「父母之命不可違，姐姐還是好好地上轎吧！」

大女兒忿忿地說道：「妳肯嫁與牧牛郎嗎？」

次女冷笑道：「當初父母如把我許配謝氏，今天自然是我去了。」這句話，說得大女兒啞口無言。倒將劉老大提醒過來，忙一把拖住了次女，垂淚地道：「妳姐姐不肯，叫我兩老為難，現在怎樣去對付謝家？我想妳是孝順老子的，不如妳代了姐姐嫁過去吧！」

次女見說，慨然答道：「只要將來謝家沒有話說，女兒就替姐姐前去。」

劉老大道：「這是秘密幹的事，決不使謝家知道的。」於是將次女妝扮起來，匆匆扶上了彩輿，由謝還導著，吹吹打打地去了。

及至夫婦交拜畢，新人送入洞房，坐了床帳，喜婆攙了新婦出房參見翁姑；親友嚷著大家瞧看新人面紅才去，此時，眾人都吃了一驚。原來新娘滿臉的麻黑點，掀著鼻子，異常地難看；更加她的頭頂患過疥癬，青絲寥寥可數，愈覺醜陋不堪，古來的無鹽諒也不過如是了。

謝還見妻子這般醜惡，心裏十分懊喪，只因礙於老父的命令，不敢違拗；那些親戚多暗暗好笑，連謝封翁也老大的不高興，深悔自己莽撞了，會冒冒失失地聘了這樣一個醜媳婦。

韶光流水，轉眼過了三朝，謝還因娶了醜婦，獨自坐在書室裏納悶；忽聽得外面人聲雜亂，打門似擂鼓般的，正要出去開門，卻見四五個紅纓短衣的報子，飛也似地搶入來。見了謝還，齊聲叫：「孝廉公恭喜！」便跪在地上要討賞。

謝還瞧那板條，卻是自己中了秋試鄉榜，上面大書著第九名舉人的字樣；謝還這一喜，倒把妻子的心事拋掉了，便親自去包了幾錢銀子，賞了那報子自去。不一會，親戚族人又都來向謝封翁父子道賀，又把醜陋夫人相的古話，慰勸著謝還；謝封翁也道：「新婦面貌雖不佳，福分諒來不差的；她進門三天，就做現成的孝廉夫人了。」說罷哈哈大笑。

謝還聽了這話，方稍稍地對他夫人和睦了些；但這位劉夫人倒是外濁內清的，平日不輕言笑，上能侍奉翁姑，下敬夫婿，一切的舉止處處以禮自持。什麼進巾遞櫛，頗有舉案齊眉之概，夫妻間亦的相敬如賓；謝遷見他夫人莊凝穩重，是賢而無貌，原不足為病的，於是將劉夫人漸漸地重視起來。他那讀書也越發用功，翌年成了進士；待到進京會試，連捷入了詞林，授翰林院庶吉士，不久又遷翰林院編修。

這時的謝遷，當然志高氣揚，就在京師納了兩名美妾，一面請假回鄉掃墓，順道接眷屬進京；這位劉夫人也鳳冕蟒袍的歸寧去辭別父母，劉老大夫婦笑得連嘴都合不攏來。還有那些親戚近鄰來給劉老夫婦賀喜，有知道從前代嫁這件事的，都笑那大女兒沒福，大家讚歎不絕；更有那鄰人的女兒媳婦們，擁圍著劉夫人，有說的也有笑的，有讚美的，好像群星捧月，豔羡聲和歡笑聲，嘈雜得不知所云。

正在歡騰一室的當兒，忽見劉老大的小兒子從裏面哭出來，道：「不好了！大姐姐在房中吊死了。」眾人聽了齊吃一驚，慌得劉老大夫婦兩個，帶跌帶爬地趕進去，見他大女兒已高高地吊在屋椽上，忙去解得下來，早已經手足冰冷，氣息全無了；劉老大的妻子便一把眼淚一把鼻涕，一聲聲地哭起肉來，眾親戚聽得大小姐自縊，個個都替她歎息。

原來那大女兒不願嫁與謝遷，重許給一家富戶，豈知丈夫是個紈袴子弟，父母一死，吃喝嫖賭皆備，一年中把家產蕩光，竟患著一身惡瘡死了；大女兒弄得孤苦無依，只好回她的娘家。後來得知謝遷成了進士，心裏已懊悔的不得了；今天見她妹子做了翰林夫人，回家來辭行，她看在眼裏如何不氣呢？暗想這榮耀風光本都是自己享受的，只恨一念之差，眼睜睜瞧著人家去享富貴。

這樣地越想越氣，躺在房裏嗚嗚咽咽地哭了一場，趁外面雜亂無人瞧見的當兒，解下帶子來自縊而死；總算劉老大晦氣，等他次女兒起身，恨著替大女兒買棺盛殮。那時劉夫人代她姐姐遣嫁的事，始逐漸傳揚開來；落在謝遷的耳朵裏，對劉夫人笑道：「妳姐姐小覷我是看牛的，其實是她紅顏薄命的緣故。」劉夫人聽後，不覺啟齒一笑。她自嫁謝遷到如今，此刻算得第一次開笑臉。

謝遷接眷進京，做了幾年編修，憲宗皇帝賓天，孝宗嗣位；便把謝遷提為侍郎，再遷尚書，一時寵信無比。有一天，紀太后在景壽宮設宴，懿旨召各大臣命婦進宮賜宴；眾臣奉諭，自去知照眷屬，一時如李東陽的胡夫人、劉健的何夫人、馬文升的陳夫人、劉大夏的管夫人、李夢陽的許夫人、戴珊的魏夫人，都紛紛進宮。

只有謝遷的劉夫人，謝遷因覺她的容貌太陋，恐見笑同僚，便私下令愛姬杭氏，穿戴著一品命服乘輿進宮；當眾夫人晉謁紀太后時，到了謝遷的冒充夫人杭氏，紀太后忽然說道：「妳不是謝尚書的正室夫人，快去換了正室的來見哀家。」

杭氏被一語道破，到底是心虛的，慌得粉臉通紅，只得含羞帶愧地退出宮去；見了謝尚書，把紀太后的話講了一遍。謝遷沒奈何，又把第二個美妾褚氏改扮了進宮，仍被紀太后看穿；弄得謝遷實在不得已，只好請出這位劉夫人來，也穿著命婦冠服，乘輿進得宮去。

紀太后看了，這才笑道：「那才是尚書夫人來了。」其時在座的許多誥命夫人，都疑紀太后有預知之明；劉健的何夫人有些耐不住，便離了席，請求紀太后的明示，眾夫人也都想要明白這個疑團。

第五十五回　方外金丹

紀太后見何夫人等，求示辨別尚書夫人的緣故；紀太后不覺微笑道：「這個沒甚奇異的，因方才冒充的尚書夫人，哀家見她舉止輕佻，不像個誥命夫人；況謝尚書是個正人君子，家中規矩一定很好，斷不會有這樣的正室夫人，所以哀家就揣測她一下，恰好猜個正著。

致第二次，猜她還不是正室夫人，是照情理上體會出來的；譬如他第一次令姬妾來冒替，就可以曉得他正夫人貌必不甚出眾，是恐怕被人見笑，便飾了出眾的來代充。怎奈第二次進宮來的，雖不如前人的不穩重，面貌兒卻如花似玉，比前人更見得出色；既有這般相貌，何必要他人冒替？由此可知，來的還不是真的。末了才是真的尚書夫人了，妳們看了認為怎樣？」

何夫人、魏夫人、許夫人、陳夫人、胡夫人、管夫人等，都齊聲讚道：「太后的明見如神，是臣妾等萬萬不及的。」說著，大家又談了一會家務。

紀太后也是小家出身，對於這班命婦特地格外優容一點，所以有說有笑的；這席御筵吃得很是有樂，只有劉夫人低著頭，默默不言。紀太后偏是器重劉夫人，說她姿質淳厚，福澤遠出座間的諸夫人之上；待到了宴畢，各人均有賞賜，唯劉夫人的賞賚比眾人獨厚。大家叩謝了賜宴及賞賚，分頭出宮去

了；自後劉夫人常蒙紀太后宣召，有時留在宮中三四天不歸。命婦不准出入禁闕的舊例，即是紀太后所打破的，且按下不提。

再說孝宗自登位以來，遠佞近賢，天下大治；弘治三年，張皇后生下一位皇子來，孝宗青年獲麟，分外的興高采烈。於是到了彌月，循例祭告太廟，由禮部擬名，叫做厚照；朝中文武大臣都上章稱賀，孝宗命賜喜筵，並經張皇后升了鳳儀殿受賀，大犒禁中的內監宮人。這樣地忙碌了一番，才得安靜下去；其後戴妃也生了皇子，取名叫作厚煒，這時宮中又是一番的熱鬧。

孝宗見有了兩子，自應早定名分，便召李東陽、謝遷、劉建等商議，冊立皇子厚照為東宮，詔令頒佈天下；內外臣工又紛紛上賀表，較前更是鬧盛。還有許多大臣的命婦，也進宮向紀太后、張皇后、戴妃叩賀；紀太后命在宮中，召伶人演劇助興。又鬧了有十多天，把那些宮人太監忙得屁滾尿流，終日手腳不停地奔馳；待到空閒下來，大家已是力盡筋疲，東倒西歪的了。

孝宗以自己有子，便想到了幼年的事情，把撫養他的吳太后又重加謚號；更記起了那個魏宮人，也有幾年撫育的功績，經當日憲宗封她為聖姑，仍保護著皇太子（即今之孝宗），誓不嫁人。如今魏宮人已死多年，孝宗回憶，不禁十分感傷，即追謚為恭儉貞烈儀淑大聖姑，另建墳墓，春秋祀祭，配享太廟；又下諭尋訪魏聖姑的家族，以便加爵封宮。

魏宮人是咸陽人，地方官四處探訪，找著一個魏宮人的族弟，在鄉間務農度日的；那地方官即不管好歹，把他送進京來。孝宗親臨便殿召見，那農人叫作魏寶，自幼沒有讀過書，詢他祖宗三代都回答不出的；憲宗見他這樣蠢笨，如何做得官？隨即下一道上諭，令咸陽大吏給魏寶建一所住房，賜官田兩頃，金三千兩，黃金五十錠，子孫世襲千戶；他日如子弟知書的，文捧監司，武任把總，俟有功勳再行封賞。

那魏寶是個勤苦的鄉農，忽然平空來了這般好處，真是一跤跌在青雲裏了；他回到家中，和妻子女兒講講笑笑，一天到晚合不攏嘴兒，漸漸患了歡喜過度的神經病，見人便放聲大笑，指手劃腳地說自己見過當今的皇帝，皇帝叫他坐了喝酒等，胡七亂糟地說了一會。似這樣地鬧了半年多，竟一病嗚呼了；窮人沒福消受的這句話，可應在魏寶身上了。

那孝宗做著太平天子，與民同樂，可算開明代未有的盛世了；這樣一年地過去，轉眼已是弘治九年，孝宗的圖治精神，慢慢兒有些懈惰下去。他侍著外事有謝遷、李東陽、劉建，以及王恕、彭昭、戴珊等，內事有馬文升、徐溥、劉大夏、李夢陽等，人才濟濟；孝宗樂得安閒遊宴，把朝政大事一古腦委給劉大夏、李東陽等，自己則擁著金貴妃，不是翱遊西苑，便是徜徉萬歲山。又在萬歲山上蓋起一座摘星樓和毓秀亭來，那建築的工程都由內監李廣一手包辦；李廣又去搬些民間的山石花木、蟲鳥等東西進來，取悅孝宗。深宮的皇帝，那裏見過這些東西，經李廣上獻，便不辨好壞，一概給與重賞；李廣又百般地獻媚金貴妃，貴妃在孝宗面前，自然替李廣吹噓，說他能幹老成。孝宗聽信金貴妃的話，逐漸亦把李廣寵任起來。

李廣要在宮中植些勢力，又引出同黨楊鵬，一樣地侍候孝宗；過不上一兩個月，孝宗也把楊鵬信任

得和李廣一般。李廣、楊鵬兩人有了搭擋，少不得狼狽為奸，先拿那些內監、宮人們一個個地收服了；自恃著皇上信任，和各處的首領太監做對，不到半年，凡宮中太監所任的重要職役，都更換成了李廣、楊鵬的私人。

楊鵬見李廣權在己上，暗中也狠命地結黨，兩下裏互生猜忌，暗鬥非常地劇烈；一時宮中的內監宮人，有李黨、楊黨兩派，只要捉著一點兒的差事，各人便在孝宗面前攻訐。孝宗不知他們的兒戲，有聽的，也有不聽的；兩黨的爭執一直不曾分出高下。

李廣見鬥不下楊鵬，心理老大的不甘服，以為楊鵬是得自己提拔起來的，現在居然要分庭抗禮了，豈不令人活活地氣死；於是李廣和楊鵬爭寵的心也益切了。後來，李廣默察孝宗的心裏，是很相信釋道的，就去都下舊書肆中，搜羅些煉丹的書籍來置在案頭；孝宗看了愛不忍釋，天天披閱著道書，想研究那長生的方法，總得不到個要領。

有一日，孝宗瞧見一冊《葛洪要著》，覺得內容離奇光怪，苦於不識他的奧妙；回顧李廣侍立在側，便笑著對李廣道：「你可懂得這書中的玄理嗎？」

李廣忙跪陳道：「奴婢是凡胎濁根，那裏能夠省得？陛下如要參透它，非神仙點化不可。」

孝宗搖頭道：「神仙不過是世上傳說而已，人間哪有真的神仙呢？」

李廣正色說道：「若講活佛，世間或者沒有；至於神仙，奴婢倒遇見過的，確是位法力浩大的金仙。」

孝宗驚道：「這是真話嗎？」

李廣叩頭道：「奴婢怎敢打謊？」

孝宗道：「如今那神仙在那裏？」

李廣故意皺眉道：「既做了仙人，自然行蹤無定的，什麼方壺圓橋，羅浮蓬萊，都是他們的棲息之處；一時要尋他，很不容易的。」

孝宗不悅道：「這樣說來，還是找不著的，講他作甚！」

李廣忙道：「那倒不是一定沒有找處；求神仙第一要心誠，第二要有緣。有緣的人就是不去找他，他自己會尋上門來的；心誠的，只須望空求禱起來，神仙自會知道的。雖在五嶽三山，相距幾千里，立刻便可見面。」

孝宗說道：「怎樣叫作誠心？」

李廣答道：「陛下如真要求那活神仙的，須要齋戒沐浴三天，再在宮中收拾起一間空室來；到了晚上，焚香在室外祈禱，若是有緣，那神仙就會降臨室中的。」

孝宗猶疑半晌，說道：「姑且試他一下，你就去園中打掃淨室，預備起香案來；等朕今夜便來祈禱，看有神仙沒有。」李廣領了諭旨唯唯退去，自去吩咐小監們收拾淨室，安排香案不提。

到了夜裏，約有兩三更天氣，孝宗便帶著兩名小太監，往御園中去求神仙；李廣見著，引至淨室面前，在案上燃起香燭，孝宗親自對天默禱。禱畢，推進淨室瞧時，靜悄悄地寂無一人；孝宗不覺失望，

回頭對李廣說道：「如何？朕知這樣空禱，那裏會有神仙？」

李廣跪稟道：「這是陛下不誠心的緣故，倘依著奴婢的話說，自當有應驗。」孝宗聽了，默默不言地領了小監逕自回宮。

這裏，李廣和他的黨羽仇雯等足足忙了一夜；第二天的黃昏，孝宗真個沐浴齋戒，只同了李廣一人向淨室前祈叩。於是每夜如此，轉眼三天，孝宗已忍耐不得，便往淨室的窗隙中偷瞧，見裏面隱隱似有人影；孝宗嚷道：「仙人來了！」說著便推開淨室大門，借著外面的燭光，看見室中的蒲團上，端端正正坐著一個披髮的道人。

孝宗不禁呆了呆，高叫李廣掌上燈燭，那道人早立起身來，向著孝宗長揖道：「陛下駕到，小道有失遠迎，乞恕死罪！」

孝宗細看那道人，生得廣額方頤，童顏鶴髮，兩目灼灼有神，銀髯飄飄腦後；身穿紫袍，腰束杏黃絲帶，背負寶劍，肩上斜繫著一個葫蘆，足下登著粉底雲鞋，右手持著青棕拂塵，真是道骨仙風，儼然有出塵之姿。孝宗不由地暗暗稱奇，便問：「仙長高姓法號？現在何處修煉？」

道人稽首答道：「小道姓方，名如仙，素居在泰山極峰上；連朝望見陛下宮中香煙衝上霄漢，算出天子虔誠祈禱，所以不避塵囂，特來和陛下晤會一面，天明就要進身回山的。」

孝宗忙道：「仙長既來則安，為甚這般倨促？今且請仙長臨紫雲軒一談。」說罷，由李廣引路掌燈，孝宗與道人攜手並行。

到了紫雲軒內，孝宗南向坐了，賜道人金墩；那道人也不拜謝，竟長揖就坐。小監奉上香茶，孝宗首先說道：「仙長在名山潛修，必然道法高妙；朕現欲研究內典玄功，望仙長指示。」

道人微笑道：「講到修煉的人，要不染紅塵，拋去一切掛礙，靜心自摩，日久，心地自會慢慢地光明起來；陛下是富貴繁華之身，欲效心同枯木的野人，這是第一樁所辦不到的事，怎樣能夠修煉得來？」

孝宗道：「昔日黃帝潛修內經，也曾仙去，歷代帝王難道沒有成仙佛的嗎？」

道人答道：「黃帝登仙，只不過後人傳說，漢武好佛，終以身殉，故陛下要求延年祛病則可，成佛成仙是萬萬不能的；至若玄功內典，為彭祖所留傳，其法以御女為途徑。此種補採之術，雖得成正果，也必遭大劫的；就小道看來，無非是旁門左道，是以彭祖至八百歲仍敗道而死，就可以曉得它不是正道了。」

孝宗說道：「仙長見識高明，不同凡俗；但既不用黃帝內典，又不習彭祖之術，不識仙長是怎樣修煉的？」

道人朗聲說道：「道家以煉氣為主，賴元神為體，心身為形；氣凝則元神聚，元神聚，則心神自寧。久而神與神合，心中虛無杳渺不存一物，心清而神亦清，化成一炁；此氣如天地混元，無影無形，亦有形有影，皆隨心之所欲而成，能夠歷萬劫而不磨滅，道而至是，可算成功的時代了。」

孝宗道：「延年祛病是怎樣的？」

道人答道：「這只能算道家入門的初步，也不脫凝神參坐罷了。」說畢，取下肩上的葫蘆，倒出一粒金丹，很慎重地雙手奉給孝宗，道：「這就是蟠桃會上的九轉丹，小道費去十年心血，成了三粒金丸；兩丸已贈給兩個仙友，今剩此一丸，敬奉陛下，並祝萬壽無疆！」

孝宗接丹一看，覺得金光燦爛，果然與凡俗有別，因大喜道：「仙長見惠，定是佳品。」說著，就把丹丸放入口內，嘓的一聲吞下去了。一面又令李廣去諭知司饍太監，備上一席筵宴來。

李廣便問葷素怎樣，道人舉手：「出家人修心煉氣，不避葷酒的；不聞阿難羅汗哪一個不肉食飲酒？吃素是形式的偽修，小道是最鄙棄了。」孝宗點頭讚歎。

李廣奉令自去，不一刻，四五個內監舁著食盒來了，李廣幫著一樣樣地擺列起來；只見熱氣騰騰，都是些熊蟠鹿脯，海味山珍。那道人在旁已饞涎欲滴，巴不得孝宗叫他入席，就低著頭，箸不離指地據案大嚼；孝宗見他吃得豪爽，以為仙人應當這樣的，只有李廣卻暗自好笑。

那道人直吃得酒醉肉飽，看天色早已大明，一會兒窗上射入晨曦，道人忙起身告辭；孝宗那裏肯放，重又邀道人坐下。這天孝宗也不臨朝，竟伴著道人談禪；那道人口若懸河，滔滔不絕地講些離奇怪異的事，聽得孝宗目定神怡，異常的佩服。

日月轉易，又將垂暮，孝宗和道人整整講了一天；紅日西沉，東方升起玉兔，孝宗忽指著一輪明月，說道：「朕聞唐明皇是個風流天子，曾上天遊過月宮，不知那月殿裏的嫦娥，究竟是怎樣美麗？仙長可能大展法力，給朕見一面嗎？」

道人見說，遲疑不敢回答；李廣一旁插嘴道：「有仙長那般神術，什麼樣的事兒辦不到？休說嫦娥，就是王母娘娘也能請得到的。」

道人接口笑道：「陛下只要見得嫦娥，待小道略施小技，明天晚上，陛下只準備和仙女會晤就是了。」

孝宗這時，真有說不出的歡喜；晚餐後，和道人又談到魚更再躍，令小太監領仙師往白雲榭安息，孝宗也自回宮中。

次日朝罷，孝宗又忙忙地來找道人談話；那道人言語之間，鑒貌辨色，句句能稱孝宗的心意，是以越發信奉他了。月上黃昏，由李廣引路，依舊到前夜請道人的淨室面前；那裏香案早設，燈燭輝煌，道人就披髮仗劍，向東方吹了一口氣，書著黃紙符籙，約有半個時辰，聽得淨室內崩然有聲。

道人又焚了符兒，才同了孝宗推進淨室的偏門，一陣的蘭麝香味已直衝出來，蒲團上面坐著一位如花似玉的仙女，雙眸緊合，好似睡著一般。道人喝聲：「快迎聖駕！」把那個仙女驚醒，姍姍立起身兒，盈盈地向孝宗行了個稽首，便侍立在一邊。

道人笑道：「仙凡路異，卻是有緣，好好地侍候皇上吧！」說罷，和李廣等退出淨室。

孝宗便握住了仙女的玉臂，仔細端詳一會，確是月貌花容，柔媚入骨，那種輕盈的體態，先已令人心神俱醉了；孝宗微笑著，問她姓氏名兒，及天上的景致，仙女卻只是含笑不答。被孝宗逼得無法時，只拿天機不可洩漏的一句話來遮掩過去；孝宗見問不出什麼，只得罷了，這一夜，孝宗在淨室中，自和

那仙女共效于飛。

孝宗自吞了道人的金丹，精神頓時暢旺了十倍，加上那仙女的應酬遠勝過宮中的嬪妃，把個孝宗快樂得神魂顛倒，不住地讚著道人的神通；那仙女卻吃吃地笑個不停，孝宗也摸不著頭路。一等到天明，深怕那仙女要走，忙令內侍往諭仙師，叫把仙女暫時留著；從此，孝宗日間和道人研究道術，夜裏便往淨室中和仙女取樂，把政事更不放在心上了。

那李廣趁了這個當兒，大施威權，強干國政；廷臣除李東陽、謝遷、劉健、劉大夏、馬文升、王恕、徐溥、李夢陽、戴姍等幾個大臣之外，竟任意斥黜起來。

一天，孝宗設朝，瞧見李夢陽的奏疏，彈劾太監李廣的不法，又諫止孝宗寵信方士，蠱惑邪說，言辭極其痛切。孝宗把本章憤憤地一擲，道：「區區太監，何能亂宮闈？朕好仙道，又有甚害處？」說畢拂袖回宮。

這時，孝宗在宮中供養著方外道士，夜裏和仙女相會等事，由宮監們傳說出去，大臣們都已得知；劉健很是憂慮，便和李東陽、謝遷商議。其時正值天氣亢旱，人民呼號求雨；李東陽獻計道：「我聞宮中的道士法術高強，連仙女也召得到，何不令他求雨？倘是靈驗，便救了百姓；萬一不靈，就說他邪術欺蒙上皇，而且，借此使皇上省悟他的妖術是假的，豈不一舉兩得嗎？」

謝遷拍手笑道：「人說李公善謀，這計果然不差；我這就來起草，明日早朝上他一本。」大家議定，聯銜署名，以劉健為首，疏中說得那道士神通廣大，眾臣保舉他求雨。次日上朝，劉健把本章呈上去；孝宗看了，接連點頭，即下諭，從後宮宣那道士方如仙上殿，命他建壇求雨。

那道人不敢推卻，只好勉強領旨；孝宗令將天壇做了求雨壇，一切佈置妥當，擇定第二天為求雨日期。到了那時，御駕親自臨壇，劉健、謝遷、李東陽等一班大臣陪侍；那道人峨冠博帶，仗劍上壇。孝宗限了午時見雨，那道人只管舞劍焚符，看看到了近午，還是陽光猛烈，連一片黑雲也不見；急得道人面紅耳赤，頭上的汗珠，如黃豆似的滾下來，李廣在一旁眼睜睜地瞧著壇上，心裏更是著急。

日色已經過午，那裏有什麼雨點？眾官紛紛議論，孝宗也有些疑惑；看那道人，兀是拍案打牌地在壇上搗鬼，劉健等一般大臣又是好氣又是好笑。正在這個當兒，忽見武臣班中，一位雄糾糾的官兒，大踏步搶上壇去，一把抓住道人，大呼：「捉姦細！」將那道人直摜下壇來。

孝宗吃了一驚，眾大臣也都失色；細看那壇上的武官，正是勇寧侯韓起鳳。起鳳摔了道人，慢慢地走下壇來，在駕前跪下奏道：「這個道人，是廣西苗猺首領牛鼻子的軍師，為人無惡不作；臣征苗猺時，被他逃走未獲，不知陛下何以把他供奉在宮廷？狼子野性倘有不測，這重任誰敢負擔？」孝宗聽了，知起鳳在憲宗時曾征苗立功，諒非謊言，於是喚侍衛帶上道人來勘問。

那道人已被起鳳摜得頭昏眼花，便老實直供出來，自己和太監李廣串同，混進宮中，冒稱神仙；至於請來的仙女，也是李廣設法弄來的，是個西華門外的土妓。孝宗聽了道人供詞，真是又羞又氣，喝令武士將李廣拿下；又命校尉去提出宮中的土妓，兩人一並綁了，連同道人，立刻推出斬首。一時群臣也都稱快，孝宗便起駕回宮；那時京中把這件事傳揚開來，皇帝玩土娼，大家當作一樁奇談。

再說孝宗雖誅了假仙女，心中不無留戀，覺得六宮嬪妃，竟沒有一個能稱意的；正在悶悶不樂的時候，忽然王越征韃靼回來，孝宗卻得著一個大大的安慰，把那仙女早抛在九霄雲外了。

王越的還京，於孝宗怎會得著安慰？原來韃靼的首領小王子恃強寇邊，王越奉命出征，把小王子殺得大敗；王越直追到賀蘭山，將小王子的眷屬捉住，小王子早已北遁去了。可是那眷屬裏面，有個小王子的愛妃叫作王滿奴的，容貌非常豔麗；王越便把滿奴帶回京中，進獻給孝宗。

孝宗見了王滿奴，不由得神魂飄蕩，忙令送入後宮，以便臨幸；誰知那滿奴不肯順從，終日在宮中啼哭不休。

第五十六回　塞北風雲

那韃靼部的小王子，在諸部落中要算得是雄中的佼佼者；在英宗之時，韃靼部酋叫作雅失里，是個蒙族中的老王爺，資望和實力都在各部族之上，大家尊他為韃靼汗（汗者，蒙語謂王也）。

雅失里死後，他的兒子馬拖孩繼立，卻是個沒用的庸夫，被瓦剌部的也先殺得七零八落；馬拖孩走投無路，只能來通好明廷。偏偏逢著總兵周鈺手裏，他見韃靼部勢窮，便也下井投石，開了關，又把馬拖孩大殺一陣，斬了五六百顆首級；並獲器械馬匹千餘件，自去朝廷報功。

可憐馬拖孩受了這樣的大創，弄的不能成為部落，身體又受了槍傷；再加上心裏一氣，不久就一命嗚呼了。但他臨死的當兒，說起兵敗的經過，倒不恨那瓦剌部的也先，卻把明朝恨得咬牙切齒；說他們欺凌殘弱，留言給子孫，此仇不可不報。不過馬拖孩的兒子，也是個不肖子，自他老子死後，連一個村落都守不住，被別部的毛列罕呂奪去了；韃靼汗在這時期中，要算是最衰敗了。

這樣地日月流光，一年年地下去，到了馬拖孩的孫兒失里延出世，韃靼部又逐漸強盛起來；那失里延的為人多智善謀，英姿奕奕，在諸部落中，可算得一個後輩英雄了。他逢到上陣打仗，騎了一匹胭脂馬，使一支鉤鐮槍，衝鋒陷陣勇不可當；因此漢軍中替他取個綽號，叫作小溫侯。那胡人族中，因失里

延是老王爺雅失里的後裔，大家就稱他一聲小王子。

小王子在十四歲的時候，只在毛列罕部下當個小兵；過了兩年，毛列罕和馬因賽部尋仇，馬因賽部勢大，把毛列罕部打得落花流水，就此殄滅。小王子便潛逃出來，招集了舊部新軍，聲稱給毛列罕報仇；一仗將馬因賽部殺得大敗，一樣地被小王子把馬因賽部滅去，自己建立起了一個部落來。

湊巧又有馬可兒與脫羅兩部，互相仇殺不止；馬可兒大敗，聞知小王子英雄，便來向小王子求援。小王子提出條件，如滅去脫羅，得平分其部落；馬可兒急於復仇，竟一口答應下來。小王子就統率自己的部屬，和脫羅部大戰；馬可兒從旁夾攻，殺敗脫羅部眾，擒住部酋那嘛赤吉，脫羅全部齊聲願降。

小王子收了部卒，想和馬可兒分派略地；誰知馬可兒事後食言，只把牛羊等物犒賞小王子的兵士，算是報酬，將分地這句話早輕輕地賴去。引得那小王子性起，趁夜襲入馬可兒部中，一陣的亂殺；馬可兒不及抵擋，慌忙上馬逃走，被小王子追上擒獲，梟了首級示眾。馬可兒部見部酋已死，大眾無主，盡願投降小王子；小王子收服了馬可兒和脫羅兩部，聲勢大振。

那附近的小部落，都紛紛前來投降；小王子的威聲愈大，真是兵強馬壯，將勇糧充。小王子想起祖父馬拖孩的遺言，便攘臂，跳起身來說道：「我不趁此時報仇，更待何時！」當下點起強兵猛將，來犯明朝的邊地。時明總兵謝文勳出兵和小王子交鋒，被他殺得大敗，逃進關中，閉門不出；一面告急文書到京，憲宗皇帝命撫寧侯朱永統兵拒寇，總算把小王子打退。

到了憲宗十六年，小王子又來入寇，其時汪直當權，令兵部尚書王越率兵出剿，大敗小王子於青葱嶺；捷報到京，授王越為三邊總制。明以甘肅、寧夏、延綏謂之三邊；著其擁兵坐鎮。小王子怎肯甘服，又屢次寇邊；到了孝宗嗣位，王越已坐汪直黨嫌，貶職家居。那時三邊總制換了朱浚，威名遠不若王越；胡人見他毫不懼怕，便今日攻那邊，明天寇這邊，常常纏擾不休，把個朱浚弄得疲於奔命。

孝宗九年，小王子又大舉入寇，朱浚出關受了重創，邊疆岌岌可危；朝臣紛紛舉薦王越，孝宗即下諭，起復王越原爵，加征北大將軍，統師往撫三邊。王越時年已七十多歲，老將領兵，威名尚在；胡人望見旗幟，相顧驚駭道：「金牌王又來了！」（胡人稱王越曰金牌王，以越上陣，常用黃牌也。）於是不戰而奔。幸得小王子善於用兵，屢敗屢振；直至孝宗弘治十一年時，才把小王子殺得大敗。

王越領兵逕搗賀蘭山，擄了小王子的眷屬等，只小王子卻已領數十騎逃脫，往投千羅西部去了；王越得勝，孝宗有旨召回，班師進關。王越進京，為要討好皇上，把小王子的愛妃王滿奴獻上；孝宗見滿奴生得鳳眼柳眉，冰肌玉膚，自然十二分的歡喜，幾次要想臨幸，滿奴只是不肯領旨。

原來王滿奴和那小王子，也有一段風流史在裏面。這滿奴本是漢人，她的父親叫郎嶮峰，為桂林人；中年負販到塞外，與一個蒙女努努別崙相識，遂做了露水夫妻。那裏曉得好事不長，努努別崙忽然懷娠，到了十月滿足，就產下那個滿奴來；但努努別崙的夫婦間太要好了，等不到滿奴彌月，夫婦兩個去幹了一會風流勾當，天明起身，努努別崙就覺得頭昏月眩，遍體作冷，那病便一天天地沉重起來。

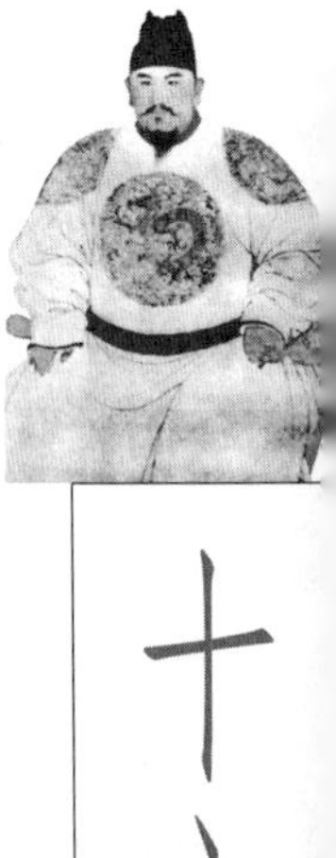

郎嶮峰慌了，忙去邀了一個漢人醫士來診治，醫士斷是產後色癆，不易治療的；不上幾日，努努別崙真個棄了她的丈夫和女兒，一縷香魂往極樂世界而去。可憐遺下這不到兩個月的滿奴；郎嶮峰不免見子思母，憂憂鬱鬱地也釀成一病，竟追隨他愛妻努努別崙去了。

其時滿奴還不過周歲，由保姆賽芮氏將她撫養著；直到滿奴十二歲時，才賣給漢人王英的，充當一名使女。那王英在塞外，是個很有面子的富商，專門巴結各部族的部酋，自己也借此立足；滿奴到了十八歲時，正是一朵鮮花初放，亭亭玉立，出落得朱顏粉姿，豔麗如仙，王英很是垂涎，時想染指。

偏是他那位夫人阿祐氏（也是蒙人）防範嚴密，不獲下手；阿祐氏恐禍水在家，終非結局，便令滿奴認自己做了義母，由阿祐氏專主，將滿奴遣嫁與毛列罕部酋莫都魯，為第二房福晉。王英懼怕他的夫人，只好任她去做，自己但暗歎口氣罷了；滿奴是自幼失怙恃的，本來有名沒姓，這時襲姓為王，芳名仍叫滿奴。

莫都魯自娶了滿奴，把大福晉和三四個愛姬視作了糞土一樣，心中眼裏只有的是王滿奴；滿奴要怎樣，莫都魯都無不依從的，香口中的命令，比皇帝聖旨還要靈驗。滿奴又喜歡行獵，莫都魯當然親身奉陪；又特地去北方搜羅最佳的坐騎。

好在塞外有的是牛馬牲畜，不多幾天，部屬中獻上十匹高頭細足的大宛馬來；其中的一匹，生得紅鬃赤駿，遍身如火一般紅，自頭至尾並無一莖雜毛。單講它的四足，高約五尺有奇，嘶聲甚是洪亮，平常的馬匹聞見它的嘶聲，便要嚇得倒退；據部屬的小校說，這匹馬是多年老駒所產，的確是一頭良駒。

莫都魯看了那匹馬，不禁大喜道：「馬是好馬，恐怕性兒猛烈一些，力氣小的人，未必馴得它住。」說罷，回到帳後，攙著滿奴的玉臂一同出來看馬。

莫都魯指著馬，笑道：「福晉愛出去圍獵，我已替妳備下一匹最好的坐騎在這裏；只恐妳沒這勁兒騎坐它，我可以再揀一頭性子善耐的給妳騎坐。」

王滿奴把粉頭一扭，微微笑道：「貝勒倒替我這樣留心，不要管它怎麼樣，等我來試騎一會兒，看能駕馴它不能。」說時盈盈地走到馬前；細看那馬高頭雄肩，形狀偉健，心中已是萬分愛慕。

莫都魯早令小軍來扣上絲韁，安了嚼環，又放上一個明朝皇帝欽賜的紫金雕鞍；毛列罕部曾朝貢明廷，故有此賜物。垂下一雙蟠螭的金踏蹬，馬項下繫了一顆斗大的紅纓，再綴上二十四個金鈴；裝束停當，那馬愈覺得偉駿不凡，真是人中蛟龍，馬中赤兔，誰看見了也要喝三聲采的。

這時王滿奴在旁，也不要人扶持，只見她撩起繡袍，踏上一足，翻個身兒，已輕輕地跨上雕鞍；莫都魯忍不住喝了聲：「好！」王滿奴便舒開玉臂，帶起絲韁，只略略地一抖，那馬頓時放開了四蹄，潑剌剌地望著碧草地上，風馳電掣般地跑去了。

莫都魯怕那馬跑出了性，滿奴收不住韁繩，忙喚過幾個近身護兵，選了三四匹好馬，飛也似的趕上去保護；滿奴的馬快，護兵們加鞭疾追，越追越遠，王滿奴已馳過山坡了。護兵們只得大叫：「請福晉稍停，貝勒有話在此。」看滿奴時，猶是伏在鞍上疾馳，好似不曾聽見，逕自下坡去了。

三四名護兵直趕得滿頭是汗，及到了山坡上，下坡便是一片的沙漠廣地，連林木也沒有半株的；東邊是塔漠兒河，西面是座小小的土崗子，崗下也有三四十戶居民的帳篷。那護兵在坡上瞭望，只不見滿奴的影蹤；護兵心慌，一齊鞭馬下崗，大家商議著，不知滿奴是往那一條路去的。東邊是河，當然不會去的，正北有百來里的沙漠，諒來跑得沒有這樣的快；只有西面的土崗那裏，或者躥過崗子，人和馬被土崗掩住，所以看不見了。

護兵等議論了一會，斷定滿奴應是往土崗那方向去的，於是全力西追；趕上了土崗子向北望時，只叫得一聲苦，原來土崗子那邊也是漠漠無際的沙漠空地，那裏有什麼滿奴的影兒？護兵們四下找尋了一遍，不見滿奴，大家沒法，只得慌忙回去報知莫都魯。莫都魯聽說大吃一驚，便親自帶了五六十名健卒，向西邊的土崗子下，挨戶一家家地搜查；任你找穿帳篷底，也休想尋得滿奴的影蹤來。

做書的趁這莫都魯搜尋的空兒，且把王滿奴敘述一下。

當時王滿奴要在莫都魯面前逞本領，出個崗子給他瞧瞧；誰知那馬性子暴烈，一經跑出火來，便不肯受人們的羈勒，非把氣力跑完，自己不要走了才能住足。王滿奴坐在馬上，覺得愈跑愈快，耳邊呼呼風響，睜開眼來，見四面的東西一點也瞧不清楚，弄得滿奴頭昏目眩，伏在鞍上不住地喘著氣；一會兒聽得背後有人叫喊，心裏雖是明白，要想答應卻是抬不起頭來，又不肯虛心喊救援，一味地任那馬兒騰雲駕霧地跑著。

正在昏昏沉沉的時候，忽覺身體兒已離了空，有人在她耳畔低低喚著；微微張開了星眸一瞧，是一個陌生男子站在自己的身邊，一手扶著她，笑嘻嘻地說道：「姑娘不要慌，那馬已被我扣住了，妳且定一息神吧！」滿奴聽了，重又閉上兩眼，那男子便輕輕放她在躺椅上睡下。

滿奴才有些朦朦朧朧，身體似又有人攙扶起來，一陣的杏仁香味觸鼻，似有杯子湊在口邊，滿奴不覺櫻唇輕啟，竟一口一口地喝了下去，仍又倒頭睡下了；這時遍體鬆爽了許多，只骨節很是酸痛，又過了一刻，精神才漸漸回復過來。

滿奴便睜眼偷瞧，見自己臥在一個碧油的帳篷裏，那帳子雖然不大，卻非常地清潔；那中間正設著几桌，沿壁擺列幾座書架，一張精緻小巧的胡床，床邊懸掛著琴劍，想那男子斷非俗人。回顧見方才的男子，正含笑著呆呆地對自己瞧看；羞得滿奴忙掉過頭來，假欲掙扎起身，不知怎的，手足都是軟軟的。

那男子見了，伸手搭住香肩，扶起滿奴，一面笑道：「姑娘受驚了，還是再休息起來，我就送姑娘回去。」滿奴見說，想起自己騎著了劣馬，弄得知覺也失了；必是那男子扣了下來，又承他給自己飲了一杯杏酪，才得清醒過來。

滿奴想到了這裏，芳心中又感激又是害羞；待拿話來道謝那男子，一時又想不出，正不知是說什麼話好。再偷眼看那男子，年紀至多不過弱冠，卻生得面如敷粉，唇若塗朱，隆準廣額，長眉入鬢，兩眼有神，英姿奕奕，那儀表真有霽月光風之概；更加上他微微帶著笑容，愈顯出他齒白唇紅，如臨風玉樹了。

滿奴不由地心中一動，暗想：世間上竟有這般俊美的男子，倘和那莫都魯比較起來，烏鴉與鸞鳳真是天淵之別了；又想起他殷勤扶持，親遞湯水，素來面不相識的，竟是這樣多情，也是男子中所少見的。女子能嫁到這樣的好丈夫，才算不枉一生；滿奴心裏骨碌碌地想著，粉臉已紅暈上了眉梢，便低著頭默默不語。

兩人很寂靜地相對了一會，看看帳外紅日西斜，那男子忽然說道：「時候不早了，我送姑娘回去。」滿奴聽了，微微點頭，想站起來時，兩條腿似棉絮做成的，一點勁兒也沒有；又是那少年男子，挽住了滿奴一隻玉臂，扶持出了帳外。

見兩匹一般紅鬃的駿馬，同繫在帳篷鹿角上；滿奴認得金蹬雕鞍的是自己騎來的，那男子先去解了絲韁，慢慢地攙滿奴上了馬，自己也一躍登鞍，一手代牽著滿奴的韁繩，兩人並馬而行。桃花馬上，一對璧人樣的美男女在路上走著，誰不羨慕一聲；滿奴聽在耳朵裏，一縷芳心不免轉繞在少年男子的身上。

兩人坐在馬上，漸漸談起話來，各人詢問姓名，才曉得那少年男子是老王爺雅失里的後裔，叫作失里延，時人都稱他作小王子的；現在莫都魯部下，已由小兵擢為巴羅了（巴羅蒙語是牙將，亦是勇猛的意思，猶滿人之巴圖魯）。

滿奴也聞莫都魯常常說起，稱讚小王子的勇猛，出征各部，每戰必勝，莫都督倚他為左右手；自古美人自愛英雄，英雄也總憐紅粉，滿奴本已看上了小王子，如今又知道他是個英雄，心中更增添了一層愛慕。兩個人騎著馬，肩摩肩兒，已較前親密了許多；小王子見滿奴垂青於自己，怎有不領感情的道理。

兩人正在纏綿著情話絮絮的當兒，猛覺腦後暴雷也是的一聲大喝，當先一騎馬飛來，正是莫都魯；身後隨著五六十個如狼似虎的勁卒，不由分說，眾人一擁而上，把小王子拿下了，嚇得馬上的王滿奴花容失色，不住索索地發抖。

莫都魯看了著實憐惜，忙兜轉馬頭，和滿奴並騎立著；一腳踏住了鞍蹬，霍地將滿奴擁抱過馬來，微笑著安慰她道：「妳不要驚慌，失里延那傢伙無禮，我只把他砍了，不干妳的事。」

滿奴垂淚道：「失里延並未無禮，我如沒有他，此刻怕見不著貝勒了。」隨將騎馬溜韁的經過，前後說了一遍；莫都魯那裏肯信，回過從騎，將小王子帶去監禁了，自己擁著滿奴，加上了一鞭，逕自回去了。

莫都魯這天晚上，在帳中設宴和滿奴對飲，滿奴只是愁眉不展的，杯不沾唇；莫都魯詫異道：「福晉敢是有什麼心事嗎？」

滿奴忽然撲簌簌地流下淚來，噗的跪在莫都魯面前，驀地從懷中取出一口寶劍，含悲帶咽地說道：「貝勒先把我砍了吧！」

莫都魯驚道：「福晉何故如此？有話盡可以講的。」

滿奴朗聲道：「小王子確是冤枉的，貝勒如要將他殺戮，我必被人譏為不義，還不如早死了的乾

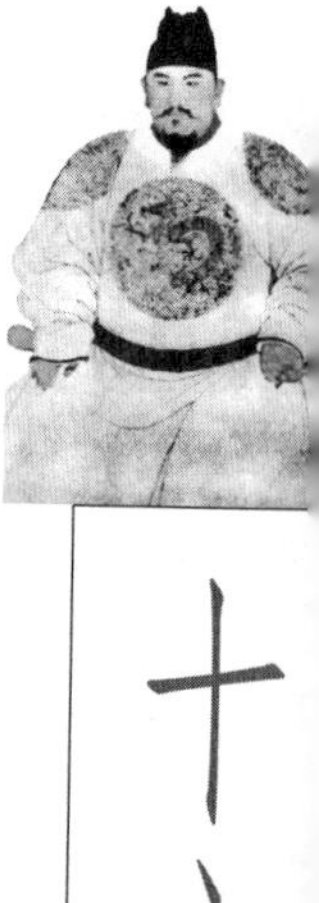

淨。」說罷，仗劍往著喉間便刎。

慌得莫都魯忙把它奪住，一面隨手把滿奴扶起，道：「福晉莫這般心急，我們且慢慢地商量。」滿奴才坐下來。

莫都魯只管一杯杯地飲著，滿奴方才的話，半句也不提；原來莫都魯當時見滿奴與小王子並馬而行，心裏已老大不高興了，這時又見滿奴肯拿性命保那小王子，於是越發狐疑起來。滿奴也趁風轉舵，仍和沒事一樣；莫都魯喝得大醉，扶了滿奴入寢。

再說那小王子被囚在監中，獨自坐著納悶，想自己為好成怨，真是太不值得，不禁唉聲長歎；細聽譙樓正打四鼓，眼見得天色一明，自己性命就要難保。又想起祖父仇怨未報，空有七尺身材，卻沒來由為救一個女子枉送性命；思來想去，心裏似滾油熬煎，也忍不住流下幾滴英雄淚兒來。

小王子正在悲傷，突見監門呀的開了，掩進一個人影，手中持著寒光閃閃的寶劍；小王子連聲歎道：「罷了！罷了！莫都魯使人來謀死我了。」話猶未了，發覺那人並不來殺自己，反將鐐拷削斷；又把寶劍授給小王子，一手牽住衣袖往外便走。

小王子會意，跟了那人走出牢門，那帳篷前立著兩名邏卒；小王子揮手一劍，一個砍倒了，和那人飛奔出帳，就在將沉未沉的淡月下細瞧那人，不是王滿奴是誰！小王子心中已明白，此時不暇細說，兩人趁著月光，一口氣走了三十多里；滿奴雖是天足，到底女子力弱，漸漸地走不動了，便由小王子負著趕了一程，待到天色破曉，已至馬因賽部落那裏。

馬因賽的部酋正與毛列罕不睦，便收留了小王子；莫都魯聞知大怒，立刻驅了部屬，和馬因賽部交兵。小王子幫著馬因賽部，把毛列罕部滅去，殺了莫都魯，終算和王滿奴有情人成了眷屬。不到幾時，小王子翻轉臉來，又和馬因賽部齟齬，推說替毛列罕部復仇，滅了馬因賽部，竟自立起了部落；於是聲勢便日盛一日，屢屢入寇明邊，一時很為明患。

這次被王越殺敗，小王子立腳不住，領了三十餘騎北走；王越追至賀蘭山，擄了他的眷屬及馬匹糧草，班師自回。那眷屬中，偏偏這位花豔玉潤的王滿奴也在裏頭；小王子怎麼捨得，忙去向干羅西部借得兵來，王滿奴卻已被王越獻入京師。小王子又上疏明廷，願納金珠寶物贖回滿奴；孝宗閱了奏牘，批答不准。

這時滿奴被幽在深宮，經孝宗幾番召幸，滿奴只是不肯奉詔；孝宗怎肯心死，仍又囑咐老宮人去慰勸滿奴。並把小王子求贖，被皇上駁回的話對滿奴說了，以絕了她的念頭；滿奴聽到這個消息，嗚嗚咽咽地啼哭了半夜。

到了次日，孝宗又親自去看滿奴，才跨進宮門，驀見老宮人揮了一顆血淋淋的人頭，跪下稟道：「王滿奴已自刎了！」孝宗大吃一驚，嚇得倒退了幾步；半晌才問那老宮人：「滿奴怎樣會自刎的？」老宮人便把滿奴未死前的遺言細訴出來。

第五十七回　情牽天涯

孝宗追詢王滿奴自刎的情形，那老宮人淚汪汪地稟道：「昨天晚上，婢子侍候著王夫人，還服侍她好好地休息；約莫有初更天氣，王夫人忽地起身，喚婢子到榻前叮囑道：『我有兩樁事兒委託妳，不知妳可能給我辦到嗎？』

婢子問是什麼事，王夫人垂淚說道：『我自到宮中，已有三個多月了；這百天之中，受皇上的威迫，嬪侍們的譏諷，是妳親眼所見的。我似這般忍恥受辱，是希望得脫牢籠，夫妻能夠破鏡重圓罷了；如今，我知道今世已了，看來要死在禁闕。』

王夫人說到這裏，嗚咽了了半天，從懷中掏出一封東西，授給婢子，道：『煩妳呈上皇帝，早晚頒賜給失里延，那就感激不盡了；另外還有一樣最是緊要的東西，也懇妳繳呈，算是我報答皇帝知遇的。』說罷，又悲悲切切地啼哭起來。

婢子問她是什麼緊要東西，王夫人說明日自知；到了今天的清晨，見王夫人不知在什麼時候已自刎在枕上，頭顱落在枕畔，乃知她托將婢子的，就是這顆人頭。」

孝宗聽了，怔怔地呆了半晌，把老宮人所呈的那封東西拆開來瞧，卻是一張蒙人的文字，都如蚯蚓

蜘蛛般的，不知她在上面談些什麼；孝宗命傳譯官呂董翻譯出那張蒙文，原來是致失里延的情書。孝宗拿蒙文譯成的情書細細誦讀，那文中說道：

書上失里延吾夫：

我們結縭三年，不幸如勞燕般的分飛，真是件銘心刻骨的憾事！我自進宮已百天多了，本該早寄書給你，第一是禁宮似海，不便通消息；第二是恐傷了你的心，所以妻我始終沒有致書與你。

如今是我報答夫妻情分的時候到了；想起我和你花晨月夕，攜手同遊的情景來，令我悲哽幽怨一齊湧上了心懷，覺得不能不留最後的一言和你作別，也算是一種紀念，也是安慰你的話。我現在身在明宮，死後的屍體也在明地，我的靈魂卻是在塞外的；不但我的靈魂在塞外，簡直是常常在你的左右，護持你的身體康健，並保佑你事事勝利。

更有一句末了的叮囑，天下無不散的筵宴，好花沒有日日紅的；紅粉即是骷髏人，人生焉有永久不死的。那麼，我雖遭逼迫而死，死是為吾至親愛的夫婿盡節；希望你不要悲哀，只當沒有我這個薄命人一樣。塞外不少美人，願你美滿姻緣，有情人早成了眷屬；這樣，我死決不怨你，我反而歡喜，我在九泉下也安心瞑目了。

最親愛的失里延：我們要分別了！明天的此時，是我斷頭的日期。那頭不是明帝要我的，乃是我自己拿刃刎下來的；這顆頭顱，算是報效了明帝，我已是個無頭的人了。我死後沒有兒子，你將來如有了兒子，和他們說：『還有一個母親，是死在明宮裏的。』子孫若有志，取了我的屍骨回去，安葬在塞外，我是不願在關內做鬼的；而且異鄉做鬼，寒露風霜非常的困苦，叫他們不要忘記！

失里延吾夫：你他日伉儷合歡，莫見新人忘舊人，要記冥冥中，有為你而死的苦命人；子女們，也要使他們知道有個斷頭的母親。我書到這裏，實在傷心得支持不住了。

王滿奴燈下絕筆

孝宗讀罷，也不覺歎道：「想不到沙漠荒臣，倒出這樣一個烈婦。」於是，命司儀中將王滿奴的屍體收殮了，以王妃禮從豐安葬；那蒙文書交給塞外使者，帶給小王子失里延不提。

孝宗自王滿奴自刎，心中常是恍恍惚惚，好似失了一樣什麼緊要東西一般；宮中嬪妃，金、戴兩氏之外，六宮粉黛沒有一個合孝宗心意的。在兩三年之中，孝宗又立了一個常妃，一個馬妃，但這些都是庸脂俗粉，怎及得滿奴那樣風流冶豔；只不過可望不可即，結果連望也沒有了，真令孝宗懊悶欲絕。

弘治十五年的春間，正值孝宗三十歲大慶，時馬文升已卒，徐溥目疾致仕，劉大夏也老病家居；朝

中唯謝遷、劉健、李東陽、李夢陽、戴珊、王恕等。當由李東陽首倡，舉行孝宗萬壽；孝宗自然十分有興，並命工監在萬歲山搭了彩樓，自山頂直至山下，上皆五色彩絹作篷，地襯大紅錦緞毯，從山腳起至安武門止，十色五光，極盡壯麗。

劉健又為皇帝草詔頒佈四海，一時外郡大小官吏，士夫庶民，紛紛進京叩祝萬壽；外邦如阿里那、陀羅、羅馬、柏賴塔、咖喇佛國、珠格葛沁、蒙古托賴、呼圖克圖大喇嘛、西藏教王、鄂勒部、滿住衛、沙葛淋、佛圖克等諸邦，使都臣貢遣萬壽典禮。

其中有一個國圖，叫作天竺國的，即今之東印度也；印度古稱天竺，釋迦氏誕生，其地又稱佛國。國王烏利茄氏，和明廷從來不通朝貢的；這次聞得中國皇帝萬壽，烏利茄欲結好於中國，特央西藏教王領帶也來朝賀，還貢進一樣寶物來，名叫「千秋竹」，算是賀萬壽的儀禮。

那烏利茄進千秋竹，一來是替皇帝取個佳兆，藉敦邦交；二來是通好明廷，假此入中國宣傳他的佛教。而且顯出他天竺佛國有這樣的寶物，叫中國人民更進一層崇佛之心；於是西藏教王飭使臣，領著六名天竺佛徒，載了千秋竹進獻明廷。

孝宗見從未通朝貢的國圖，也會來祝萬壽，不覺滿心快樂；內監王安稟道：「蠻夷戎狄聞風來歸，足見陛下德薄海外，闢先皇未有之盛；宜額外施恩優容，以昭示來茲，亦所以令若輩知感，正是天朝開附德的門徑，怕不化外竭誠來歸嗎？」

孝宗聽了大喜，立即傳旨優待外邦來使，無須拘泥禮節，只依據各國習尚，互行其便就是；這道上諭下來，謝遷第一個不贊成。以謂使臣各行其便，不拘禮節，有失天朝威僅；然因孝宗正興高采烈的當兒，並異邦來歸，難得有這樣的盛事，何必去殺風景，是以謝遷也就默忍了。

那時西藏使者朝覲孝宗，奏陳有天竺國兩帶朝貢，孝宗也一樣地召見；六名佛徒只行躬身三頓首禮，獻上千秋竹一棵。孝宗聽得名稱甚好，細瞧千秋竹，種在波羅耶瓢盆中，高約七尺，粗不過盈把，枝葉猶如翡翠，竹梗卻似白玉；自頂至踵，凡二十四節，一股清香的味兒陣陣撲鼻。

孝宗知道那竹不是常品，便笑著向那佛徒道：「此竹名目耶瓢，不知它還有什麼好處？」其中一個佛徒稽首稟道：「此竹也稱佛杖，是釋迦氏為小王子時，宮中進膳；有人魚煮竹筍一味，淨飯王（即維衛國國王，釋迦氏之父）道它味甘，賜給太子（即釋氏）。太子見魚頭人面，連說：『善哉！』便把魚傾在池內，筍倒在地上；次年魚又重生，竹也再活，就是這個千秋竹。

但要五十年才長一枝，百年長成七尺，二十四節，按日月五星七政，二十四節氣，枝凡九九八十一幹；葉共六十四大葉，三百八十四小葉，是六十四卦，三百八十四爻之意。自釋迦氏成佛，留下千秋竹三枝，一枝是被二世祖取去（二世祖為阿難），做了禪杖，所以後人稱為佛杖。

剩下的兩枝，直到如今不生不滅；下邦國王烏利茄氏，聞得上國天子萬壽，特採一枝進獻，並祝千秋萬歲。至這千秋竹的佳處，能祛除疾病；不論何症，折葉一片，含在口中，病就立癒。又能醒酒，啣葉舌底，雖千百杯不醉；無事常含竹葉，可以延年，壯筋健骨。

其他如風雨晦明、日月蝕、水旱災、火患氣候等等，細驗竹節，都會顯呈出來的；又如需用竹葉，

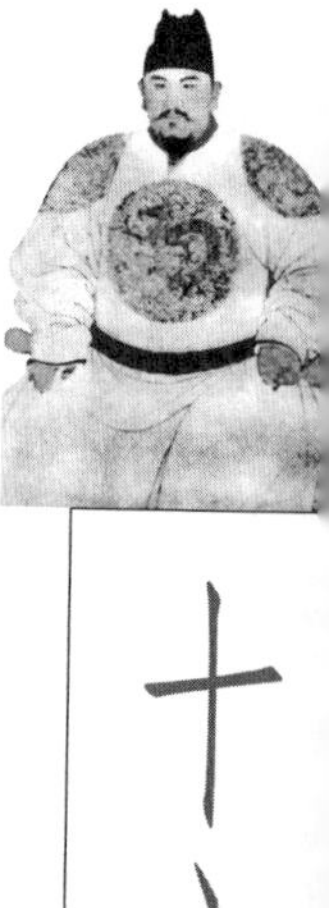

因而摘盡，只須灌清水一杯，次日葉即自出，補滿缺少的數目，總不出三百八十四葉之外就是了。」

佛徒說到這裏，又在竹節上，拿指頭輕輕叩了二十四下；忽聽那竿節中發出二十四種聲韻來，悠揚鏗鏘，如鳴桐琴，如擊清磬，似遠而實近，似近而實深遠，殿上殿下都聽得呆了。佛徒再擊二十四記，那竹聲戛然而止；孝宗欣然說道：「瞧不出它倒是樣寶物。」說罷，命使臣佛徒等退去，一面諭知外邦來使，概在靜園賜宴，孝宗自回後宮。

到了萬壽的正日，孝宗穿了祭天冠服，祀了天地宗廟，便奉了太后紀氏，及張皇后、戴妃、金妃、馬妃、常妃等，登萬歲山（即今之北京景山，在神武門之北），御壽皇殿受群臣朝賀；東宮皇太子厚照，已有十二歲了，皇次子厚煒時年十一歲，兄弟兩個一對玉孩兒似的，手攜手來給文帝叩頭。

孝宗笑嘻嘻的左右手把著兩個皇子，說道：「好兒子！快給聖母太后磕頭！」兩皇子真個伏在紀太后面前，磕了三個響頭。紀太后笑得嘴都合不攏來，忙吩咐侍從太監，賞賜兩皇子果餌等物；令即護送回東宮讀書，兩皇子謝了賞自去。

這裏孝宗大開筵宴，君臣同樂；這樣地忙了十多天，孝宗又擇了個吉日，替紀皇太后祝千秋聖壽，並把那棵千秋竹獻上。紀太后也十分歡喜，命將千秋竹供於山下行在門前；這是千古罕有的佛竹，准萬民觀瞻，也算與民同樂之意。

到了那天，萬歲山下真是人山人海，帝皇鑾輦在人叢中往來；人民都伏在道上瞻仰聖容，齊呼：

「聖皇太后、皇帝、聖后萬歲！」孝宗奉著紀太后坐在輦上，看了人民至誠，不覺大樂；令太監將彩緞金銀分賞與人民，一時歡聲雷震。

紀太后又傳懿旨，宣大臣們的眷屬至萬歲山上，在斗姥宮賜宴；那些官眷，多半攜著女兒同來覲仰太后慈顏。其中大學士王恕、吏部尚書王永兩位夫人，各帶著小姐，一個叫玉英，年九歲，是王永的女兒；一個叫作眉貞，年八歲，是王恕的義女。這兩個小姐一樣的出落得玉貌芳姿，紀太后很是歡喜；把兩人擁在左右膝上，說長說短地講了好些話。

太后命各賜金釧一副，玉玲瓏一對，繡花錦披一個，鎮玉獅兒一對，桃花紈扇各一柄；泥金妝盒一個，鳳鈿一對，紫金花瓶各一個，白玉水壺各一具。象牙梳蓖等兩副，玉鏡各一座，粉奩一具，脂金盒香盒各一枚；圓珍珠各十枚，葡萄仙人各一個，竹雕獅龍玩物多種。佛香伽珠各一副，舍利十枚，玉鐲各兩副，漢玉指環各兩枚，銀盅一對，金項鏈各一條；其餘的貴重品物和遊戲的玩物，更是不知其數。

原來紀太后見兩位小姐都生得伶俐活潑，王恕的女兒尤其端莊，雖說還是孩子，對於禮節卻一點也沒有失儀；紀太后心裏想預為東宮選妃，覺兩位大臣的女兒都很是合意，賜賚也就格外豐盛。眾大臣的眷屬在側，不知紀太后的用意，見兩王（王恕、王永）的女兒賞賜獨厚，大家不免又羡慕又是妒忌；更氣壞了張吏部的小姐剪柔、王御史的小姐靈素。

這兩位小姐曾同窗共過筆硯，一樣的性情驕傲，無論什麼事，皆是不大肯落在人後的；今天被兩個

王小姐佔了先，靈素、剪柔心裏不服。剪柔在暗中牽牽靈素的袖兒，兩人趁個空兒，潛行出斗姥宮，揀一個僻靜的地方私相議論著；剪柔氣憤憤地說道：「我們同是大臣的女兒，我們父親的官職不見得小似她們，太后為何對她們這樣優厚？難道我們的父親不算皇帝的臣子嗎？」

靈素也噘著嘴道：「王家的兩個小婢子，臉兒生得討人歡喜，咱們沒她們那麼妖樣兒，只好瞧著人家獲寵。」

剪柔笑道：「又不是甚麼姑娘兒，講臉子好壞的。」兩人一面說著，腳下不知不覺地走去；到了一個小室面前，見那裏有佛像塑著，門上一塊小額，寫著「碧霞宮」三個大字。

剪柔回顧靈素道：「這裏也有碧霞元君殿，我們就進去參謁一會。」靈素應著，一同進了碧霞宮。但見門前的偏殿塑著山門如來，東首是普賢真人等，西面是觀音大士；正中的佛龕內，端端正正地坐著碧霞元君。剪柔和靈素參拜過了，見後面還有寢殿，靈素說道：「咱們索性到寢殿上去。」說時早跨入後殿，剪柔也跟了進去。

那寢殿共是三間小軒，左右兩榭打掃得十分清潔，剪柔走得有些足倦，便在寢殿的拜臺上坐下；靈素也待要坐，忽聽得佛櫥的幔帳裏面有吃吃的笑聲。靈素吃了一驚，剪柔也聽見了，扭過頭過瞧那幔帳；突然的幔帳中伸出一個女子的頭來，嚇得兩人面容失色，還當是碧霞娘娘顯神。剪柔跌跌撞撞，站起身來便走；靈素更是膽怯，緊拉著剪柔的衣袖。

兩人狼狽相依地才走得三四步，腦後的幔帳門兒驀地揭開，跳出一個精赤的男子；虎吼般的直搶到靈素的跟前，一把拖住道：「姑娘慢些走，跟我玩一會兒再去！」那時，幔中更跳出一個女子，便來扭住剪柔。剪柔和靈素又羞又氣，一手掩著臉，死命地往外奔逃，卻又掙扎不脫；轉眼靈素已被那男子擁住，拉拉扯扯地倒退回去。

剪柔與那女子相持，兩個人扭作了一團，猛見靈素大喊一聲，霍地繞過身去；那男子手勁一鬆，靈素趁勢一頭撞在殿柱上，噗的倒了。男子便捨了靈素，幫著那女子來拖剪柔，剪柔這才真急了，狂喊起救命來；那女子慌了，被剪柔掙脫了身，往外殿飛奔。

那男子怎肯罷休，仍赤身來追趕；剪柔才逃出前殿，看看已將追著，剪柔恐被捉住，身心受辱，急迫中沒處躲藏，只得咬著牙兒，奮身往著岩下跳去。那男子道聲可惜，便和那女子回進殿中去了。

那剪柔跳下去的地方，正是萬歲山的九層台，臺上的六部大臣正在那裏賜宴；大家開懷暢飲，忽見半空中墜下一個女子來，砰的一響，不偏不倚地跌在席上，杯盤打得粉碎，十幾位大臣濺得滿身湯汁。剪柔由席上墜到了地上，人已跌得昏昏沉沉的了。

眾大臣吃了這一嚇，大家呆了半晌做聲不得，於是由侍候的內監忙去將那女子扶起；看她玉容如紙，一息奄奄，張吏部在側失聲道：「這不是我的女兒嗎？怎會在上面掉下來的？」

剪柔聽得她父親的聲音，星眸乍啟，不禁淚流滿面的，只用手指著頂上，口裏又說不出話來；張吏部明白她的意思，便和伺候太監等，扶持著剪柔拾級上去。

經過壽皇殿時，各大臣夫人賜宴已散，王御史夫人與張吏部夫人正在尋覓各人的女兒；忽見剪柔由

太監扶持著上來，張夫人大驚。剪柔一見她的母親，就哇地哭了出來，兩眼向上一翻，已昏厥過去了；張夫人連哭帶喚，剪柔才慢慢地甦醒過來。

張吏部把剪柔跌下來的話說了一遍，王御史夫人也說女兒不見了，不知可曾跌下去；紀太后眼瞧著一班官眷們在殿陛上忙亂，忙令宮女來探詢。張夫人便上殿哭訴，紀太后聽了十分驚異，欲待語問剪柔，那剪柔早已不能說話；張吏部著太監等相隨，兩名宮人扶著剪柔小姐，就她所指點的地方尋去。

到了碧霞宮的寢殿上，猛見階前躺著一個直挺挺的女屍，後面跟著的官眷嚇得個個倒退；其中的王御史夫人，認得是自己的女兒，便號啕大哭地直撲上去，細瞧靈素小姐已腦漿迸裂地死了。剪柔又指指神櫥，竟兩足一蹬，嗚呼哀哉了；張吏部見他女兒也死了，忍不住垂下眼淚。張夫人也已趕來，一把摟住了剪柔小姐大哭；殿上王夫人哭著，碧霞宮中就起了一片哭聲，大小臣工的宮眷一時莫不稱為奇事。

張吏部因剪柔曾指過神櫥，親自走到櫥前，將神幔揭起，裏面坐著碧霞元君雕像，其他沒有別的東西；張吏部覺得這事奇怪，但又找不出什麼證據，只好去回奏紀太后和王御史夫人等，各將自己的女兒的屍身舁出了碧霞宮中，自去盛殮。

可憐那王夫人半生沒子嗣，唯這位靈素小姐，如今死得不明不白，真哭得她死去活來；尤其王御史真傳，聽得女兒隨夫人進宮，死在萬歲山的碧霞殿上，直氣得他咆哮如雷，連夜上疏要求伸雪。當出事之後，紀太后忙責內監們查詢，弄得毫無頭緒，太后以多事不如少事，不曾將這件事上聞；這時孝宗閱了王御史的訴奏，不由得拍案大怒，立即宣總管太監王安，傳集那日值班的太監追究此事。

總管太監王安，還是孝宗萬壽那天新升的，接事不多幾天就出了這樣疑案，慌得他手忙腳亂；傳齊了領班太監，究詰碧霞宮值日的是誰，公務簿上記著太監錢福。王安即召錢福回話，錢福說，當日並未離開過碧霞宮；王安怒道：「你沒有離去碧霞宮，那屍骨又從什麼地方來的？」

錢福只是不承認，惱得王安性起，喝令捆打錢福百鞭，再問他到底怎樣；錢福仍照前般話說，王安也弄得決斷不下，便將勘得情形進宮回奏。孝宗叱道：「錢福說沒有這事，你便依他麼？分明是錢福搗鬼。你可將他喚來，待朕親自勘鞫。」

那知錢福見了孝宗，抱前口供不易，孝宗便命甲士下杖；甲士下手重了些，將錢福打得回不過氣來，已打死在丹墀上了。

錢福一死，那日的事越發死無對證，於是延擱起來，幾乎成為疑案；孝宗雖令內監們追查，怎奈都是一班酒囊飯袋，連現成事也纏不清楚，休說是這種疑案了。怎經得王御史和張吏部思女情切，就橫一本、豎一本地要求雪冤，言辭間涉及宮闈瑣事；孝宗惱怒起來，叫把張吏部貶職，王御史削祿，這樣一來，這件兩女殉身的事，更是沉冤海底了。

那時廷臣中，很有幾個不服氣的，然也為了事無佐證，誰肯無故捲入漩渦？湊巧李東陽又請假回籍，劉健病不入朝，只有一個謝遷算最是前輩，卻也孤掌難鳴，不便出來多嘴。倒是個李夢陽來得鯁

直，獨自上本，請勘訊萬歲山一案，謂錢福至死不變口供，先是一個疑竇，須從嚴追究。孝宗覽表，准委他去辦理。

第五十八回　王子復仇

那時大堂之上，高坐著一位峨冠博帶的大臣，案上簽印並列，兩旁站著寬邊紅帽的旗牌；階上直至堂前，都是高帽藤棍皮鞭的皂役，一字雁行般排著。霞時間三聲吆喝，好不威武；任你膽大包天的英雄好漢，到此也矮下三寸了，平常人少不得要魂魄飛蕩了。

這位大臣是誰？正是都憲李夢陽，在那裏勘訊萬歲山的案子。忽聽李夢陽把驚堂一拍，喝道：「將錢小山帶上來！」左右啊了一聲，拿一個上鐐的少年，横拖倒拽地牽至堂下跪倒。

夢陽喝道：「你把雍王的使者怎樣和你父說話，老實供了，免上大刑。」只見錢小山已驚得面色如土，連說不曾有雍王使者來過罪民家。

夢陽怒道：「你忘了昨日酒後的大言嗎？諒你不吃刑罰，也不肯直說。」便喚左右「夾起來！」；慌得錢小山不住地地磕頭求饒，於是將雍王怎樣遣使來家，與自己老子密談之事托出。

聽得那使者說：「事成之後，不但終身富貴，任你要求怎樣都可以辦到的；不幸敗露出來，便要各聽天命。」使者說到這裏，聲音便低了下去，只聞得自己的老子不絕地應著。末了，那使者又道：「倘你受禍，雍王替你設法解救；家裏也替你照顧，只是千萬不可吐露！」使者說著，又密囑了幾句，出門

自去。

錢小山供畢，又磕個頭道：「後來罪民的父親令罪民去告知使者，說太后千秋聖壽為期，什麼事並不道明的；最後怎樣，罪民實在不知道了。」夢陽見供，冷笑了一聲，吩咐皂役仍將錢小山打入監中，自己便拂袖而退。

那麼，做書的把這錢小山交代一下。原來，張翦柔，王靈素兩位小姐死在萬歲山上，李夢陽都憲對於那值日的太監錢福，十二分的疑心；他想：錢福咬定沒有離開碧霞宮，那麼何以靈素小姐會死在裏面？想來想去，錢福必是知情的；不幸被孝宗一頓亂棒將錢福打死，倒弄得死無了對證，這案子就棘手手了。

當下李夢陽又在私下打聽錢福的餘黨，打探出錢福是半途淨身的，還有一個兒子錢小由，和媳婦紀氏住在殷駙馬街；因錢福好賭，中年窮得不得了，才淨身入宮充了太監，所以是有兒子、媳婦的。夢陽得知這消息，大喜道：「此案昭雪，全在錢福的兒子小山身上。」

你道怎的？大凡太監行私作弊，宮中閒雜人是不能進去的，雙方接近很是不便，如其有家的太監，當然在家裏接頭的；錢福家中既有兒子、媳婦，他和人串通作弊，兒子、媳婦那個還會不知道的嗎？李夢陽由這層上著想，便裝作儒者會試的模樣，到錢小山家裏租賃餘舍；錢小山住宅本有空室關閉著，也是夢陽去探得來的。

小山貪圖租金優厚，允分租一間偏廂；夢陽賃定寓居，遷入行李，從此早晚和小出相見。小山不識他是位都憲相公，夢陽卻曉得他是太監的兒子，有心要結識他；凡小山所喜的，夢陽即便贈與。小山嗜的是杯中物，夢陽就天天和他對飲；這樣地不上半個月。兩人已十分莫逆了。

夢陽每趁他酒後，便暗探小山的口風，故意問他：「你們錢公公在的時候，可結交些朝貴親王？」小山趁醉，大言道：「先尊生前，是不太好交接朝士的；自從雍王的使者光顧幾次後，不到十天，先尊已遇禍死了，那說不定是雍王連累的。」小山說時，忍不住流下淚來。

夢陽討得口風，連夜將小山拘禁，一面上疏，願勘訊萬歲山疑案，孝宗立刻批准了；夢陽回署，升了大堂，提錢小山鞫詢，要他招出雍王同他老子錢福作奸的事來。

小山初時，對雍王使者一事卻不承認；經夢陽說出他酒後的話來，錢小山抵賴不得，才將雍王使者來家，和他老子錢福曾接洽過幾次，及隱約聽得的談話一併供了出來。最後小山奉了錢福的命，去知照雍王的使者，有太后千秋聖壽為期一語；萬歲山的案子正出在聖壽的一天，夢陽知道，這件疑案與雍王有極大的關係。

但他是個王爺，明朝的郡王和皇帝的儀從制度、服御等等只差得一籌，一切的禮節都極其隆重；李夢陽職雖都憲，到底是個臣子，沒有那麼大的勢力去扳倒他，只有慢慢地候著了機會，再沒別法罷了。

再說孝宗自王滿奴殉節後，沒一天不在愁雲慘霧之中度日；他舉行萬壽千秋聖壽，也不過藉以解悶而已。然在萬壽的同月前，也曾幹過一次風流事；做書的不把它提出來，讀者怎能知道？如今且敘它一敘吧。

那在萬壽升遷為總管太監的王安，本是一個小太監；豈有在萬壽那天，使臣進貢，迎合了孝宗一句話，就升擢得這般快嗎？不是的。王安做到總管，正是風流案中功臣的緣故。從前的宣宗皇帝，不是常領了內監，便服出禁門去遊玩的嗎？此風原闢自太祖高皇帝，宣宗步武學效。孝宗記起這樁故事，於煩悶無聊時，也領著內監微服出行；替他做嚮導的人，就是還沒有做總管時代的王安。

一天，王安隨著孝宗同出右順門外，那裏有個叫象鼻胡同的，中有三十四家住戶；有幾家是個私娼的所在，也是王安領著孝宗不時進出的地方。土娼中，有名徐小雪子的，是個淮揚人，容貌還很豔麗；小雪子有兩個嫂子，大的褚氏，第二個尤氏，一樣的裊裊桃夭，亭亭柳翠。

尤氏更是出色，而且是個寡婦，十九歲時便沒了丈夫；今年還只得二十一歲，她自歎命薄，今世是矢志不嫁的了。孝宗時常進出，就此看上了尤氏；尤氏知道孝宗不是個常人，也不免眉來眼去，孝宗即私下和王安商議，拿重利賄通了小雪子的鴇母，居然與尤氏成了好事。

這樣地過了幾天，孝宗越發捨不得尤氏，足足一個月中沒有虛夕；當兩個情好彌篤，在枕上竟無話不談，孝宗便將自己的形跡老實吐露了，只叫尤氏不許告訴別人。尤氏是何等乖覺的女子，心裏漸想到非分，要求孝宗帶她進宮；孝宗又和王安說了，向那鴇奴講妥，悄悄地把尤氏偷接入禁中。從此，孝宗也不再出去，早晚與尤氏聚在一塊兒尋歡取樂。

尤氏的富貴心頗切，屢屢向孝宗求封；孝宗覺得她到底是個土娼，如濫晉妃位，禮儀上似說不過去，恐被廷臣譏笑，所以含含糊糊地答應她。怎經得尤氏的絮聒，孝宗便晉尤氏為侍嬪；明宮規例，侍嬪不與宴會的，猶之民間的小妾，終身不得冠服見尊長一樣。

尤氏心中那得甘心，晝夜地在孝宗耳邊噪鬧；一個土娼出身的侍嬪，竟和皇帝反目過好幾回。惱得孝宗性起，立刻將她貶禁；尤氏這才曉得皇帝的厲害，懊悔也已來不及，弄得獨自一個人荒庭寂處，坐對著冷月淒風，真是萬分的傷感。

一天，尤氏正孤坐著垂淚，忽然一個老宮人進來，牽了尤氏的衣袖便走；尤氏只當是皇帝紀念舊好，仍來召幸了，芳心裏很是安慰。走出宮院，有一輛篷車待著，還有個太監侍候在一邊；那老宮人不由分說，擁尤氏上了車，拉好篷兒逕去。

侍候著的太監，即揹了車繩飛般地前進，所經過的路途也是極冷僻的；不一會，車輛自由下向上，半晌車便停在半道。那太監喚尤氏下車，領著她拾級上去，到了似一所庵廟的地方；太監令尤氏進內，自己便退了出去。

尤氏一面走，心中正摸不著頭路，聽得殿內有咳嗽聲，一個黃袍金冠的男子走出來；尤氏當是皇帝，仔細定睛一看，不由地呆了一呆。那男子忙攙著尤氏的纖腕，微笑道：「自妳結識了皇帝，使我想得好苦！誰知妳竟忍心捨我進宮，害得我幾乎成病；如今我花了多少的心血，才得和妳相見，但不知妳在那裏，也是這般地想著我嗎？」

尤氏聽了，想起自己身處冷宮的淒涼，忍不住哇的一聲哭出來，一扭身，倒在那男子的懷裏；那男子一面摟住尤氏安慰著，兩手撫摩她的香軀，道：「妳的玉臂比在宮外的時候，怎地已消瘦了許多？」

尤氏含著一泡眼淚，將失寵被貶禁冷宮的話，細細說了一遍，並要求那男子超拔她。

那男子歎口氣道：「我未嘗沒有這樣的想法，唯須緩圖機會才行。」

尤氏道：「我只當皇帝是怎樣多情的，那裏知道他歡惡不常，和那平民百姓中的薄倖男子一樣兒的。」

那男子笑道：「做皇帝的誰不這樣，我若到了這種地步，怕不和他一樣嗎？」兩人說笑了一會，又並肩坐在拜臺上，接吻咂舌地溫存起來。

尤氏又是個久疏的怨女，被那男子一逗引，不禁嬌體如綿，芳心似醉；兩隻水盈盈的秋波，只睨著那男子，一陣紅霞從耳根子直透到粉頰，如雨後桃花似的，愈見得鮮豔可愛了。那男子也覺情不自禁，便和身擁著尤氏，雙雙走進神廚裏，自去成他們的好事。

兩人正在憐愛萬分，耳畔好像有女子說話的聲音；尤氏心慌，忙推開那男子，昂著半身揭起神幔來張望時，恰恰和剪柔小姐打了個照面，嚇得她往外逃走，靈素也回身飛奔。尤氏疑兩人是宮中的嬪妃，慌得手足皆顫，說她們出去必告訴別人，咱們的性命就要不保；那男子聽說是兩個弱女，霍地跳起身來道：「一不做，二不休！索性把她兩個拖住了入夥。」於是便赤身來摟靈素，尤氏幫著攔住剪柔。

四個人扭了一會，不提防那男子失手，這靈素小姐趁勢在殿柱上碰死了；尤氏吃了一驚，兩腕早沒了勁，被剪柔掙脫身子逃出殿去。兩人往後追趕，剪柔急得縱身一跳，竟躍下九層台去了。

那男子見已闖禍，去尋方才推車的太監，卻在偏殿上打盹；便將他推醒了，頓足埋怨道：「誰叫你不去守牢殿門，現已鬧出事來了，快送尤侍嬪回去！」太監見說，磕睡也嚇醒了，忙去攙了尤氏仍從後山下去，上了那輛篷車，飛也似的推入宮中。那男子瞧見車子走遠，自己也一溜煙往後山逃走；待到張吏部夫人到來，他們已逃得無影無蹤了。

做書的說了半天，還不曾將那男子的姓氏講來。你道和尤氏相敘的那個男子是誰？便是孝宗的第四個弟兄，雍王祐樗。孝宗有三個兄弟，一個封興王（祐杬），一個封歧王（祐棆）；雍王要算最幼，都是王太妃誕生的。

雍王的為人，平日喜歡漁色，在京城中，常常強納良家婦女做妃子；人家勢力不敵他，只得忍氣吞聲罷了。那象鼻胡同的小雪子，雍王也不時去光顧，並和尤氏訂有私約，早晚要娶入藩邸；萬不料王安的牽線，引孝宗也去玩小雪子，一樣地看上了尤氏。雍王聞知孝宗在那裏走動，嚇得他退避三舍；尤氏這種女子只貪富貴，有啥真情實意，見皇帝要她，自然把雍王撇在腦後了。

偏是那雍王終把尤氏念念不忘，又不能進宮去和尤氏晤會，一個土娼家的寡婦，自進皇宮就成了禁臠了；雍王千方百計地設法想與尤氏見面，卻得不到這樣一個好機遇罷了。雍王心終不甘，又去委託那太監錢福，令他從中轉候時機，一得到了空隙，便通知雍王。

恰值太后聖壽，在萬歲山上領班的太監是錢福；錢福和雍王預先約定了，祝過太后的聖壽，便去碧霞宮中等待。於是由錢福推著蓬車，將尤氏接出來，從山後送到碧霞宮與雍王相會；不期被剪柔和靈素

兩位小姐瞧破，弄出了一場人命案子，真是誰也料不到的。

出事之後，雍王叮囑錢福，令他咬緊牙關，只說當日不曾離去碧霞宮，也不見有人進殿；這樣一來，大家疑神疑鬼的，使這件事變成懸案。過了幾天，錢福又被孝宗打死，那事越發沒佐證了；雍王正私心竊喜，忽接得李夢陽都憲的請柬，是邀雍王賽棋。

雍王對於搏弈，號稱黑國手，夢陽也精此道，特邀雍王比賽；雍王年輕好勝，欣然帶了五十名衛隊，赴都憲署搏弈。夢陽令衛隊在府前門戶中賜酒席，自己和雍王對棋奔；從未刻直奕到黃昏，只下了一盤和局。夢陽便設宴款待，暢飲到了三更；夢陽親自掌燈，送雍王出後堂。

才過暖閣，將至大堂，驀然的一陣風過去，燈火慘談，鬼聲啾啾；嚇得夢陽躲在一邊，早見兩個披髮蓬頭的女子拖住雍王討命。這時雍王也驚呆了，口裏只說：「我和妳們無仇。」

兩女子齊聲道：「你忘了萬歲山上的事嗎？」

雍王道：「那是我好意叫妳們坐一會兒，妳們自己膽小自盡的，干我甚事！」話猶未了，那兩個女子都笑起來。

霎時大堂上燈火齊明，衙役一聲吆喝，夢陽升堂，叫把雍王帶上來；雍王驚魂方定，不覺大怒道：「夢陽！你騙我到此，我卻犯了什麼罪名，也配你來訊問？」

夢陽笑道：「我就要審王爺在萬歲山，殺張王兩小姐的事。」

雍王佯喝道：「你可有什麼證據？」

夢陽大笑，把雍王方才對女鬼說的話已錄在紙上，朗朗地讀給雍王聽，並說道：「王爺好意叫兩位小姐坐一會兒幹什麼？」這一句話，問得雍王啞口無言；夢陽即便下座，這夜暫留雍王在署中。

原來夢陽明知雍王和萬歲山案有關，但因他是個王爺，雖有錢小山做見證，卻不能將雍王提訊；於是想出賽棋的法兒來誘雍王至署，預令兩名妓女扮著女鬼驚嚇雍王，待雍王對付女鬼的話，就錄作口供。萬一雍王真個不知情的，只推在女鬼神靈上，諒也不能見罪夢陽；那知雍王心虛，一嚇便吐出口風，夢陽便據為事實。

當夜夢陽將雍王軟禁，次日早朝上聞；孝宗即命錦衣尉赴都憲府提到雍王，雍王無可抵賴，自承調戲剪柔、靈素兩小姐，兩人被逼自盡，只把與尤氏私會的事輕輕瞞過了。孝宗見供，著刑部擬罪，循律須絞決，經王太妃緩頰，改為戍邊；那時雍王的五十名衛隊已逃回藩邸報信，雍王妃忙著入宮求援，雍王早逮解起身了。

這件案子了結，都下人無不稱夢陽神明；又因他不避親王權貴，一時直聲滿天下，號夢陽為李龍圖不提。

再說那小王子接到塞外使者攜來的滿奴之手書，小王子失里延讀罷，置書放聲大哭；又因新值兵敗，越想越心傷，真哭得滿營淒慘，部下親信的將士也一個個流下淚來。

小王子哭了半天，才收淚和諸將商議，要想取回王滿奴的遺骸；經遣使入天朝，明廷又不許。使者回報，氣得小王子咬牙切齒的，拔出寶劍來，砍去一個指頭兒，恨恨地說道：「我和明朝勢不兩立，倘

報不得擄我眷屬的仇怨，情願死在疆場上的。」說罷，又欲整頓人馬殺入邊地。計點自己殘卒不滿三千人，併干羅西借來的軍馬，也不及萬人；部將納拉沙進言道：「貝勒出兵，屢次遭挫，銳氣已失；今若要復前仇，非有大隊生力軍不為功。」

小王子撫膺歎道：「這話我豈有不知？無奈我部族兵力已盡在於此，幸而勝他，還可以支持一時，不幸而敗，我也拼著這一死就是了。」

納拉沙道：「那話不是這樣講的，想貝勒世代相傳，威名播遠近，祖宗立基也不是容易的事；貝勒如一死，咱們部族之亡可以立待，且貝勒半生英雄敗於一朝，豈不貽笑後人嗎？」

小王子正要回答，參軍模樹林獻計道：「貝勒勿憂，我有一策，可破明兵。」

小王子大喜，道：「計將安出？」

模樹林說道：「我聞桂林苗猺與明廷結怨極深，我如肯以禮招致，彼必欣然來附，否則我去附他；但得復仇，雖低首於人亦何害？況苗猺大都無識，只求與我合，慢慢地收服他，不難聽我的指揮了。」

小王子連連點頭，道：「此計甚妙，咱們就這樣辦吧！」於是派模樹林為使，即日赴桂林苗窟，和苗猺首領瞿鵬接洽；雙方議定，小王子但求復得前仇，子女玉帛悉歸瞿鵬取去。苗猺是最貪財的，聽了模樹林的話，便允許了約定日期出兵；模樹林星夜奔回，把苗猺答應相助的話細說一遍，小王子大喜，當下擇了個吉日祭旗出師。

這明廷三邊總制呂文律，見小王子又來寇邊，忙整兵出迎；那裏小王子與苗猺已會師一處，苗猺統帥木油兒與左將領阿鑾、右苗酋猺犇子，都有萬夫不當之勇。呂文律領兵與苗猺交鋒，大敗進關，一面閉門堅守，一方面飛章告急；時王越已死，老將韓起鳳猶在，孝宗便授起鳳為征虜大都督，帶同副將康弼、魏晉臣等出師蘭州，直趨邊地。

正與小王子兵相遇，兩下方得列陣，後面苗猺直衝過來，木油兒令燃藥炮，向明軍陣上轟來；韓起鳳不知藥炮厲害，正立馬指揮軍士，忽然一炮飛來，連人帶馬打得粉碎。明兵大敗，副將魏晉臣也被亂兵殺死；康弼且戰且走，退了五十餘里才得紮住。收了敗殘人馬，計點人數，五停中折了三停；康弼見支持不住，分騎進京求發救兵，孝宗得報大驚失色。

第五十九回　東西兩廠

孝宗接到韓起鳳的敗訊，慌忙召劉健、謝遷、李東陽等商議；謝遷奏道：「小王子結連苗猺，銳氣正盛，現欲破他，須分兵兩路，一出桂林，直搗苗人巢穴；一路仍出蘭州虛張聲勢，但看苗猺的舉動。他如聞知巢穴被圍，必回兵返救；我見苗猺退去，即進兵痛剿，小王子不患不破。」

孝宗如謝遷所奏，下諭以定國公朱寧為征苗經略使，統兵十五萬逕趨廣西；諭武伯江永領兵五萬，以出蘭州隨機進剿。兩路兵馬奉了諭旨，各自分頭進行。

定國公朱寧率著大軍到了桂林，苗猺酋長瞿鵬忙整了部落來迎，朱寧也列兵相待；兩下交鋒，苗猺忽紛紛倒退，指揮朱忠便揮兵欲追，朱寧阻住道：「苗人不戰自退，當有狡計。」話猶未了，苗陣上，群象列隊衝出；明軍抵擋不住，回身便走。

朱寧傳令，軍士從後帳搬出畫成的虎獅布皮，蒙在馬頭上，一齊驅將出去；群象疑為真獅，嚇得往後狂奔，苗眾大敗，自相踐踏。朱寧與副將張恂、指揮宋忠，趁勢大殺一陣；苗猺亂竄，死者無數。瞿鵬收了苗眾，深溝堅壘，不敢再出；一面著苗騎去飛報木油兒，令其回師救援，木油兒得知這個消息，當夜便下令退兵。

那時江永紮營白石川，瞰得苗眾一個個身揹器具，知道廣西明軍已經發動；便召都指揮馬成、顧滋兩人，吩咐道：「你二人可領兵三千，預伏白石山下，聞得炮聲連響，即率兵殺出。」又令游擊李佑之領兵一千，埋伏在棗木嶺，倘苗兵過去一半，與兵丁衝他作兩截；然後和馬成、顧滋合兵一處全力殺賊。又令行軍參將常如龍引兵二千，抵禦小王子防他救應；江永分撥已定，自統大軍接應李佑之等。

苗帥木油兒與左右副酋阿蠻、猺犇子等匆匆還兵；苗人只知勇悍直前，毫不預備明軍的追襲。正行之間，人馬將上棗木嶺，阿蠻進言道：「此處地勢險惡，要慮設伏。」

木油兒笑道：「就有三五百個敵卒，怕他則甚？」話還不曾說完，猛聽得鼓聲大震，李佑之領著一千人馬在嶺上突出；苗人尚未列陣，李佑之已直衝過來，將苗兵衝作了兩截。兵士趁間放起信炮，馬成和顧滋分兩面殺出；兵士人人奮勇，木油兒忙令猺犇子、阿蠻也分兩邊禦敵。

木油兒自引苗眾來戰李佑之，不提防江永領大隊人馬自後殺到，苗眾大亂，猺犇子中箭落馬；阿蠻正和顧滋力戰，見自己軍伍已潰，便虛掩一槍，縱馬而走。恰巧木油兒被江永殺敗，兩下相遇，合兵一處；後面李佑之躍馬來趕，馬成殺了猺犇子也來助戰。

顧滋又自左邊趕到，木油兒與阿蠻遮攔不住，各領著三百餘騎落荒而逃；江永督在陣上，噹噹地鳴起金來，馬成，李佑之、顧滋就止住兵士不追。顧滋便來問江永道：「苗猺敗走，小將等正好追殺立功，都督為甚收軍？」

江永說道：「苗人歸心如箭，其勢已窮；古云窮寇莫追，況常如龍獨當小王子，未悉勝負。不幸如龍敗敵，小王子自後殺來，彼苗眾被追太急，則憂困獸之反噬，其勢必猛；那時吾背腹受敵，反為賊人所困了。」顧滋與眾將聽了，不覺心折；於是收了大軍，專等常如龍回來再行定奪。

不到半天，常如龍已來繳令，並獻上苗帥木油兒首級；江永大喜，問怎樣擒得木油兒？常如龍道：「小將奉令去禦小王子，彼已失了苗人扶助，軍心渙散，一戰便行敗走；小將追了二十多里，經過黑松林地方，正值苗人遠遠地敗退下來，小將即率兵士埋伏在林中，並掘下陷坑。苗酋木油兒中伏墜馬，兵士將他擒住，只逃走了一個苗酋阿鑾。」

江永聽了，上了常如龍首功，馬成繳下苗酋猺犇子首級；顧滋、李佑之等亦各獻俘虜，並器械旗幟等物，江永也一一記功，當日令將士勿得解甲，防小王子偷寨。到了次日，江永督軍進戰，小王子早領了殘兵不知逃往那裏去了；江永就在邊地料理軍事善後，一切妥當，擇吉班師。那裏朱寧也剿平苗眾，大軍不日回京。

孝宗見兩處都已平靖，下諭大犒將士；朱寧、江永自晉爵祿外，馬成、顧滋均擢總兵，李佑之擢都指揮，常如龍授將軍，張恂晉副總兵，宋忠為桂林都總管，餘下將士亦各有封賞。

是年為弘治十八年，孝宗忽然聖躬不豫，看看日漸沉重，便召大學士李東陽、尚書謝遷、少師劉健等至榻前；孝宗垂淚道：「朕病已入膏肓，諒來不起的了；眾卿皆朝廷股肱，幸為朕善輔太子。」說罷命宣東宮。

不一刻，太子厚照來了，時年十五歲；見了孝宗病態憔悴，父子關於天性，不由地紛紛落淚，跪伏榻前不起。孝宗指著劉健、謝遷、李東陽等，顧謂太子道：「諸先生忠心為國，將來須盡心受教，莫負朕意，今可向諸先生叩頭。」

太子聽了，便對著謝遷等跪下叩拜，慌得三位大臣還禮不迭；孝宗令內監扶起謝遷等，並喘著氣道：「諸先生猶世交父執，受了一禮何害？」

李東陽等叩首道：「微臣受陛下厚恩，自當盡力以報。」孝宗點頭，揮手令太子等退出。

是夜孝宗駕崩，由李東陽等扶太子厚照繼位，是為武宗，改明年為正德元年；晉劉健、謝遷、李東陽等三人，為太師太傅上國柱。太后紀氏為太皇太后，皇后張氏為太后，太妃王氏為太皇聖妃，金妃、戴妃為太妃；馬妃、常妃等亦晉太皇妃，弟厚煒封為蔚王，又以內監劉瑾為司禮監。

講到這個劉瑾，原係苗種，為中官劉忠養子，襲姓為劉；武宗在東宮稚年好戲，劉瑾由宮外弄些鷹犬鳥獸之類進宮，以博武宗的歡心。武宗但知玩耍，因倚劉瑾為左右手，片刻都離他不得；這時武宗繼位，便封劉瑾為司禮監，統掌皇城內一應儀禮及刑名鈐束、門禁關防諸事。

劉瑾欺武帝年幼，便趁間廣植勢力，漸漸地干預政事；雖有李夢陽、劉健、謝遷等一班托孤之臣竭力把持，但劉瑾自恃寵信，易於進言，往往欺淩大臣。謝遷見政事已現亂象，心裏著實忍耐不得，當時上章切諫，勸武宗整飭辰綱，節制遊戲；大學士上國柱劉健，攻訐劉瑾擅干國政，私斥勳臣，請旨究辦。李東陽更當殿面陳，宦官專權，朝綱敗壞；諫武宗勤修政事，遠避佞邪。

這位正德皇帝到底年輕臉嫩，怎經得諸閣臣正言厲色地切諫？把個正德帝弄得面紅耳赤，囁嚅了好一會，才訥訥地說道：「諸先生且退去，容朕慢慢地照辦就是。」

李東陽等下朝，正德帝回到宮中，自思幼時到如今，從不曾受過誰的話，現在做了皇帝，倒反被大臣們掣肘起來，不是比較做太子時，反覺不舒服了嗎？正德帝越想越氣，忍不住放聲大哭起來。那些老宮人和內監仍在旁相勸了幾句，這位年輕皇帝是十分任性的，怎肯就止；正哭得心傷氣急，恰好劉瑾進宮來，連忙跪在地上叩問緣故，正德帝就把大臣阻諫的話和劉瑾講了一遍。

劉瑾正色說道：「陛下身為天子，萬事自由宸衷獨斷，何至受大臣們的欺凌？」

正德帝歎口氣道：「他們是顧命之臣，不得不略與優容。」

劉瑾道：「話不是這樣講的，倘閣臣專橫，不奉上命，難道也就容忍了嗎？況臣權過重，下者驕上，尤須防有不臣之行；這是歷代所恆見的事，元朝的泰定帝便是榜樣。」

正德帝聽了，一拳正打中心坎，不由地點頭自語道：「這話很是有理。」從此正德帝對於眾大臣言辭皆不大聽從，所有奏疏，只批「聞知」兩字，十事中沒有一二樣照辦；劉健、謝遷、李東陽等自己覺得無趣，大家早存下一個去心。

一天，侍郎王鏊在朝堂論及信陽蠲免賦稅，劉瑾在旁讒言道：「豐歲妄報荒年，那都是刁民的做作和地方官的得賄，不能據為真情；最可疑的是信陽籍的朝臣，安知他們不通同舞弊？」

王鏊正是信陽人，聽了劉瑾的話，怎能容忍得下，即抗聲說道：「劉公公莫信口雌黃，災荒的事眾

目所共睹的，何能以假報真?而且是公眾呈文要求，即思作弊，也理有所不能，豈可任意含血噴人！」

劉瑾冷笑道：「公既非作弊之人，何必這樣發惱，使旁人聽得，還疑公是虛心了！」

王鏊不及回答，詹事楊芳也是信陽人，見劉瑾無理，便挺身說道：「作弊要證據的，誰能憑三寸舌誣人，難道公理也沒了？」

劉瑾正沒好氣，被楊芳半腰一駁，頓時怒不可遏；嗔著了兩眼，大聲喝道：「你算什麼東西，配你在朝房中亂嚷？」

楊芳也大怒道：「我乃朝廷大員（劉瑾為司禮監，係正四品；楊芳詹事為正三品，其職固高於瑾也），不在朝房說話，倒是你閹豎來多說嗎？」

劉瑾聽得罵他閹豎，觸著了所忌，面上立時漲得通紅，竟不管好歹，舉起手來只一掌，打得楊芳掩臉怪叫；劉瑾又喝令伺候室中侍衛，將楊芳綁了起來。

初時劉健、李東陽、謝遷等尚待相勸，到了這時，誰也忍耐不住，一齊大嘩道：「太監可以如此放肆的，朝廷的法律都沒有了！」劉瑾怕眾怒難犯，趁著亂哄哄的時候，一溜煙地逃走了。

這裏由劉健為首，氣衝衝地扯了楊芳入奏皇上；景陽鐘鳴，靜鞭擊過，劉健、謝遷、李東陽、李夢陽、戴珊等紛紛跪下，楊芳便哭奏劉瑾毆辱的緣故，王鏊奏陳劉瑾語釁舞弊。劉健頓首道：「陛下如不懲劉瑾，臣輩不能受閹奴欺凌，自當掛冠歸里。」

正德帝見眾口一詞，知道劉瑾似太過分了，只得刑部擬罪；諭旨下來，眾臣才行散去。

誰知正德帝回到宮裏，劉瑾已伺候在門前，一見正德帝進來，噗的雙膝跪倒，放聲痛哭；正德帝本甚信寵劉瑾的，如今見他這般悲傷，便安慰他道：「你有話盡可以直陳，自有朕替你作主，不必悲哭到這種地步。」

劉瑾含淚磕頭道：「閣臣驕橫無禮，詈奴婢為小人，謂以飛鷹逐犬的壞事導陛下於不規；這不是明明壓制皇上，先拿奴婢來做開端嗎？陛下若不立下英斷，奴婢頭頸裏沒有鐵裹著，以後不敢再侍候陛下了。」

正德帝本是個一味孩子氣的人，最怕大臣們要阻擋他的遊戲；這時聽了劉瑾的攛掇，不由得心中火發，拍案大怒道：「誰敢干預朕的私事？你且不要懼怕，朕救你無罪就是。」劉瑾忙叩了個頭起身，當夜便勸正德帝重設東廠，自己兼領東廠監督。

這東廠在孝宗初年廢去，多年沒有提及了，現又組織起來；劉瑾又在正德帝面前定了人數，專門刺探官民隱情，稍有風吹草動，小太監便去報給東廠。監督劉瑾擅自專主，不論大官小民任意逮捕，公報私仇，株連無辜；真是不可勝計，這是後話。

且說第二天早朝，劉健、謝遷、李東陽等，滿心望懲辦劉瑾，那裏曉得劉瑾不辦倒還罷了，反授他為東廠監督；諭旨宣布，劉健、謝遷、李東陽等不覺冷了半截，下朝後即上疏乞休。有旨慰留，疏再上，三上，許劉健、謝遷致任，李東陽仍留原職；這樣一來，朝中又少了兩個老成碩望的名臣，劉瑾作事更比從前爽快了許多。

不到一月，接連添設西廠，置太監探事二十四員，監督還是劉瑾；一班小太監，大家要討劉瑾的好，無事也捕風捉影，不是說謗毀皇上，便是誣譏訕監督，把京都的安分良民弄得受累無窮。東西廠審事室中，搒掠酷刑日必數十起，慘呼號痛聲四野皆聞，百姓人人怨懼，劉瑾反視為笑樂；又去安慶地方覓了幾十個男女伶人進獻宮中，令他們鮮衣美服的演唱戲劇。

正德帝所好的是歌舞，驟見了這些伶人的歌唱，喜得他手舞足蹈，並晝夜學習，甚至廢忘寢食；幸而正德帝的資質卻很聰敏，只學得一兩個月，居然也能引吭高歌。至興致勃勃時，請紀太皇太后、張太后、王太皇妃、馬太妃、常太妃等，到御苑中來觀劇；正德帝親自袍笏登場，大唱其藺相如完璧歸趙。真個唱得有聲有色，淋漓盡致；看得太皇太后、張太后等，無不擊節讚賞。

其時紀太皇太后年衰，不甚問閒事的了；張太后懦弱無能，只有個王太皇妃，見正德帝天天似這般胡鬧，忍不住對正德帝說道：「皇上年輕，應與大臣們專究經文，參詢政事；不當如此嘻樂，致荒廢國政。」正德帝見說，不好回話，以後演劇就不去請王太皇妃了。

正德帝玩了一會唱戲，日久自然有些厭煩起來；於是劉瑾去辦了幾十隻鐵嘴的神鷹來，和蒙古種最靈敏的獵犬，另雇人工畜養著，到了閒來，便請正德帝去郊外打獵。正德帝是從不曾幹過這樣把戲的，待至野外，由鷹奴放出神鷹，犬廝釋去獵犬；凡空中的飛鳥，地上的狡兔，都被犬鷹撲的撲殺，咬的咬傷，也算那些禽獸晦氣，被這位促狹皇帝弄得它們走投無路。

正德帝高興極了，差不多沒有一天不去行獵，京城中人竟呼他作獵戶皇帝了；但是京師野外的獸類能有多少，怎經得正德帝天天去搜羅，漸漸地打不出什麼來了，於是越打越遠，帶著五百名的禁軍，備了蒙人的行帳，路遠不及回來，正德帝就在營帳中住宿。

有一次，正德帝去打獵，竟打到林西（今之熱河區域）去了；那個地方是荒野沒有人煙的所在，猛獸野獅更是不少，從前的憲宗皇帝幾乎在那裏被猛獅咬傷。朝中大臣如李東陽、王鏊、戴珊等，聽得正德帝冒險前去行獵，忙各人選了騎快馬，疾馳到了林西，大家跪請聖駕回京；李東陽再三地哀懇，甚至涕泗交流，正德帝也覺動容。好在自己對於打獵也已有些玩疲了，樂得許了眾臣的請求，當日就和李東陽等起鑾還宮。

正德帝靜養了好幾天，又想尋點事兒玩玩；見劉瑾侍立在側，頸上掛著一個黑布的口袋，罩在外衣裏面，被正德帝瞧了出來，便問：「袋裏是什麼東西？」劉瑾回說是鵪鶉。

正德帝不懂那個名兒，經劉瑾解釋道：「鵪鶉是隻鳥兒，養著以備廝鬥，也可分出優勝劣敗來；唯這鵪鶉的性極畏寒，必須要人氣去輔助它，它得著了人身上的一股精氣，鬥起來就有勁了。」

正德帝詫異道：「朕只聞得古時有鬥雞的，怎麼鳥兒也能鬥嗎？」

劉瑾笑道：「有甚不能？鳥兒較雞鬥起來，更的要厲害上幾倍。」說著，就將布袋中的鵪鶉取出來。

正德帝看了，不解道：「似這樣小的一隻鳥兒，能多有大的力量？」

劉瑾笑了笑，令小太監又取過一隻鵪鶉，一併置在案上；劉瑾一手把著一隻，只將手一鬆，兩隻鵪

鶉就互相對撲了。正德帝在旁瞧著，但見這一對鵪鶉，起先不過張了翅膀各自揚威，不一會，兩下伸著嘴亂啄，慢慢地愈啄愈猛；鬥到起勁的當兒，便是爪喙齊施，上下翻騰，忽左忽右，奮力顛撲，好似狠鬥的猛漢，不顧生命一味地死戰。正德帝看到得意時，不覺拍手哈哈大笑。

忽見那鵪鶉托地跳起身，一隻黑的去啄住白的頸子，那白的狠命地撲著兩翅，霎那間，羽毛紛紛亂飛；嚌嚌的幾聲，那隻白的鵪鶉已被黑的啄去眼珠，一爪擊在腦門上，頭顱粉碎、腦漿迸出地死了。正德帝不禁咋舌道：「好狠的東西，真是見所未見的；明天你去搜羅幾對來，待朕親自鬥它一下。」劉瑾巴不得正德帝歡喜，連連笑應著出去。

第二天，劉瑾便獻進二十多對鵪鶉，正德帝叫宮中的內監每人畜一隻，做個布囊掛在頸子上；好在那些太監多半是養過鵪鶉的，倒也不見什麼累贅（清代太監進出茶坊酒館，多胸囊鵪鶉，皆明宮遺風也）。每天的午後，正德帝令把鵪鶉放出來，一對顧一對地鬥著。

其中有一隻白色的，渾身如雪，目紅若火，紫爪青嘴，形狀和人一般的十分威嚴；正德帝將這隻白鵪鶉與別的鵪鶉鬥，不到三四個翻身，其他的鵪鶉一隻隻地拖翅敗走，沒有一隻是它的對手。正德帝很愛那隻白鵪鶉，賜名叫作玉孩兒；又有一隻是純黑的，生得紅爪朱目，戰鬥力也還不弱；正德帝便喚他為鐵將軍。

但只有宮裏的十來對鵪鶉鬥來鬥去，那鵪鶉逐漸打乏了，沒有什麼勁兒鬥出來，正德帝又覺得無甚興趣了；經劉瑾四出搜求，凡民間有佳種的鵪鶉，能獻宮中贏得皇帝所畜的那隻玉孩兒，賞給千金。這話一傳十、十傳百的，滿京裏都知道了。

北人畜鵪鶉的很多，大家都想發這筆橫財，各地所愛的老鵪鶉紛紛自來投獻；由管門的太監一一送入宮裏，正德帝便興高采烈地放出鵪鶉來相鬥。那些鵪鶉都是平常的品格，經不起一鬥，早已敗定了；難有一二隻好的，終鬥不過鐵將軍，休說是玉孩兒了。

一天，來了一個外方的黑漢，囊著一隻鵪鶉，自稱是江西人，謂有一隻鵪鶉，名叫金翅元帥；曾走過十二行省，未逢過敵手，聞得宮中有隻玉孩兒的佳種，特來比賽的。太監問他要鵪鶉時，那黑漢說道：「我的鵪鶉與眾不同，如要開鬥，須我親自把持，否則那鵪鶉不肯鬥的。」

門上的太監不信黑漢的話，忙去報知劉瑾；劉瑾詢明了緣由，將那黑漢的鵪鶉和那平常鵪鶉試鬥，見黑漢的鵪鶉卻伏著一點兒也不動，任憑對方鵪鶉怎樣地引撲，它只是不來回啄。劉瑾笑道：「它這隻東西是不會鬥的。」

那黑漢聽了，便來持住自己的鵪鶉，叫劉瑾也放出一隻鵪鶉來；那黑漢說聲：「鬥吧！」他手裏的鵪鶉就直撲過來。

第六十回　劉瑾殘毒

劉瑾細看黑漢手中的鵪鶉，遍體羽毛如黃金一般，雙目灼灼有光，兩爪鉤蜷似鐵，只是不得戰鬥；經那黑漢把持著，輕輕說聲：「鬥吧！」那鵪鶉便撲起雙翅奮力啄過來，這些平常的鵪鶉見了它的形狀，已先嚇得縮首垂尾，拖著翅敗走了，那裏敢和它相鬥。

劉瑾看了也覺奇怪，知道它必是英物，便去奏知正德帝，把那黑漢的異事說了一遍；正德帝聽得有好鵪鶉，忙叫把那黑漢帶上來。那黑漢循例三呼已畢，把那鵪鶉獻上；正德帝將他的鵪鶉瞧了瞧，覺得那黑漢來得古怪。令衛士搜他的身上並無利器，才命他持了鵪鶉；正德帝也取過鐵將軍來，和那黑漢的鵪鶉放對，兩下只奮力一撲，鐵將軍便回身逃走。

正德帝微笑道：「果然厲害的。」立命放出玉孩兒來，但見雪羽朱睛，怒態可掬，那黑漢讚了一聲，也把鵪鶉放過來；一白一黃雙方搏擊，騰踏飛叫，兔起鶻落，真是棋逢了敵手，只見得一場的好鬥，正德帝與劉瑾都看得呆了。

正在鬥的狠猛，看看玉孩兒已將乏力，搏擊雖急，卻不甚有勁；正德帝正替自己的鵪鶉著急，驀見那黑漢霍地從口中摯出一口劍來，颼的一劍，往著正德帝剁來。正德帝眼快，慌忙閃開，飛步向案旁逃

走；這時劉瑾也著了慌，階下的侍衛甲士一齊上殿來捕刺客。

那黑漢見一劍剁不中，哈哈大笑一聲，縱身上了殿簷，眨眨眼，已去得無影無蹤了；正德帝心神略定，不覺大怒道：「禁輦之下，敢有強徒假名行刺，這定是有人指使的。」回顧劉瑾道：「速去與朕查來，務要捉住指使和那刺客，將他碎屍萬段。」

劉瑾奉命，匆匆地出宮，傳諭緊閉皇城，按戶大搜刺客；城外一般殷實的人民，無辜被指為嫌疑，趁間索詐，百姓不堪其擾，弄得怨苦連天。似這樣地鬧了三四日，刺客毫無影跡；倒捉弄了一番小民，這且不提。

正德二年，皇帝大婚，冊立大學士王恕的養女夏氏為皇后；夏后本侍郎夏說之女，夏說在孝宗弘治九年，坐罪戍邊，家無妻室，唯有一老女婢與幼女，王恕念為同寅，便收養其女。孝宗三十歲萬壽，王恕的夫人攜女進宮赴宴，紀太皇太后見她溫柔有禮，特加厚賜。到了這時，就指婚王恕的女兒，仍襲原姓，便是夏后；又立尚書王永、侍講何庶兩人的女兒為妃。當大婚的時候，自有種種熱鬧，那是不消說的了。

劉瑾趁正德帝新立后妃，暗中大結黨羽，如宦官谷大用、魏彬、張永、馬永成、高鳳、邱聚、羅祥等，都依劉瑾為領袖；時人連劉瑾，號稱為八虎。

那正德帝自經立后妃之後，於放鷹逐犬的事不甚放在心上，漸漸地縱情聲色起來；又常常帶了張永微服出宮，到那秦樓楚館之地，陶情作樂，往往誤認良家婦女為娼妓，任意闖進門去，縱情笑樂。

有一天，正德帝仍和張永出宮，經過西華門，天色已將黃昏，燈火萬家，街市上正當熱鬧；正德帝正徜徉市上，忽見一所大廈燈晶光輝，笙歌聒耳。從大門上望進去，都是些絕色的女子和美貌的童兒，卻不見半個男子；正德帝回顧張永說道：「咱們且進去瞧一會，看裏面是在幹些什麼。」

張永還不及回話，正德帝已往裏直衝進去，嚇得那些婦女、兒童，七跌八撞地四散亂走；正德帝也不管三七二十一，拖住了一個就在大廳上坐下，那裏已設著酒席，正德帝令張永斟上酒來，自己和那美人並肩兒坐著，一杯杯地豪飲起來。

那美人似很嬌羞，低垂著粉頸，只是弄她的衣帶；正德帝勸她同飲，那美人兒紅著臉兒不肯便飲，怎經得正德帝再三地纏弄，那美人拗不過他，勉強喝了一杯。喜得正德帝眉開眼笑，再回頭看那些女子，約有二十多個，都擁在屏風背後，指手劃腳，交頭接耳地在那裏竊竊私議；正德帝笑道：「我不會吃人的，妳們不要害怕，就出來和我共飲一杯。」

話猶未了，只見那些女子齊齊地拍手說道：「老公公來了。」正德帝不知誰是老公公，忙定睛瞧看。張永指著外面道：「劉瑾也來了。」

只見劉瑾匆匆地走進來，一眼見是正德帝，便過來行了禮，起身向屏風後喝道：「萬歲爺在此，妳們還不快出來叩頭。」這句話才說完，屏風裏面，嬌嬌滴滴齊應一聲，裊裊婷婷，花枝招展般的走出二十幾位一樣打扮的美人兒來，一字兒向正德帝行下禮去；慌得方才和正德帝並坐著的美人兒，也去雜在眾人中行禮。

大廳上霎時間鶯鶯燕燕，粉白黛綠，圍繞滿前；美人的背後，又走出十幾個美貌的童子，也都來正德帝前磕頭。這時的正德帝左右顧盼，真有些目不暇給了。

那二十幾個美人一面嘻笑著，大家蜂擁著過來，搶那案上的金壺斟酒；又有幾個美人便挨身坐了，頓開嬌喉，低低地唱著。還有不會唱的，去捧了琴箏簫笛，吹的吹，彈的彈，悠悠揚揚，歌樂聲齊作；十幾個美貌的童子排著隊伍，東三西四地學那天魔舞，又一聲聲地唱著歌兒。

看得正德帝連飲三觥，趁著酒興，擁了一個美人在膝上，一面親著粉頰，一面飲酒；微笑問那美人叫什麼名兒，回說喚作月君。

正德帝又向劉瑾道：「你怎樣會到這裏來？」

劉瑾屈著半膝稟道：「不敢欺蒙陛下，此處是奴婢的私宅，美人童兒也都是奴婢購買來的……」

正德帝不待他說畢，接口說道：「你養著許多美人，倒好豔福。」

劉瑾忙道：「奴婢那裏有這般福分，本來是預備著侍候陛下的。」

正德帝聽了說道：「你可是真話嗎？」

劉瑾答道：「奴婢怎敢打謊？」正德帝大喜，便命撤去酒筵，自己擁了那美人逕去安寢。

一宿無話，第二天，正德帝也不去臨朝，只著劉瑾去代批章奏，重要的事委李東陽辦理；從此正德帝天天和那些美女孌童廝混著，把那個地方題名叫作「豹房」。

那時，劉瑾見正德帝沉迷酒色，樂得代秉國政，往往等正德帝遊興正濃的時候，劉瑾才故意將外郡奏牘呈覽；正德帝怎會有心瞧看，吩咐劉瑾去辦就是。劉瑾巴不得皇帝有這一話，就老實不客氣，將大吏的奏摺隨意批答；又把廷臣們也擅自斥逐，凡不服劉瑾處置的，一概藉事去職。

如大理司事張彩，每見劉瑾，即遠遠拜倒在地，膝行上前，口中連聲呼著：「爺爺！」劉瑾微笑道：「這才是我的好兒子。」於是不多幾天，擢張彩為吏部尚書。

又有兵馬司署小弁焦芳，常往劉瑾私第侍候劉瑾，十分小心；劉瑾因他勤慎，升他為光祿副司事，焦芳得列名朝班，侍奉劉瑾越發兢兢，不敢稍有失禮。

一日，劉瑾騎驢上市，焦芳正朝罷回去，忽見劉瑾騎驢過來，慌忙就地磕了個頭，腰中插了象笏，竟朝衣朝冠地替劉瑾拉驢，引得市上的人都掩口嗤笑；焦芳一點也不知羞恥，反昂著頭，似乎以拉驢為榮。倒是劉瑾以四品京卿朝服在前牽驢招搖過市，未免太不像樣了，令焦芳去換了朝服再來；焦芳正唯唯退去，半路裏又來了個劉宇。

劉宇官銜比焦芳更來得大，是一位都憲御史，也是劉瑾的門人；正值他下朝出皇城來，恰好撞著劉瑾。劉宇本是個無恥小人，他已認劉瑾為義父，常常對著劉瑾自稱孝順兒子；當時見劉瑾騎著驢兒，也顧不得什麼儀節，竟做了焦芳第二。一時市上的人瞧著都憲太爺替太監拉驢兒，誰不掩了鼻子？劉瑾見走了一個，又來了一個，弄得自己都好笑起來了。

劉瑾權衡既日大一日，又恐別人在他背後私議，便派高鳳為西廠副使，專門探聽外面的議論；有稍涉一點宦官的，就去報知劉瑾，劉瑾命把議論的人立時提到廠中，即用廠刑拷問。劉瑾又嫌國刑太輕，

有幾個硬漢還能熬刑；因此和高鳳私自酌議，擬出好幾種極刑來。

第一種叫作猢猻倒脫衣；係一張鐵皮，做成一個桶子，裏面釘著密密層層的針鋒。加刑時，將鐵皮裹在犯人身上，兩名小太監一個捺住鐵桶，一個拖了犯人的髮髻，從桶中倒拉出來。但聽得那犯人一聲狂叫，已昏過去了；看他的身上，早被鋒利的針尖劃得那膚肉一絲絲地劃開。旁邊一個太監持了一碗鹽汁等待著，問人犯招供否，如其不應，就把那鹽鹵灑在血肉模糊的身上；可憐這疼痛真是透徹心肺，不論你是一等的英雄好漢，到此也有些吃不住了。

第二樣，叫作仙人駕霧；將一具極大的水鍋，鍋底把最巨的柴薪架起火來，鍋內置著滿滿的一鍋醋兒。待煮到那醋沸騰的時候，把犯人倒懸在鍋上，等拿鍋蓋一揭，熱氣直騰上去，觸在鼻子裏又酸又辣，咳又咳不出；這種難過，非筆墨所能形容得出來，也不是身受的人，可得知道其中厲害的。做書的不過聽見人家講過，到底怎樣，卻是不曾曉得底細的。

又有一種叫作茄刳子；拿一口鋒利無比的小刀，刺進人們的腸道中去，那痛苦也就可想而知了。

最是傷心慘目的，要算披蓑衣了。什麼叫作披蓑衣？就是把青鉛融化了，和滾油一齊灑在背肩上；肌膚都被灼碎，血與滾油迸在一起，點點滴滴地流下來，四散淌開，好似披了一襲的大紅蓑衣一般。

更有一種名掛繡毯；是令鐵工專門打就的小刺刀。刀上有四五個倒生的小勾子，刺進去是順的，等到抽出來時，給四五個倒生的小勾兒阻住了；如使勁一拉，筋肉都帶了出來，似鮮紅的一個肉圓子，是以美名叫掛繡毯。

其餘如掮葫蘆、飛蜻蜓、走繩索、割靴子之類，多至二十幾種，都是從古未有，歷朝所不曾見的毒刑；只算京師內外以及順天一郡的百姓受災，略為嘴上帶著一個劉字，就對不起你，馬上要受這種刑罰了。

有許多畏刑的人民，情願自己屈招了，只道不會受那刑罰；誰知劉瑾生性狠毒不過，不管你有供沒供，凡是捉到了犯人，劈頭就要施刑，認為這樣做，可以懲儆後來。一班被冤蒙屈的人民怨氣衝天，奈滿朝文武大半是劉瑾的黨羽，雖受了奇冤也無處訴苦；嚇得市上的人一聞劉瑾的名兒，就變色掩耳，疾走唯恐不及。

劉瑾心裏還覺不足，親自改裝作一個草藥醫生，向街衢市廛，一路上打聽過去；說起劉瑾，眾口一詞地讚美。到了海王村中，撞著了個念佛的老嫗和那裏幾個人講閒話；不知怎的提起了劉瑾，老嫗便怒氣勃勃，指手劃腳地大罵道：「劉老奴這個賊閹宦，人們收拾他不得，將來必定天來殺他了。」

劉瑾聽了，假意含笑著問道：「老婆婆和劉公公有甚冤仇？卻這樣懷恨？」

老嫗咬牙切齒地說道：「我的丈夫只說了一句閒話，竟被劉瑾這賊奴用天剝皮的極刑害死的；我長子也死在這劉賊手裏。如今一個小兒子遠逃在他方，三個月沒有音訊了；我好好的一家骨肉團聚，被劉賊生生地拆散，不是仇不共戴天嗎？」老嫗越說越氣，含著一泡眼淚，又狠狠地大罵了一頓；旁邊的村民深怕惹出禍來，各人早已遠遠地避去了，劉瑾也不再說，看著老嫗冷笑了幾聲，逕自走了。

次日，海王村的那個老嫗便不見起身出來，直到紅日斜西，仍不聞室中的聲息；鄰人有些兒疑心，打門進去瞧時，一個個驚得倒退出來。只見那老嫗不知在什麼時候，已被人殺死在榻上了；幸得老嫗的小兒子從外郡回來，悄悄地把老母收殮了，安葬即畢，從此出門一去不返。

那時，海王村的人民才知那天和老嫗談話的，是劉瑾所遣的偵事員，還不曾曉得是劉瑾本人呢；可是一班人民，大家鉗口結舌，再也不敢提及那位天殺星了。

有一次，劉瑾隨著正德帝往豹房去；西華門外，一個漢子狂奔進來，拔出利刀，向著劉瑾便刺。隨從的侍衛當他犯駕，立刻將他捉住，交給大臣們去嚴訊；承審的是李夢陽都憲，聽那漢子供稱是來行刺劉瑾的，專為報殺父母的仇恨。

這漢子是誰?便是海王村老嫗的兒子；李夢陽有心要成全他，只說漢子是個瘋人，從輕發配邊地。好在劉瑾並不知道漢子是要行刺他，倒也不來追究；總算那漢子運氣，保得性命，後來居然被他報仇。這是後話了。

當正德帝迷戀豹房的當兒，也正是劉瑾勢焰薰天的時候；僉事楊一清、御史蔣欽、翰林院侍讀學士戴說、兵部主事王守仁、都僉事呂翀等上疏彈劾劉瑾。劉瑾閱了奏牘，大怒道：「他們活得不耐煩了嗎?」即矯旨罷楊一清職，下戴說、蔣欽於獄，貶王守仁為貴州龍場驛丞。不多幾天，戴說、蔣欽都死在獄中。

劉瑾矯旨摘奪各官，是瞧疏中彈劾他的言語輕重來定罪名的；所以楊一清、王守仁兩人只批了個致任和降職。其中的都僉事呂翀卻並未處分；原來劉瑾未得志時，常得呂翀的賙濟，一時不便翻臉。結果，呂翀又上章劾他；惱了劉瑾，也把他下獄，直到劉瑾事敗才獲出頭。其時劉瑾的威權，不但炙手可熱，簡直炙手要烏焦了；朝野士大夫無不側目。

一日，正德帝下朝回豹房，在地上瞧見一張無名的訴狀，是劾劉瑾大罪三十三條，小罪六十條；每條都注釋年月日，說得非常詳細。正德帝看了，立召劉瑾至豹房，把這張訴狀擲給他看，道：「你可自去辦理了，明白回奏。」

劉瑾取狀讀了一遍，見事事道著心病，不由得面紅過耳；怔了半晌，忽然跪下垂淚道：「這都是廷臣妒忌奴婢，故意捏造出來的；倘其事果有實據，何不竟自出頭，卻要匿名投訴？這樣看來，奴婢早晚要被他們陷害的，不如今天在陛下面前盡了忠吧！」說畢，即假作要觸柱自盡。

正德帝聽了他一番話，覺得很有道理，想劉瑾真有如此不法行為，怎麼無人出頭？那分明是匿名攻擊了；正在想著，聞劉瑾要觸柱，忙令內侍把他扯住。正德帝笑著安慰他道：「你只去好好地幹，百事有朕在這裏；朕若不來加罪，誰敢誣陷你？」劉瑾感激零涕，不住地磕頭拜謝，退出了豹房，飛諭宣六部九卿至朝房。

文武大臣聞得劉瑾相招，疑有什麼緊要的諭旨，大家不敢怠慢，慌忙入朝；不一會，諸臣畢集，劉瑾就高聲說道：「我有一句不中聽的話，要詰問諸公。想劉瑾與諸公往日無冤，近日無仇，有話不妨明講；為什麼在皇帝駕前投匿名訴狀，這事是誰幹的？好男兒承認出來，冤頭債主莫連累了眾人。」文武

大臣見說，各人面面相覷，半晌回答不得。

劉瑾又厲聲道：「今天如究不出投狀的人，只好得罪諸公，暫請此處委屈一下了。」

吏部尚書張彩、侍郎焦芳、御史劉宇都是劉瑾的私人；張彩也狐假虎威地厲聲道：「既敢寫匿名訴狀，斷不是無名小吏；何不竟出來和劉爺面談，悄聲匿跡的，算不得好漢。」

眾大臣那裏敢吱聲，大家默默地擁在一起，連坐也不敢坐下；御史屠庸巳忍不住了，向劉瑾跪下叩頭道：「下官素來不敢得罪劉爺的，諒不會做這那昧心的事，求劉爺鑒察。」劉瑾點點頭，將手一揮，屠庸又叩個頭，揚長地出午門去了。

翰林馬知雲也來跪求道：「下官是修文學的，本於國政無關，怎會攻訐劉爺，尚祈明鑒。」劉瑾鼻中哼了一聲，嚇得馬知雲似狗般地伏著，連氣都不敢喘了。

張彩在旁，拿腳在馬知雲頭上一踢，道：「快滾出去吧！」馬知雲聞命，如重囚遇了恩赦，抱頭鼠竄地出朝而去。

劉瑾又道：「你們還沒人自首嗎？」這時眾大臣又急又氣，真弄得敢怒而不敢言；又值榴花初紅的天氣，正當懊悶，一個個穿著朝衣，戴著朝冠，挨得氣喘如牛、汗流浹背，大家只有抱怨那投狀的人。

戶部主事董芳，見兩班文武甘心受辱，沒半個血性的人，不禁心頭火起；更瞧劉瑾那種驕橫的態度，儼然旁若無人，氣得個董芳七竅中青煙直冒。便擄起了袍袖，挺著象簡，搶到劉瑾的面前，戟指著大喝道：「你為了一張匿名的訴狀，卻擅自召集大臣，任意得罪；我老董是不怕死的，且和你一同見聖駕去。」

劉瑾也怒道：「你是誰？可報名來。」

董芳笑道：「你連我董芳都不認識，怪道你如此飛揚跋扈了。」

劉瑾冷笑道：「我在六部中不曾聞得你的名兒，小小一點職役，也配你說見駕嗎？」

董芳咆哮如雷道：「我是朝廷的臣子，何必定要你閹豎知道！」說著便來拖劉瑾；張彩、焦芳齊出，攘臂阻住董芳。董芳舉象簡就打，大家扭作了一堆。

新大明十六皇朝（二）風月無邊
（原書名：大明十六皇朝［貳］盛衰之間）

作者：許嘯天
發行人：陳曉林
出版所：風雲時代出版股份有限公司
地址：10576台北市民生東路五段178號7樓之3
電話：(02) 2756-0949
傳真：(02) 2765-3799
執行主編：朱墨菲
美術設計：吳宗潔
業務總監：張瑋鳳

出版日期：2024年2月 新版一刷
ISBN：978-626-7369-26-5

風雲書網：http://www.eastbooks.com.tw
官方部落格：http://eastbooks.pixnet.net/blog
Facebook：http://www.facebook.com/h7560949
E-mail：h7560949@ms15.hinet.net
劃撥帳號：12043291
戶名：風雲時代出版股份有限公司

風雲發行所：33373桃園市龜山區公西村2鄰復興街304巷96號
電話：(03) 318-1378
傳真：(03) 318-1378
法律顧問：永然法律事務所 李永然律師
北辰著作權事務所 蕭雄淋律師

行政院新聞局局版台業字第3595號 營利事業統一編號22759935

定價：380元

國家圖書館出版品預行編目資料

新大明十六皇朝 / 許嘯天著. -- 初版. -- 臺北市：風雲時代出版股份有限公司, 2024.01- 冊； 公分

ISBN 978-626-7369-26-5 (第2冊：平裝). --

857.456 112019066